ROWOHLT
BERLIN

Götz Thomalla

Die Angst der Fische in der Tiefe

Roman

Rowohlt · Berlin

1. Auflage September 1998

Umschlaggestaltung Walter Hellmann
Fotos: Tony Stone Images;
Contact, Andrew Thomas
Satz aus Garamond PostScript PageOne
Gesamtherstellung Clausen & Bosse, Leck
Printed in Germany
ISBN 3 87134 339 0

Für Sandra

1

Ich bin auf dem Weg nach Hause, als ich Tommi treffe. Er kommt mir auf der Straße entgegen, die auf die Halbinsel führt, das heißt, er kommt von uns, unser Haus ist das einzige hier draußen. Ich bin mit dem Fahrrad unterwegs, ich fahre in der Mitte der Straße, und mir fällt ein, daß wir verabredet waren.

Er winkt, als er mich sieht. Ich bremse ab und bringe mein Rad neben ihm zum Stehen. Aus den Büschen rechts der Straße fliegen ein paar Vögel auf, die Sonne scheint, es ist kurz nach zwölf. Ich bin etwas außer Atem, es ist verdammt heiß.

«Hey», sagt Tommi, «ich hab dich gesucht. Ich war vor 'ner Stunde schon mal bei euch, wo warst du?»

«Bin nur was rumgefahren.»

«Ich dachte, wir wollten CDs überspielen.»

«Ja», sage ich. «Scheiße. Das hab ich total vergessen.»

Tommi verzieht das Gesicht zu einer Grimasse, bis er aussieht wie ein Fußball, aus dem die Luft raus ist. Das hat er drauf, er kann überhaupt eine Menge Sachen mit seinem Gesicht, und obwohl ich seine Fratzen alle kenne, lache ich immer wieder darüber.

«Ist jetzt auch egal», sagt er. «Ich hab ohnehin keine Zeit mehr, ich muß den Bus kriegen.»

Tommis Freundin verbringt mit ihren Eltern die letzten zehn Tage der Ferien in einem Küstenort ganz in der Nähe. Ich kenne sie nicht, aber er hat mir von ihr erzählt, sie müssen gestern angekommen sein.

«Bei euch war keiner. Ich hab dir die Tüte mit den CDs einfach an die Tür gestellt. Kannst ja schon mal reinhören.»

«Alles klar», sage ich.

Ein Auto kommt heran, wir sehen uns beide um. Es ist ein roter Volvo, er fährt vorbei, und der Mann am Steuer wendet den Kopf nach uns. Die Frau neben ihm sieht starr geradeaus, es ist meine Mutter.

«Wer is'n der Typ?» Tommi schaut mich an.

«Irgendein Kerl aus der Stadt», sage ich. «Keine Ahnung. Der war schon 'n paarmal hier.»

«Ach. Der Typ, der sich die Sachen deines Vaters ansehen will? Karl hat mir davon erzählt.»

«Kann schon sein.»

Ich habe das auch gehört, aber ich weiß nichts Genaues. Ich war die letzten Tage nicht viel zu Hause, und meine Mutter hat mir nichts erzählt.

«Vielleicht ist er's auch nicht», sage ich. «Kann ja auch sonst jemand sein.»

Tommi fragt nicht weiter, er weiß über meine Mutter Bescheid.

«Euer Wagen steht noch bei uns», sagt er.

«Ich weiß.» Meine Mutter fährt einen alten Nissan, an dem dauernd etwas kaputt ist, die Kiste fällt Stück für Stück auseinander. Karl kümmert sich darum.

Tommi wirft einen Blick auf seine Uhr.

«Mensch, ich muß los.»

«Ist gut», sage ich.

«Dann bis heute abend.»

Er macht sich davon, und ich schwinge mich wieder aufs Rad.

Vor unserem Haus sehe ich den roten Volvo, und als ich näher komme, erfüllt mich plötzlicher Widerwille. Es kotzt mich an, den Wagen da stehen zu sehen, ich mag nicht nach Hause gehen, aber was soll ich tun? Es ist noch früh, gerade mal Mittag, vielleicht bringt der Typ sie nur von irgendwo zurück.

Meine Mutter und ich, wir verstehen uns nicht besonders, wir reden nicht viel miteinander, wir sehen uns nicht einmal oft. Ich weiß nie, was sie macht, und normalerweise ist es mir egal. Auch jetzt habe ich keine Ahnung, wo sie herkommt, nur jetzt gerade stört's mich, jetzt wüßte ich gern, was los ist. Wenn sie Samstag mittag mit einem Typen nach Hause kommt, dann kann mir das schon auf die Eier gehen, egal wer der Kerl ist, egal, was er hier will. Manchmal paßt es mir einfach nicht. Ich habe Lust auf eine Party, ich will, daß endlich Abend wird, ich habe Lust, wegzugehen und mich zuzuschütten. Auf Streß kann ich gut verzichten.

Ich gehe durch die Hintertür, aber sie hört mich kommen, ich schätze, sie hat auf mich gewartet. Die beiden sind in der Küche.

«Moritz?» ruft sie, einen Augenblick später steht sie im Flur, ich schaffe es gerade bis vor meine Zimmertür.

«Warte mal einen Augenblick. Ich würde gerne mit dir reden.»

«Eigentlich habe ich keine Zeit», sage ich.

«Na, einen Augenblick wirst du haben», sagt sie schroff. Sie hat die Haare auftoupiert, sie ist geschminkt, sieht aus wie eine Nutte. «Ich möchte dir jemanden vorstellen.»

Ich gebe auf, was soll ich machen, widerstrebend folge ich ihr. Erst jetzt sehe ich die zwei Koffer, die am Fuß der Treppe stehen.

«Was soll das?» frage ich.

«Komm in die Küche.»

In der Küche steht der Mann, der am Steuer des Wagens saß, er lächelt. Meine Mutter sieht mich an.

«Das ist Dr. Wilhelm», sagt sie. «Dr. Wilhelm, das ist Moritz. Ich glaube, ihr habt einander schon ein paarmal gesehen.»

«Hallo», sagt er.

«Was will der hier?» frage ich.

«Sag wenigstens erst mal Guten Tag.»

Ich schaue den Typen kurz an, aber ich denke nicht daran, irgendwas zu sagen. Ich sehe, daß sie wütend wird, aber das ist mir ziemlich gleich. Ich will hier schnell wieder raus, das ist alles.

Der Mann räuspert sich und wendet sich an meine Mutter.

«Lassen Sie nur», sagt er.

Sie will etwas entgegnen, schluckt es dann herunter und dreht sich zu mir um.

«Dr. Wilhelm kommt von einem wissenschaftlichen Institut», erklärt sie. «Er hat mich vor einer Weile gebeten, die Arbeit deines Vaters durchsehen zu dürfen, seine Aufzeichnungen, seine Unterlagen, die Labors. Es ist ja alles unberührt.»

«Hmm», mache ich.

Sie fummelt an ihrer Bluse herum.

«Dr. Wilhelm kommt aus Hamburg, das ist eine ganz schöne Strecke, zu weit, um sie jeden Tag zu fahren. Und weil es in der Nähe auch keine anständige Pension gibt, habe ich ihm angeboten, für die Zeit, die er benötigt, bei uns zu wohnen. Das Gästezimmer steht schließlich leer. Ich weiß nicht, wie lange es dauern wird und was er sich davon verspricht, aber das ist nicht meine Sache. Ich habe ihm für sein Vorhaben jede Erlaubnis gegeben, das wollte ich dir nur sagen.»

Ich überlege eine Sekunde, ich kapiere noch nicht ganz.

«Was hast du damit zu tun?» frage ich. «Karl kümmert sich doch um alles.»

«Karl wird keine Einwände haben.»

Ich zögere einen Augenblick, dann sehe ich sie an.

«Willst du jetzt jeden deiner Typen direkt bei uns einziehen lassen?» frage ich.

Sie macht einen Schritt nach vorne und versetzt mir, ehe ich ausweichen kann, eine Ohrfeige, und für einen Augenblick tanzen helle Punkte vor meinen Augen.

«Sieh dich bloß vor», zischt sie.

Der Mann aus der Stadt macht ein erschrockenes Gesicht, er versteht gar nichts, wie auch. Mir glüht die Backe, aber ich sage nichts. Das alles ist nicht mein Problem.

«Entschuldigen Sie, das ist mir so herausgerutscht.» Verlegen wendet sie sich an ihren Besucher, ich sehe, wie sie sich auf die Lippen beißt.

«Moritz ist ein unmöglicher Junge, Sie müssen das verstehen. Am besten, ich zeige Ihnen jetzt das Zimmer.»

Dr. Wilhelm nickt und sieht mich kurz an.

«Es ist sehr nett von deiner Mutter, mir euer Gästezimmer anzubieten», sagt er. «Ich werde euch bestimmt nicht stören.»

Ich mustere ihn, er hat einen dunklen Bart und ist ziemlich groß, schwer zu sagen, wie alt er ist. Der Anzug, den er trägt, ist etwas oll, abgetragen, nicht gerade der modischste Schnitt. Jedenfalls muß er in dem Ding ordentlich schwitzen.

«Auf mich könnt ihr wohl verzichten», sage ich. Ich habe keine Lust mehr auf blödes Gequatsche. Meine Mutter überhört mich einfach.

«Sie werden sich an ihn gewöhnen müssen», sagt sie entschuldigend, dann fährt sie mich an. «Und du wirst dich zusammenreißen, verstanden?!»

Langsam frage ich mich, was sie hier veranstalten will, was soll das Theater? Sie läßt mich nicht aus den Augen, ich bin unfähig mich zu rühren.

«Ich will dann mal», sage ich schließlich, langsam wird es peinlich. Sie nickt.

«Ach, warte einen Augenblick.» Dr. Wilhelm hält mir eine Tüte entgegen. «Das stand vor der Tür, ich denke, es gehört dir.»

Ich nehme die Tüte mit Tommis CDs und gehe aus der Küche, aber ich bin kaum in meinem Zimmer, da steht meine Mutter schon wieder hinter mir.

«Ich lasse mich von dir nicht beleidigen», faucht sie.

«Reg dich nicht auf», sage ich. «Es gibt Schlimmeres.»

«Ich rege mich aber auf! Dr. Wilhelm ist ein anständiger Mann. Du wirst deine dummen Sprüche gefälligst für dich behalten.»

«Mein Gott, du brauchst mir nichts vorzumachen, du läßt diesen Typ doch nicht aus reiner Nächstenliebe hier wohnen. Aber bitte, es geht mich natürlich nichts an, wen du in dein Bett holst.»

Sie zittert, ringt mit sich. Na los, denke ich, schlag mich noch mal, aber sie beherrscht sich.

«Wenn ich in meinem Haus Besuch empfange, ist das allein meine Sache. Du mußt hier nichts kommentieren. Dr. Wilhelm wird bei uns wohnen und seine Arbeit tun, das ist alles, und wenn du das nicht verstehen willst, dann tut es mir leid. Ich weiß, was ich tue.»

«Dein Haus also», sage ich. «Ist ja interessant.»

«Meinst du, ich habe gewollt», fährt sie mich an,

«daß alles so kommt? Meinst du, ich habe mir mein Leben so vorgestellt? Jeder muß sehen, wie er zurechtkommt.»

«So 'n Scheiß», sage ich.

«Du hast ja keine Ahnung», schnaubt sie. «Als ich deinen Vater kennengelernt habe, hatte ich auch andere Träume.»

«Willst du ihm alles in die Schuhe schieben?» Voller Verachtung sehe ich zu ihr auf. Was glaubt sie denn, was sie mir erzählen kann, ich bin kein Idiot. Jeder ist für seinen Dreck selbst verantwortlich.

«Na los», sage ich. «Zeig dem feinen Herrn sein Zimmer.»

Sie preßt die Lippen aufeinander und wendet sich zur Tür, doch ehe sie geht, dreht sie sich noch einmal um.

«Ich warne dich, mach keinen Blödsinn», sagt sie, «nur daß wir uns verstehen. Laß Herrn Wilhelm ja in Frieden.»

«Was soll das?»

Ich ärgere mich, daß sie das sagt, und sie sagt es, weil sie weiß, daß es mich ärgert, ich kenne sie.

«Du weißt, was das soll», sagt sie, und natürlich weiß ich, worauf sie anspielt, aber für mich ist das längst abgehakt. Ich will niemandem mehr was.

Als sie weg ist, setze ich mich aufs Bett und denke, kann das sein, muß ich mich so anscheißen lassen? Wer im Glashaus sitzt, soll nicht mit Steinen werfen, da sollte sie mal drüber nachdenken. Meine Mutter schmeißt sich jedem Mann an den Hals, weiß der Henker, wo sie die alle aufgabelt, sie holt sie ins Haus, geht mit ihnen ins Bett, ist das nicht zum Kotzen? Aber es ist nicht mein Leben, und mir ist es egal, vollkommen egal, denke bloß keiner was Falsches, ich habe ja gesagt, daß wir uns nicht gut verstehen, von mir aus kann sie sich in der Scheiße wälzen, wie sie möchte. Sie kann auch ins Haus holen, wen sie möchte, von mir aus kann hier einziehen wer will, ich brauche keine langen Diskussionen, nee, stehe ich nämlich nicht drauf. Aber muß ich mich derart anscheißen lassen?

Andererseits, was zählt es schon, was man gesagt bekommt, im Grunde nichts, man kann alles schlucken. Die Welt ist keine Blumenwiese, wo du dich ins Gras legen kannst und träumen, echt nicht. Das Leben kann beschissen sein.

Später gehe ich in die Küche, um mir ein Brot zu machen, der Typ steht am Kühlschrank, ich habe ihn total vergessen.

«Hallo», sagt er.

Ich mache auf der Stelle kehrt.

«Warte doch eine Sekunde.» Er kommt mir nach.

«Es tut mir leid, wenn es meinetwegen Ärger gibt zwischen deiner Mutter und dir. Das liegt sicher nicht in meiner Absicht.»

«So», sage ich.

«Ich kann dich verstehen, wirklich, da zieht auf einmal ein fremder Mann ein, ich glaube, kein Junge wäre davon begeistert. Aber sei versichert, ich werde nicht lange bleiben, ein paar Tage vielleicht, höchstens eine Woche. Bis ich die Arbeit deines Vaters durchgesehen habe. Trotzdem würde ich mich natürlich freuen, dich ein bißchen näher kennenzulernen.»

«So 'n Quatsch», sage ich. Das ist ja das letzte, so was hat mir gerade gefehlt. Dabei möchte ich schon wissen, was er nun wirklich hier will, ich habe bis jetzt kein Wort kapiert. Die Arbeit meines Vaters, so 'n Blödsinn, mein Vater ist über sieben Jahre tot, da hat sich nie einer für interessiert.

«Hören Sie», sage ich. «Mir ist egal, was Sie hier tun, da machen Sie sich mal keine Sorgen, mir ist auch egal, was meine Mutter glaubt, mir sagen zu müssen, und was nicht. Wenn sie gleich runterkommt, dann sagen Sie ihr, daß sie von mir aus machen kann, was sie will, sie soll mich nur in Ruhe lassen.»

Er runzelt die Stirn, jetzt lächelt er nicht mehr. Gut, denke ich und setze noch einen drauf.

«Dasselbe gilt auch für Sie», sage ich. «Machen Sie, was Sie wollen, aber halten Sie sich aus meinem Leben raus.»

Ich lasse ihn stehen und gehe wieder in mein Zimmer, mein Magen knurrt, aber da kann ich jetzt nichts dran ändern. Oben höre ich die Dusche, ich frage mich, was das soll, seit wann duscht sie mitten am Tag. Hier scheint sich einiges zu ändern, mein Gott, ich kann's nicht fassen.

Unser Haus steht an der Spitze der Halbinsel, die sich gut einen Kilometer ins Meer erstreckt. Früher war es das Haus des Leuchtturmwärters, eine kleine Straße führt von der Hauptstraße auf die Halbinsel bis dorthin, wo früher der Leuchtturm stand. Außer meiner Mutter und mir wohnt niemand mehr hier draußen, es ist einsam, wir haben keine Nachbarn, die etwas sehen, keine Nachbarn, die quatschen können, dennoch zerreißen sich die Leute im Dorf das Maul. Aber das haben sie schon immer und werden sie auch immer, darauf darf man nichts geben.

Dem Namen nach gehört das Haus zu Westerlindholm, aber bis dorthin ist es zu Fuß eine gute Viertelstunde. Das nächste Haus ist das von Andersen, und auch das ist über einen Kilometer entfernt, er wohnt gleich an der Hauptstraße, die ins Dorf führt, nicht weit von der Kreuzung, an der die Straße zur Halbinsel abgeht. Andersen hat einen Job im Feriendorf, dabei hat er anfangs zu den Leuten gehört, die vehement gegen die Anlage waren. Auch mein Vater war alles andere als begeistert, als die Pläne zum Bau des Feriendorfs bekanntwurden, und er hat an der Straße vorsorglich Tafeln aufgestellt: «Privatbesitz, Betreten verboten», um Spaziergänger, die es auf die Halbinsel ziehen würde, abzuschrecken. Er hat auch die Anschaffung eines Hundes erwogen, aber dazu ist es nicht gekommen, schließlich hat er die Fertigstellung der Anlage nicht mehr erlebt.

In dem kleinen Waldstück, das den östlichen Teil der Halbinsel bedeckt, steht ein großes ehemaliges Herrenhaus, in dem mein Vater, als er mit mir hierherzog, sein Institut einrichtete. Neben der Straße, die zu unserem Haus führt, steht noch ein altes Schild, «Institut für Erb- und Anlagenforschung», doch seit dem Tod meines Vaters existiert das Institut nicht mehr. Das alte Haus selbst hat schon die verschiedensten Institutionen beherbergt, während des Ersten Weltkriegs eine Offiziersschule, später ein Lazarett und im Zweiten Weltkrieg dann eine Kommandozentrale der Wehrmacht. Nach dem Krieg diente es, soweit ich weiß, als erstes provisorisches Krankenhaus der Besatzer, und bis in die Sechziger hinein war es ein Sanatorium. Erst als durch den Bau neuer Kreiskrankenhäuser der Standort überflüssig wurde, gab man es auf, und als mein Vater hierherkam, wurden weder das Sanatorium noch das ehemalige Haus des Leuchtturmwärters in irgendeiner Weise genutzt. Er kaufte das gesamte Grundstück um den Leuchtturm und zog mit mir ein, das war 1979, die

Räume für sein Institut pachtete er später vom Land oder der Gemeinde. Er muß ein richtiges Forschungszentrum geplant haben, denn er rief eine Stiftung ins Leben, die die Finanzierung sichern sollte, und bemühte sich um Unterstützung von öffentlicher Seite, doch irgendwie muß es schiefgelaufen sein, nicht so, wie er es geplant hatte, und er blieb allein hier draußen, ohne Mitarbeiter, ohne Institut. Die Schilder, die er aufstellen ließ, sind Zeugen dieser Pläne, später hat sich niemand die Mühe gemacht, sie abzubauen.

Bevor ich mich auf den Weg mache, gehe ich ins Bad, um mich frisch zu machen. Ich habe ein eigenes Badezimmer, direkt gegenüber meiner Tür, was wirklich praktisch ist. Das obere Stockwerk betrete ich so gut wie nie. Ich ziehe mein T-Shirt aus und betrachte mich im Spiegel. Mir tun die Gelenke weh, seit ein paar Tagen wieder stärker, ich habe das, seit ich denken kann, chronische Entzündungen, bis jetzt hat dagegen noch nichts auf Dauer geholfen. Ich wasche mein Gesicht mit Alkohol, das mache ich regelmäßig, ich will nicht aussehen wie einer mit fünfzehn, der Probleme hat mit Pikkeln oder so. Probleme sind was anderes. Ich fahre zusammen, als meine Mutter in der Tür steht.

«Heute morgen hat ein Mann vom Jugendamt angerufen», sagt sie. «Sie wollen sich die nächsten Tage noch einmal bei dir melden.»

Klasse, denke ich. Diese Typen sind so ziemlich das letzte, was mir noch fehlt, die können einen dermaßen schaffen. So einer, der quatscht 'ne Stunde auf dich ein, danach haste nur noch Matsch in der Birne.

«Die können mich mal», sage ich.

Sie überhört das.

Ich habe keine Ahnung, was die vom Jugendamt

schon wieder wollen, aber ich kann mir denken, daß ich nicht damit einverstanden bin, was auch immer es ist. Es gibt da einen, der kümmert sich seit Jahren um mich, geht mir auf den Geist mit seinem Engagement, der hat irgendwie einen Narren an mir gefressen, keine Ahnung weshalb. Immerhin versucht er, seit ich von der Schule weg bin, irgendwas für mich zu finden, er betreut mich schon, seit sie mich nach der dritten Klasse in eine spezielle Schule für schwererziehbare und verhaltensgestörte Kinder gesteckt haben. Da habe ich Typen kennengelernt, die richtig einen Sprung hatten, obwohl auch ein paar lustige Jungs dabei waren, aber nur Chaoten, ich bin dort nie besonders gut mit den anderen klargekommen. Natürlich liegt das auch an mir, vielleicht hätte ich mich nur ein wenig zusammenreißen müssen, und ich hätte die normale Schule doch irgendwie gepackt, da kommen schließlich ganz andere Flaschen durch. Doch wahrscheinlich hätte es mich den halben Verstand gekostet, und zu was hätte es geführt? Inzwischen bin ich meiner Meinung nach alt genug, daß sie mich endlich in Ruhe lassen könnten. Es gibt Jungs in meinem Alter, die regulär von der Schule abgehen, was haben sie also mit mir?

Ich gehe in mein Zimmer, meine Mutter folgt mir.

«Du denkst doch daran, deine Tabletten zu nehmen, oder?»

Ich frage mich, was ihr noch alles einfällt, womit sie mich noch zuscheißen will. Oh, ich weiß, was los ist, jetzt, wo der Typ im Haus ist, hat sie Angst. Der Arzt hat ihr gesagt, was passieren kann, wenn ich die Dinger nicht mehr schlucke.

«Ich nehm das Zeug nicht mehr», sage ich.

«Du weißt, daß das nicht geht.»

«Ist mir egal.»

Ich warte, daß sie explodiert, aber nichts passiert. Sie scheint zu zögern, und ich frage mich, ob sie etwas zu der anderen Sache sagen will, aber wenn, dann schluckt sie es herunter. Sie schüttelt den Kopf, dann dreht sie sich um und geht.

Ich ziehe mir ein schwarzes Hemd an, nehme meine Jacke und gehe, mein Zimmer schließe ich ab. Meine Mutter und ihr Gast sitzen im Wohnzimmer, ich stehle mich aus dem Haus, ohne ein Wort zu sagen. Ich bin zu früh, ich weiß, aber ich kann noch durchs Feriendorf laufen. Besser als hier rumzusitzen. Besser auf jeden Fall.

Das Feriendorf liegt ein Stück westlich der Halbinsel, dort, wo es den schönsten Strand gibt. Große, grasbewachsene Dünen ziehen sich die Küste entlang, hinter denen ein ausgedehntes Netz von Wanderwegen angelegt wurde. Von der Hauptstraße zweigt eine eigene Zufahrt ab, und nach vielleicht fünfzig Metern kommt man zur Einfahrt, an der bunte Wimpel wehen, die Anlage gehört zu irgendeiner größeren Kette. Früher stand hier ein Ausflugslokal, das meines Wissens aber schon Anfang der Achtziger dichtgemacht hat, sie haben es abgerissen, als sie anfingen zu bauen. Etwas weiter, am Rand des Feriendorfs, stehen ein paar Häuser, die noch bewohnt sind und die sie nicht abreißen konnten.

Die Anlage selbst besteht aus Reihen von Bungalows, jeder mit eigenem Parkplatz, die an kleinen Wegen stehen, und in der Mitte ist eine Art Zentrum, mit Supermarkt, Verwaltung, Bank und einem Erste-Hilfe-Büro, alles um einen großen Platz, auf dem abends Veranstaltungen stattfinden. Am Rand des Platzes sind die Dünen abgetragen, so daß man den Strand sehen kann, hier steht auch das Café, dessen große Terrasse auf den Strand hinaus geht. Abends gibt es dort Musik, es ist eigentlich immer etwas los.

Für die Menschen hier draußen hat das Feriendorf eine gewisse Abwechslung gebracht, denn im allgemeinen ist hier an der Küste nichts zu holen, es gibt keine Arbeit, wenn man nicht gerade Fischer auf einem der großen Boote ist, und auch keine Zukunft, egal ob man nun Arbeit hat oder nicht. Seit das Feriendorf existiert, kommen Urlauber her, wenigstens im Sommer, und wenn man will, kann man sich dort die Zeit vertreiben. Auch ich laufe von Zeit zu Zeit ganz gerne durch die Anlage. Hier draußen ist man die meiste Zeit mit sich selbst beschäftigt, daran gewöhnt man sich, und ich schätze die Ruhe und Einsamkeit, aber manchmal ist es auch sehr langweilig, es gibt Momente, da ist irgendeine Gesellschaft besser als gar keine. Und in dieser Gegend gibt es nicht viele Orte, an denen man Leute sehen kann, wenn man, wie ich, kein Auto fährt. Ich bin fünfzehn, und ich weiß, wie man ein Auto fährt, aber ich habe keins, an das ich rankomme, meine Mutter würde mich niemals fahren lassen. Mit dem Fahrrad kommt man natürlich nicht weit, und wo der nächste Bahnanschluß ist, kann ich nicht einmal sagen. Flensburg vielleicht, und bis dort ist es wirklich ein ordentliches Stück.

Trotzdem glaube ich nicht, daß das Leben in der Stadt wirklich besser ist, ich denke, es ist nirgendwo besser oder schlechter als hier, es ist überall mehr oder weniger gleich. Das ist die Zeit, in der wir leben, die Menschen unterscheiden sich nicht wirklich. Wenn man in der Zeit reisen könnte, das wäre vielleicht etwas anderes, obwohl mich der Gedanke nie so fasziniert hat. Jedenfalls bin ich, egal wo ich war, immer froh gewesen, wenn sie mich wieder zurückschickten, das ist einer der Punkte, den Tommi nicht kapiert, aber wir sind in vielerlei Hinsicht sehr verschieden. Ich zum Beispiel habe nicht einmal die Schule in Glücksburg geschafft, und es hat mir nie etwas bedeutet. Ich störe mich nicht daran, wenn er von der Stadt erzählt, aber es reizt mich auch nicht. Ich bin gerne hier, man kann die Küste rauf und runter schauen, ohne einen besseren Ort zu finden, doch meiner Mutter geht das nicht in den Kopf, und so macht sie mir das Leben schwer, seit sie hierhergezogen ist. Sicher, sie hat auch gelernt, mich in Ruhe zu lassen, nur deshalb kommen wir einigermaßen zurecht, sie ist schon froh, wenn ich keinen Ärger mache, und ich versuche, mich zusammenzureißen. Eine Zeitlang, ja, da hatte ich eine Menge Ärger, aber auf die Dauer wird das ziemlich anstrengend, auf die Dauer mußt du einfach sehen, daß du dich zusammenreißt. Sie können dir die Hölle heiß machen, o ja, und dann ist es kein Spaß mehr.

Meine Zigaretten sind alle. Vor dem Supermarkt im Feriendorf steht ein Automat, ich ziehe mir eine Schachtel Luckies, mein Fahrrad stelle ich am Schaufenster ab. Ein Mädchen sitzt auf einem der steinernen Blumenkästen, die den Parkplatz vor dem Supermarkt begrenzen, sie sieht zu, wie ich das Zellophanpapier von der Pakkung fummle.

«Machst du auch Ferien hier?»

Ich blicke auf. Kann mich nicht erinnern, sie schon einmal gesehen zu haben.

«Nein», sage ich.

Ich merke, daß ich meine Streichhölzer vergessen habe.

«Hast du Feuer?» frage ich.

«Wenn du mir auch eine gibst.»

Ich zucke mit den Schultern und halte ihr die Pakkung hin. Sie holt ein Feuerzeug hervor, zündet erst ihre Kippe an, dann gibt sie es mir.

«Du bist also von hier.»

«Ja», sage ich.

«Ist es weit bis zum Dorf?»

«'ne Viertelstunde. Aber ich wohne nicht im Dorf.»

«Ach so», sagt sie. «Wohnst du hier draußen?»

Sie deutet in Richtung der Häuser, die am Rand des Feriendorfs übriggeblieben sind, Emma wohnt da und Piet Breuer, der den kleinen Laden mit Schwimm- und Badesachen hat.

«Ich wohne auf der Halbinsel», sage ich. «Ganz an der Spitze. Und jetzt muß ich weiter.»

Ich drehe mich um und will gehen.

«Warte», sagt sie. «Wir fangen doch gerade erst an zu quatschen.»

Ich weiß nicht, was ich sagen soll, darum sehe ich sie an. Sie hat blonde Haare, zu einem Pferdeschwanz gebunden, nur vorne am Ansatz stehen ein paar dünne, ganz helle Haare hervor. Ihre Nase ist schmal und ziemlich gerade, ich weiß auch nicht, warum mir das auffällt, vielleicht weil ich weiß, daß meine Nase eher plump ist. Sie ist ziemlich dünn und ein Stück größer als ich, doch das heißt nichts, denn die meisten Mädchen in meinem Alter sind größer als ich. Wahrscheinlich ist sie ungefähr mein Alter, aber leider sehe ich jünger aus, als ich bin, ich wirke kaum wie fünfzehn, das weiß ich, und es ist ein wunder Punkt. Sie trägt eine kurze Hose und ein T-Shirt, beides ziemlich verwaschen, ich bin mit meinen Jeans wie üblich viel zu warm angezogen. Es ist heiß, kaum eine Wolke am Himmel, doch ich kann kurze Hosen einfach nicht leiden. Ich fühle mich nicht wohl, wenn die Leute meine Beine sehen können.

«Wir sind gestern angekommen», sagt sie, und das habe ich mir gleich gedacht, denn wenn sie schon länger hier wäre, hätte ich sie sicher mal irgendwo gesehen, außerdem ist sie blaß, wie es nur die Leute sind, die gerade aus der Stadt kommen. «Hab mich noch gar nicht richtig umgesehen.» Sie wippt auf den Fersen vor und zurück. «Die Halbinsel kenne ich noch nicht.»

«Macht ja nichts. Vom Leuchtturm ist nur 'ne Ruine übrig, und sonst gibt's nicht viel zu sehen.»

«Muß toll sein, hier zu wohnen, so direkt am Meer.»

«Na ja», sage ich. «So toll ist es auch nicht.»

«Das Meer?» Sie lacht. «Ich finde das Meer klasse.»

«Ja, die Leute kommen deshalb.» Ich schaue über den Platz auf den schmalen Streifen Meer, den man sehen kann. «Ich mag's nicht so besonders.»

«Du merkst es nur nicht, für dich ist es selbstverständlich. Wenn ich jeden Tag im Meer schwimmen könnte, wäre es wohl für mich auch nichts Besonderes mehr.»

«Ich habe nicht gesagt, daß ich jeden Tag im Meer schwimme.» Ich bin ein bißchen ärgerlich, ich habe ja nicht einmal gesagt, daß ich überhaupt schwimme, zufällig ist es nämlich so, daß ich nicht schwimmen kann, das heißt, ich habe es noch nie versucht. Aber freiwillig würde ich keinen Schritt ins Meer setzen, ich halte das für sträflichen Leichtsinn, da kann so leicht etwas passieren, und was hat man schon davon. Wir wissen nicht, was dort unten alles lebt.

«Ich kann nichts dran finden», sage ich.

«Und was machst du denn den ganzen Tag?»

«Oh, ich habe einen Job», sage ich. «Mein Vater baut Schiffe, Kriegsschiffe, und ich helfe ihm, die zu planen.»

«Das ist doch Quatsch.» Sie lacht.

«Nein», sage ich. «Ehrlich. Na gut, eigentlich bin ich dafür zuständig, die Modelle zu bauen, sie brauchen von jedem Schiff mindestens drei Modelle, in verschiedenen Maßstäben. Ich mache das immer in den Ferien.»

Ich weiß auch nicht, warum ich diesen Mist erzähle, ich denke einfach nicht drüber nach. Und irgendwas will sie ja hören.

«Macht's dir Spaß?»

«Klar», sage ich. «Aber lieber wär's mir, er würde Flugzeuge bauen. Leider hört er nicht auf mich.»

Ein Auto kommt heran, wir stehen immer noch vor dem Supermarkt.

«Scheiße», sagt sie. «Mein Vater.» Sie schmeißt ihre Zigarette weg. «Mein kleiner Bruder ist weggelaufen, weißt du, wir haben ihn den ganzen Nachmittag gesucht. Sieht aus, als hätte er ihn gefunden.»

Der Wagen kommt näher, ein alter Kombi, und neben dem Fahrer sieht man das Gesicht eines kleinen Jungen, der sich zwischen den Sitzen nach vorne reckt. Die Sonne läßt die Farbe des Wagens leuchten, und ich kneife die Augen zusammen, so ein Auto habe ich noch nie gesehen. Es ist rosa, verdammt, knallrosa, von oben bis unten, und auf die Motorhaube ist eine hellgrüne Blüte gemalt, von bestimmt einem Meter Durchmesser.

«Ich muß dann wohl los», sagt das Mädchen. «Wie heißt du eigentlich?»

Ich bin so erschrocken, daß ich gar nichts sage.

«Ich heiße Chris», sagt sie, als ich nichts herausbringe. «Einfach Chris. Nicht Christiane oder so.»

«Moritz», sage ich.

«Schön. Dann tschüs, Moritz.»

Sie dreht sich um und läuft dem Auto entgegen, dessen Farbe meine Netzhaut immer noch Saltos schlagen läßt. Der Wagen hält, sie steigt vorne ein, und ich habe Gelegenheit, das Bild auf der Motorhaube zu mustern. Ich kenne mich da nicht aus, könnte aber eine Lotusblüte sein, mit feinem Pinselstrich gemalt, so was Bescheuertes. Der Vater sagt irgend etwas, sie rollt mit den Augen.

«Ich kenne den Jungen gar nicht», erwidert sie.

«Was glotzt der dann so?»

Er mustert mich mißtrauisch, vielleicht gucke ich blöd, aber dann liegt es an dieser beschissenen Farbe.

Die Tür fällt zu, der Wagen fährt los, und ich starre der rosa Kiste mit offenem Mund nach. Mann, denke ich, wie kann man so etwas mit seinem Auto machen. Von hinten sieht es aus wie ein Riesen-Kaugummi.

In dem Moment kommt Tommi über den Platz, sieht mich und schiebt sein Fahrrad auf mich zu. Ich starre immer noch dem Wagen hinterher.

«Was guckst du denn so?»

«Ach nichts», sage ich. «Woll'n wir?»

Er nickt, ich schnappe mir mein Fahrrad, und wir machen uns auf.

Und du glaubst nicht, daß deine Mutter den Kerl einfach aus Freundlichkeit bei euch wohnen läßt? Wie sie gesagt hat, damit er nicht ständig von Hamburg herfahren oder sich irgendwo ein Zimmer nehmen muß.»

Tommi steht am Flipper, ich habe ihm alles erzählt.

«Kann ich mir einfach nicht vorstellen», sage ich. «Das paßt nicht zu ihr.»

«Hmm.»

Er jagt die Kugel dreimal am Stück über die Killer-Loop, das Bonuslicht blinkt, die Punkte rasseln nur so.

«Ich habe das dumme Gefühl, daß sie sich den Kerl

angeln will», sage ich. «Du hättest sie sehen sollen. Sie macht ein Riesentheater.»

«Komisch ist das schon.»

Er scheint dieselben Gedanken zu haben wie ich, warum zum Teufel sollte sich meine Mutter einen Typen ins Haus holen, mit dem sie nicht ins Bett will. Das paßt einfach nicht.

«Dabei sieht der Typ mir gar nicht aus, als hätte er irgendein Interesse an ihr», sage ich. «Nur sicher bin ich mir auch nicht. Aber glaubst du mir, daß ich keinen Bock habe, demnächst über seine dreckigen Socken zu stolpern oder sein Rasierzeug in der Küche zu finden?»

«Wart's doch erst einmal ab.»

«Was würdest du an meiner Stelle sagen?»

Er kaut auf seiner Unterlippe herum.

«Ich weiß nicht», sagt er. «Ist schon irgendwie blöd.»

«Sie hält es nicht einmal für nötig, mich vorher zu fragen, was ich davon halte. Das wäre doch das mindeste, oder?»

«Na ja, die Kommunikation zwischen euch ist ja nicht erst seit heute ziemlich eingeschränkt. In beiden Richtungen.»

«Blödsinn. Sie hätte mir etwas sagen müssen. Statt dessen kotzt sie mich mit dämlichen Andeutungen voll, von wegen früher, ich solle den Kerl bloß in Ruhe lassen und so'n Quatsch.»

Tommi runzelt die Stirn.

«Versuch einmal, ihre Situation zu sehen», sagt er.

«Jetzt fängst du auch schon an.»

Er lacht.

«Ich hol uns 'n Bier», sage ich.

Es ist einigermaßen voll in dem Laden, und ich muß mich durchboxen, um an die Theke zu kommen. Ein paar Typen protestieren meckernd, aber auf so was höre ich nicht.

«Zwei Bier», sage ich. Der Typ hinter den Zapfhähnen gibt mit keiner Miene zu verstehen, daß er mich gehört hat. Ich warte.

Das «Jodie's» ist ein Laden an der Bundesstraße, direkt hinter einer Tankstelle, unter der Woche ist es vor allem eine Fernfahrerkneipe. Nicht weit von hier steht eine große Fischfabrik, deren Ladungen durch ganz Europa gehen, die Fahrer halten hier regelmäßig für ein Frühstück oder einfach ein Bierchen zwischendurch. Am Wochenende kommen schon mal ein paar mehr Jungs aus der Gegend, gerade Samstag abend, so wie Tommi und ich, es gibt nicht allzu viele Kneipen hier draußen. Bei uns im Dorf haben wir den «Goldenen Esel», das war's dann auch, und wenn du mal keine Lust auf den Laden hast, siehst du schon alt aus, dann ist das «Jodie's» immerhin eine Alternative. Wir sind mit dem Fahrrad hier, wenn wir gemütlich fahren, ist es vom Feriendorf eine knappe halbe Stunde. Mit 'nem Auto sähe das Ganze natürlich anders aus, verdammt, da sähe so einiges besser aus.

Als meine Mutter noch nicht lange hier war und das mit den Männern gerade losging, habe ich Tommi einmal mitgenommen, als sie Besuch hatte, er hatte keine Ahnung, worum es ging, ich hatte ihm nichts gesagt. Ich bin vor ihm die Treppe hinaufgeschlichen, aus dem Zimmer meiner Mutter kam Musik, und ich habe die Tür leise geöffnet, so leise, daß sie es im Zimmer nicht gemerkt haben, dann habe ich Tommi gucken lassen. Er hat ganz schön Augen gemacht, er hat es mir nicht glauben wollen. Nachher dann ist er auf mich los und hat mich verprügelt, er war stinkesauer, und ich hatte keine Ahnung, warum. Bis er's mir gesagt hat. Klar war es spannend, und ich wette, er hatte so was vorher nicht gesehen, aber er konnte nicht verstehen, daß ich ihn das habe sehen lassen, wo es doch meine Mutter war, die sich da drin von irgendeinem Typen vögeln ließ. Das ging ihm nicht in den Kopf, dabei hatte ich damit das geringste Problem. Doch ich glaube, ich habe kapiert, was er meinte. Wilma hängt an der Flasche, und das ist eine Sache, über die verliert er nie ein Wort.

Zu Anfang hat meine Mutter mich immer aus dem Haus geschickt, wenn Männer zu Besuch kamen, ich habe mir deswegen keine Gedanken gemacht. Nur weil ich mir nichts sagen lasse, bin ich das eine oder andere Mal dageblieben und habe sie beobachtet. Einer, der mich dabei erwischte, hat mich windelweich geprügelt, ein anderer ist, als sie fertig waren, zu mir gekommen und hat mir einen Zwanziger in die Hand gedrückt. Fürs Zugucken, hat er gesagt und mir mit der Hand über den Kopf gestrichen, da war ich hinüber. Ich hatte nicht einmal mitgekriegt, daß er mich bemerkt hatte. Als der Typ zwei Wochen drauf wiederkam, habe ich die Flucht ergriffen und bin erst nach Hause zurück, als ich sicher sein konnte, daß er fort war. Er mußte den ADAC kommen lassen, weil ich ihm alle Reifen zerstochen hatte, seitdem habe ich ihn nicht wiedergesehen.

Als meine Mutter spitzbekam, daß ich sie von Zeit zu Zeit beobachtete, fing sie an, mich einzusperren, aber mich sperrt man nicht ein, nicht in meinem Haus, ich habe mich immer befreien können. Sie hat mir Prügel angedroht und mich ordentlich vermöbelt, aber erreicht hat sie damit nichts, ich bin so oft geprügelt worden, daß es mir nichts mehr ausmacht. Wenn ich aufgehört habe, dann, weil mir schlecht davon wurde, weil mir die Kotze schon hochkam, wenn ich die Typen nur vorfahren sah. Aber auch das hat sich gelegt. Ich hätte nicht gedacht, daß man sich an alles gewöhnen kann.

Ich balanciere die Gläser zu Tommi, der gerade vom Flipper zurücktritt.

«Ah», sagt er, als ich ihm das Bier reiche. «Danke.»

Er spielt noch einen Ball, währenddessen krame ich eine Packung Tabletten aus meiner Jacke hervor, schlucke zwei von den Dingern und spüle sie mit Bier herunter. Sie helfen mir, meinen Blutzucker zu regulieren, und wenn ich trinke, brauche ich die, sonst kippe ich irgendwann aus den Latschen, liegt am Alkohol, ist halb so wild, wie es sich anhört, auch daran gewöhnt man sich.

Tommi verliert den Ball, verpaßt dem Flipper einen Tritt und flucht.

«So'n Scheißkasten. War wieder nichts.»

«Laß mich mal», sage ich. Ich wühle in meinen Taschen, suche Kleingeld. Ein dicker Typ mit Cowboystiefeln und Lederweste glotzt von der Bar zu uns herüber.

«Was ist eigentlich mit deiner Freundin?» frage ich, während ich meine Hosentaschen durchforste. «Kommt sie mal mit?»

«Ich weiß nicht.» Tommi sieht an mir vorbei, auf die Leute.

«Was ist denn?»

«Nichts», sagt er. «Wir haben uns gestritten.»

«Worüber?»

Er schnauft leise.

«Ist 'ne lange Geschichte. Nicht jetzt, okay? Ein andermal.»

«Ist deine Sache», sage ich.

Der dicke Cowboy glotzt immer noch zu uns herüber, jetzt scheint er aus seiner Lethargie zu erwachen.

«Hey», blökt er. «Seid ihr bald fertig? Andere Leute wollen auch mal spielen.»

Er rutscht von seinem Hocker und wankt zu uns rüber.

«Mal langsam, Alter», sage ich. Von so einem lasse ich mich nicht anmachen. Der Kerl ist mindestens vierzig und schon ziemlich dicht, in seinem Schnurrbart hängt der Schaum vom letzten Schluck Bier.

«Paß auf, Kleiner», sagt er und meint mich. «Ich wart schon 'ne ganze Weile, daß dein Freund hier fertig wird. Jetzt bin ich dran, verstanden?»

«Nee», sage ich. «Verpiß dich.»

Tommi faßt mich am Arm.

«Laß ihn.»

Ich schüttele seine Hand ab.

«Verdammt noch mal», brüllt der Alte, und der massige Bauch, der sich unter einer Lederweste spannt, bebt. «Du machst jetzt den Scheißflipper frei, ist das klar?»

Ein paar Leute drehen sich nach uns um.

«Bitte», sage ich. Ich trete zur Seite, aber als er an den Flipper will, stelle ich mich in den Weg.

«Immer nur schön freundlich fragen», sage ich. «Dann ist alles kein Problem.»

«Komm jetzt!» Tommi zerrt mich weg.

Der Dicke fixiert mich.

«Wenn du Ärger willst, den kriegste schneller, als du denkst.»

«Ärger mit wem?» sage ich. «Mit 'nem vollgesoffenen Fettsack wie dir?»

Jetzt spuckt er Feuer.

«Macht bloß, daß ihr wegkommt», zetert er. «Habt ihr nichts Besseres zu tun, als hier herumzulungern? Scheiße auch, das ist ein Laden für Erwachsene, nicht für Schwachköpfe wie euch. Ihr gehört doch zu den Idioten, die überall Ärger machen, Typen wie ihr, die stehen jeden Tag in der Zeitung.»

«Hör nicht hin», sagt Tommi.

«Ich find's gerade interessant», sage ich.

«Vergiß es, der Kerl ist dicht. Komm jetzt.»

Er bahnt sich einen Weg durch die Leute, die den Dicken ohne besonderes Interesse anglotzen, ich folge ihm. Er hat ja recht.

«Ha», grölt der Dicke hinter uns. «Jetzt zieht ihr den Schwanz ein, aber nächste Woche, da seid ihr wieder ganz groß. Ja, ihr, euch meine ich.»

«Halt doch die Fresse», sage ich, das Gesabber geht mir auf den Geist. Will er an den Flipper oder hier die Luft verpesten?

«Das ist doch ein Scheißladen, wirklich.»

Tommi, der neben der Tür wartet, nickt.

«Aber wo soll'n wir sonst hin?»

«Keine Ahnung. Aber besser als hier ist es überall. So ein Arschloch.»

«Vielleicht ist im Feriendorf noch was los.» Er kratzt sich am Kopf. «Oder drüben in Moosbüll. Ich hab gehört, im Gemeindesaal soll 'ne Fete sein.»

«Oder wir holen uns an der Tankstelle 'n Sixpack», schlage ich vor, «und setzen uns irgendwo in die Dünen.»

«Auch nicht schlecht. Also, was machen wir?»

«Erst mal raus hier», sage ich. «Hier drin wird dir ja schlecht, wenn du dich nur umsiehst.»

Draußen schlendern wir an den parkenden Autos vorbei zu unseren Fahrrädern. Es ist dunkel geworden, die Straßenlaternen hüllen den Parkplatz in ein mattes, unwirkliches Licht. Ein kurzes Vordach überdeckt den

Eingang, davor stehen fünf oder sechs Motorräder, ihre Chromteile blitzen im Schein des Lichts, das aus der Tür nach draußen fällt. Die Leuchtreklame überm Dach ist kaputt.

«Warum sind die Leute bloß überall so schlecht drauf?» sage ich.

Tommi kickt einen Stein vor sich her.

«Keine Ahnung. In der Stadt ist das anders.»

«Ach ja?»

Ich schaue ihn an und überlege, ob mir kurze Haare stehen würden. Seit Tommi das letzte Mal hier war, hat er die Haare kurz, er hat sie fast ganz abgeschnitten, keine Glatze, aber auch nicht wesentlich länger. Früher hatte er richtig lange Haare, länger als ich, aber weil er blond ist, sah es bei ihm anders aus. Überall schneiden sich die Leute die Haare ab, das ist Trend, und teilweise sieht das richtig stark aus, auch ein paar Jungs, die ich kenne, haben sich den Kopf rasiert. Manche sehen jetzt echt hart aus, ja, die Leute gucken, wenn du so über die Straße läufst, dazu noch die richtigen Klamotten, Stiefel und so, da kriegen die richtig Schiß.

Tommi ist so etwas wie mein bester Freund, wir kennen uns schon eine Ewigkeit. Wir sind praktisch zusammen groß geworden, da wird man zu Freunden, dabei ist er fast ein Jahr älter. Tommi ist ziemlich schlau, er geht seit ein paar Jahren auf ein Internat bei Hamburg und ist seitdem eigentlich nur in den Ferien zu Hause, aber wir verstehen uns immer noch wie früher. Er ist keiner von diesen Typen, die irgend 'nem Scheiß hinterherjagen, die sich weiß der Teufel wie blöd in die Schule knien oder so und die alles machen, um später mal Geld oder 'nen tollen Job zu haben. Er ist nicht geil auf Karriere, auch wenn das, glaube ich, ein ziemlich gutes Internat ist, auf das er geht, aber bei Tommi ist das was anderes, er hat einfach 'ne Menge drauf. Gerade was Technik betrifft, hat er ganz schön Ahnung, er bastelt viel herum, zerpflückt dir jedes Gerät und baut es wieder zusammen, und du kannst sicher sein, daß es dann besser läuft als vorher. Trotzdem hat er sich verändert, seit er auf diesem Internat ist, mir fällt das auf, ich hänge ja die meiste Zeit hier, und hier tut sich nicht viel, wirklich nicht, da hat man einen guten Maßstab für das, was Veränderung ist.

Früher haben Tommi und ich eine Menge Zeit miteinander verbracht, wir hingen fast jeden Tag zusammen, ob wir nun durch die Gegend gelaufen sind oder bei ihm im Zimmer Computer gespielt haben, das war egal. Karl hat uns nie gern zusammen gesehen, aber er konnte nichts machen, er konnte Tommi den Umgang mit mir schlecht verbieten. Ich schätze, für Karl war einer der Gründe, die dafür gesprochen haben, Tommi aufs Internat zu schicken, daß ich ihm dorthin bestimmt nicht folgen würde.

Als das mit dem Internat feststand, haben wir natürlich ein paarmal darüber gesprochen, wie es sein würde. Tommi hat immer gesagt, daß wir Freunde blieben, sei doch klar, schließlich käme er in den Ferien und alle paar Wochen auch übers Wochenende, aber ich wußte schon damals, daß es nicht dasselbe sein würde. Ich habe ihm gesagt, du wirst neue Freunde finden, du wirst dich verändern, und es wird dir gefallen, das muß wohl so sein. Damals wollte er so was nicht hören, aber natürlich hatte ich recht, er hat sich verändert. Er führt ein anderes Leben.

«Ich weiß nicht, wie du es hier aushalten kannst», sagt er jetzt. «Die ganze Zeit.»

«Wieso?» frage ich.

Er bleibt stehen und lehnt sich gegen ein parkendes

Auto, auf dessen Heckscheibe ein ‹Ein Herz für Kinder›-Aufkleber prangt. Auf dem Rücksitz liegt eine halbnackte Barbie-Puppe.

«Ich werde schon verrückt, wenn ich nur die Ferien über zu Hause bin. Karl macht mich wahnsinnig, weißt du, alles hier kostet mich den letzten Nerv. Ich kann das nicht mehr, Familie und so.»

«Du weißt, wie's bei uns aussieht», sage ich.

«Ja, klar.» Er geht um den Wagen herum, legt sich mit dem Rücken auf die Motorhaube, starrt in den Himmel. Das Licht der Straßenlaternen ist schwach genug, daß man die Sterne erkennen kann.

«Gerade deshalb verstehe ich dich nicht. Aber das ist nicht einmal, was ich meine. Es ist einfach die ganze Landschaft hier draußen, die Leute, manchmal habe ich das Gefühl, als bekäme ich nicht mal richtig Luft. Glaub mir, ich bin froh, wenn die Ferien vorbei sind. Es wird Zeit, daß ich hier wegkomme.»

«Hmm», mache ich. Es ist nicht das erste Mal, daß er so etwas sagt, und wie immer kann ich ihn nicht ganz verstehen, ich fühle mich hier draußen nämlich ganz wohl. Klar, perfekt ist natürlich keine Gegend.

Die Autos parken in drei Reihen, an der Mauer, die den Parkplatz nach hinten begrenzt, stehen zwei Wohnmobile, daneben eine Ente ohne Fenster und Reifen. Eine Treppe führt zum Hintereingang der Kneipe, davor stapeln sich leere Kästen und Müllsäcke. Einer der Säcke ist umgekippt, Essensreste sind herausgefallen, ein Haufen Pommes frites, Salatblätter. Der Wind wirbelt eine Papierserviette vom Boden auf und bläst sie gegen eins der parkenden Autos.

«Ich könnte dich mal wieder in der Stadt besuchen», sage ich. Hinter mir steht ein Jeep, und mit einem Satz befördere ich mich auf die Motorhaube, die Füße auf die Stoßstange. Als ich mich mit den Händen abstütze, fasse ich in irgend etwas Unangenehmes, Klebriges, einen schmierigen Belag, doch in dem schlechten Licht kann ich nicht erkennen, was es ist.

«Sicher.» Tommi setzt sich auf. «Hast du eigentlich nie das Gefühl, daß du hier raus mußt? Irgendwohin, wo mehr los ist?»

«Ich weiß nicht», sage ich. Nach all dem, was ich hinter mir habe, bin ich ganz froh, daß hier seit einer Weile nicht so viel los ist, sie haben mich lange genug irgendwo herumgeschoben. Ein Auto rauscht vorbei.

«Vergiß es einfach», sagt Tommi. Er steht auf, stellt einen Fuß auf die Stoßstange des Wagens, nimmt ihn runter und verpaßt dem Kotflügel einen Tritt.

«Also, was woll'n wir machen?»

«Keine Ahnung», sage ich. Ich springe von dem Jeep herunter, wische meine Hände an der Hose ab und gehe um den Wagen herum. Das Blech funkelt im Schein der Straßenlaterne.

«Hey», sage ich und haue die Stiefelspitze in die Tür. Eine Delle bleibt zurück, ich richte den Blick auf meine Stiefel. Nicht schlecht.

Tommi lacht, legt den Kopf in den Nacken, dann tritt er einen Scheinwerfer kaputt.

«Scheißkiste», sagt er. Ich gehe zu der nächsten Karre und versuche die Farbe des Wagens zu erahnen, irgendwas zwischen Blau und Grün, in dem Licht läßt sich das nicht erkennen.

«Ich weiß, was wir machen», sage ich. «Wir geh'n jetzt zur Tankstelle, holen uns 'n paar Bier, und damit setzen wir uns irgendwohin.»

Tommi tritt einem BMW den Spiegel weg.

«Klingt gut», sagt er.

Die Tür der Kneipe geht auf, ein Mann kommt

heran, schnauft und reckt sich. Ein Scheinwerfer splittert unter meinem Stiefel, der Typ horcht auf und sieht zu uns herüber.

«Hey!» brüllt er. «Seid ihr verrückt geworden?»

Hinter ihm kommen zwei Jungs in Bomberjacken aus dem Laden, Tommi hält inne, wir sehen uns an.

«Nichts wie weg», sage ich.

Wir flitzen zu den Rädern.

«Stehenbleiben», brüllt der Typ, aber so blöd sind wir nicht.

«Mach schon!» Tommi wird nervös, er kann nicht so schnell laufen, er hinkt ein bißchen. Als er fünf war, ist ihm Wilma beim Ausparken über den Knöchel gefahren, war ein komplizierter Bruch, der nie richtig geheilt ist. Unsere Räder stehen an einer der Laternen, ich könnte mich dafür ohrfeigen, daß wir sie abgeschlossen haben.

Der Typ in der Tür sagt etwas, und die beiden Jungs setzen sich in Bewegung, sie sind verdammt flott. Scheiße, denke ich, was regt der Arsch sich denn so auf, oder haben wir etwa gerade seine Karre erwischt? Ich bekomme mein Schloß nicht auf, es ist ein Zahlenschloß, und ich sehe fast nichts.

«Das war's dann», sagt Tommi. Die beiden Jungs haben uns fast eingeholt, jeder von ihnen ist mindestens doppelt so breit wie wir und garantiert einen Kopf größer.

«Jetzt heißt's laufen», zische ich. Scheiß auf die Räder.

Es ist warm, und ich habe ein Gefühl, als fiele der Himmel auf mich herab.

2

Mein Vater starb im April 1988, er erlitt einen Schlaganfall. Ich war damals acht Jahre alt. Er hatte die ganze Nacht oben in seinem Zimmer gearbeitet, es muß ihn irgendwann am frühen Morgen erwischt haben, und der Arzt sagte später, wenn man ihn rechtzeitig gefunden hätte, hätte er vielleicht noch eine Chance gehabt, aber er lag bereits zwei Tage in seinem Zimmer, ehe Karl ihn entdeckte. Ich hatte ihn nicht vermißt, hatte nichts gehört oder so und mir auch keine Gedanken gemacht. Manchmal sah ich ihn eine ganze Weile nicht, ich war damals schon viel allein, wir gingen uns ziemlich aus dem Weg, deshalb wäre ich auch nie darauf gekommen, nach ihm zu schauen. Später fand ich den Gedanken natürlich aufregend, daß er in seinem Zimmer gelegen haben muß, unfähig, sich zu bewegen, nicht imstande, um Hilfe zu rufen, während ich unten vor dem Fernseher saß, Musik hörte oder sonstwas trieb. Er muß mich noch gehört haben. Das Schicksal ist ungerecht, wirklich, da stirbt mein Vater in unserem Haus, im Zimmer über mir, und ich laufe zwei Tage um ihn herum, ohne auch nur das kleinste bißchen davon mitzukriegen. Mein Vater und ich waren nie gut miteinander ausgekommen, deshalb war sein Tod kein schwerer Schlag für mich, im Gegenteil. Ich hatte nicht das, was man eine schöne Kindheit nennt, und das hatte viel mit ihm zu tun. Immerhin änderte sein Tod mein Leben, allerdings auf eine Weise, die ich nicht hatte vorhersehen können.

Ich lebte mit meinem Vater alleine, von meiner Mutter wußte ich nur, daß sie irgendwann verschwunden war, aber nicht wohin und warum, ich wußte überhaupt nichts von ihr. So war ich natürlich erstaunt, als sie auf einmal hier draußen aufkreuzte, um so mehr, als ich erfuhr, daß mein Vater sich nie von ihr hatte scheiden lassen, weiß der Teufel warum. Ich war acht Jahre alt und träumte von einem Leben ohne familiäre Bande, entsprechend zurückhaltend blieb meine Begeisterung über diese neuen Umstände. Schön, nach allem, was ich weiß, ist Annie nicht meine leibliche Mutter und mein Vater nicht mein leiblicher Vater, aber das ist eine andere Geschichte, und damals machte es keinen Unterschied, denn sie hatten mich gemeinsam adoptiert, da konnte ich nichts dran drehen, und als sie ganz plötzlich ihr Bedürfnis entdeckte, sich um ihr Kind zu kümmern, mußte ich mich fügen. Karl, der verlogene Hund, hat alles gewußt, die Lüge von ihrem Verschwinden, alles, er war es auch, der sie fand, der gewußt hatte, wo sie zu erreichen war. Ich hätte ihn umbringen können. So starb mein Vater, doch statt meiner Freiheit bekam ich eine Mutter, von der ich nichts wußte und die ich nicht wollte, richtig kapiert habe ich das erst, als sie tatsächlich zu mir zog.

Ich weiß nicht, was sie sich von der Sache versprach, ich nehme an, sie hatte vor, das Erbe anzutreten, mein Vater war ein wohlhabender Mann, sie muß eine Menge Geld erwartet haben. Soweit ich weiß, wurde diese Hoffnung enttäuscht, denn wenn es Geld gab, war es auf komplizierte Weise gesichert, so daß sie nicht drankam, oder längst in den wahnwitzigen Projekten meines Vaters verpulvert worden. Karl hat einmal gesagt, irgendwo gebe es ein Vermögen, das auf mich warte, wenn ich volljährig sei, und ich nehme an, dies ist der

Grund, weshalb Annie mir trotz allem Ärger immer noch auf der Pelle hängt. Aber vielleicht hat sie sich inzwischen auch einfach an das Leben hier draußen gewöhnt.

Im Frühjahr 1988 zog Annie Johannsen in unser Haus ein, Ende April, um genau zu sein, ich erinnere mich daran, als wäre es gestern gewesen. Ich hatte nach dem Tod meines Vaters auf Karls Hilfe gezählt, ich konnte ja nicht ahnen, daß er sie angeschleppt hatte. Wie auch immer, er zog sich schön aus der Affäre, versteckte sich im Krankenhaus. Kurz nach ihrer Ankunft hatte er einen Zusammenstoß mit dem Außenspiegel eines parkenden Lieferwagens, ich erzähle keinen Quatsch, es war wirklich so, Zeugen haben es bestätigt. Karl war zu Fuß unterwegs und lief, als er den Bordstein entlangging, gegen den ausladenden Spiegel des Wagens, dabei stürzte er und brach sich die Schädelbasis. Mir konnte er nichts vormachen, für mich war klar, daß er das mit Absicht getan hatte. Karl ist schon immer ein feiger Hund gewesen.

Annie brachte eine Katze mit ins Haus, ein fettes, faules Biest, dem ich nach nicht einmal zwei Wochen den Hals umdrehte, als Willkommensgruß. Ich legte sie in der Küche auf den Tisch, und ich glaube, es hat sie damals getroffen, auch wenn es nicht reichte, sie aus dem Haus zu jagen. Doch es brachte sie dazu, eine Reihe von Anstrengungen zu unternehmen, um mich loszuwerden, abzuschieben, in Heime zu stecken, sie hat einiges versucht. Aber ich habe mich nicht unterkriegen lassen, ich nicht, im Gegenteil, ich habe mich bemüht, es ihr von Anfang an so schwer wie möglich zu machen. Und unser Verhältnis hat sich nie wirklich gebessert. Von mir aus könnte sie alles Geld nehmen und verschwinden, wenn es das Geld ist, auf das sie scharf ist, ich habe sie von Anfang an nicht gewollt, ich habe protestiert, aber es war vergeblich, niemand hat mein Geschrei beachtet. O nein, dies ist keine Welt, in der einem Jungen von acht Jahren Gehör geschenkt wird, und das ändert sich auch nicht mit fünfzehn.

Ein Vierteljahr später verbrannte ihr Freund, der aus der Stadt zu Besuch gekommen war, in unserem Haus, und ihr gesamtes Schlafzimmer brannte mit aus. Eigentlich war es ein Versehen, daß es ihn erwischte, ein unglücklicher Zufall, ich hatte ihn nicht töten wollen. Es war eine Verwechslung, und er hatte ganz einfach Pech, ich hatte es auf sie abgesehen.

Ich spürte damals, daß sie anfing, mir auf der Nase herumzutanzen, ich war sehr nervös zu dieser Zeit, und als es damit losging, daß ihr Typ aus der Stadt bei uns auftauchte, hielt ich es für angebracht, ein Zeichen zu setzen. Natürlich konnte ich das nicht sagen, als es vorbei war, es hätte mir nicht geholfen, aber es war so, nicht ihn, *sie* hatte ich gemeint. Dabei hatte ich sie nicht einmal umbringen wollen, wirklich nicht, auch wenn mir klar war, daß es hätte passieren können, aber ebensogut hätte sie davonkommen können. Es sollte ein Zeichen sein, ich wollte ihr zeigen, zu was ich fähig war. Was ihr passieren konnte, wenn sie blieb.

Ich hatte die beiden im Schlafzimmer gehört, nach einer Weile dann ging jemand weg, aus dem Haus, zum Auto, ich sah aus dem Fenster und sah nur seinen Mantel. Wie sollte ich ahnen, daß sie es war. Ich hatte mir Benzin besorgt und wollte keine Zeit verlieren, also lief ich zum Schlafzimmer, in dem ich meine Mutter vermutete, riß die Tür auf, schüttete den Kanister aus und warf ein Streichholz hinterher. Ich sah nicht aufs Bett, auf dem er lag, sondern warf die Tür zu und dampfte ab. Ich hörte ihn atmen, er schlief und wachte erst auf, als er in Flammen stand. Annie gab an, er sei betrunken gewesen. Er hatte keine Chance. Ich saß im Wohnzimmer, als ich sie dann sah, zehn Minuten später, wie sie hereinkam, in seinem Mantel, ich wäre beinahe in Ohnmacht gefallen. Sie entdeckte das Feuer, man konnte es schon riechen, und sie rief Feuerwehr und Notarzt, aber es war zu spät. Als sie ihn aus dem Haus trugen, hatte er nicht mehr viel an sich, das an einen Menschen erinnerte, und wir mußten das Schlafzimmer vollkommen renovieren. Im Haus stank es noch monatelang nach Asche und Rauch.

Es gab eine Menge Gerede, und ich kann nicht sagen, was meine Mutter sich bei all dem dachte, jedenfalls brachte mich niemand mit dem Feuer in Verbindung. Ich war klug genug gewesen, den Kanister verschwinden zu lassen. Natürlich hatte ich damals schon einen gewissen Ruf, es war nicht das erste Mal, daß man meinen Namen im Zusammenhang mit einem unglücklichen Todesfall hörte, und sicher quatschten die Leute eine Menge dummes Zeug, aber das tun sie immer. Den größten Teil der folgenden zwei Jahre verbrachte ich in verschiedenen Erziehungsanstalten, es war eine furchtbare Zeit, ich erinnere mich nicht gern daran. Später, nachdem noch andere Geschichten passiert waren, wurde ich eine Weile psychiatrisch behandelt, und erst jetzt, wo ein paar Jahre vergangen sind, bin ich so weit zu sagen, daß es mir vielleicht geholfen hat, auf jeden Fall bin ich ruhiger geworden seitdem. Es war eine unruhige Zeit für mich, und im nachhinein bin ich froh, daß sie vorüber ist. Es war eine Phase, ich habe sie hinter mich gebracht.

Ich schrecke aus dem Schlaf, weil die Tür gegen die Wand fliegt, ich reiße die Augen auf, meine Mutter steht im Zimmer. Ich muß vergessen haben abzuschließen, ein Blick zur Seite, wo der Wecker steht, sagt mir, daß es kurz nach neun ist. Ich habe keine Ahnung, wie ich ins Bett gekommen bin.

Meine Mutter brüllt mich an, ich verstehe kein Wort. Das Blut saust mir in den Ohren, mein Kopf dröhnt, und als ich mich aufrichten will, explodiert eine mittlere Bombe. Jammernd sinke ich zurück, mir ist hundeelend. Warum reißt sie mich aus dem Schlaf? Sieht sie nicht, daß ich im Sterben liege?

«Ich muß mit dir reden!» brüllt sie. Ich versuche, mich nicht zu bewegen. In so einem Zustand darf man nichts riskieren, ich kenne das, es ist der Alkohol, ich habe immer Probleme damit. Ich muß nicht viel trinken, um am Morgen so aufzuwachen, mein Körper braucht einfach zu lange, um dieses Mistzeug abzubauen.

Sie sagt etwas, das ich nicht verstehe, dann reißt sie mir die Decke weg. Sie ist nicht sehr feinfühlig, nicht gerade rücksichtsvoll.

«Was is'n los?» krächze ich. Mein Magen fühlt sich nicht gut an.

«Die Polizei hat angerufen», sagt sie.

Was geht das mich an, denke ich. Ich drehe mich um und vergrabe den Kopf unter den Armen, aus der Gegend zwischen meinen Augen meldet sich ein drückender Schmerz. Mein Gesicht ist zugeschwollen, ich muß sehen, daß ich alles zusammenhalte.

«Du wirst mir jetzt ein paar Dinge erklären.» Sie läßt nicht locker.

Mit jedem Pulsschlag donnert ein Hämmern durch meinen Kopf, schwillt an und macht es mir schwer, mich auf das, was sie sagt, zu konzentrieren. Ihre Stimme geht mir wie eine Kreissäge durchs Gehirn.

«Vor einem Schuppen an der Bundesstraße gab es diese Nacht eine Schlägerei. Ein paar Jungs haben Autos demoliert. Fällt dir dazu etwas ein?»

Als ich nichts erwidere, reißt sie mich an der Schulter herum. Am liebsten würde ich ihr mit einem Schlag das Genick brechen, doch ich bin zu schwach, mich überhaupt zu wehren.

«Antworte mir! Hast du etwas damit zu tun?»

Ein bitterer Geschmack legt sich mir auf die Zunge.

«Ich weiß nichts davon», röchele ich.

«Erzähl mir keinen Scheiß, jemand hat dich erkannt! Was sagst du jetzt?»

«Ach laß mich», stoße ich hervor. Die Erinnerung an den Abend kommt wieder und mit ihr der Schmerz in der Nase und über dem Auge. Die Typen haben uns erwischt, o ja, sie waren schneller als wir, und sie haben uns ordentlich die Fresse poliert. Ich weiß nicht, was der Scheiß mit den Bullen soll, aber ich kann im Moment auch keinen klaren Gedanken fassen. Als sie mit uns fertig waren, haben wir uns zur Tankstelle geschleppt und die Schmerzen in Bier ertränkt.

Ich schaffe es, mich aufzusetzen, doch sofort sackt mir das Blut aus dem Gehirn, mir wird schwarz vor Augen. Ich kralle meine Finger in die Matratze und hole tief Luft. Als ich aufstehe, fühle ich, wie mein Magen sich umkrempelt.

«Du haust jetzt nicht ab», brüllt Annie. Ich sehe Dr. Wilhelm, der aus der Küche kommt. Hölle und Teufel, auf einmal habe ich es eilig.

Mit zwei Schritten bin ich aus dem Zimmer, an Dr. Wilhelm vorbei und im Bad, Licht mache ich gar nicht erst an. Ich beuge mich übers Klo und sehe im Dunkeln schemenhaft, daß jemand den Deckel heruntergelassen hat, aber es ist zu spät, ich kann nichts mehr dran ändern. Es schüttelt mich, und in einem gewaltigen Schwall erbreche ich, was ich gestern in mich hineingekippt habe. Ich halte mich am Waschbecken fest, mein Mageninhalt ergießt sich über den Klodeckel, o Leute, es ist eine verdammte Sauerei.

Das Licht geht an, inzwischen frage ich mich, wer hier den Deckel heruntergelassen hat, ich tue so was nicht, und meine Mutter setzt für gewöhnlich keinen Schritt hier rein. Das ganze Bad schwimmt in meiner Kotze, eine schöne Bescherung, aber verdammt, im Augenblick ist es mir so was von egal. Ich muß pissen, doch ich kann den Deckel nicht anfassen, unmöglich, also gehe ich vorsichtig um das Waschbecken herum und pisse in die Dusche.

«Verdammt, sag mir, daß ich träume!» Meine Mutter steht in der Tür, der Typ hinter ihr, beide machen sie große Augen. Was soll ich tun? Annie kocht vor Wut.

«Das machst du sofort sauber!»

Ich muß mich festhalten, um nicht umzukippen.

«Und dann meldest du dich bei der Polizei wegen deiner Aussage.»

«So'n Scheiß», sage ich und zeige auf mein zerschlagenes Gesicht. «Seh ich aus, als hätte ich jemanden verprügelt?»

«Es ist mir egal, wie du aussiehst!» brüllt sie. «Ihr habt Autos kaputtgetreten.»

«Die paar Beulen», murmele ich. «Was soll der Aufstand?»

«Was der Aufstand soll, wirst du ja sehen», schreit sie. «Und eines sage ich dir, diesmal helfe ich dir nicht. Sieh selber zu, wie du da rauskommst!»

Sie starrt mich an, faßt sich an den Kopf, dann stürmt

sie davon. Mein Gott, denke ich, was soll das Geschrei, normalerweise kümmert sie sich einen Dreck darum, wenn ich Ärger habe. Ich krieche auf allen vieren in mein Zimmer zurück.

Eine Weile liege ich mit geschlossenen Augen auf dem Bett und warte, daß mein Magen sich beruhigt, während mein Verstand in tiefem Delirium versinkt. Mein Kopf dröhnt wie ein Schiffsmotor. Als ich glaube, mich bewegen zu können, ohne auseinanderzufallen, stehe ich vorsichtig auf und schleiche in die Küche. Ich brauche dringend ein paar Tabletten.

Dr. Wilhelm steht vor dem Kühlschrank. Ich gehe schnurstracks zur Kommode, in der meine Mutter Aspirin und dergleichen aufbewahrt, dabei versuche ich, ihn nicht anzusehen.

«Geessnich gurrd?» fragt er. Ich halte mich am Küchentisch fest, es ist noch nicht vorbei. Er lächelt.

«Ssissnocch Rrrstckkda.»

Das ist der Alkohol, sage ich mir, trotzdem wird mir wieder schlecht. Ich schlucke schnell zwei Aspirin und spüle sie mit Leitungswasser runter. Ich will in mein Zimmer zurück, doch mir dreht sich alles. Besorgt sieht er mich an.

«Mmöchssunntee gringgnn?»

Ich suche Halt, mir reicht's. Ich laß mich doch nicht verarschen.

«Hau ab», krächze ich. «Ich brauch nix.»

In meinem Zimmer falle ich ins Bett wie ein Toter, und was gäbe ich darum, in diesem Moment sterben zu können. Es muß ruhig sein, in einem Grab, wunderbar ruhig. Den Schlaf der Toten wagt niemand zu stören.

Ich liege noch nicht lange, da höre ich die Haustür zuschlagen. Gut, denke ich, hoffentlich sind es beide. Der Wagen fährt davon, ich lege mir ein Kissen über den Kopf, es ist so hell im Zimmer.

Wie ich es gestern nach Hause geschafft habe, kann ich nicht sagen, ich weiß, daß ich mit Tommi an der Straße saß, daß wir unsere Sixpacks getrunken und mit den Flaschen die Schwellungen gekühlt haben. Wir haben ganz schön was aufs Maul gekriegt, und ich kann nicht so recht verstehen, was die Bullen jetzt von mir wollen, denn da dreht man einem doch keinen Strick draus. Und daß die Typen uns wegen der Autos angezeigt haben, kann ich mir nicht vorstellen, aber selbst wenn, zu große Sorgen mache ich mir nicht, dafür bin ich nicht der Typ. Man kommt mit allem klar, so hart erwischt es einen nie, daß man nicht irgendwie wieder auf die Beine kommt, und wenn ich das sage, dann weiß ich, wovon ich rede. Ich bin nicht so ein Idiot, der seine Weisheit aus Büchern hat. Was ich weiß, stammt aus erster Hand. Und meine Mutter versteht gar nichts, sie kann von mir aus zum Teufel gehen.

Später am Vormittag trinke ich ungefähr eine Kanne Kaffee und komme einigermaßen auf die Beine. Mein Magen hat sich etwas beruhigt, mein Kopf auch, das ist ein tolles Gefühl, aber der Sonntag ist trotzdem im Arsch. Ich bin froh, daß ich meine Mutter nicht sehe, und auch unser Gast läßt sich vorläufig nicht blicken. Ich genieße die Ruhe, die das Haus erfüllt.

Als ich soweit fit bin, daß ich denke, es verkraften zu können, mache ich mich daran, das Bad zu putzen, eine echte Scheißarbeit. Nach einer halben Minute kippe ich fast um, taumele nach draußen und denke, das stehe ich niemals durch. Dann schütte ich mir eine Handvoll Rasierwasser ins Gesicht, damit ich den Gestank nicht mehr rieche, und reiße mich zusammen, ich übertreibe wie üblich, im Grunde ist es nichts. Es ist nur eine Frage des Willens, dann schafft man alles, dann steckt man alles weg, als wär's nichts. Die Sauerei ist inzwischen getrocknet, ich muß die ganze Matsche mit einer Kehrschaufel abkratzen, danach schütte ich eine Tube Putzmittel über die Fliesen und wische auf, so gut es geht. Als ich fertig bin, haut mich der Geruch des Putzzeugs beinahe um. Immerhin, das Bad ist sauber.

Der Blick in den Spiegel muntert mich nicht gerade auf, ich habe Ringe unter den Augen, eine geschwollene Lippe, man sieht, daß mir Schlaf fehlt. Rasieren muß ich mich nicht, ich habe keinen ausgeprägten Bartwuchs. Insgesamt bin ich für mein Alter körperlich nicht sehr stark entwickelt, weder besonders groß noch besonders kräftig, um ehrlich zu sein, bin ich eher ziemlich klein. Seit ich denken kann, schlucke ich Hormone, Vitamine, lauter so'n Zeug, mein Vater hat mich von Geburt an behandelt. Aber auch das bringt es nicht immer, wie man sieht, in meinem Körper läuft einiges nicht ganz, wie es sollte, Scheiße, aber ohne die Hormone wäre ich nicht einmal in die Pubertät gekommen, so ist das, die Störung betrifft auch die sexuelle Entwicklung. Vielen wäre das sicher peinlich, mir nicht, mir macht's nichts aus, drüber zu reden, ich hab's mir schließlich nicht ausgesucht. Und mit den Medikamenten hat es noch einigermaßen hingehauen, ich sehe nicht aus wie ein Kastrat, man sieht mir meine Probleme nicht unbedingt an. Nein, eigentlich sehe ich aus wie ein stinknormaler Junge, im Moment zwar gezeichnet von den Spuren der letzten Nacht, aber die werden verschwinden, und mal ehrlich, das Aussehen ist wirklich das geringste Problem, da scheiß ich drauf. Der ganze Ärger mit den Knochen ist viel schlimmer, die Schmerzen in den Gelenken, all das, aber die Leute glauben es nicht, wenn sie es nicht an sich selbst erleben. Die Leute sehen immer nur das Äußere.

Ich stelle die Dusche an und lasse sie eine Weile warmlaufen, ich will nichts riskieren, obwohl es meinem Kopf schon besser geht. Ich dusche bestimmt fünf Minuten, und das heiße Wasser tut gut. Als ich fertig bin, wasche ich mein Gesicht mit Clearasil, dann ziehe ich mich an, ohne groß einen Gedanken daran zu verschwenden. Ich gehe ins Wohnzimmer, stelle den Fernseher an und hocke mich in einen Sessel, die Beine hoch. Draußen scheint die Sonne, doch die Vorhänge sind zugezogen und das Licht im Zimmer angenehm gedämpft. Um die Mittagszeit ist das Programm beschissen, aber an so einem Tag sehe ich mir alles an. Ich habe mich damit abgefunden zu überleben. Einmal stehe ich auf, um mir eine Flasche Cola zu holen, dann döse ich vor mich hin und rühre mich nicht mehr.

Ich habe erzählt, daß das Haus, in dem wir wohnen, früher dem Leuchtturmwärter gehört hat, es ist ein alter Bau aus grobem Stein, mit dicken Mauern und kleinen Fenstern. Die Rohre sind alt und brüchig, die Kabel liegen auf dem Putz, und im Winter zieht es durch alle Ritzen. Eine Renovierung ist längst überfällig.

Den Leuchtturm gibt es nicht mehr. Früher war das Leuchtfeuer an der Spitze der Halbinsel eines der Signale, die den Schiffen entlang der Küste den Verlauf der Fahrrinne anzeigten, doch seit dem Krieg ist es nicht mehr in Betrieb. Die Leuchteinheit wurde 1945 gesprengt und der gesamte gläserne Aufbau dabei zerstört, in den Jahren danach verfiel der Teil des Turms, der den Krieg überstanden hatte, bis man ihn in den Sechzigern ganz abreißen ließ. Heute steht nur noch das Fundament, nicht sehr spektakulär, dennoch kommen immer wieder Leute heraus, um sich die Stelle anzusehen, wo der Leuchtturm stand.

Die Westseite der Halbinsel ist von der typischen Dünenlandschaft geprägt. Die Straße, die zu unserem Haus führt, verläuft direkt hinter den Dünen und läßt sich von uns aus weithin überblicken. Die östliche Küste bietet ein rauheres Bild, der Wald reicht bis zu steil abfallenden Klippen, Felsen ragen aus dem Meer. Immer wieder brechen ganze Abschnitte der Küste weg, weil die See die Klippen unterspült, und teilweise bieten diese Abbrüche ein bizarres Bild, sehen aus wie weggesprengt oder von riesigen Krallen weggerissen. An den wenigen Stellen, wo Wege bis ans Meer führen, sind Gefahrenschilder aufgestellt, die das Baden verbieten, dennoch passieren immer wieder Unfälle, die Strömung ist schwer einzuschätzen, und die Felsen können einem schnell zum Verhängnis werden. Früher sind hier viele Leute ertrunken.

In den Klippen nisten zahlreiche Vogelarten, und seit einigen Jahren ist die Küste über eine Strecke von mehreren Kilometern offizielles Schutzgebiet. Vor allem im Frühjahr kommen Naturschützer, um die Vögel zu beobachten, zu zählen, Fotos zu machen und das Schutzgebiet zu kontrollieren.

Im Wald, nicht weit von den Klippen, liegt das alte Sanatorium, von der Straße aus kann man gerade noch das Dach sehen, das über die Baumwipfel ragt. Ich treibe mich gern in den alten Gängen herum, die teils verfallen, teils erstaunlich gut erhalten sind. Besonders lieb ist mir der Keller, der halb verschüttet ist und kaum zugänglich. Ich habe mir Zugang verschafft, und ich glaube nicht, daß in den letzten dreißig Jahren außer mir jemand einen Fuß in die Räume dort unten gesetzt hat. Der Teil des Gebäudes, in dem mein Vater seine Labors und Arbeitsräume hatte, ist nach wie vor verschlossen, Karl kümmert sich darum, er hat die Schlüssel und sorgt dafür, daß die Schlösser instand bleiben. Ansonsten hat er, soviel ich weiß, alles so gelassen, wie es war, und kein Mensch hat sich bisher für die Räumlichkeiten interessiert. Was Dr. Wilhelm dort zu finden hofft, ist mir ein Rätsel. Wenn mein Vater allerdings wirklich etwas Interessantes hinterlassen hat, dann ist es noch dort, aber das kann ich nicht glauben, denn es ist nicht der Ort, an dem sich interessante Dinge finden lassen. Diese Küste ist kein Ort, an dem man überhaupt irgendwas findet.

«Geht's dir besser?»

Dr. Wilhelm steht in der Tür zum Wohnzimmer.

Ich nicke, ohne aufzusehen. Im Fernsehen läuft «Aliens», der zweite Teil, ich habe ihn schon mindestens dreimal gesehen, aber ich liebe Science-fiction-Filme. Es ist gerade spannend und für einen verschissenen Sonntag tausendmal besser als schwermütige Gedanken.

«War wohl ein lustiger Abend, gestern.»

«Geht so», sage ich. «Sehe ich etwa danach aus?»

Er lacht.

«Nicht direkt, wenn ich ehrlich sein soll. Waren die anderen in der Überzahl?»

«Was soll das», sage ich. «Ist doch egal. Ich will fernsehen, okay?»

Es geht aufs Ende zu, Ripley schnallt sich gerade in den riesigen Transportroboter. Eine meiner Lieblingsszenen.

«Du mußt verstehen, daß deine Mutter sauer ist.»

Ich frage mich, was er will.

«Ich weiß noch gut», sagt er, «wie meine Frau reagiert hat, als unser Sohn das erste Mal sturzbetrunken nach Hause kam. Ich habe ihr erklärt, daß Jungen in einem gewissen Alter nun einmal so etwas tun.»

Ich schaue ihn an, und er sieht die Frage in meinem Blick.

«Ich bin seit ein paar Jahren geschieden», erklärt er. «Unsere Kinder sind schon erwachsen.»

Ich sehe wieder auf den Fernseher, ich frage mich, ob er mich irgendwie beeindrucken will. Warum erzählt er mir das?

«Es ist nicht immer leicht für Eltern, weißt du.» Er löst sich aus dem Türrahmen, während es eins von den Aliens zerreißt. «Und Ärger mit der Polizei ist auch nicht gerade eine schöne Sache, das solltest du doch wissen. Die Bewährung ist leicht dahin.»

Er sieht mein Erstaunen und hebt entschuldigend die Hände.

«Deine Mutter hat mir ein bißchen von dir erzählt, was denkst du denn? Sie wollte mich vor dir warnen, glaube ich.» Er lacht wieder, und ich sehe mit leichter Verwunderung, wie locker er das nimmt.

«Was soll eigentlich der ganze Quatsch», sage ich. «Steckt sie dahinter?»

Er schüttelt den Kopf.

«Nein, bestimmt nicht. Ich will nur ein bißchen mit dir reden, weißt du, ich habe durch meine eigenen Kinder etwas Erfahrung mit Jungs in deinem Alter. Außerdem bin ich der Grund dafür, daß du dich mit deiner Mutter gestritten hast, und das möchte ich nicht. Zu guter Letzt weiß ich, daß dein Vater ein großartiger Mann war, trotz allem, was über ihn gesagt und geschrieben wurde. Es interessiert mich, wie sein Sohn ist.»

«Pff», mache ich. Der Kerl ist ja echt klasse. Wenn er so weitermacht, legt er mir noch das Gehirn trocken.

«Und?» sage ich dann. «Wie bin ich?»

«Ich weiß noch nicht.» Er lächelt, dann setzt er sich aufs Sofa. «Ich darf mich doch etwas zu dir setzen?»

Ich zucke mit den Schultern und schalte den Fernseher aus. Den Film kann ich ohnehin vergessen.

«Ich glaube, deine Mutter meint es nicht so», sagt er nach einer Weile.

Danke schön, denke ich, ist ja echt stark.

«Ich meine es auch nicht so. Keiner meint irgendwas irgendwie. Ich kann diesen Scheiß nicht mehr hören, okay?»

«Du solltest versuchen, ihr ein klein wenig Verständnis entgegenzubringen.»

«Du hast ja keine Ahnung», sage ich.

«Oh», er legt den Kopf zur Seite. «Ein bißchen was weiß ich schon. Falls du meinst, was über deine Mutter geredet wird, zum Beispiel. Ich habe deine Bemerkung gestern wohl verstanden. Und eine nette Dame aus dem Dorf hat mich bereits angesprochen, ob ich wüßte, mit wem ich es zu tun hätte. Neuigkeiten machen hier draußen offensichtlich schnell die Runde.»

Ich bin ein wenig sprachlos, der Kerl erstaunt mich. Wie er mir das in aller Ruhe sagt.

«Und wenn schon», sage ich. «Das heißt noch gar nichts.»

Er holt eine Packung Zigaretten aus der Tasche seines Jacketts.

«Okay», sagt er. «Wenn du meinst. Übrigens, du kannst mich Jürgen nennen. So heiße ich nämlich.»

«Liebes bißchen. Is aber 'n beschissener Name.»

«Willst du eine?»

Er hält mir die Packung hin.

«Annie sieht es nicht gerne», sage ich, «wenn im Haus geraucht wird.»

«Sie wird uns nicht umbringen», sagt er.

Bitte, denke ich und greife zu. Er gibt mir Feuer, ich nehme einen langen Zug, während er sich auch eine ansteckt. Ich bin nicht blöd, ich kapiere, daß er versucht, an mich heranzukommen, aber was soll's. Er stellt sich ja nicht einmal dumm an, nur bei mir zieht so was nicht.

«Du warst noch recht jung, als dein Vater starb», sagt er, mir ist nicht klar, ob es eine Frage sein soll. «Weißt du, woran er gearbeitet hat?»

«Klar», sage ich. «An mir.»

Er zieht die Augenbrauen hoch.

«Vergiß es», sage ich.

«Nein, ist schon richtig.» Er nickt langsam. «Deine Mutter hat mir von deiner Krankheit erzählt. Es paßt gut zusammen.»

«Was soll der Scheiß eigentlich», frage ich. «Mein Vater ist tot, wieso interessiert man sich auf einmal für ihn?»

«Gute Frage. Aber besser solltest du fragen, wieso sich so lange niemand für seine Arbeit interessiert hat. Dein Vater war einmal ein bekannter Mann, weißt du.»

«Und wenn schon.»

«Ich habe seine früheren Arbeiten gelesen», erklärt er, «und sie sind gut, brillant. Es ist eine Schande, daß man zugelassen hat, daß er sich aus der wissenschaftlichen Diskussion zurückzog.»

«Es gibt für alles Gründe», sage ich. Ich kann nicht so recht glauben, was er sagt, daß mein Vater wirklich interessante Sachen gemacht hat. Selbst wenn, denke ich, dann war es damit vorbei, als er hier herauszog. Ich kann mich daran erinnern, wie er die ganze Zeit in seinen Labors hing, mit welchen Mitteln er gearbeitet hat. So sieht Wissenschaft nicht aus, da kann mir keiner was erzählen. Meiner Meinung nach hat er sich in seinen

Labors zugesoffen, um sein Scheitern, um sein ganzes beschissenes Leben zu vergessen. Er war ein kaputter Mann, als er starb.

«Hör zu», sage ich und sehe Dr. Wilhelm an, oder Jürgen, wie auch immer, ich sage ihm das, weil ich ihn eigentlich ganz nett finde, nur deshalb rede ich überhaupt mit ihm. «Wenn du mich fragst, liegt drüben in den Labors eine Unmenge Gerümpel, wirklich ein ganzer Haufen Zeug, aber ich gehe jede Wette ein, daß da nicht ein interessantes Blatt Papier zu finden ist. Meiner Meinung nach kannst du das vergessen.»

Er drückt seine Zigarette aus, ehe er antwortet, er ist so ruhig, das macht mich wahnsinnig.

«Wenn es so ist», sagt er gelassen, «dann werde ich das herausfinden, aber ich halte jede Wette dagegen. Dein Vater hatte seine Gründe, als er sich aus dem öffentlichen Leben zurückzog, das möchte ich nicht bestreiten, und ich möchte dazu nichts sagen, das ist lange her. In jedem Fall aber war er ein hervorragender Mann, und vielleicht war einfach die Zeit damals nicht reif für einen wie ihn. Außerdem mußt du wissen, daß er damals, als er aus der Stadt fortging, die Unterlagen über sämtliche Forschungen mit sich nahm, die an seinem Institut betrieben worden waren. Korrekt war das sicher nicht, aber damals hat sich keiner darum gekümmert, man war nur froh, daß Ruhe herrschte, nehme ich an. Aber diese Unterlagen könnten auch heute noch von großem Interesse sein, er hat damals unter anderen Bedingungen gearbeitet als heute, es gab kaum Kontrollinstanzen, und er hat das Institut fast allein geführt, so etwas wäre heute nicht mehr möglich. In den letzten Jahren hat die Forschung gewaltige Fortschritte gemacht, und ich möchte wissen …»

Blablabla, denke ich und höre nicht mehr hin. Ich sehe aus dem Fenster und spiele mit der Fernbedienung, meine Knie tun weh, es juckt mich. Vielleicht sollte ich noch eine Tablette nehmen.

«Du hörst mir nicht zu», sagt er. Ich verdrehe die Augen.

Bei uns im Flur hingen früher zwei Bilder, ein Porträt meines Vaters, das gemalt wurde, als er noch jünger war, und ein Bild Darwins mit seinem dichten Bart, ein Druck, hinter Glas. Mein Vater stand oft vor diesem Bild, ich weiß nicht, was er dort gemacht hat, ob er mit Darwin gesprochen hat, ich sage ja, er war krank. Einmal hat er das Bild von der Wand geschlagen, seitdem war ein Sprung im Glas, ich denke, das sagt schon eine Menge, meiner Meinung nach war er nicht ganz dicht. Annie hat, als sie einzog, beide Bilder von der Wand genommen.

Draußen fährt ein Wagen vor, das wird sie sein, ich stehe auf, ich habe ohnehin genug.

«Eine Sekunde noch», sagt er. «Darf ich dich um etwas bitten?»

Es ist mir zu anstrengend abzulehnen, also warte ich, was er will.

«Deine Mutter hat es sicher nicht leicht. Jetzt nicht, und früher bestimmt auch nicht. Wissenschaftler sind keine einfachen Männer, das ist jedenfalls klar. Meine Ehe ist da nur ein Beispiel. Ich würde dich bitten, ihr gegenüber etwas Verständnis zu haben, meinst du, das geht?»

Ich muß fast lachen, der Kerl ist ja köstlich, aber ich lasse mich auf nichts ein. Ich frage mich nur, ob er überhaupt keine Ahnung hat oder ob Annie ihm einen Haufen Lügen auf die Nase gebunden hat, es würde mich nicht wundern.

Ich sage also nichts, ich bin aus Eis, und als ihre Schritte in der Küche zu hören sind, bin ich schon auf dem Weg in mein Zimmer.

Am Nachmittag kommt Karl vorbei, Wilhelm ist aus dem Haus gegangen. Karl ist schlechter Laune, ich höre, wie er in der Küche mit Annie spricht. Ich bin inzwischen soweit auf den Beinen, daß es mich ankotzt, im Haus herumzuhängen. Es ist tolles Wetter, ich will ein bißchen nach draußen gehen, ein bißchen über die Dünen laufen oder mich an die Klippen setzen. Karl steht im Flur, als ich aus meinem Zimmer komme.

«Hallo, Moritz.»

Er mustert mich scharf. Ich nehme an, die Polizei hat sich auch bei Tommi gemeldet, und ich wette, Karl gibt mir die Schuld. Ich bin immer an allem schuld.

«Wie geht's?» frage ich.

Er gibt mir keine Antwort. Karl ist ein unhöflicher Mensch.

Annie kommt aus der Küche, sie trägt ein großes Tablett vor sich her.

«So», trällert sie, «der Kaffee ist fertig.»

Sie sieht mich, bleibt stehen, und ich merke, wie sie sich zusammenreißt.

«Setzt du dich zu uns?»

«Keine Zeit», sage ich. Ich mache, daß ich aus dem Haus komme.

Tommi ist dabei, alte Farbeimer in den Kofferraum des Wagens zu räumen.

«Hi», sage ich. «Alles klar?»

«Geht so», sagt er. Ich sehe sofort, daß er schlecht drauf ist. Sein linkes Auge ist noch leicht geschwollen und bläulich verfärbt, aber es sieht nicht ernst aus. Gestern abend konnte er links nichts sehen, so dick war es zugeschwollen.

«Was soll das?» Ich deute auf die Farbeimer, die sich im Kofferraum stapeln.

«Mich mußt du nicht fragen», antwortet er. «Karl hat sich in den Kopf gesetzt, das ganze Zeug zur Müllkippe zu bringen, und ich darf mal wieder die Arbeit machen. Kennen wir ja.»

«Hmm», mache ich. «Ärger wegen gestern?»

Er stellt den Kübel, den er gerade aufgehoben hat, wieder ab und sieht mich an. «Machst du Witze? Die Bullen waren da. Kannst dir vorstellen, was Karl für ein Theater gemacht hat!»

«Gerade sitzt er bei uns und trinkt Kaffee. Schätze, sie quatschen über uns.»

«Soll'n sie.» Tommi schnaubt durch die Nase. «Von mir aus kann er den ganzen Tag bei euch bleiben.»

Ich zünde mir eine Zigarette an.

«Wie ist es denn bei dir?» Er lehnt sich gegen den Wagen und schaut mich an. «Hat deine Mutter was gesagt?»

«Klar», sage ich. «Sie war vor Begeisterung richtig aus dem Häuschen.»

«Kriegst du keinen Ärger mit deiner Bewährung?»

Ich nehme einen langen Zug, dann zucke ich mit den Schultern.

«Was weiß denn ich. Was wollen die überhaupt? Schließlich haben wir eins auf die Fresse gekriegt.»

«Stimmt schon», sagt er.

«Ich kann mir nicht vorstellen, daß die uns daraus 'ne Anzeige machen.»

«Wäre besser, wenn nicht, was?»

Schlauer Spruch, denke ich, schnippe die Asche auf den Boden und starre auf meine Stiefel.

Es ist ein paar Monate her, daß ich im Dorf mit einem der Jungs aneinandergeraten bin und ihm im Laufe der Auseinandersetzung den Arm gebrochen habe, eine blöde Geschichte, in jedem Fall ein Fehler. Sie haben mich deswegen vors Jugendgericht gezerrt und dort wegen Körperverletzung verurteilt, na ja, die Strafe wurde zur Bewährung ausgesetzt. Das ist es, was Tommi meint. Macht sich natürlich nicht gut, wenn ich jetzt wieder Ärger wegen einer Schlägerei am Hals habe, aber was soll ich tun? Wir haben nicht angefangen.

«Ich habe Peter vorgestern gesehen», sagt Tommi.

Peter ist der Junge, dem ich den Arm gebrochen habe, ein echtes Arschloch, knappes Jahr älter als ich.

«Er hat den Arm schon nicht mehr in der Schlinge.»

«Weiß ich auch», sage ich.

«Angeblich ist er jetzt mit der Denise zusammen, hat er zumindest erzählt.»

«Ach Quatsch», sage ich. Denise ist von den Mädchen aus dem Dorf die einzige, die irgendwie Klasse hat, die hatte noch nie etwas mit einem der Jungs von hier.

«Doch», Tommi nickt. «Bestimmt. Seit er den Gips ab hat, meinte er.»

«So'n Scheiß», sage ich. «Kann ich mir nicht vorstellen. Ich war doch noch vor zwei Wochen mit ihr zum Eis verabredet.»

«Ach was.» Er zieht die Augenbrauen hoch. «Hat sie dir nichts erzählt?»

«Nee, Scheiße, ich war nicht da. Hab sie versetzt.»

«Na siehst du.» Er schnalzt mit der Zunge. «Selbst schuld, würde ich sagen. Glaub mir.»

«Ist mir ja auch egal», sage ich.

Tommi löst sich vom Wagen und macht sich daran, die letzten Farbkübel in den Wagen zu werfen.

«Wie läuft's sonst bei euch zu Hause?»

«Was meinst du?»

«Hast du mal mit dem Typ geredet?»

«Ja», sage ich.

«Und?»

«Schwer zu sagen. Will die Sachen meines Vaters durchsehen, wie Karl dir sicher erzählt hat. Ich kann mir irgendwie keinen Reim darauf machen.»

«Wart's ab.» Tommi knallt den Kofferraum zu und wischt sich die Hände an der Hose ab. «Du wirst schon sehen, was dabei herauskommt.»

«Wahrscheinlich hast du recht», sage ich.

«Ich habe immer recht.»

«Was hältst du von einer Runde Computerspielen?» frage ich. Tommi hat seit einiger Zeit einen alten PC und ein paar Spiele, die gar nicht so übel sind. Ich stehe auf die einfacher gestrickten Dinger, wo du nicht viel überlegen mußt, Raumschiffe wegballern, so was in der Art.

«Jetzt nicht. Du siehst ja, ich hab keine Zeit.»

«Und nachher?»

«Ich weiß nicht. Ich find die Teile nicht so spannend. Ich verstehe auch nicht, was du immer daran findest.»

«Hey», sage ich. «Nemesis und so, die sind doch klasse.»

«Es gibt spannendere Sachen, die du mit 'nem PC machen kannst. Wirklich gute Sachen. Nicht diese Scheißspiele.»

«Mein Gott, du bist ja ein richtiger Klugscheißer.» Ich zeige ihm einen Vogel. «Ham sie dir in der Schule das Gehirn rausgepustet?»

«Ach leck mich.» Er schüttelt den Kopf.

«Dann halt nicht», sage ich. Ich spucke auf den Boden, ich verstehe ihn nicht. Dieses aufgeblasene Gequatsche ist doch sonst nicht seine Art, fehlt bloß noch, daß er mir erklärt, ich solle was aus meinem Leben machen. Aber ich bin nicht in der Stimmung, mich zu ärgern.

«Hör zu», sage ich. «Ich verschwinde mal wieder. Wenn Karl zurückkommt, sollte er mich nicht hier sehen.»

«Alles klar.»

«Sehn wir uns heute noch?»

«Eher nicht.»

«Dann bis morgen.»

Ich schwinge mich auf mein Fahrrad und düse ab.

Im Dorf mache ich an einer Telefonzelle halt. Ich werfe eine Mark ein, weil ich keine Groschen habe, wähle und warte. In der Zelle ist es heiß, es stinkt nach Pisse, ich halte mir die Nase zu.

«Hallo?»

«Hallo Denise, Süße», sage ich. «Lange nichts von dir gehört.»

«Wer ist denn da?»

«Ich bin's, Moritz. Wie geht's dir?»

«Laß mich in Ruhe, okay?» Das ist nicht gerade freundlich, nicht das, was ich hätte erwarten können, meine ich, aber ich will es ihr nicht übelnehmen, vielleicht hatte sie einen schlechten Tag.

«Wir sollten uns mal wieder sehen», sage ich. «Was meinst du? Das mit dem Eisessen tut mir leid, das mußt du verstehen.»

«Ich weiß nicht, was du meinst, aber es ist mir auch egal. Du bist ein armer Spinner, Moritz, komm mir bloß nicht zu nahe. Und jetzt leg bitte auf.»

Ich muß lachen, was hat sie denn, was ist denn mit meiner Denise.

«Nein», sage ich. «Wir fangen doch gerade erst an zu quatschen, da kann ich doch nicht einfach auflegen.»

Der Ton in der Leitung verrät mir, daß sie nicht abgewartet hat. Na so was, denke ich, das kann ja wohl nicht wahr sein. Vielleicht hat sie versehentlich auf die Gabel gedrückt, ist mir auch schon passiert. Ich bin nicht mal dazu gekommen, sie zu fragen, was an der Sache mit Peter dran ist. Aber ich habe ja noch Geld im Apparat, ich lege kurz auf und wähle erneut. Der Gestank in der Zelle ist kaum auszuhalten, ich öffne die Tür und halte sie mit einer Hand auf. Komm schon, denke ich. Diesmal dauert es eine Weile, bis abgehoben wird.

«Ja bitte?»

Es ist ihr Vater. Da ich den Alten kenne, halte ich es für besser, mich nicht zu melden, es hätte keinen Sinn. Ich lege auf und gehe. Ich bin ein wenig enttäuscht, das gebe ich zu, aber wirklich traurig bin ich nicht. Was wäre passiert? Wir hätten uns verabredet, und ich hätte sie wieder sitzenlassen, ganz bestimmt, so wäre es gelaufen. Sie ist doch nur eine dumme Gans wie die anderen, auch wenn sie etwas mehr Klasse hat.

Als ich am frühen Abend nach Hause komme, sitzen Annie und Wilhelm im Wohnzimmer. Ich trinke ein Glas Milch und nehme mir einen Apfel aus der Obstschale, dann mache ich mich auf den Weg in mein Zimmer. Die Tür zum Wohnzimmer ist halb geschlossen, ein schmaler Streifen Licht fällt in den Flur.

«Ich bin der Meinung, Sie könnten offener mit ihm reden», sagt Wilhelm gerade. «Er ist kein Kind mehr.»

Ich bleibe stehen, das hört sich interessant an.

«So leicht ist das nicht», sagt Annie.

«Vielleicht haben Sie recht. Aber einen Versuch ist es eigentlich immer wert.»

«Lassen wir dieses Thema.» Meine Mutter seufzt. Oh, denke ich, was für eine feige Ziege.

Ich versuche einen Blick ins Wohnzimmer zu erhaschen, ohne entdeckt zu werden. Die beiden sitzen einander gegenüber, zwei Gläser Wein stehen auf dem Tisch. Meine Mutter hat ihre Schuhe ausgezogen und die Beine untergeschlagen, sie zupft ihr Kleid zurecht.

«Dieser Nachbar, der sich bisher um die Räumlichkeiten gekümmert hat», fängt Wilhelm ein neues Thema an.

«Karl», fällt Annie ihm ins Wort.

«Ja», sagt er. «Ich habe das Gefühl, er mag mich nicht.»

«Oh», sie lacht verlegen. «Karl ist ein sonderbarer Mensch, wissen Sie. Ich glaube, es ist ihm nicht recht, daß jemand die Räume sehen will. Er hat lange für meinen Mann gearbeitet.»

«Dabei hatte ich eigentlich auf seine Hilfe gehofft», sagt Wilhelm.

«Ich werde mit ihm reden. Ich habe schon versucht, ihm Ihr Interesse zu erklären, er war heute nachmittag hier. Aber Sie haben recht, begeistert ist er nicht.»

Wilhelm seufzt und greift sich an die Stirn.

«Ich habe Kopfschmerzen», sagt er. «Haben Sie vielleicht eine Tablette?»

Ich mache mich bereit zu verduften.

«Sie arbeiten bestimmt zuviel», sagt Annie. «Das sind Verspannungen. Lassen Sie mich mal sehen.»

Sie steht auf, und ich kann sehen, wie sie um den Sessel herumgeht und sich hinter Dr. Wilhelm aufbaut, ich denke, ich spinne.

«Ach, lassen Sie», sagt er.

«Nein, bitte.» Sie legt ihm die Hände auf den Nacken.

«Alles, was Sie brauchen, ist eine Massage. Sehn Sie, Ihr Nacken ist ja völlig verspannt.»

Und während sie das sagt, fängt sie an, mit den Händen seinen Nacken zu bearbeiten, dabei summt sie leise, und ich mache, daß ich von der Tür wegkomme. Sie ist doch eine Nutte, denke ich, und sie wird eine bleiben, so ist es, sie kann nicht aus ihrer Haut. Anschauen muß ich mir das wirklich nicht.

Ich liege schon im Bett, als meine Mutter an meine Tür hämmert.

«Ich schlafe schon», brülle ich.

«Telefon für dich», brüllt sie zurück.

«Wer is es denn?» frage ich.

«Keine Ahnung», sagt sie. Ich quäle mich heraus, schließe die Tür auf, sie steht da, im weißen Nachthemd, wie ein Gespenst aus dem neunzehnten Jahrhundert.

«Einer deiner komischen Freunde, nehme ich an», sagt sie verächtlich. Ich verkneife mir eine Bemerkung über ihre Freunde.

«Ja?» sage ich, als ich am Telefon bin.

«Moritz?» brüllt es mir ins Ohr. «Biste schon in der Koje? Kann ja wohl nicht sein.»

«Wer is'n da?» frage ich.

«Du machst mich fertig. Ich bin's, Nils, erkennste mich nich?»

Nils ist ein Typ, den ich vor einiger Zeit in der Stadt kennengelernt habe.

«Klar», sage ich. «Hi Nils. Was gibt's denn?»

Er grunzt vor Vergnügen.

«Ich wollt dich zu 'ner Party einladen, 'n Riesending, macht 'n Kumpel von mir, Micha, den kennste noch, oder?»

«Mach's kurz», sage ich. «Ich bin halbnackt und frier mir hier den Arsch ab.»

Er lacht kurz.

«Alles klar», sagt er dann. «Die Party steigt am Donnerstag, in seiner WG, sind alles klasse Typen, wir feiern bis ins Wochenende. Drei Tage Party, is doch stark, oder?»

«Klingt nicht schlecht», sage ich.

«Mann, du mußt begeistert sein. Bei euch is doch den ganzen Tag nix los.»

«Okay», sage ich. «Ich schau mal, ob ich komme.»

«Du spinnst ja», brüllt er. «Klar kommste. Jeder, den ich kenne, kommt. Kannst auch noch Leute mitbringen, wenn du willst.»

«Ist in Ordnung», sage ich.

«Dann bis Donnerstag!»

Als ich ins Bett zurücktrotte, fällt mir auf, daß er vergessen hat, mir die Adresse zu geben, so was ist typisch, ich habe auch nicht dran gedacht zu fragen. Mal sehen, sage ich mir, bis Donnerstag sind es ja noch ein paar Tage. Ich weiß nicht, ob ich im Augenblick überhaupt Lust habe, Nils und seine Freunde wiederzusehen.

3

Montag früh habe ich einen Termin bei dem Arzt in der Stadt, der mich seit dem Tod meines Vaters betreut. Er macht nie viel, meist redet er kurz mit mir, nimmt Blut ab, macht von Zeit zu Zeit eine Röntgenaufnahme, dann verschreibt er mir meine Tabletten, und ich kann wieder verschwinden. Er ist kein Psychiater oder so, aber er hat von den Ärzten, bei denen ich in psychiatrischer Behandlung war, die nötigen Empfehlungen bekommen.

Eigentlich soll ich jedes Vierteljahr zu ihm, wegen der Hormone, ich schlucke da eine ganze Menge, und die Einstellung muß regelmäßig kontrolliert werden, aber so oft gehe ich nicht, irgendwas kommt meist dazwischen, denn wenn ich ehrlich bin, kann ich den Typen nicht leiden, und solange ich zurechtkomme, ist es ja in Ordnung. Jetzt gehe ich aus einem anderen Grund, ich habe zwei Warzen an der Hand, die möchte ich loswerden.

Ich lasse mein Fahrrad an der Bushaltestelle stehen und fahre fast eine halbe Stunde mit dem Bus. Schon als ich einsteige, denke ich, ich wäre besser zu Hause geblieben, ich bin schlecht gelaunt, ärgere mich, weil ich mein Fahrradschloß vergessen habe. Jetzt steht mein Rad den ganzen Vormittag über ungesichert an der Haltestelle, heutzutage ist das der helle Wahnsinn.

Die Praxis liegt im Erdgeschoß eines Wohn- und Geschäftszentrums, etwas außerhalb des Stadtkerns. Es ist keine nette Gegend, zuviel Beton, zu unbelebt und auch schon ganz schön heruntergekommen, aber solche Ecken gibt es anscheinend in allen kleinen Städten. An einer Seite des Gebäudes steht ein Gerüst, die Fassade wird gerade gestrichen. Der Bus fährt bis fast vors Haus.

Die Sprechstundenhilfe, eine junge Frau mit kurzem schwarzem Haar und langen, aus dünnen Stäbchen bestehenden Ohrringen, bittet mich, einen Augenblick Platz zu nehmen. Hinter der Anmeldung steht eine zweite, etwas älter, blond, mit langem Zopf, viel Make-up und so, die ein Gesicht macht, das glatt einen Platzregen auslösen könnte. Ich bin kurz davor zu fragen, was ihr die Petersilie verhagelt hat, schließlich bin ich ein freundlicher Mensch, aber ich lasse es, das ist nicht mein Bier. Ich habe die beiden beim Quatschen gestört.

Im Wartezimmer sitzen zwei Leute, eine alte Frau mit Haarnetz und eine Schwangere, na, denke ich, wenn die vor mir dran sind, kann das ja dauern, dann wundere ich mich. Bin ich beim Frauenarzt gelandet? Was hat eine Schwangere hier verloren? Die Antwort kommt in Gestalt eines alten Mannes, der am Arm der Sprechstundenhilfe ins Wartezimmer schlurft.

«Ihr Vater ist soweit», sagt sie.

«Na siehst du.» Die Schwangere erhebt sich schwerfällig, eine Fliege, die auf ihrem Kleid gesessen hat, fliegt davon. «Das ging doch wirklich schnell.»

Der Alte brummelt etwas Unverständliches, seine Hände, in denen er eine Mütze hält, zittern.

«Sie müßten nur noch bei meiner Kollegin einen neuen Termin vereinbaren.»

Die Sprechstundenhilfe übergibt den Arm des Alten an seine Tochter, dann wendet sie sich an mich. Ihre Ohrringe klirren leise.

«Kommst du?»

Der Arzt sieht kaum auf, als ich das Sprechzimmer betrete, er hängt mit der Nase über seinen Papieren.

«Mach dich obenrum schon mal frei», sagt er. Klasse, denke ich, heute sind wohl alle bester Laune. Aber bitte, darin bin ich Meister.

«Es zieht», sage ich.

Er blickt auf, ein Fenster steht offen, natürlich ist es warm, drinnen wie draußen. Wortlos steht er auf, schließt das Fenster, ich ziehe mein T-Shirt aus und setze mich auf die Liege. Er stellt sich hinter mich und hört meinen Rücken ab, das Stethoskop ist kalt, und ich bekomme eine Gänsehaut, als er mir seinen Atem in den Nacken bläst.

«Irgendwas Besonderes?» fragt er.

Ich halte ihm die Hand mit den Warzen unter die Nase.

«Können Sie die wegmachen?»

Er nimmt die Hand, sieht kurz drauf, dann läßt er sie fallen.

«Ich kann dich zum Hautarzt schicken», sagt er. «Der schneidet so was raus.»

Scheiße, denke ich, ich renne doch nicht von einem Arzt zum anderen.

«Nee, ist schon gut.»

«Was hast du mit deinem Gesicht gemacht?»

«Gegen 'ne Faust gelaufen», sage ich.

«Hmm.»

Er setzt mir das Stethoskop auf die Brust und fährt fort, mich abzuhören, wobei er sich zu mir herunterbeugt, so daß ich ihm direkt auf die Kopfhaut starre. Er hat Schuppen und eine ganze Menge grauer Haare, ein warmer, fettiger Geruch steigt mir in die Nase, ich versuche, möglichst wenig zu atmen.

«Tief durchatmen», sagt er. Er riecht nach Schweiß und süßlichem After-shave.

«Du brauchst ein Gesundheitszeugnis.» Er hat das Stethoskop in seine Kitteltasche gesteckt und tastet mir mit beiden Händen über den Hals und am Kinn entlang. Ich verstehe nicht recht.

«Wieso?»

«Deine Mutter hat mich angerufen. Das Jugendamt verlangt eine ärztliche Bescheinigung der Tauglichkeit für irgendeinen Heimaufenthalt oder so. Das mußt du doch wissen.»

«Können Sie vergessen», sage ich.

«Warum? Du bist soweit in Ordnung. Ich werde dir die Bescheinigung zuschicken. Einmal den Mund auf, bitte. Gut.»

Er sieht mir in den Rachen, wirft den Holzspatel weg, dann nimmt er einen kleinen Trichter und schaut mir damit ins Ohr.

«Was soll der ganze Scheiß», frage ich.

«Nun, stell dich nicht so an.»

Ich lasse die Arme hängen, ich bin ein bißchen unruhig, aber ich denke, was soll's, aus dem Idioten bekomme ich doch nichts heraus.

«Jetzt muß ich dir nur noch Blut abnehmen», sagt er.

Ich lehne mich zurück, er geht zu seinem Schreibtisch, drückt irgendeinen Knopf und murmelt etwas in die Gegensprechanlage. Dann kommt er zurück, setzt sich zu mir und jagt mir eine Nadel in die Vene, das ist ein Klacks für mich, ich habe keine Angst vor Spritzen. Er läßt drei riesige Röhrchen vollaufen, und ich frage mich schon, ob er mir überhaupt ein paar Tropfen zum Leben läßt. Als er das letzte Röhrchen abzieht, geht die Tür auf, und die blonde Sprechstundenhilfe schaut herein.

«Ich muß mit dir reden», sagt sie.

Der Arzt runzelt die Stirn.

«Später», sagt er.

«Ich meine es ernst.»

Er legt das Röhrchen zu den anderen und dreht sich halb um.

«Du siehst doch, daß es im Moment nicht geht. Nachher, okay? Und jetzt nimm den Jungen hier mit, ich brauche noch eine Urinprobe.»

Er steht auf und streift die Handschuhe ab.

«Hey», sage ich. «Die Nadel.»

«Ah, entschuldige.»

Er zieht die Nadel heraus und drückt mir einen Tupfer auf die Einstichstelle, dann klebt er ein Pflaster drüber.

«Du hast gehört, ich brauche noch eine Urinprobe von dir.»

Die Sprechstundenhilfe hat sich nicht gerührt, sie sieht ihn an.

«Fünf Minuten», sagt sie. «Soviel Zeit wirst du haben.»

Während ich mein T-Shirt überstreife, geht er hinter seinen Schreibtisch zurück.

«Später, habe ich gesagt.» Er sieht sie nicht an, aber auf einmal hängt eine irre Spannung in der Luft. Sie trägt ein Seidentuch um den Hals, das von einer goldenen Brosche zusammengehalten wird, daran zupft sie jetzt.

«Okay», sagt sie. «Du kannst es auch anders haben. Ich mache dir eine Riesenszene, hier in der Praxis, wenn es das ist, was du möchtest.»

Er zögert eine Sekunde, dann seufzt er und nickt.

«Na gut, fünf Minuten.»

Er beugt sich über die Gegensprechanlage.

«Karin», sagt er, «holen Sie den Jungen zur Urinprobe.»

Eine Weile sagt keiner ein Wort, ich stehe dumm zwischen den beiden und weiß nicht, was ich tun soll. Endlich kommt die Schwarzhaarige, holt mich mit ihrem süßen Lächeln, und ich folge bereitwillig.

«Ich mache dir gleich noch dein Rezept fertig», sagt der Arzt, dann schließt die Blonde hinter uns die Tür. Mann, bin ich froh, da raus zu sein.

«Dicke Luft, was?»

Ich sehe die Schwarzhaarige an, sie zieht bloß die Schultern hoch. Hey, denke ich, ein bißchen mehr könnte sie rausrücken, irgendwie geht es ja auch mich etwas an, oder? Auch wenn es mich nicht wirklich interessiert. Im Wartezimmer sitzen zwei neue Leute, ein älterer Mann mit Kapitänsmütze und eine dicke Frau mit zugequollenen Augen und roter Nase. Heuschnupfen, schätze ich.

«Hier». Sie drückt mir einen Plastikbecher in die Hand und lächelt. «Du weißt, wie das geht, oder?»

«Ich denke schon.»

«Die Toilette ist direkt neben dem Eingang.»

«Sonst noch was?» frage ich. «Gewebeproben, Sperma, Fingerabdrücke?»

Sie lacht, wenigstens eine, die das nicht verlernt hat, eine, die nicht guckt, als wollte sie dir die Augen auskratzen. Es gibt Tage, da finde ich das schrecklich, da macht es mich richtig fertig, wenn die Leute einen überall ansehen, als wolle man ihnen das letzte Butterbrot stehlen. Ein offenes Lachen ist da Gold wert, das kann einem dann schon helfen, für eine Weile wenigstens.

Ich renne beinahe eine junge Frau über den Haufen, die gerade zur Tür hereinkommt.

«Doris» ruft die Sprechstundenhilfe erstaunt. «Was machst du hier?»

Doris trägt ein buntes, ärmelloses T-Shirt, ehe sie antworten kann, bin ich auf der Toilette verschwunden.

Der Raum ist klein und miefig, mir ist das egal, ich will hier ja nicht übernachten. Ich stelle den Plastikbecher auf den Wasserkasten, klappe vorsichtshalber den Klodeckel hoch und knöpfe mir die Hose auf. Draußen höre ich die beiden Frauen quatschen. Dann passiert etwas Dummes, das heißt, eigentlich passiert nichts, ich kann nicht. Mit der rechten Hand halte ich den Plastikbecher, mit der linken richte ich die Spitze meines Pimmels genau in den Becher, aber es kommt nichts. Die beiden Frauen stehen genau vor der Tür, und ich höre ihre Stimmen, als stünden sie direkt hinter mir. So kann ich mich unmöglich konzentrieren.

Ich drücke ein bißchen, ohne Erfolg, es kommt nicht ein Tropfen. Ärgerlich stelle ich den Becher ab, fummele meine Hose zurecht und stecke den Kopf aus der Tür.

«Könnt ihr vielleicht woanders quatschen», sage ich. «So kann ich nicht!»

Es ist mir egal, was sie denken, ich bin wütend, die wollen den Scheiß schließlich haben.

Sie verziehen sich, ich knalle die Tür zu, stelle mich über die Kloschüssel, es gibt kein Problem mehr. Mein Strahl geht kraftvoll nieder, dummerweise merke ich zu spät, daß ich den Becher vergessen habe. Ich versuche zu retten, was zu retten ist, greife mir schnell den Becher und quetsche meine Blase aus, aber mehr als ein paar Tropfen bekomme ich nicht hinein. Kaum genug, um eine Fliege darin zu ertränken. Weil mir nichts Besseres einfällt, fülle ich den Becher etwa zur Hälfte mit

Wasser auf, das Ganze ist ein bißchen dünn, aber besser als nichts.

Ich gehe zur Anmeldung zurück, ich weiß nicht, wohin mit dem Becher. Die Schwarzhaarige hockt mit Doris am Fenster, sie sehen sich irgendwas an und drehen mir den Rücken zu. Ich räuspere mich, aber sie reagieren nicht, in dem Moment geht die Tür zum Sprechzimmer auf, und ich kann die Blonde sehen, sie hat Tränen in den Augen.

«Warte doch», ruft es hinter ihr, der Arzt läuft gerade um seinen Schreibtisch herum.

«Laß mich in Frieden», brüllt sie. «Du bist ein Mistkerl, ein elender Mistkerl.»

«Nun komm schon.»

Er faßt sie am Arm und versucht, sie ins Zimmer zurückzuziehen, aber sie schüttelt ihn ab, ihr Tuch verrutscht. Im Wartezimmer recken sich die Hälse, ich stehe keine zwei Meter von den beiden entfernt.

«Beruhig dich bitte», zischt er.

«Da kannst du lange drauf warten.» Ihre Stimme zittert, überschlägt sich. «Du Dreckskerl.»

«Irene!» Er sieht sich erschrocken um. «Wir sind nicht allein.»

«So?» kräht sie. «Von mir aus kann jeder hören, was du für ein Typ bist. Ich werd allen sagen, daß du deine Frau betrügst, du mieses Schwein, und jetzt auch noch mich. Kannst deine Finger nicht von den jungen Dingern lassen, was? Ein Schwein bist du, jawohl.»

«Halt den Mund!» sagt er, seine Hand zittert, und ich warte darauf, daß er sie schlägt, aber er beherrscht sich.

Die Blonde tritt einen Schritt zurück, noch immer starrt sie ihn an, jetzt wirft sie triumphierend ihren Zopf zurück.

«Wart's nur ab», zischt sie. «Ich werde deiner Frau alles erzählen. Dann wirst du sehen, was du davon hast.»

Damit macht sie auf dem Absatz kehrt und ist einen Atemzug später zur Tür hinaus. Der Arzt steht da wie ein begossener Hund, im Wartezimmer ist kein Mucks zu hören.

«Hier», sage ich schließlich und halte ihm meinen Urinbecher entgegen.

«Was? Jaja, stell ihn einfach ab.»

Er dreht sich um und geht in sein Zimmer, eine Sekunde später kommt er zurück.

«Karin?»

Die Schwarzhaarige ist sofort zur Stelle.

«Machen Sie das Rezept fertig, und hier, schicken Sie das ins Labor.»

Er hat die drei Röhrchen mit meinem Blut in der Hand und will sie ihr geben, aber er zittert, läßt zu früh los, und die Röhrchen knallen auf den Boden. Zwei zerplatzen, und mein Blut läuft über das Linoleum.

«Scheiße», brüllt er. «Können Sie nicht aufpassen!» Er streicht sich die Haare zurück, an seinem Hals tritt eine Ader hervor. «Bringen Sie mir einen Kaffee, und schicken Sie den nächsten Patienten rein. Aber zuerst machen Sie die Sauerei hier weg!»

Einen Augenblick später ist er in seinem Sprechzimmer verschwunden, die Tür fliegt krachend ins Schloß, und die Schwarzhaarige steht da und zuckt mit den Schultern. Sie steckt einen Kopf ins Wartezimmer.

«Der Nächste bitte.»

Keiner rührt sich.

Was für ein Arsch, denke ich, aber er hat es ja auch nicht leicht. Mich jedenfalls hält hier nichts mehr. Ich sehe auf mein Blut herunter, das eine große Pfütze gebildet hat, irgendwie geht mir der Anblick an die Nieren, aber ich reiße mich los und verdufte. Es gibt schon Beknackte, sage ich mir, als die Tür zur Praxis hinter mir ins Schloß fällt, aber so ist das Leben. Auf dem Weg zur Bushaltestelle habe ich den Kerl bereits vergessen.

Meine frühe Kindheit war, bedingt durch meine Krankheit, eine harte Zeit. Mein Vater war Wissenschaftler, und ich habe erzählt, daß er an die Küste zog, um seine Ruhe zu haben, Ruhe für seine Arbeit, für die Arbeit an mir. O ja, ich hatte nichts zu lachen, denn für meinen Vater war ich nie mehr als ein Versuchskaninchen. Ich weiß nicht, ob es einen Namen für meine Krankheit gibt, ich möchte es fast bezweifeln, doch ich kenne mich mit diesem Quatsch auch nicht besonders aus, deshalb will ich hier nichts behaupten. Ich bin nicht der Typ, der sich, nur weil er irgendwas hat, Tag und Nacht damit beschäftigt.

Wenn ich es erklären sollte, würde ich sagen, daß ich an einer Entwicklungsstörung leide, die den gesamten Körper betrifft, vor allem aber Knochen und Gelenke, und die zu einer ganzen Reihe von Symptomen führt. Eine Zeitlang mußte ich ein Korsett tragen, weil meine Wirbelsäule nicht stabil war, ich hatte Schwierigkeiten mit dem Wachstum, weil mein Körper die eigenen Hormone nicht erkennt. Was mir immer wieder zu schaffen macht, sind Entzündungen, vor allem in den Händen, das kann sehr unangenehm sein. An der linken Hand bin ich deshalb dreimal operiert worden, seitdem hat es sich etwas beruhigt. Aber auch so einfache Dinge wie die Verdauung funktionieren nicht immer einwandfrei, manchmal kann ich tagelang nicht aufs Klo, und das ist auch nicht schön.

Normalerweise läßt sich ein Defekt wie meiner während der Schwangerschaft feststellen, genau auf diesem Gebiet hat mein Vater gearbeitet. Als Baby gab mir niemand eine ernstzunehmende Chance, und dies muß für ihn eine einmalige Gelegenheit gewesen sein, bestimmte Theorien zu überprüfen und neue Behandlungsmethoden zu versuchen, eine Herausforderung sozusagen, und ich war für ihn erstklassiges Material. Er hat mich aus der Stadt mitgebracht, hier aufs Land in seine Labors, wo er Ruhe hatte, um an mir zu arbeiten, und so sah es aus, die ersten Jahre meines Lebens bin ich kaum aus seinen Labors herausgekommen. Lustig war das wirklich nicht. Ich erinnere mich nicht gut an diese Zeit, es kommt mir vor wie sehr lange her, und das ist es schließlich auch. Ich war kein einfaches Kind, da möchte ich drauf wetten, aber wie auch, ich war drei Jahre alt, als ich laufen lernte, mit vier irgendwann habe ich das Haus zum erstenmal verlassen. Das alles hört sich nicht besonders toll an, trotzdem bin ich nie wirklich unzufrieden gewesen. Wenn man sich keine falschen Vorstellungen macht, wenn man die Dinge so sieht, wie sie sind, dann kommt man mit allem zurecht.

Ich habe noch nicht erzählt, wo ich letztendlich herkomme und wer meine wirklichen Eltern sind, dabei ist es keine so großartige Geschichte. Wer meine Eltern sind, weiß meiner Ansicht nach keiner wirklich, wie mein Vater an mich geraten ist, kann ich dagegen mit einiger Sicherheit sagen. Auch wenn er darüber nie ein Wort verloren hat, habe ich meine Version, die mir von allem, was ich gehört habe, am wahrscheinlichsten klingt. Was ich weiß, habe ich von anderen, von Karl in erster Linie, doch auch Karl redet nicht viel darüber. Ich habe mir alles irgendwie zusammengereimt.

Um es kurz zu machen: ich bin ein Findelkind, ich

lag eines Morgens vor dem Krankenhaus, in dem mein Vater seine Abteilung hatte, direkt vor der Tür zu seinen Labors. Das hört sich vielleicht verrückt an, ist es aber nicht, wenn man unterstellt, daß die Eltern, die ihr Kind dorthin legten, gewußt haben, wie krank es war und wie gering seine Chance zu überleben. Vielleicht stimmt auch an dieser Geschichte kein Wort, aber sie ist besser als nichts.

Mein Vater, zu diesem Zeitpunkt in verschiedenen Schwierigkeiten, sah in dem kranken Kind seine Chance, ein Versuchsobjekt zu bekommen, das sich ihm nicht würde widersetzen können. Er beschaffte sich die Papiere für eine Adoption, wobei sicher nicht alles korrekt ablief, aber er hat schon immer gute Verbindungen gehabt. Und in der Medizin soll es ja schon ähnliche Fälle gegeben haben. So wurde er Vater und ich sein Sohn, wirklich keine große Geschichte.

Wenn man das alles bedenkt, könnte man glauben, mein Vater habe einiges erreicht, indem er mich überhaupt zum Leben gekriegt hat, keiner hat mir eine Chance gegeben, und anfangs war er wohl auch durchaus zufrieden. Und zu Recht, hey, ich habe mich schließlich ganz gut geschlagen, immerhin habe ich's bis heute geschafft, und das ist ja wohl keine Kleinigkeit. Und wenn man mal all das Zeug vergißt, das ich schlucken muß, um über die Runden zu kommen, so hat er doch einen ganz anständigen Jungen aus mir gemacht, ich kann laufen, sprechen, ich kann sogar lesen, das ist doch was. Der Ärger ging los, als ich in die Schule sollte. Es stellte sich schnell heraus, daß ich in der geistigen Entwicklung nicht recht mitkam, ich bin kein Idiot oder so, ich bin auch nicht blöde, nur manche Dinge wollen bei mir nicht so richtig. Es mag damit zu tun haben, daß es Dinge sind, die ich für völlig übertrieben halte, Sachen wie Mathematik, so'n Quatsch, den im Leben kein Mensch braucht.

In der Schule dauerte es kein halbes Jahr, bis sie erkannten, daß ich einfach nicht klar kam, sie versuchten mich mitzuschleifen, eine Zeitlang ging das auch, aber irgendwann war Schluß. Sie packten mich auf zwei andere Schulen, auf denen Kinder mit Lernschwierigkeiten oder Verhaltensauffälligkeiten angeblich speziell gefördert werden, aber das war ein Witz. Dabei gab es dort eine ganze Reihe Jungs, die gar nicht mal blöd waren, es ist einfach der Ort, an dem du landest, wenn keiner mehr weiter weiß mit dir. Ein großer Teil der Kinder dort hatte vollkommen kaputte Elternhäuser, andere waren wirklich krank, behindert oder so, was weiß ich, und es gab auch Ausländer, die einfach unsere Sprache nicht richtig konnten. Ich habe heiße Szenen miterlebt.

Sie unterstellten mir von Anfang an mangelnde Bereitschaft zur Mitarbeit, und nicht ganz zu Unrecht, denn meine Lust auf diesen Zirkus war gleich Null, ich habe mich sicher gesperrt, aber auch damit war ich in guter Gesellschaft. Schließlich habe ich sie dann doch soweit gebracht, zu akzeptieren, daß ich für manche Dinge einfach nicht gemacht bin. Doch das zu schlukken fiel meinem Vater nicht leicht. Er wollte es nicht einsehen, er wurde wütend, brüllte mich an, schlug mich, o ja, er hat mich oft geschlagen, aber eigentlich erst seit dieser Zeit. Er hatte ein aufbrausendes Temperament, und bestimmt wollte er es nicht immer, trotzdem hat er mich ordentlich geprügelt. Bei allem, was er erreicht hatte, fing er an, sich einzugestehen, daß ich solch ein Erfolg dann doch nicht war. Über meine Größe hätte er noch hinwegsehen können, eine Menge bedeutender Männer waren schließlich von geringem

Wuchs. Aber mein Unvermögen, ihm in intellektueller Hinsicht ein würdiger Sohn zu sein, hat ihn fertiggemacht.

Was mich betrifft, so bin ich mit dem Leben, das ich habe, weitgehend zufrieden, vor allem sage ich mir, daß ich schlimmere Zeiten erlebt habe, Zeiten, als ich keine Luft bekam und nicht einmal laufen konnte, und trotzdem habe ich das irgendwie gepackt. Und von meinem Vater habe ich mich nie verrückt machen lassen. Ob mein Leben in einer richtigen Familie besser ausgesehen hätte, bei meinen wirklichen Eltern vielleicht, wer kann das sagen? Meiner Meinung nach ist eins wie das andere, und an meine Eltern, wer sie auch immer sein mögen, habe ich in meinem ganzen Leben kaum einoder zweimal gedacht. Man muß es sich nicht unnötig schwermachen. Ich weiß allerdings nicht, was so schlecht sein soll an einer echten Familie, wo man gemeinsam beim Essen sitzt, wo alle nett sind zueinander und Vater und Mutter den Kindern abends einen Gutenachtkuß geben. So übel hört sich das gar nicht an, trotzdem muß ich lachen, wenn ich so denke. Für einen wie mich ist in einem solchen Bild kein Platz, das sehe ich selbst, und ich kenne auch keinen, der eine solche Familie hat. Da muß man sich nur umschauen.

Ich verliere eine halbe Stunde, weil mir der Bus vor der Nase wegfährt, was meine Laune nicht bessert. Ich sehe den Bus herankommen, als ich selbst noch ein Stück von der Haltestelle entfernt bin, und starte, weil ich ihn eigentlich kriegen möchte, aber ein Typ, der in der letzten Reihe sitzt, starrt dermaßen penetrant nach hinten aus dem Fenster, daß ich stehenbleibe. Ich kann einfach nicht laufen, so wie der mich anglotzt. Ich mache ein paar Schritte zur Seite, hüpfe ein bißchen wie zum Spiel, er soll nicht denken, ich hätte dem Bus nachlaufen wollen. Ich bin erleichtert, als der Bus davonrauscht.

Da ich keine Lust habe, auf den nächsten zu warten, stelle ich mich an die Straße und halte den Daumen raus, aber es dauert eine ganze Weile, bis einer anhält, ein Kerl in einem Cabrio, vielleicht Mitte Dreißig. Er fährt schnell, der Wind pustet mir den Kopf frei, ich sehe die ganze Fahrt über kaum etwas, weil ich ständig die Haare im Gesicht habe.

«Hast du vielleicht 'ne Kippe?» frage ich, weil ich sehe, daß er raucht.

«Bedien dich», sagt er, zieht eine Packung aus der Hemdtasche und wirft sie mir in den Schoß. Ich stecke mir eine in den Mund, drücke den Zigarettenanzünder und warte, bis er herausspringt.

«Leg sie einfach irgendwohin», sagt er, als ich ihm die Packung zurückgeben will. An der Bushaltestelle, wo ich mein Fahrrad abgestellt habe, steige ich aus. Ich überlege eine Sekunde, ob ich so über die Tür hüpfen soll, wie die Leute in Filmen das manchmal tun, dann lasse ich es, die Gefahr, daß ich mich dabei auf die Fresse lege, ist zu groß. Der Typ fährt davon, aber nur knapp zwanzig Meter, dann steigt er in die Eisen und kommt im Rückwärtsgang zurück. Ich stehe ein bißchen dumm auf der Straße, als er neben mir hält, er hat seine Sonnenbrille hochgeschoben und sieht mich an.

«Hey», sagt er, «das kann ja wohl nicht wahr sein. Ich nehme dich mit, und du beklaust mich.»

«Was?»

«Verarsch mich nicht!» brüllt er. «Rück die Kippen raus, die du eingesteckt hast.»

Achselzuckend hole ich die Packung aus der Tasche und werfe sie auf den Beifahrersitz.

«Bitte», sage ich.

«Du kannst von Glück sagen, daß ich dir nicht den Arsch aufreiße, du kleiner Wichser», brüllt er, dann legt er den ersten Gang ein und gibt Gas.

«Weißt du, daß man Krebs von den Dingern kriegt», rufe ich, als er davonrauscht. «Ich hoffe, du krepierst dran.»

So ein Arschloch. Als bräuchte ich seine Scheißkippen. Als bräuchte ich überhaupt irgendwas von irgendwem.

Ich gehe zu meinem Fahrrad, das nach wie vor an seinem Platz steht, obwohl ich es nicht abgeschlossen habe, Donnerwetter, denke ich, damit habe ich kaum gerechnet. Es gibt 'ne Menge diebisches Gesindel hier draußen, jeder Arsch klaut dir dein Zeug unterm Hintern weg.

Es ist Mittag geworden, und als hätte ich die Hitze den ganzen Morgen über nicht wahrgenommen, bricht es mit einem Schlag über mich herein, trifft mich wie ein Faustschlag, ich höre mein Herz pumpen, meine Lungen keuchen, die Hitze knallt mir voll ins Gehirn. Kein Wunder, daß manche Leute in der Wüste die verrücktesten Trugbilder sehen, kann ich mir gut vorstellen. Ich wische mir den Schweiß vom Mund und denke, wenn das noch lange so geht, bin ich auch bald soweit. Ich trete in die Pedale, um wenigstens etwas Fahrtwind zu haben, aber die Luft ist heiß und schwer, und ich bin zu kaputt, um schnell zu fahren. Dennoch tut der Wind gut.

Ich drehe eine Runde durch die Felder, die Wege sind staubig, Grillen zirpen. Eine Plastiktüte fliegt mir gegen das linke Bein, ich schüttle sie ab. Am Weg zu Sondermanns Hof steht ein dunkelgrüner Passat, der

Fahrer ist nicht zu sehen. Auf dem Dach des Wagens kann man garantiert Würstchen braten, ich bin froh, daß ich jetzt nicht im Auto sitzen muß. Neben dem Weg liegt ein Haufen Bauschutt, den jemand einfach abgekippt hat, Steine, Kacheln, eine echte Sauerei, dazwischen ein paar Säcke Müll, Flaschen, Dosen, Plastiktüten. Ein Vogel sitzt im Schatten und fliegt auf, als er mich bemerkt.

Ein Stück vorm Dorf fahre ich wieder auf die Straße und zurück, an den Obstwiesen vorbei, irgendwo zwischen den Bäumen ist ein Traktor zu hören. Ein Motorradfahrer auf einer dieser Rennmaschinen kommt mir entgegen und fliegt an mir vorbei, so schnell kann ich gar nicht gucken. Der Wind fährt ihm voll ins T-Shirt, von hinten sieht er aus wie aufgeblasen.

Kurz vor der Kreuzung läuft plötzlich Theo auf die Straße, Theo ist der Hund der alten Frau Wenghöfer, die in einem kleinen Haus am Dorfeingang wohnt, er ist unverkennbar, ein ganz dämliches Mistvieh. Ich kann gerade noch ausweichen und fliege beinahe auf die Schnauze, komme mit dem Vorderrad im Graben zum Stehen. Als ich mich umschaue, hockt der Dreckskōter auf der anderen Straßenseite neben einem Begrenzungspfahl. Was macht der überhaupt hier draußen?

«Hau ab, Scheißköter!» rufe ich.

Ich bin sauer. Ich fliege nicht gerne auf die Schnauze, auch nicht beinahe, nicht wegen 'nem Hund. Aber der Arsch rührt sich nicht, er leckt sich eine Pfote und schaut blöd zu mir rüber.

Na warte, denke ich, du machst so was nicht noch mal.

Ich hebe einen Stein vom Boden, werfe ihn nach dem Mistvieh, und das kapiert er. Er haut ab.

Ich schaue ihm hinterher, leicht hat der's auch nicht. Er ist ziemlich fett und hat nur drei Beine, wenn er läuft, sieht das echt beschissen aus.

Meine Mutter versucht, Müll in die Tonne zu stopfen, sie drückt mit beiden Händen, dabei ist die Tonne längst übervoll. Es gibt Menschen, die hängen gern mit den Händen im Dreck.

«Was soll der Scheiß mit dem Gesundheitszeugnis», sage ich. Ich will direkt zur Sache kommen, sie soll nicht denken, sie kann mit mir machen, was sie will. Sie spielt die Ahnungslose.

«Was meinst du?»

«Ich war gerade beim Arzt, wozu brauche ich so'n Scheiß. Was hast du mit dem Jugendamt ausgemacht?»

Sie ist auf der Hut, das sehe ich. Sie streift langsam ihre Hände an der Schürze ab.

«Ich habe keine Ahnung», sagt sie dann. «Ich weiß nicht, wovon du sprichst.»

«Ich laß mich nicht verarschen», sage ich. «Mach dir da nur nichts vor.»

«Warte mal», sagt sie. «Ich glaube, wir sollten uns einmal unterhalten, in unser beider Interesse.»

«Vergiß es», sage ich und gehe ins Haus.

In der Küche hole ich mir etwas zu trinken, mir ist heiß, ich stehe eine Weile am Tisch und starre in mein Glas. Annie kommt durch die Tür. Ich nehme mir die Wasserflasche und will mir nachschenken, aber ihr Blick macht mich verrückt.

«Verdammt, glotz nicht so blöd», sage ich und haue die Flasche auf den Tisch. Sie zerspringt mit einem dumpfen Knall, und für einen Augenblick stehe ich in einem Regen aus Wasser und Scherben. Ich warte darauf, daß Annie die Flucht ergreift, aber sie bleibt, und ich fühle, jede Sekunde wird sie sich bücken und anfangen, die Scherben einzusammeln. Ich haue ab, ich ertrage es nicht. Ich weiß, es sieht aus, als liefe ich davon, aber das ist nicht richtig, so ist es nicht. Ich laufe vor nichts davon, wer das glaubt, täuscht sich.

In dem Regal über meinem Bett steht ein Helm aus schwarzem Plastik, zu dem eine Gesichtsmaske gehört, die aussieht wie die von Darth Vader. Ich war ein großer Fan von Star Wars, und vor allem das Imperium mit seinen Sturmtruppen, Sternenkreuzern und der ganzen Kampfmaschinerie hat mich fasziniert. Die Rebellen fand ich nicht halb so interessant, verständlich also, daß ich den zweiten Teil am liebsten hatte, schließlich bleibt dort das Imperium Sieger. Die Maske habe ich mir in einem Laden in der Stadt gekauft, als ich sechs oder sieben war, der Helm war mir ein ganzes Stück zu groß, den Brustpanzer dazu habe ich mir selbst gebastelt. Mit dem Lichtschwert allerdings hatte ich immer Probleme, denn die billigen Plastikschwerter, die es zu kaufen gab, haben mich nie überzeugt. Mann, es handelt sich immerhin um die Waffe der Jedi-Ritter, das kann doch nicht so ein biegsamer Plastiklappen sein. Ich habe eine Menge Sachen versucht, mit Taschenlampen und Leuchtröhren, und die Sauerei, die es gab, als mir einmal eine der Leuchtröhren platzte, hat mir einen Wutanfall meines Vaters beschert, der ohnehin nicht verstehen konnte, warum ich den ganzen Tag in schwarzem Mantel, den Helm auf dem Kopf, durchs Haus lief und statt zu sprechen nur laut unter meiner Maske schnaufte. Er riß mir den Helm vom Kopf und jagte mich in mein Zimmer. Aus Trotz habe ich ihm nichts von den Kämpfen erzählt, die in der Galaxis tobten und unser aller Leben entscheiden würden.

Ich lege den Helm ins Regal zurück, er paßt mir nicht mehr. Habe ich so einen großen Kopf bekommen? Den Brustpanzer will ich gar nicht erst versuchen. Ich habe eine alte CD von Sisters of Mercy eingelegt und lasse mich auf den düsteren Melodien treiben. Ich frage mich, was sich auf dem Kriegsschauplatz der Galaxis getan hat, seit ich nicht mehr aktiv eingreife. Schätze, die wirklich großen Aktionen sind seitdem selten geworden.

Mein Vater hatte nie besonderes Verständnis für meine Spiele, er hat versucht, mir alles zu verbieten. Ich glaube, er wollte, daß ich Scrabble spiele oder Lexika auswendig lerne, irgendwas Vernünftiges tue. Einmal fuhr er mit mir in einen Modellbauladen, weil er mir ein Modellauto kaufen wollte, so eins zum Zusammenbauen, Maßstab 1:25, und er kaufte mir sogar einen Militärtransporter, wie ich ihn wollte. Aber als ich mir später zwei Panzer und eine F-14 wünschte, platzte ihm der Kragen, und er kaufte mir nichts mehr in der Art. Dabei ließen sich die Dinger hervorragend in die Luft sprengen oder anzünden, man konnte tolle Sachen damit anstellen.

Neben der Maske von Darth Vader steht das Modell einer Saturn V, der Mondrakete, das ich mir aus einer leeren Sauerstoffflasche, wie Taucher sie benutzen, gebastelt habe. Das Ding habe ich am Strand gefunden. Ich habe sie zersägt, so daß man die einzelnen Stufen trennen kann, ihr eine anständige Spitze verpaßt und das Ganze dann lackiert, nach Fotos und Fernsehbildern, leider ist sie ein bißchen schwer geraten, und nicht zuletzt deshalb habe ich den Gedanken aufgegeben, sie irgendwie zum Fliegen zu bringen. Ohnehin habe ich ein bißchen den Spaß daran verloren, als ich erfuhr, daß sie keinerlei Waffen an Bord der Rakete hatten, nicht mal einen billigen Laser, gar nichts. Ich konnte mir nicht vorstellen, daß die in den Weltraum geflogen sind, ohne auch nur an die Gefahr durch Außerirdische zu denken, überhaupt konnte ich nicht glauben, daß die einfach so auf den Mond sind, ohne einen echten Grund. Ich dachte immer: Mensch, das ist bloß die offizielle Version, wahrscheinlich haben sie dort ein gestrandetes Raumschiff gesucht oder irgend so was. Ich hatte ja keine Ahnung, daß die Raumfahrt so langweilig ist, aber inzwischen habe ich's kapiert. Eine Weile hatte ich überlegt, ob ich wenigstens das Modell mit Waffen ausstatten sollte, aber dann habe ich es gelassen. Trotzdem sieht die Rakete gut aus, und ich war ziemlich stolz drauf damals und ziemlich wütend, als ich sie eines Tages aus der Mülltonne fischen mußte, wohin mein Vater sie befördert hatte, weil sie im Wohnzimmer herumlag. Ihre Spitze war völlig zerdellt, aber ich war schon froh, daß ich das gute Stück überhaupt wieder hatte. Mein Vater hatte keinen Sinn für solche Sachen, der Weltraum hat ihn nie interessiert. Am liebsten hätte ich ihm das Ding in den Schädel gejagt.

Später sitze ich vor dem Haus und putze mein Fahrrad, ich sehe das olle Ding mit anderen Augen, seit es heute morgen niemand klauen wollte. Annie kommt einmal kurz vors Haus, um eine Decke auszuschütteln, sie wirft mir einen knappen Blick zu, sagt aber nichts und verschwindet wieder.

Ich habe Ärger mit der Kette, die mir beim Nachstellen der Schaltung rausgesprungen ist. Als ich sie endlich reingefummelt habe, sind meine Hände ölverschmiert, ganz zufrieden bin ich nicht, ein paar Macken werd ich noch beseitigen müssen. Aber ich habe ohnehin vor, im Laufe des Tages einmal bei Andersen vorbeizuschauen und in seiner Werkstatt das Nötige zu erledigen. Ich wische meine Hände an einem Lappen ab und schiebe das Fahrrad hinters Haus.

Ich sehe sie nicht kommen, ich bin tief in Gedanken, und als sie plötzlich vor mir steht, erschrecke ich. Ich bin dabei, mein Werkzeug wegzuräumen, überhaupt bin ich der ordentlichste Mensch der Welt und kann es nicht ausstehen, wenn etwas herumliegt, absolut nicht, ich halte alle meine Sachen in Ordnung.

«Hallo», sagt Chris. «Hier wohnst du also.»

«Was machst du denn hier?»

«Ich sehe mir nur die Gegend an. Ist schön hier.»

Ja, denke ich, da hat sie recht, man kann sagen, was man will, es ist ein schöner Flecken hier. Wenn ich das sage, will das was heißen, denn für gewöhnlich bin ich nicht jemand, den die Natur so ohne weiteres von den Socken haut.

«Was machst du da?»

«Ach», sage ich, «nichts. Ich räume auf.»

Ich habe die Sonnenbrille auf, die Tommi mir letztes Jahr aus der Stadt mitgebracht hat, ein verdammt cooles Teil. Sie versucht, mir durch die verspiegelten Gläser in die Augen zu sehen, das kann sie lange versuchen.

«Stör ich dich irgendwie?»

«Nein», sage ich. «Echt nicht. Ich war gerade fertig.»

Heute hat sie die Haare offen, in der Sonne leuchten sie fast weiß. Ihre Augenbrauen haben eine ganz andere Farbe, viel dunkler, das ist mir vorher gar nicht aufgefallen. Sie trägt ein T-Shirt mit buntem Aufdruck und Kapuze, eine kurze Hose und Turnschuhe. Irgendwie scheint sie zu strahlen.

«Willst du mir das Haus zeigen?»

«Was?» sage ich. «Nee. Warum denn.»

Sie hat eine sehr direkte Art, das kann man wohl sagen, und das ist nicht unbedingt mein Ding. Was das Kennenlernen fremder Leute betrifft, halte ich mehr vom langsamen, nichts überstürzenden Bekanntmachen. Ich bin nicht der Typ, der auf einen zugeht und sagt, hey du, sag mir, wer du bist, ich will dein Freund sein. Ausnahmen gibt es natürlich immer.

«Ich dachte nur. Wo ich gerade mal hier bin.» Sie wirkt nicht enttäuscht.

«Meine Mutter ist da», sage ich. «Du kennst sie nicht. Nein, das lassen wir besser.»

Ich habe irgendwie das Gefühl, mich erklären zu müssen, aber ich weiß nicht, wo ich anfangen soll, also vergesse ich es lieber. Sie hat den Kopf in den Nacken gelegt und läßt sich die Sonne ins Gesicht knallen.

«Aber du kennst meinen Vater.»

«Wieso?»

«Na, immerhin hast du ihn schon gesehen.» Sie kratzt sich am Handgelenk, sieht aus wie ein Mückenstich. Es ist komisch, aber mich stechen diese Biester nie. Ich kann mich nicht erinnern, überhaupt jemals einen Stich gehabt zu haben.

«Ach ja», sage ich. «Gestern.»

«Ich glaube, er mochte dich nicht, so auf den ersten Blick jedenfalls.» Sie lacht.

«Echt nicht?»

«Nee. Aber da mußt du dir nichts draus machen.»

Sie kneift die Augen zusammen, wieder versucht sie hinter meine Brille zu sehen, aber diesmal ist es die Schwellung von der Schlägerei, die sie entdeckt hat.

«Hey», sagt sie, «hast du dich mit jemandem geschlagen?»

«Mmh.»

«Wirklich?»

«Kann schließlich passieren», sage ich.

Sie schüttelt amüsiert den Kopf.

«Und ich dachte, bei euch hier draußen ist überhaupt nichts los.»

Ich weiß nicht so recht, ob das lustig ist, wenn einer was in die Fresse kriegt, wenigstens ein Mädchen sollte vielleicht nicht so denken.

«Weißt du was?» sagt sie dann. «Ich find dich irgendwie nett.»

Puh, denke ich und reiße mich zusammen, um ihr nicht gleich vor die Füße zu kotzen. Das ist wieder so ein Beispiel, weshalb ich Mädchen eigentlich nicht leiden kann, ganz allgemein. Wie kann man so was sagen?

Ich sehe zu, daß ich erst einmal wegkomme, und stelle mein Werkzeug ans Haus. Annie schaut aus dem Küchenfenster, und ich senke schnell den Blick. Mir dreht sich der Magen um, und ganz plötzlich springt mir der Schädel auf, ein klaffender Spalt, und mit einem Rülpsen quillt mein Gehirn heraus, ich erschrecke richtig, fahre mir mit der Hand an den Kopf, drücke es rein und halte den Spalt zu. Wenn Annie das sieht. Nicht, daß sie rauskommt. Aber mein Kopf schließt sich so schnell, wie er aufgesprungen ist, und anscheinend sieht man mir nichts an, denn keiner sagt etwas. Annie lächelt. Es sind die kleinen Dinge im Leben, die einem die Haut vom Leib ziehen.

«Du kannst mir ja ein bißchen die Gegend zeigen», sagt Chris und weckt mich aus meiner Verwirrung. «Du kennst dich doch sicher gut aus.»

«Ach, ich weiß nicht.»

«Erzähl mir was über das komische Haus dahinten.»

«Das alte Sanatorium? Da gibt's nicht viel zu erzählen.»

«Komm schon.» Sie wirft ihre Haare zurück. Aus

den Augenwinkeln sehe ich, daß Annie noch immer am Küchenfenster steht.

«Okay», sage ich. Hauptsache, weg vom Haus.

Wir kommen an der Auffahrt zum alten Sanatorium vorbei, und Chris wirft einen neugierigen Blick auf das alte Hinweisschild.

«Was ist das?»

«Da hat mein Vater früher gearbeitet», erkläre ich. «Er hatte seine Labors in dem alten Gebäude.»

«Das ist ja praktisch», sagt sie, «so nah bei eurem Haus. Wo arbeitet er jetzt?»

«Er ist tot.»

«Oh.» Sie runzelt die Stirn. «Tut mir leid.»

«Es macht mir nichts», sage ich.

Sie zögert einen Moment.

«Warum hast du mir erzählt, daß er Schiffe baut?»

«Hab ich das?» Ich trete einen Stock beiseite, der auf der Straße liegt.

«Ich habe dir sowieso kein Wort geglaubt. Aber warum erzählst du so was?»

«Ich weiß nicht.» Ich habe keine Ahnung, was ich sagen soll. Zu meiner Verwunderung wirkt sie überhaupt nicht eingeschnappt. Die meisten Leute werden sauer, wenn man ihnen Lügen auftischt.

«Wie lange ist er tot?»

«Bald acht Jahre», sage ich.

Sie nickt, und wir gehen weiter. Ich schaue nach rechts, zu den Dünen, von der Straße aus kann man das Meer nicht sehen.

«Was war er denn, Chemiker?»

«Arzt», sage ich.

«Weil du was von Labors sagtest.»

«Vielleicht auch ein bißchen Chemiker, ich weiß nicht genau.»

«Mein Vater ist Gärtner.»

Über uns ziehen Möwen ihre Kreise, ihr Gefieder leuchtet strahlend weiß.

«Was möchtest du einmal werden?» fragt sie nach einer Weile.

«Weiß ich nicht», sage ich. Darüber habe ich mir bisher nicht den Kopf zerbrochen.

Sie sieht zu den Möwen hoch.

«Ich will Sängerin werden. Rockmusik.»

«Ah.» Ich schaue auf meine Uhr, aber sie ist bei zwanzig nach zwei stehengeblieben.

«Hast du denn gar keine Ahnung?» hakt sie noch einmal nach.

«Ich weiß nicht», sage ich.

«Na, du mußt doch wissen, was dir Spaß macht. Was du gerne einmal machen würdest.»

Jetzt bin ich echt in Schwierigkeiten.

«Ich würde gerne einmal fliegen», sage ich. «Das muß Klasse sein.»

«Du meinst, du willst Pilot werden.»

«Quatsch, hab ich das vielleicht gesagt?»

«Aber ...»

«Ich meine einfach so, überhaupt einmal fliegen, in einem Flugzeug sitzen. Aber doch nicht selber.»

Sie sieht mich mißmutig an.

«Das ist doch kein Beruf.»

«Nee», sage ich. «Stimmt.» Ich komme mir plötzlich dumm vor. «Vielleicht werde ich in 'ner Fahrradwerkstatt arbeiten.»

«Das ist doch nichts, was man sich wünscht.» Sie schüttelt den Kopf. «Na ja, ist ja deine Sache.»

Wir kommen an die Straße, ohne weiter viel zu reden.

«Wohin gehen wir eigentlich?» fragt sie, als wir an

der Kreuzung sind, und ich muß beinahe lachen. Wer ist denn zu mir gekommen und wollte die Gegend kennenlernen?

«Mußt du irgendwie nach Hause?» frage ich.

«Nein», sagt sie. «Meine Eltern sind mit meinem Bruder weggefahren, irgendein Ausflug. Sie sehen sich alte Bauernhäuser an, ich hatte keine Lust. Ich hab schließlich Ferien. Wo gehst du überhaupt zur Schule?»

«Gar nicht», sage ich.

«Quatsch!»

«Echt.» Ich weiß nicht, was da groß bei ist. Daß ich das letzte Mal auf 'ner richtigen Schule war, ist für mich eine Ewigkeit her.

«Was machst du denn?»

Man kann nichts sagen, neugierig ist sie wirklich.

«Ich arbeite zum Beispiel, bei Andersen, der die Fahrräder verleiht. Im Feriendorf.»

«Und sonst? Das kann doch nicht alles sein.»

«Ich war auf 'ner Menge Schulen», sage ich, am besten mache ich's kurz und knapp. Es hat ja doch keinen Zweck. «Von den meisten bin ich geflogen oder so, ich war auch schon im Heim, ja, da machste Augen. Hat aber alles nichts geholfen. Sie wollten mich nirgendwo.»

«Oh», sagt sie.

«Das hat mit meiner Krankheit zu tun», sage ich. Mal sehen, wie sie das wegsteckt.

«Dann hast du's ja nicht gerade leicht», entgegnet sie.

«Nee.» Irgendwie erstaunt sie mich. Auf das alles habe ich schon dümmere Antworten gehört.

«Weißt du», sagt sie nach einer Weile. «Vielleicht denkst du, was ich jetzt sage, ist Blödsinn, weil dein Vater ja tot ist. Aber manchmal ist ein Vater, der lebt, auch nicht besser. Bei meinen Eltern ist die Ehe ziemlich kaputt. Deshalb sind wir hierhergefahren. Eine Woche Ferien, mit der ganzen Familie, das soll alle Probleme lösen.»

«Und, klappt's?» frage ich.

«Wie denn. Gestern hat's schon wieder gekracht, und mein Bruder hat Prügel bekommen. Er hatte sich verlaufen, das hab ich dir, glaube ich, schon gesagt. Mein Vater hatte ihn gerade gefunden, als er am Supermarkt vorbeikam.»

Rechts der Straße liegt ein großes Feld, mittendrin steht eine zerfledderte Vogelscheuche. Ein erbärmliches Bild. Und wie zum Beweis, daß die Vogelscheuche wirklich nichts Erschreckendes mehr an sich hat, sitzt dort, wo einmal der Kopf gewesen sein muß, eine Krähe.

«Hat 'n auffälligen Wagen, dein Vater», sage ich.

«Kannste wohl sagen. Der ist von seinem Bruder, dem haben sie den Führerschein abgenommen, und da mein Vater seinen eigenen Wagen kaputtgefahren hat, hat er den genommen. Du glaubst gar nicht, wie er sich über die Farbe ärgert, und erst über das Bild auf der Motorhaube. Aber er kann ja nichts machen. Ein neues Auto zu kaufen, dafür ist er zu geizig. Doch wehe, jemand macht eine blöde Bemerkung, dann regt er sich auf, das kannste dir nicht vorstellen. Ihm kocht schon die Galle über, wenn die Leute nur glotzen, wenn er irgendwo vorfährt. Ich finde das herrlich.»

«Die Farbe ist schon zum Kotzen.» Ich muß lachen. «Echt, wie kann man ein Auto so lackieren.»

Sie zieht die Augenbrauen hoch und sieht ins Nichts irgendwo hinter mir, ich muß nicht lange raten, um zu wissen, daß sie darüber anders denkt.

«Hör mal», sage ich. «Ich wollte noch ’n Freund besuchen.»

«Klar, geh ruhig. Sehn wir uns später noch mal? Oder morgen?»

«Vielleicht.»

«Wir können ja zusammen an den Strand gehen», sagt sie und hüpft ohne Grund vor und wieder zurück. Ein Haar hängt ihr im Auge, sie wischt es mit dem Finger beiseite.

«Bloß nicht», sage ich. «Nee, nicht ins Meer.»

«Aber an den Strand. Das heißt ja nicht ins Meer.» Sie fabriziert ein Lächeln ganz allein mit ihren Augen.

«Jaja», sage ich. «Vielleicht sehen wir uns da irgendwie.»

«Ich geh gleich noch ins Meer.»

«Dann tschüs.»

Sie wendet sich zum Gehen, bleibt aber stehen und dreht sich noch mal um.

«Setzt du diese dämliche Brille nie ab?»

«Na ja», sage ich. «Manchmal schon.» Es ist eine große, verspiegelte Brille, wie sie Piloten in Filmen tragen, dämlich finde ich die gar nicht.

Sie schaut mich an. «Du bist wohl immer so cool.»

«Klar», sage ich und schenke ihr einen Blick, der nur knapp über dem Nullpunkt liegt, so cool. Ich hoffe, sie kriegt ihn mit, trotz der Brille.

4

Andersen hängt über den Bremsen eines Fahrrads, dessen Hinterrad aufgebockt ist. Er dreht die Pedale, läßt das Rad einen Moment drehen, dann zieht er die Bremse, die Bewegung stoppt.

«Tach», sage ich.

Er sieht auf.

«Schön, dich mal zu sehen. Ich dachte, du hast 'n Job hier.»

«Was ist los?» sage ich. «Biste heute morgen aus dem Bett gefallen?»

«Wenn du keine Lust hast auf die Arbeit, dann sag's mir. Ich finde auch einen anderen.»

«Reg dich bloß nicht auf.»

Wenn ich etwas nicht haben kann, dann Leute, die mir mit Vorwürfen auf den Keks gehen. Aber Andersen ist seinen Ärger fürs erste losgeworden, das scheint ihm zu genügen, er wischt sich mit dem Handrücken über die Stirn und streicht sich eine graue Strähne aus dem Gesicht. Andersen ist Ende sechzig, früher hat er Boote gebaut und verkauft. Der Fahrradverleih ist so was wie sein Ruhestand.

«Ich muß gleich mal kurz weg. Kannst du solange hier aufpassen?»

«Klar. Kein Problem. Ich wollte ohnehin an meinem Rad ein paar Sachen nachsehen. Die Schaltung hakt, und das Hinterrad hat 'n Ei.»

Andersen hängt schon wieder über seiner Bremse, fummelt mit dem Schraubenschlüssel daran herum. Ich gucke, wo ich mein Rad am besten aufbocken kann, die Werkstatt ist nicht so groß. Es gibt zwei Räume, ein winziges Büro und die eigentliche Werkstatt, auch nicht viel größer, ein kleines zugebautes Loch, durch das man durch muß, wenn man ins Büro will. Die Leihräder stehen in einer kleinen Garage nebenan. Ein klobiges Gerät, etwa von der Form einer massiven Bohrmaschine, liegt auf der Werkbank und sticht mir ins Auge.

«Was is'n das?» frage ich.

Andersen testet die Bremse ein weiteres Mal, er sieht nicht auf.

«'n Bolzenschußgerät. Funktioniert aber nicht.»

«Hmm.» Ich schaue mir das Ding aus der Nähe an. «Und wofür brauchste das?»

Er legt sein Werkzeug weg und wischt sich die Hände an einem ollen Lappen ab. «Ich wollte neben der Tür ein Metallgestell in die Wand setzen. Damit ich da noch 'n Rad hinhängen kann.» Er zeigt auf eine Stelle neben der Tür zum Büro, wo ein altes, versifftes Poster hängt, irgendein Radrennfahrer.

«Wenn das halten soll, muß da'n richtiger Bolzen rein, das schaffste nicht ohne so'n Ding. Hab ich schon versucht.» Er wirft den Lappen weg und holt einen Kamm aus der Hosentasche.

«Aber du läßt die Finger davon, ich werd es morgen wegbringen.»

Es ist klar, daß mich das Gerät fasziniert. Alles, womit man schießen kann, weckt meine Neugier.

«Wie funktioniert das Teil denn?» frage ich.

Er sieht mich säuerlich an, sicher, ich falle ihm auf die Nerven.

«Ich frag ja nur.»

«Über 'ne Treibladung», sagt er. «Schießt den Bolzen vorne raus.»

«Vielleicht ...» Ich komme nicht dazu, meinen Gedanken auszusprechen.

«'ne Kartusche ist drin», sagt er. «Ich bin nicht blöd. Das Ding klemmt irgendwie, und ich werd es wegbringen, damit basta. Du läßt die Finger davon.»

«Klar», sage ich. Ich gehe nach draußen, um mein Fahrrad in die Werkstatt zu holen.

«Ein oder zwei Räder sind noch unterwegs.» Andersen hat ein paar Papiere aus dem Büro geholt. «Du kannst sie entgegennehmen, wenn die Leute sie wiederbringen. Ich bin nicht lange weg.»

Ich warte, bis der olle Kastenwagen, den er fährt, verschwindet, dann packe ich mir einen Schraubenzieher und widme mich erst einmal dem defekten Bolzenschußgerät. In der Werkstatt mache ich für gewöhnlich, was Andersen sagt, hier ist er der Boß, aber daß ich von dem Ding nicht die Finger lassen kann, ist auch klar. Ich habe keine Ahnung, wie das Gerät genau funktioniert, aber es braucht nicht lange, bis ich merke, daß irgendwo was klemmt. Eine Kartusche ist drin, das stimmt schon mal. Ich lade das Ding mit dem zugehörigen Bolzen, doch abschießen läßt er sich nicht. Ich habe keine Ahnung, wo es hakt, auch nicht, nachdem ich das Ding einmal in jede Richtung gedreht und aus jedem möglichen Winkel betrachtet habe. Weil es nie schaden kann, schnappe ich mir ein Ölkännchen und öle das Teil an allen Seiten, an denen es mir halbwegs sinnvoll erscheint. Ich fummle an ein paar Schrauben herum, schüttle das Teil, ob irgendwas locker ist. Als ich das nächste Mal den Abzug betätige, zischt es leise, Gas entweicht, sonst passiert nichts. Immerhin, denke ich, aber ob mich das weiterbringt, ich weiß nicht. Ich lade noch einmal, versuche es wieder, nichts passiert. Ein bißchen sauer lege ich das Scheißding beiseite. Auf einmal merke ich, daß ich Hunger bekomme, ich habe schließlich den ganzen Tag so gut wie nichts gegessen. Zum Supermarkt ist es nur ein Sprung, ich schließe die Werkstatt nicht ab.

Vor dem Laden stehen drei Jungs aus dem Dorf, glotzen in der Gegend herum und paffen Rauch in die Luft.

«Hi», sage ich. «Alles klar bei euch?»

Torsten sieht mich blöde an.

«Hau ab», sagt er. «Mach woanders Ärger.»

Die anderen lachen. Ole ist Metzgerlehrling im nächsten Ort, Tilman geht, soweit ich weiß, noch auf die Schule, er ist dumm wie Stroh und kann nur froh sein, wenn er sie in diesem Leben noch schafft.

«Hey Jungs», sage ich. «Was soll das, ich mache doch keinen Ärger. Ich wollte hören, wie's euch geht, wir sind doch Freunde.»

«Red keinen Quatsch», sagt Torsten. «Du hast keine Freunde.»

«Verpiß dich», grunzt Ole.

Ich klopf ihm auf die Schulter.

«Na, egal», sage ich. «Mensch Ole, aber du hast doch bestimmt 'ne Kippe für mich.»

Er zögert eine Sekunde, sieht die anderen an, dann holt er die Packung hervor. Ich nehme eine Zigarette heraus und stecke sie mir zwischen die Lippen.

«Haste auch Feuer?»

«Klar.» Er grinst blöd, hält mir die Hand mit dem Feuerzeug entgegen, und als ich mich darüberbeuge, schlägt er mir die Zigarette aus dem Mund. Die andern kringeln sich vor Lachen.

«Und jetzt hau ab!» blökt er.

Ich starre auf den Boden, ich denke, das kann doch nicht wahr sein, wer ist es denn bitte, der hier Ärger macht. Aber ich schlucke es, es ist nichts, und ich bin ja nicht bescheuert. Ich muß mich nicht ständig herumprügeln.

«So'n Pech», sage ich. «Jetzt liegt die Kippe auf dem Boden.»

Die drei Jungs machen dumme Gesichter, was auch sonst. Ich sehe von einem zum anderen, zucke mit den Schultern, dann gehe ich an ihnen vorbei in den Supermarkt.

Die Frau hinter der Kasse ist dieselbe wie immer, eine Alte mit rot gefärbten Haaren in einem ärmellosen weißen Kittel. Auf der Nase hat sie eine große Brille mit buntem Gestell, die an einer goldenen Kette um ihren Hals hängt. Sie blättert in einer Illustrierten und sieht nur kurz auf, als ich in den Laden komme.

Es ist nicht viel los, um diese Zeit liegen alle am Meer, außer mir schlendern höchstens zwei oder drei Leute aus dem Feriendorf durch die Regalreihen. Direkt vor mir läuft eine übergewichtige Frau in grellgrünem Badeanzug und Strandschlappen, auf dem Kopf einen Strohhut, und mir wird fast schlecht, als ich die schlaffe Haut an ihren Schenkeln sehe, die bei jedem Schritt wabbelt. Vor dem Regal mit Sonnencreme bleibt sie stehen, und ich bücke mich an ihr vorbei, wobei ich durch eine Wolke von Rosenduft stoße, die sie umgibt. Hinten am Kühlregal räumt ein Mädchen neue Ware ein.

Ich laufe etwas ziellos durch den Laden, ich weiß nicht recht, was ich überhaupt will. Schließlich nehme ich eine Flasche Cola aus dem Regal, dazu einen Haufen Naschzeug. Irgendwie habe ich keine Lust, was Richtiges zu essen. Als ich an die Kasse komme, legt die Alte ihre Zeitschrift beiseite und nimmt die Brille ab. Ich lege die Sachen aufs Band, und sie tippt mit spitzen

Fingern, deren Nägel glitzernd rosa lackiert sind, die Preise in die Kasse. Ich habe nur einen Hunderter in der Tasche, den ich meiner Mutter vor ein paar Tagen abgeknöpft habe, und sie sieht mich neckisch an.

«Du schmeißt ja ganz schön mit Geld um dich.» Wahrscheinlich findet sie das witzig.

«Haha», sage ich.

«Wie geht's deiner Mutter?» fragt sie. Ich versuche, mich zu erinnern, ob ich die Alte überhaupt kenne, mit Namen, meine ich, aber ich komme nicht drauf. Normalerweise kenne ich jeden hier.

«Dumme Fotze», sage ich, und ihr fällt bald das Wechselgeld aus der Hand. Ich schnappe mir die Kohle und dampfe ab. Die Sonne umstrahlt mich, als ich nach draußen trete, ich bin ein Heiliger, denke ich. In einer Welt von Irren.

Die drei Dorfpenner hängen immer noch vor dem Laden herum, zu meinem Erstaunen steht Tommi bei ihnen.

«Hi», sage ich. «Was hast du mit diesen gehirnamputierten Wichsern zu tun? Paß lieber auf, ich glaube, sie sind ansteckend.»

«Hi Moritz», sagt er. «Ich bin auf dem Weg in die Werkstatt.»

«Was wolltest du von denen?» frage ich.

«Nichts», sagt er. «Nur ein bißchen quatschen.»

«Mit denen kannste doch nicht reden.»

Er lächelt, sagt aber nichts.

Im Eingang der Werkstatt bleibe ich stehen, Tommi wirft durch die Tür einen Blick nach drinnen.

«Sieht ja wieder mal nett aus», sagt er. «Wann kommt Andersen zurück?»

«Keine Ahnung», sage ich. «Was willst du von ihm?»

«Ich brauche ’n Vierkantschlüssel.» Er spuckt auf den Boden. «Ein bestimmtes Format.»

«Sieh dich ruhig um.»

Er schüttelt den Kopf.

«Wie soll ich in dem Durcheinander ohne den Alten irgendwas finden? Vergiß es. Der tickt doch nicht richtig. Der kann die Werkstatt doch nicht so verkommen lassen.»

«Willste was?» Ich halte ihm eine Packung Schokoladenkekse hin, er bedient sich. Er holt eine Schachtel Kippen hervor, bietet mir eine an, und wir rauchen eine Weile, ohne zu reden.

«Alles klar zu Hause?» frage ich dann.

«Du machst wohl Witze.» Er verzieht das Gesicht. «Karl ist stinksauer und macht einen Höllenstreß, aber ich laß mich davon nicht beeindrucken.»

«Richtig», sage ich.

«Und bei dir?»

«Geht schon wieder.»

«Was ist mit deiner Mutter?»

«Die macht eh, was sie will», sage ich. «Kümmer ich mich nicht drum.»

Er zieht die Nase hoch. «Deine Ruhe möcht ich haben.»

Von wegen Ruhe, denke ich, aber ich sage nichts, ich will ihn nicht mit so ’nem Scheiß ankotzen. Er schlägt die Spitzen seiner Schuhe aneinander.

«Nächste Woche bin ich schon nicht mehr hier.»

Ich nicke stumm. Die Ferien gehen zu Ende.

Ein Mädchen kommt die Straße entlang, und als sie uns sieht, hält sie auf uns zu.

«Hi», sagt sie. «Wie weit ist es bis zum Dorf?»

Tommi und ich sehen uns an.

«’n Stück ist das schon», sagt er.

«Einfach die Straße runter», sage ich.

«Was willste'n da?» Tommi verschränkt die Arme vor der Brust und sieht sie an. Sie legt den Kopf zur Seite.

«Ich will mich mal umsehen», sagt sie. «Gibt's hier nur den Supermarkt, oder sind im Dorf noch andere Läden?»

«Na ja.» Tommi kann sich ein Lachen nicht verkneifen. «Einen Eisenwarenladen gibt's noch.»

Ich nehme einen Schluck aus meiner Flasche. «Gemischtwaren», sage ich.

«Was?»

«Ist 'n kleines Dorf.»

Jetzt lacht sie. «Den Eindruck habe ich auch.»

Sie wirft sich die Jacke, die sie in der Hand hält, über die Schulter, streicht ihre Haare aus dem Gesicht und mustert uns nacheinander.

«Biste aus der Stadt?» fragt Tommi.

Sie nickt. «Und ihr, wohnt ihr hier?»

«Nicht direkt», sage ich.

Sie deutet auf die Schwellung in meinem Gesicht.

«Was hast du denn da gemacht? Gegen 'ne Wand gelaufen?» Sie kichert, Tommi verdreht die Augen.

«Ich hab versucht, mir 'nen Pickel auszudrücken», sage ich. Alle lachen.

«Und du?» Sie schaut Tommi an. «Ist ja ein richtiges Veilchen.»

«Das war er.» Er deutet auf mich.

«Da war auch 'n Pickel», sage ich.

Sie runzelt die Stirn. «Ich glaube, ihr spinnt beide.»

Was sollen wir dazu sagen.

«Ich schau mal nach dem Schlüssel», sagt Tommi. Er hat keinen Bock auf das Gequatsche, kann ich verstehen, vielleicht will er auch nur keine dumme Frage wegen seiner dicken Nase hören oder so was. Er verschwindet in der Werkstatt.

«Arbeitest du hier?» fragt sie mich.

«Mmh.»

Ich packe mir mein Fahrrad und schiebe es ebenfalls nach drinnen, sie folgt uns neugierig, das wird eng in der kleinen Werkstatt. Während ich mich daranmache, mein Fahrrad aufzubocken, mustere ich sie, versuche zu schätzen, wie alt sie ist. Sie hat dunkle Haare, ziemlich kurz, und sieht ein bißchen blaß aus. Sie ist bestimmt jünger als ich, aber wetten würde ich darauf nicht.

«Ganz schöne Unordnung hier», sagt sie amüsiert.

Tommi, der in den Werkzeugkisten wühlt, schnaubt.

«Da sagst du was. Ich möchte wissen, wie der Alte hier auch nur einen Schraubenzieher findet.» Er sieht mich an. «Hat er nicht so'n neuen, tragbaren Werkzeugkoffer?»

«Stimmt», sage ich. «Vielleicht drüben im Schuppen.»

«Darf ich?» Tommi drängelt sich an uns vorbei nach draußen. «Ich seh mal nach», sagt er.

Ich rücke mein Fahrrad gerade, das Mädchen sieht mir über die Schulter.

«Hey», sagt sie. «Kannst du mir ein Fahrrad leihen?»

«Klar», sage ich. «Fahrräder – Verleih und Reparatur, steht ja draußen.»

«Was kostet das?»

«Kommt drauf an wie lange. Wenn du's 'ne ganze Woche mietest, wird's billiger. Wie lange bleibst du denn?»

Sie sagt nichts. Ich mache mich dran, eine Schraube zu lösen, sie beugt sich nach vorne, um mir zuzusehen, mir fällt der Schraubenschlüssel runter. Als sie lacht, strecke ich meine Hand aus und fahre ihr durchs Haar.

«Hey!» Sie zuckt zurück. «Was soll der Scheiß?»

«Hast du 'n Freund?» frage ich. Es ist nur so ein Gedanke.

«Was geht das dich an?» Unsere Blicke treffen sich. «Und hör auf, mich anzustarren.»

Ich stehe auf, um einen Schraubenzieher zu holen, von dem ich nicht weiß, ob ich ihn brauchen werde.

«Mach so was nicht noch mal.»

Einen Augenblick lang denke ich, sie will abhauen, doch sie legt ihre Jacke über den Stuhl, der vor der Werkbank steht, und sieht sich um. Draußen höre ich Tommi scheppernd das Tor zu dem Unterstand der Leihräder öffnen.

«Was ist das für ein Gerät?» fragt sie und zeigt auf den Bolzensetzer.

«Das? Damit schießt man Bolzen in die Wand.»

«Wozu?»

Ich weiß nicht, was ich sagen soll.

«Na, wozu man die halt braucht. Kommt ganz drauf an.»

«Viel Ahnung hast du ja nicht.» Sie lacht. «Zeig mal, wie das funktioniert.»

«Geht nicht», sage ich. «Das Ding ist am Arsch.»

«Du willst bloß nicht.»

Mann, denke ich.

«Echt. Kannste mir glauben.»

Ich nehme das Ding hoch und fuchtele damit vor ihrer Nase herum.

«Irgendwas klemmt da drin.»

Tommi kommt in die Werkstatt zurück und hält mir triumphierend einen Schraubenschlüssel vor die Nase.

«Hab ihn», sagt er. «Was ist das denn?»

Jetzt fängt der auch noch an, denke ich.

«Ein Bolzenschußgerät.»

«Stark», sagt er. «Zeig mal her.»

«Das Ding funktioniert nicht.»

«Er will es nur nicht hergeben», trompetet das Mädchen und fängt dafür von mir einen bitterbösen Blick.

«Da is irgendwas verklemmt», sage ich. «Kannste vergessen.»

Ich schüttele das Gerät, man hört es klappern.

«Quatsch.» Tommi läßt sich nichts sagen. «Gib mal.»

«Bitte.» Ich reiche ihm das Ding, vielleicht kann er ja wirklich etwas dran machen.

«Was ist?» nörgelt das Mädchen, und ich denke, die ist ja überhaupt nicht nervig.

Tommi betrachtet das Gerät von allen Seiten, dann sieht er mich an.

«Und hier ist der Abzug?» fragt er, ich nicke. Er dreht das Ding, zieht den Hebel, und es macht pfft, als der Bolzen vorne rausschießt. Erschrocken starrt er auf das Teil in seinen Händen.

«Hoppla», sage ich, «geht ja doch.»

Es gibt ein gurgelndes Geräusch, und das Mädchen kippt auf die Werkbank. Tommi und ich heben gleichzeitig die Köpfe.

«Ach du Scheiße», entfährt es mir, Tommi sagt nichts. Es macht ploink, als der Bolzensetzer auf den Boden fällt.

Der Bolzen hat sie unterhalb des rechten Auges erwischt und ist ihr wie eine Granate ins Gesicht geschlagen. Sie rutscht an der Werkbank herunter, Blut spritzt ihr übers T-Shirt, in dem Krater, den das Geschoß gerissen hat, springt ein Knochen hervor. Sie wirft eine Hand hinter den Kopf, erwischt ein Fahrrad, das über ihr aufgebockt ist, das Ding schwankt, kippt und knallt über sie drüber. Sie röchelt. Das Fleisch der Wange hängt ihr in Fransen in den Mund, das Fahrrad bleibt ihr auf den Beinen liegen.

Ich sehe, wie Tommi zittert, er stützt sich an der Wand ab, sieht mich an.

«Das wollt ich nicht», sagt er.

«Klar», sage ich.

«O Mann!» Er faßt sich an den Kopf. «Mir wird schlecht.»

Ich mache einen Schritt vor, stoße sie mit dem Fuß gegens Bein.

«Alles in Ordnung?»

Sie gibt keine Antwort. Blut sprudelt hervor, und ich trete einen Schritt zurück, damit mir die Schweinerei nicht auf die Hose spritzt.

Okay, denke ich, ganz ruhig bleiben, du hast ein paar Sekunden Zeit, dir was zu überlegen. Mehr aber auch nicht. Tommi hat weiche Knie, das sieht ein Blinder. Ich habe ein komisches Gefühl im Bauch.

«Wir müssen was tun.» Tommi hat den Blick auf mich gerichtet.

Klar, denke ich, sicher, aber was? Sie stöhnt. Kann es sein, daß sie das überlebt?

Wohl ist mir nicht. Sie richtet sich auf, ich weiche ein Stück zurück. Ich denke an die Hühner, die noch fliegen, nachdem man ihnen den Hals durchgeschnitten hat, so eine Scheiße.

«Das glaubt uns kein Mensch», sage ich. Er nickt bloß.

«Scheiße, Mann, ich glaube, sie stirbt.»

Ich beiße mir auf die Lippen.

«Wenn uns einer hier findet, sind wir dran.»

Tommi kapiert nicht. «Was meinst du?»

Ich kann ihm das nicht lang und breit erklären, nicht jetzt. An der Wand hängt eine große Rohrzange, die schnappe ich mir, nehme sie in beide Hände und ziehe ihr damit über den Schädel. Es macht plock, ihr Kopf platzt ein bißchen mehr, und es haut sie richtig zu Boden. Das Fahrrad rutscht noch ein Stück weiter über sie drüber.

«Spinnst du!» Tommi springt mich an, ich stoße ihn zurück und lasse die Zange fallen.

«Kapierst du nicht», sage ich. «Wir haben keine andere Chance. Wenn sie uns hier finden, machen die uns fertig, oder glaubst du, es nimmt dir einer ab, daß das ein Unfall war? Wir müssen sie verschwinden lassen, ehe einer was merkt.»

Er macht Augen groß wie Billardkugeln, ich packe ihn an der Schulter.

«Hey!» sage ich. «Junge, wach auf. Willst du den Bullen sagen, daß dir das Ding aus Versehen losgegangen ist, willst du das? Weißt du, was die dir sagen werden, die werden sagen, Kleiner, erzähl uns was Besseres, leck uns am Arsch. Ein Unfall, haha. Meinst du, wenn wir jetzt einen Krankenwagen rufen, hättest du auch nur den Bruchteil einer Chance?»

«Aber ...»

«Was?»

«Ich meine ... Wir können sie doch nicht so einfach ...»

«Schau sie dir doch an, die ist so gut wie tot. Mit dem Teil im Kopf, meinst du, die schafft es nur eine halbe Stunde? Wir haben keine Wahl!»

Ich sehe ihn scharf an, und jetzt merke ich, daß er zu kapieren beginnt. Er zittert, verdammt, das kann er ruhig, er hat sie umgeschossen, nicht ich. Ich helfe ihm nur, hier heil herauszukommen.

«Und was sollen wir tun?»

«Ich weiß nicht», sage ich. «Wir müssen sie hier wegschaffen. Sobald sie sich nicht mehr rührt.»

Auf meinem T-Shirt ist Blut, auf dem Boden steht der Mist schon in einer Riesenpfütze, und es sickert immer weiter aus ihr raus. Ich frage mich, wie lange es dauert, bis sie tot ist.

Als draußen ein Wagen vorfährt, fasse ich mich blitzschnell, das ist Andersen, mir ist klar, daß wir uns beeilen müssen.

«Ich gehe raus», sage ich, «und halte Andersen auf. Laß du dir was einfallen, wie wir sie verschwinden lassen können. Er darf das nicht sehen!»

Tommi schüttelt den Kopf.

«Los», sage ich. «Verdammte Scheiße! Überleg dir was.»

«Ich kann das nicht!»

Ich fasse mir an den Kopf, ich sehe schon, so wird das nichts.

«Okay», sage ich. «Dann geh du raus und halt ihn auf. Ich sehe zu, was ich hier tun kann.»

Als er sich nicht rührt, packe ich ihn am Kragen und schüttele ihn.

«Es war ein Unfall, hörst du, ein Unfall. Du kannst nichts dafür, aber trotzdem dürfen sie uns nicht erwischen. Andersen darf nicht in die Werkstatt, okay. Ich tue das für dich, kapierst du?!»

Er nickt mechanisch. «Ich halte ihn auf», murmelt er und schwankt nach draußen. So schnell es geht, versuche ich, mich zu orientieren, suche einen Weg, sie verschwinden zu lassen, viele Möglichkeiten gibt es nicht. In einer Ecke der Werkstatt stehen ein paar Müllsäcke unter einem Regal mit Ersatzteilen, daneben eine Kiste und eine alte Decke, vielleicht kann ich sie irgendwie dahinter verstecken. Mir bleibt keine Zeit, lange zu überlegen, ich stürze mich in die Arbeit. Draußen höre ich, wie Tommi Andersen begrüßt.

Als erstes reiße ich die Säcke zur Seite, es ist nicht viel Platz, aber es muß einfach reichen. Sie hat aufgehört zu bluten, aber alles ist naß und klebrig, und ich muß mich zusammenreißen, sie überhaupt anzufassen. Zuerst zerre ich das Fahrrad von ihr runter, was nicht leicht ist, sie hängt mit den Armen darin fest. Ich stelle das Rad zur Seite und packe sie um den Körper, sie ist schwer, verdammt, mein Kreuz brüllt, ich schaffe es kaum, sie zu bewegen. Natürlich, sie hängt ja fest, einer ihrer Füße hat sich unter der Werkbank verkantet. Grob zerre ich sie frei.

«Einen Schraubenschlüssel?» höre ich Andersen. «Ich kann gerne nachsehen. Komm mit.»

«Neinnein», stammelt Tommi. O Gott, denke ich. Laß dir bloß was einfallen.

Es gelingt mir, den warmen Körper in die Ecke zu verfrachten, ich kann nur hoffen, daß sie wirklich tot ist. Ich habe keine Zeit, mich jetzt um Kleinigkeiten zu kümmern. Ich werfe die olle Decke über sie, das Ganze sieht höchst verdächtig aus, aber mehr geht nicht. Ich rücke die Säcke davor. Andersen muß blind sein, wenn er nichts bemerkt. So richtig klar wird mir das, als ich mich umdrehe, der ganze Boden ist voller Blut.

Draußen tut Tommi sein Bestes, aber er hat Probleme.

«Ich verstehe nicht, was du willst», sagt Andersen. «Warum soll ich nicht nachsehen?»

«Bemühen Sie sich nicht», winkt Tommi ab. «Nicht wegen mir. Vorsicht, Ihr Auto rollt!»

Es ist unglaublich. Hätte ich die Möglichkeit, die

ganze Situation von außen zu betrachten, als Unbeteiligter, mein Gott, was würde ich mich kaputtlachen, doch jetzt bleibt mir keine Zeit für solche Späße, ich sitze mittendrin in dieser Scheiße. Das Blut aufzuwischen kann ich vergessen, es ist bestimmt ein Liter, so komme ich nicht weiter. Los doch, denke ich, laß dir was einfallen! Ein Kännchen mit Öl springt mir ins Auge, ich überlege nicht lange und kippe das Öl über den Boden. Scheiße, ich weiß genau, das nimmt mir keiner ab.

«Läßt du mich jetzt bitte vorbei», Andersen wird ungehalten. «Was zum Teufel ist los mit dir?»

Ich lasse meinen Blick durch den Raum schweifen, habe ich etwas vergessen? Erschrocken fahre ich zusammen, die Decke ist verrutscht, ein Fuß starrt heraus. Und Andersen kommt! Ich hechte zur Tür und drehe den Schlüssel, eine Sekunde später hat Andersen die Klinke in der Hand.

«So was», höre ich ihn poltern. «Was soll das jetzt heißen?» Er rüttelt an der Tür. Ich flitze wieder in die Ecke und ziehe die Decke über den Fuß. Einen Augenblick läuft es mir kalt den Rücken herunter, denn ich könnte schwören, daß sie sich bewegt hat! Ein Stück Schulter kommt zum Vorschein, ich rücke die Decke zurecht. Stirb endlich, denke ich.

«Moritz!» Andersen hämmert gegen die Tür. «Bist du da drin? Mach sofort auf!»

«Ich komme», brülle ich. Ich trete einen Schritt zur Seite und stolpere über den Stuhl, wobei ich mir das Schienbein stoße. Humpelnd gehe ich zur Tür und schließe auf.

Andersen steht schnaubend auf der Schwelle.

«Was hat das ganze Theater zu bedeuten?» verlangt er zu wissen. «Was zum Teufel ist mit euch beiden los?»

Tommi reckt sich hinter seinem Rücken, um einen Blick nach drinnen zu erhaschen, ich sehe, wie er sich an den Kopf faßt.

«Was ist denn?» frage ich unschuldig.

Andersen sieht sich in der Werkstatt um, seine Miene verfinstert sich.

«Wie sieht's hier denn aus? Was habt ihr hier angestellt?»

«Nichts», sage ich, so ruhig ich eben kann. «Warum?»

«Warum?» Er schnappt nach Luft. «Sieh dir mal die Werkstatt an!»

«Hmm», murmele ich. «Ach das, 'ne streunende Katze hat sich hier rein verirrt, ich mußte sie wieder rausjagen, dabei ist mir das Öl umgekippt. Und der Stuhl. Und ...»

Andersen schnuppert, Scheiße, denke ich. Was, wenn er das Blut riecht? Er kratzt sich am Kopf, immer noch mißtrauisch.

«Und du, wie siehst du überhaupt aus?»

Erst jetzt denke ich daran, daß meine Arme voller Blut sein müssen, ich blicke an mir herab, ich sehe aus wie ein Metzgerlehrling, das ganze T-Shirt voll, und die Arme sowieso.

«Oh», sage ich. «Ich muß mich irgendwo gestoßen haben. Das Scheißfahrrad da ist runtergekracht ...»

Andersen holt Luft, er steht kurz vor einem Wutausbruch. Doch anstatt zu explodieren, schüttelt er langsam den Kopf. «Hmm», macht er. «Dr. Ludwig hat gesagt, ich darf mich nicht mehr so aufregen. Dein Glück, Junge, dein Glück. Ich muß noch mal weg, bis ich zurück bin, hast du die Werkstatt aufgeräumt.»

Sein Blick bleibt an der Jacke hängen, die das Mädchen über den Stuhl geworfen hat.

«Was ist das?»

«Meine Jacke», sage ich. «Wieso?»

Er macht auf dem Absatz kehrt und geht, immer noch kopfschüttelnd, nach draußen.

«In ’ner halben Stunde bin ich zurück», sagt er. «Bis dahin ist hier alles tipptopp. Kapiert?»

«Kleinigkeit», sage ich. Ich stehe kurz vor dem Zusammenbruch, ich kann’s kaum glauben.

Er geht zum Wagen und rauscht davon, ich schließe die Augen und lasse mich zu Boden sinken. Ich bin am Ende. Als ich wieder aufsehe, steht Tommi über mir, sein Blick ist starr und fremd.

«Was machen wir?»

«Du hast Andersen gehört», sage ich. «Wir werden die Werkstatt aufräumen.»

Sag mir, daß das ein Traum ist, bitte. Sag mir, daß es nicht wahr ist, daß ich alles nur träume.» Tommi schüttelt den Kopf, dann dreht er sich um und sieht mich über die Schulter hinweg an.

«Du träumst», sage ich. «Das alles ist nur ein Traum. Irgendwann wirst du aufwachen, dann können wir quatschen. Jetzt halt die Klappe und schieb weiter.»

«Wir sind verrückt, wir sind vollkommen verrückt.»

«Jaja», sage ich. «Was du willst.»

Wir haben sie in einen der Müllsäcke gestopft und der Länge nach über mein Fahrrad gelegt, die Füße überm Lenker, den Kopf hinten am Gepäckträger. Tommi schiebt vorne, ich halte den Sack fest.

«Kannst du mir sagen, was du vorhast? Wo willst du sie hinbringen?» Tommi hält inne, ich beiße mir auf die Lippen. «Ich weiß nicht», sage ich.

«Und was machen wir dann hier? Du mußt doch wenigstens eine Idee haben!»

«Halt die Klappe und schieb weiter.»

«Erst, wenn du mir sagst, wohin.»

«Verdammt, ich weiß es doch nicht!»

Langsam reicht mir dieses Gequatsche, er geht mir auf den Keks, dabei haben wir wirklich keine Zeit zu verlieren. Es ist vielleicht fünf Uhr, hellichter Tag, tausend Leute sind unterwegs.

«Hör zu», sage ich, weil ich sehe, daß wir sonst nicht weiterkommen. «Ich habe keine Ahnung, wo wir sie hinbringen sollen, aber eins weiß ich, nämlich, daß wir uns beeilen müssen. Kapierst du denn nicht, es ist egal, wo wir sie hinschaffen, Hauptsache, sie ist aus der Werkstatt raus. Klar, wir müssen uns was überlegen, aber willst du das hier und jetzt tun, wo uns jeder beobachten kann? Wir müssen erst mal raus aus dem Feriendorf, dann sehen wir weiter.»

Natürlich ist es Wahnsinn, da hat er recht, aber wir haben keine Wahl. Wir können sie nicht einfach irgendwo liegen lassen.

«Scheiße», zischt Tommi. «Da ist Hellermann.»

Hellermann ist der Bäcker, der den Supermarkt mit Brot beliefert, er kommt uns auf unserer Straßenseite entgegen, zu Fuß, Spazierstock in der Hand. Wir sind noch nicht aus dem Feriendorf heraus, ich frage mich, was der hier verloren hat, muß der nicht arbeiten?

«Weiter», sage ich. «Laß dir nichts anmerken.»

Der Müllsack verrutscht, ich rücke ihn zurecht und nicke Hellermann freundlich zu. Ich habe mein T-Shirt ausgezogen und mit in den Sack gestopft, das Scheißding war voller Blut, jetzt laufe ich mit nacktem Oberkörper herum, was hätte ich tun sollen, bei der Hitze ist das ja nicht einmal so ungewöhnlich. Klar aber, daß Hellermann blöd guckt.

«Na ihr zwei», trompetet er und bleibt vor uns stehen. «Was fahrt ihr denn da spazieren? Sieht ja aus, als hättet ihr die Müllcontainer geplündert, hah, hah. War was Schönes dabei?»

«Ist für die Altkleidersammlung», sage ich. «Freier Tag heute?»

«Jawoll», sagt er, ohne den Weg freizugeben. «Altkleidersammlung, soso. Ich könnte 'ne neue Jacke gebrauchen, habt ihr da nich was für mich?»

Er tritt zur Seite und schlägt mit dem Spazierstock auf den Müllsack, Tommi zuckt zusammen.

«Ganz schöner Haufen», sagt Hellermann.

«Tut mir leid», sage ich schnell und gebe dem Rad einen Stoß.

«Los, wir müssen weiter.»

Tommi setzt sich in Gang, und wir lassen Hellermann zurück.

«Meine Frau hat zu Hause 'ne ganze Kiste voll mit altem Zeug», ruft er uns nach. «Wenn ihr wollt, könnt ihr gerne mal vorbeischauen, könnt ihr alles mitnehmen.»

«Danke», brülle ich. «Kein Bedarf.»

«Wofür sammelt ihr eigentlich?» ruft er.

Ich gebe keine Antwort.

«Ich sterbe», sagt Tommi. «Noch so was, und ich sterbe.»

Wir haben die Werkstatt aufgeräumt, so gut es ging, Blutspritzer, Spuren, alles. Die große Zange habe ich in die Mülltonne vor der Werkstatt geworfen, mit der ollen Decke haben wir versucht, die Riesenpfütze Blut aufzuwischen, es war 'ne schöne Sauerei, mit dem Öl vermischt, aber das größte Problem war die Leiche, es war Knochenarbeit, sie in den Müllsack zu bekommen, zumal Tommi nicht richtig angepackt hat, ich mußte ihn in den Hintern treten, daß er mir überhaupt geholfen hat. Sie war noch warm, verdammt, und ich hätte schwören können, daß sie sich noch bewegt hat, kaum merklich, aber ich habe nichts gesagt, denn es macht nun wirklich keinen Unterschied, ob sie noch ein oder zwei oder fünf Minuten gelebt hat.

Spätestens jetzt ist sie endgültig tot.

Es ist klar, daß wir sie nicht einfach irgendwohin kippen können, jeder wird sich daran erinnern, uns mit dem Müllsack gesehen zu haben. Die einzige Möglichkeit, die ich sehe, ist, sie zuerst einmal irgendwo zu verstecken, um dann in Ruhe nachzudenken, denn so, in diesem Streß, kann ja kein Mensch einen klaren Gedanken fassen. Und wie es aussieht, kann ich Tommi dabei vergessen, 'ne große Hilfe ist er mir wirklich nicht.

«Erst mal raus auf die Halbinsel», sage ich, als wir an der Bushaltestelle sind. «Da laufen nicht so viele Leute rum.»

«Na Klasse.» Tommi spuckt auf den Boden. «Willste sie bei euch im Wohnzimmer verstecken?»

«Natürlich nicht. Hast du 'ne Idee?»

Er schüttelt den Kopf, war mir klar. Ich sag's ja, eine große Hilfe ist er mir nicht.

«Was für eine Scheiße», denke ich laut, «daß dieser Typ aus der Stadt sich gerade jetzt bei uns einquartiert hat. Ich wette, der steckt seine Nase überall rein.»

«Wir vergraben sie im Sand», sagt Tommi. Keine gute Idee.

«Vergiß das», sage ich. «Da findet man sie sofort.»

Ich versuche nachzudenken, aber es ist wie verhext, die Gedanken flutschen weg wie Wackelpudding, mir fällt einfach nichts ein.

«Was hältst du davon, wenn wir sie erst mal in den Wald schaffen?» sage ich dann. «Da läuft außer uns kein Mensch herum. Und wenn wir sie erst mal los sind, können wir uns weitere Gedanken machen.»

«Ich weiß nicht.» Tommi schüttelt den Kopf.

«Hast du 'n besseren Vorschlag?»

«Okay», sagt er. «Bringen wir sie in den Wald.»

Als wir die Straße zur Halbinsel abbiegen, haben wir das schlimmste Stück hinter uns, und innerlich mache ich drei Kreuze, ich kann gar nicht sagen, was für ein Stein mir vom Herzen fällt, jetzt, wo wir das Feriendorf und die Hauptstraße hinter uns lassen können. Ein paar Leute, die uns begegnet sind, haben etwas dumm geglotzt, aber hier draußen kann man eine Menge merkwürdiger Dinge beobachten. Ich denke nicht, daß sie sich zu viele Gedanken um zwei Jungs machen, die einen Müllsack durch die Gegend schieben.

Tommi schwitzt, ich kann das sehen, sein Hemd ist klitschnaß. Ich kann nicht sagen, wie sehr ihn das Ganze mitnimmt, doch möchte ich mich im Augenblick nicht für seinen Geisteszustand verantworten müssen. Bertolt, einer der Bauernjungs aus dem Dorf, der uns zwischen dem Feriendorf und dem ersten Hof begegnet ist, hat irgendeine blöde Bemerkung gemacht, und Tommi wäre ihm fast an den Hals gesprungen. Mir wäre lieber, er würde darüber reden, verdammt, das ist wahr. Er hat mich nur gefragt, warum ich all das tue, warum ich diesen Scheiß mitmache, und ich konnte ihm keine Antwort geben. Aber zum Quatschen haben wir später noch Zeit.

Wir schieben unsere Last das längste Stück, ohne ein Wort zu wechseln, meine große Sorge ist, daß Annie oder Dr. Wilhelm uns sehen, wenn wir gerade im Wald verschwinden. Als wir an den Weg kommen, den ich nehmen will, lasse ich Tommi bei der Leiche warten und laufe ein paar Meter vor, bis zu dem Punkt, von dem aus man unser Haus sehen kann. Es steht keines der Autos da, was alles mögliche bedeuten kann, ich hoffe, es heißt nicht, daß jeden Augenblick meine Mutter oder Dr. Wilhelm mit dem Wagen aus dem Dorf oder sonstwoher die Straße raufkommen. Sicherheit gibt es für uns nicht, also laufe ich schnell zu Tommi zurück, und wir schieben das Rad über den Feldweg in den Wald.

Als wir uns im Schutz der Bäume befinden, weicht die Spannung spürbar. Tommi dreht sich um und sieht mich an.

«Wohin?»

«Weiter», sage ich. «Wir müssen vom Weg runter ins dichte Gebüsch.»

Er nickt, und wir schieben, was auf dem holprigen Waldweg nicht leicht ist.

«Okay», sage ich nach einer Weile. «Hier lassen wir das Fahrrad stehn.»

Wir halten an, Tommi stellt das Rad gegen einen Baum, dann packt er den Sack widerwillig am Fußende, ich nehme den Kopf, und wir hieven sie herunter.

«Los», sage ich.

Ich kenne mich ganz gut aus hier im Wald, es ist sozusagen mein Wald, niemand ist so oft hier wie ich. Natürlich ist ein Wald kein gutes Versteck für eine Leiche, im Wald suchen sie immer zuerst, aber für ein oder zwei Tage wird es gehen, bis dahin müssen wir uns was Neues überlegt haben.

Ich gehe mit dem Rücken voran und suche den Weg zu der Stelle, die ich meine, es ist nicht einmal ein besonderer Platz, einfach ein Teil des Waldes, wo die Büsche sehr hoch und dicht und auch die Bäume sehr eng stehen, so daß man, wenn man nichts Bestimmtes sucht, kaum auf die Idee kommt, hineinzugehen. Wege gibt es dort nicht.

«Au!» Tommi flucht, weil ihm ein Ast ins Gesicht schlägt, aber was soll ich erst sagen, mir zerkratzen die tiefhängenden Tannenzweige den ganzen Rücken. Als wir uns weit genug ins Dickicht gequält haben, bleibe ich stehen und lasse den Sack fallen.

«Was soll das?» Tommi hält sein Ende noch in den Händen.

«Wir sind da.»

«Hier?» Er läßt sie langsam runter und sieht sich um. «Das ist nicht dein Ernst.»

«Doch», sage ich. «Der Platz ist okay, glaub mir. Lange können wir sie hier sowieso nicht lassen.»

«Na gut.»

Er lehnt sich gegen einen Baum und steckt sich eine Zigarette an.

«Pack sie aus», sagt er dann.

«Was?»

«Wir können sie doch nicht in dem verdammten Sack steckenlassen.»

«Mal langsam», sage ich. «Wir wollen sie hier noch einmal wegschaffen, hast du das vergessen?»

«Scheiße», sagt er. «Ich kann diesen Sack nicht mehr sehen. Kapierst du das nicht?»

Doch, das kapiere ich, er hat ja recht, so ein Sack ist wirklich nicht der richtige Platz für ein Mädchen, egal ob tot oder lebendig. Ich reiße das Plastik auseinander, lege die blutverschmierte Decke beiseite, die wir mit in den Sack gesteckt haben, und schäle den Körper heraus. Sie liegt verdreht, ich rücke sie etwas zurecht, Sack und Decke lege ich neben sie. Tommi hat die Augen geschlossen.

«Hast du eine Idee, was wir jetzt tun sollen?»

«Keine Ahnung», sage ich. «Aber irgendwas wird uns schon einfallen. Hier ist sie jedenfalls für ein oder zwei Tage sicher.»

«Wenn sich nur niemand fragt, was wir in diesem Müllsack durch die Gegend gekarrt haben.»

«Keine Angst», sage ich. «Was ihnen direkt vor der Nase liegt, sehen die Leute in den seltensten Fällen.»

Auf dem Weg zurück zum Fahrrad hält Tommi an einer Stelle inne, an der die Bäume nicht sehr dicht stehen, und zeigt auf einen Punkt jenseits des Waldes.

«Wußtest du, daß das alte Sanatorium so nah ist?» fragt er mich.

Durch die Bäume schimmert das Dach des alten Gebäudes, kaum fünfzig Meter entfernt.

«Mmmh», mache ich.

«Hältst du das für klug?»

«Hier kommt nie jemand her», sage ich. «Glaub mir einfach.»

«Und selbst wenn», sagt er, ohne mich anzusehen, «ich glaube, es wäre mir auch egal.»

Als wir aus dem Wald rauskommen, bleibt er plötzlich stehen und starrt mich an.

«Weißt du was?» sagt er. «Ich fange langsam an zu kapieren, was passiert ist.»

«Was meinst du?»

Er packt mich an der Schulter und schüttelt mich.

«Sie ist tot!» wimmert er. «Ich glaube nicht, daß du verstehst, was das heißt. Was das wirklich heißt. O Mann. Ich habe sie umgebracht.»

«Wir können nichts machen», sage ich.

«Das meine ich.» Er läßt mich los, und seine Augen blicken stumpf und traurig. «Du verstehst das nicht, aber das ist genau, was ich meine. Ich bin ein Killer.»

«Mach kein Drama draus, okay?»
«Du hast gut reden.»
«Laß uns irgendwo hingehen», schlage ich vor.

Im «Goldenen Esel» ist es laut, und die Luft haut einen um, wenn man von draußen kommt. Es riecht nach Schweiß, Bier und Rauch, Rauch vor allem, so dicht, daß es einen in die Knie gehen läßt. Die Leute drehen sich um, als wir hereinkommen, mehr als ein Gespräch verstummt, ich bin das gewohnt, ich mache mir nichts mehr daraus. Ich kneife die Augen zusammen und bahne mir einen Weg durch die Leute, Tommi folgt mir.

In einer Ecke des Raumes ist ein Tisch frei, den peile ich an, aber noch ehe ich soweit komme, packt mich einer am Arm.

«Hey», sage ich. «Was soll das?»

Es ist Steinacker, der mich festhält, er hat einen Griff wie ein Schraubstock. «Laß die Finger von meiner Tochter», sagt er. Sein Hemd ist schmutzig, er stinkt nach Bier.

«Das is 'n Irrtum», sage ich.

«Erzähl keinen Scheiß, du Arschloch.» Seine Augen funkeln böse. «Laß die Finger von ihr und hör auf, sie anzurufen.»

«Ich verstehe kein Wort», sage ich. «Fragen Sie lieber mal den Peter, was der so mit Ihrer Tochter macht.»

«Paß bloß auf, Junge!»

Ich schüttele seinen Arm ab.

«Ich hab das gar nicht nötig», sage ich, «hier im Dorf den Mädchen nachzulaufen, echt nicht. Die Denise ist 'n nettes Mädchen, klar, aber ich habe schon eine Freundin, ein Mädchen aus der Stadt, sollten Sie mal sehen. Die ist richtig heiß, und schlau ist sie auch, richtig helle ist die, verstehen Sie. Ich hab's also verdammt noch mal nicht nötig, den Jungs hier im Dorf die Mädchen wegzunehmen, die kriegen ja keine anderen. Kapiert?»

Er glotzt mich an, als hätte er kein Wort verstanden. Sein Adamsapfel vollführt einen Sprung, als er schluckt.

«Ich habe dich gewarnt», grunzt er. «Laß die Finger von ihr, oder ich schlag dir den Schädel ein. Und wenn du mich fragst, dann machst du hier besser die Fliege.»

«Ich denk ja nicht dran», sage ich. «Ich will hier in Ruhe was trinken, ich zahle wie jeder andere. Luther hat nichts dagegen, nicht wahr?»

Ich sehe an ihm vorbei zu Luther, der hinter den Zapfhähnen steht, und nicke ihm zu. Er mag mich nicht besonders, sowenig wie alle anderen hier, und er sieht mich nicht gern in seinem Laden, aber er setzt mich auch nicht einfach vor die Tür. Der «Goldene Esel» ist die einzige Kneipe im Dorf, und ich gebe einen Dreck auf das Gequatsche der Leute.

«Zwei Bier, drüben an den Tisch, okay?» Ich lasse den sabbernden Wichser stehen und setze mich hin.

«Weiß gar nicht, was der wollte», sage ich zu Tommi.

Lizzy bringt unser Bier, ich nicke ihr zu, dann sehe ich Tommi an. Ich weiß, daß er an der Geschichte zu knabbern hat, ihn nimmt das stärker mit als mich, keine Frage, das ist verständlich. Er führt im großen und ganzen ein ruhiges Leben, kein schlechtes, das möchte ich wohl sagen. Er nimmt die Dinge ernster als ich, und er hat auch noch nicht soviel mitgemacht.

«Du hast also 'ne Freundin?» sagt er. «Aus der Stadt?»

«Was? Ach, leck mich am Arsch. Das habe ich nur so gesagt, damit er mich in Ruhe läßt. Vergiß es, okay?»

«Wie du willst.»

Er starrt in sein Bier, ich spüre, wie es bei ihm unter der Oberfläche knistert.

«Ich möchte wissen, wie du so ruhig sein kannst», sagt er dann. «Wie du hier sitzen kannst, ohne dir einen Gedanken zu machen.»

«Hör mal», sage ich. «Laß uns einfach unser Bier trinken. Wir haben Zeit, uns was zu überlegen.»

«Dir geht alles am Arsch vorbei, was?»

Die Musik ist laut, ich glaube nicht, daß uns jemand hören kann, dennoch blicke ich mich kurz um.

«Reg dich ab», sage ich dann.

Er versenkt den Blick wieder in sein Bier.

«Tut mir leid», sagt er. «Ich bin mit den Nerven runter, verstehst du? Ich kapier's einfach nicht.»

«Halb so wild.»

Wir sitzen eine Weile einfach so da. Als die Gläser leer sind, winke ich Lizzy. Tommi steht auf.

«Ich muß pissen», sagt er.

Ich lehne mich in meinem Stuhl zurück und lege den Kopf in den Nacken. Als Lizzy die Gläser bringen will, steht Nielsen auf, einer der wenigen Fischer im Dorf, nimmt ihr die Gläser ab und tritt zu mir an den Tisch.

«Wie geht's denn», sagt er, entblößt zwei Reihen verfaulter Zähne und läßt sich auf einem der freien Stühle nieder. Ich greife mir mein Glas und sage nichts.

«Von deiner Mutter hört man ja so das eine oder andere, was? Hehe.» Er schmatzt beim Lachen. «Komm, erzähl doch mal. Was is'n das für'n Typ, der bei euch eingezogen is?»

«So 'nem neugierigen Aasgeier wie dir entgeht wohl nichts», sage ich. «Laß mich einfach in Ruhe.»

Gerade er sollte seine Nase nicht unbedingt in anderer Leute Leben stecken, denn er hat zu Hause genug zu glotzen und zu tratschen, er soll froh sein, wenn ihn niemand darauf anspricht. Seine Tochter ist vor 'nem guten Jahr in die Stadt gegangen, mit irgendeinem Typen, vor ein paar Wochen kam sie zurück, schwanger und auf irgendwelchen Drogen. So ist das Stadtleben. Jetzt hängt sie zu Hause, ich weiß das von Karl, und Nielsen hat den Ärger. Und so einer quatscht mich blöd an.

«Mensch Junge», schnauft er, «hab dich nicht so. Ich hab dich nett was gefragt.»

Da knalle ich mein Glas auf den Tisch.

«Okay. Sie gehen dreimal am Tag ins Bett und laufen nackt im Haus herum. Willste so was hören? Mann, verpiß dich!»

«Verdammte Scheiße», brüllt er. «Du bist ja auch nicht ganz dicht, was!» Er steht auf.

«Wird Zeit, daß sie dich wieder einsperren.»

Ich vertiefe mich in das Muster der Tischplatte.

«Was is'n los?» fragt Tommi, der gerade von den Toiletten kommt.

«Nichts», sage ich. «Nur wieder so'n Arschloch.»

Das Bier ist so schnell weg wie das erste. Immerhin, so ein oder zwei Gläser zu trinken, das bringt einem manchmal Ruhe, und Ruhe kann ich brauchen. Wie soll ich uns sonst aus dieser Scheiße rausbringen.

Als Karl später in die Kneipe kommt, faßt Tommi mich am Arm.

«Komm», sagt er. «Laß uns gehen. Ich hab keinen Bock auf Streß.»

Ich kippe mein Bier hinunter, und wir stehen auf. Karl sieht uns, und seine Miene versteinert, ich zwinkere ihm freundlich zu, doch er zeigt keine Reaktion. Ich dränge mich durch zur Theke, um zu bezahlen, jemand haut mir seinen Ellenbogen in die Seite.

«Vorsicht, Mann, paß doch auf!»

Sven Kruses dämliches Gesicht schiebt sich in meinen Blickwinkel, er ist ein richtiger Held hier, das muß man sagen. Ich widerstehe der Versuchung, ihm mein Knie in die Eier zu rammen, schnappe mir einfach mein Wechselgeld und lasse ihn ohne ein Wort stehen. Er versetzt mir von hinten noch einen Stoß und sagt irgendwas, aber ich höre nicht hin. Man muß filtern können, was man zu sich durchläßt, wenn man das raus hat, gibt's keine Situation, die man nicht durchsteht. Nur raus hier, denke ich, doch Karl hat Tommi am Schlafittchen.

«Was machst du hier?» sagt er böse. «Ich habe dir doch gestern etwas gesagt.»

Tommi schüttelt ihn ab.

«Laß mich.»

«Hallo, Karl», sage ich. «Schönen Tag gehabt?»

Sein Blick müßte mich erstarren lassen, aber gegen so was habe ich einen Panzer aus Stahl. In der Zwischenzeit ist Tommi schon am Ausgang.

«Wir sprechen uns später», ruft Karl ihm nach.

«Gib Wilma 'n Kuß von mir», sage ich und flitze Tommi hinterher.

In der Nacht liege ich in meinem Bett und überlege, ob man aus seinen Fehlern lernen kann. Ich habe das Radio leise laufen, weil es mir nicht gelingt, die Vorstellung abzuschütteln, ich könnte meine Mutter über mir atmen hören.

Ich empfinde eine ungeheure Ruhe, dabei liege ich seit Stunden wach, ich frage mich, ob es mit dem Mädchen zu tun hat. Eine solche Ruhe habe ich seit Jahren nicht verspürt. Läuft etwas falsch, denke ich, und wenn, was? Ich versuche seit einiger Zeit ein vernünftiges

Leben zu führen, das ist das mindeste, meine ich. Ich bin kein Spinner, und es trifft mich, wenn ich merke, daß Leute das denken. Heute habe ich nur Tommi geholfen, so ist es doch, mehr war das nicht, wir hatten keine Wahl. Und Tommi ist mein Freund. Man muß Gott danken, daß es so etwas wie Freunde gibt, ehrlich, das kann dir jeder sagen, der auch nur ein bißchen was mitbekommen hat im Leben. Wenn Freunde einen im Stich lassen, ist das ein harter Schlag, aber das sind Binsenweisheiten, ich frage mich, warum mir so was durch den Kopf geht. Es ist schon lustig, wie die Gedanken kommen und gehen, Tausende, Millionen Gedanken, und irgendwie glaubt man, Herr zu sein im eigenen Kopf. Bloß wenn man einmal wirklich ins Grübeln kommt, schwindet die Sicherheit schneller, als man piep sagen kann, und dann steht man da, dann steht man ganz dumm da, denn was kann man schon tun, wenn einem nicht mal die eigenen Gedanken sicher sind.

5

Ich war sieben, als ich zum erstenmal einen Menschen getötet habe, er hieß René und fuhr mit demselben Bus zur Schule wie ich. Er stotterte, und wir hatten uns ein bißchen angefreundet, ich hatte ihn auf dem Schulhof kennengelernt, er war nicht so ein Wichser wie die meisten Typen aus meiner Klasse. Und seine Behinderung machte es mir leichter, ich kann nicht sagen wieso, aber so war es, so habe ich es empfunden. Es war im Herbst 1986, das ist bald neun Jahre her. Neun Jahre, das ist mehr als mein halbes Leben.

Er hatte mich schon ein- oder zweimal besucht, und ich hatte ihm die Gegend gezeigt, die Felsen, das Meer, das alte Haus, ich glaube, es gefiel ihm hier draußen. Er war kein wirklicher Freund, nicht so wie Tommi, aber ich kam ganz gut klar mit ihm, auch wenn er einem schnell auf die Nerven fiel, nicht zuletzt, weil er nur mühsam sprechen konnte, außerdem hörte er schlecht, die Lehrer in seiner Klasse mußten deswegen immer schreien. Auf Dauer kann das verdammt anstrengend sein.

Er kam am Morgen bei uns vorbei, wir haben eine Weile im Wald gespielt, sind im alten Sanatorium herumgeklettert und fuhren dann Rennen mit dem Fahrrad. Karl hatte ihm Tommis Rad geliehen, der war für ein paar Tage bei einer Tante, und so rasten wir über Landstraßen und Feldwege, und ich war ein bißchen sauer, weil er die ganze Zeit vorneweg fuhr und nichts hörte, ich konnte mir die Seele aus dem Leib schreien, vergeblich. Er war mir schon vorher mit seinen blöden Ideen auf den Sack gegangen, hatte allen Ernstes Verstecken spielen wollen, mit mir, das war ja schon nicht mehr zum Lachen. Ich hatte keine Ahnung, was wir noch anfangen sollten, und der Gedanke, ihn später in meinem Zimmer hocken zu haben, paßte mir überhaupt nicht, aber wir konnten ja auch nicht den ganzen Tag Fahrrad fahren. Doch wenn er das wollte, bitte, ich würde jedenfalls nicht als erster schlappmachen.

Ein Stück hinter Weilburg steht eine Düngemittelfabrik, deren Schornsteine und Silos schon von weitem zu sehen sind, über eine kleine Zufahrtstraße fahren von dort jeden Tag etliche schwere LKW auf die Bundesstraße und weiter zur Autobahn. Die Landschaft ist hügeliger als direkt an der Küste, so daß es eine Menge schöner Wege gibt, die hoch und wieder runter über kleine Anhöhen führen und über die man mit dem Fahrrad prächtig jagen kann, streckenweise nicht ganz ohne, ich habe mich dort schon oft auf die Fresse gelegt, aber es macht Spaß, und das ist die Hauptsache.

Wir rasten dort eine Weile hin und her, René immer vorneweg, und das ging mir am meisten auf die Eier. Dieser Idiot gab immer wieder Gas, kaum daß ich ihn eingeholt hatte, damit er nur ja vor mir herfahren konnte. Er nahm das mit dem Rennen ziemlich ernst, aber bitte, das konnte er haben.

Die Idee kam mir, als wir ein Stück vor der Zufahrtsstraße zur Düngemittelfabrik eine kurze Verschnaufpause einlegten. René grinste von einem Ohr zum anderen, weil er mich wieder einmal abgehängt hatte, aber diesmal mußte er auf mich warten, da er den Weg nicht mehr kannte. Wo lang jetzt, fragte er, aber ich hatte es nicht eilig und sagte erst mal nichts. Ich hatte meinen Plan gefaßt.

Die Straße zur Fabrik wird an beiden Seiten von einem niedrigen Erdwall begrenzt, der so dicht mit Bäumen bewachsen ist, daß man die Straße dahinter nicht überblicken kann. Es gibt einen Fahrradweg, der durch die Bäume und auf die andere Seite führt, und wenn man die Straße dort überqueren will, muß man eigentlich langsam heranfahren und direkt hinter den Bäumen halten, um sehen zu können, ob die Straße frei ist. Nun ist auf der Straße nicht viel los, und außer den LKW, die von der Fabrik kommen, fährt dort eigentlich niemand, so daß ich meist ohne jede Vorsicht in vollem Tempo über die Straße jage. Andererseits sieht man von der Stelle aus, an der wir gerade eine kurze Pause machten, die LKW herankommen, und ich habe eine Zeitlang ganz gerne ausprobiert, wie knapp ich es vor den herannahenden Lastern über die Straße schaffe. Ich konnte ungefähr abschätzen, wie schnell sie fuhren und wie lange sie von dem Punkt, an dem ich sie gerade noch sehen konnte, bis zu der Stelle, wo der Weg die Straße kreuzt, brauchen würden, und ich wußte, daß ich mit dem Fahrrad die Strecke bis dort in knapp zwölf Sekunden schaffen konnte. Ein paarmal hatte ich es geschafft, haarscharf vor dem herandonnernden LKW über die Straße zu sausen, und den Fahrern garantiert jedesmal einen ordentlichen Schrecken eingejagt. Einmal brachte einer seinen Truck ins Schleudern und wäre beinahe in den Bäumen gelandet.

«Na los», drängelte René, während ich noch nach Luft schnappte. In dem Moment sah ich in der Ferne einen herankommen. Dann wollen wir mal sehen, dachte ich und zählte die Sekunden, als der LKW aus der Sicht verschwand. Ich hielt die Luft an und wartete zwei Sekunden länger als sonst, dann schwang ich mich in den Sattel und stürzte los.

«Ich wette, du kriegst mich nicht», rief ich und hörte ihn schon hinter mir losjagen. Ich trat in die Pedale wie ein Irrer, denn daß es knapp werden würde, war klar. Ich mußte schneller sein als sonst. Als es auf den kleinen Erdwall ging, sah ich mich um, er war keine fünf Meter hinter mir und kam näher, ich trat schneller, da rutschte mir das Hinterrad weg, und ich wäre um ein Haar im Gebüsch gelandet. Aber ich fing mich und war im nächsten Moment unter den Bäumen durch, ich glaube, ich brüllte vor Freude. Das war ein Spiel nach meinem Geschmack.

Die Äste flogen an mir vorbei, ich sah die Straße vor mir, und in dem Moment hörte ich den LKW brüllen. Ich warf den Kopf herum, sah den riesigen Kühlergrill, die Schnauze dieses donnernden Ungetüms, keine drei Meter von mir, die Zähne fletschend, und ich flog über die Straße, das Herz schlug mir bis zum Hals. Ich konnte den Fahrer nicht sehen, aber ich hörte, wie die Hupe dröhnte und wie er in die Bremsen stieg, dann war ich auf der anderen Seite, trat den Rücktritt und fuhr geradewegs in die Büsche. Mit einem Jubelschrei ließ ich mich fallen.

Ich sah nicht, wie René auf die Straße raste, aber ich hörte den dumpfen Knall, als der LKW ihn erwischte. Es folgte das langgezogene Kreischen von Metall, das auf Asphalt zerrieben wird, und immer noch das Jaulen der Bremsen, aber es dauert, bis so ein Ungetüm zum Stillstand kommt. Ich lag auf dem Rücken, starrte in den Himmel und spürte nichts, obwohl ich in einem Dornengestrüpp gelandet war. Ich bekam es nicht in meinen Kopf. Irgendwann sprang ich auf, ließ mein Rad liegen und rannte davon, ich zerriß mir Hemd und

Hose, Arme und Beine, ich konnte es nicht fassen, es war so leicht gewesen. Und es hatte geklappt.

Der Fahrer gab später zu Protokoll, er habe noch versucht auszuweichen, als die beiden Jungen urplötzlich vor ihm über die Straße schossen, aber bei einem Koloß von über zwanzig Tonnen kannst du nicht einfach das Steuer herumreißen, er hatte keine Chance. René wurde bei voller Fahrt erwischt und regelrecht zermalmt, das Fahrrad verkeilte sich unter der Stoßstange und wurde fünfzig Meter weit mitgeschleppt, ehe der LKW zum Stehen kam. Sie mußten zusammenkratzen, was von dem kleinen Wichser übrig war, um überhaupt etwas in seinen Sarg legen zu können.

Als man mich fand, hielt man mir natürlich einen langen Vortrag, schließlich hätte es mich ebensogut erwischen können, die Leute hatten ja keine Ahnung. Es war allen klar, daß ich unter Schock stand, und ich gab mein Bestes – um genau zu sein, ich sprach fünf Tage lang kein Wort. Erst nach und nach rückte ich mit meiner Geschichte heraus, mit dem Fahrradrennen, das wir gemacht hatten, ich mußte ihnen nicht einmal etwas vorlügen. Mein Gott, ich war sieben, die Leute hatten Mitleid mit mir.

Natürlich gab es einiges Aufsehen, aber dem Fahrer des LKW konnte man keinen Vorwurf machen, und schließlich wurde, um die Öffentlichkeit zu beruhigen, ein Zaun entlang der Straße gezogen. Ein paar Leute wollten die Gefahr, die von der Straße ausging, immer schon geahnt haben, dabei habe ich außer mir niemals jemanden dort spielen sehen.

Was mich betrifft, ich konnte es auch Tage später kaum fassen. Auf einmal schien mir das ganze Leben aufregender, spannender, da war etwas Neues und Gutes, wie ich fand. Es war für mich die erste direkte Begegnung mit dem Tod, und die Erfahrung zeigte mir, das Leben ist nichts.

Aufgrund dieser Geschichte wurde für mich manches einfacher, jedenfalls für eine kurze Zeit, man sah mir Schwierigkeiten nach, die ich in der Schule hatte, suchte die Erklärung in dem schrecklichen Erlebnis. Die Leute sahen mich als Opfer, weil sie es sich anders nicht vorstellen konnten. Das zeigte mir eine Menge über die Menschen.

Als dann im Sommer 1988 der Freund meiner Mutter im Bett verbrannte, hatte dies eine ganze Reihe von Folgen, und ich wurde für eine Weile von zu Hause weggeholt, damit kehrte ein wenig Ruhe ein. Aber ein paar Jahre später wurde ich in der Stadt praktisch des Mordes überführt, ich befand mich damals in einem Heim und hatte sie auf einem Spielplatz erschlagen. Leute hatten uns gesehen, ich stand sofort unter Verdacht, und sie fanden sogar Fetzen ihrer Haut unter meinen Fingernägeln. Für die Polizei gingen die Probleme damit erst richtig los, denn was sollten sie mit mir machen? Ich war gerade elf Jahre alt, sie konnten mich nicht vor Gericht stellen.

Sie schickten mich in psychiatrische Behandlung, und ich verbrachte über ein halbes Jahr dort, einen Monat in der geschlossenen Abteilung, überwiegend mit Selbstmördern, den Rest der Zeit auf einer offenen Station, was nicht viel besser ist, auch wenn es sich so anhört. Kein schöner Ort, wirklich nicht, aber sie haben mich gut behandelt. Ich habe ungefähr tausend Gesprächsrunden mitgemacht, Gruppensitzungen, Musiktherapie, Bewegungstherapie, den ganzen Quatsch, dazu natürlich Medikamente, am Anfang haben sie mich, glaube ich, ordentlich vollgepumpt. Doch obwohl ich dort sicher nicht glücklich war und keine Sekunde an den ganzen Spuk geglaubt habe, denke ich inzwischen schon, daß mir das alles irgendwie geholfen hat. Seit dieser Zeit nehme ich regelmäßig meine Tabletten, und seit dieser Zeit bin ich ruhig. Ich habe niemanden mehr umgebracht, der Drang war nicht mehr da. Nicht so wie früher.

In gewisser Weise war es sogar mein Glück, daß sie mich in der Stadt überführten, denn das Jugendamt sorgte dafür, daß die Presse außen vor blieb, und hier bei uns werden die wenigsten davon erfahren haben. Sicher gab es dummes Gerede, man erzählte sich dies und das, aber Gerüchte gibt es immer. Es stimmt schon, das üble Ansehen, das ich heute noch bei den Leuten habe, ist nicht ganz zu Unrecht entstanden. Dabei wissen sie nichts und ahnen noch nicht einmal die Hälfte.

Karl ist dabei, vor dem Haus Werkzeug zu sortieren.

«Ist Tommi da?» frage ich.

Er nickt.

«Er hat einen Freund da», sagt er und deutet mit einer Kopfbewegung auf einen dunkelblauen Golf, der im Hof steht. Karl hat eine Art, die mir immer sofort auf den Keks geht.

«Ich werd sie nicht lange stören.»

«Wenn du deine Mutter später siehst, kannst du ihr was ausrichten. Ich sollte bestimmte Verbindungsstücke besorgen, wegen eurer Rohre, du weißt schon, sag ihr, daß ich eventuell heute abend noch einmal vorbeikomme.»

«Verbindungsstücke», sage ich. «Ist gut.»

Er wischt mit einem Lappen über eine Handvoll Schraubenzieher.

«Ach», sagt er, ohne aufzusehen. «Der Mann, der bei euch eingezogen ist, Dr. Wilhelm, kommt er mit seiner Arbeit voran?»

«Keine Ahnung. Wieso?»

«Ach, nur so, interessiert mich einfach. Ich bin schließlich für den Zustand der Labors verantwortlich. Nicht, daß dieser Mensch alles durcheinanderbringt.»

«Was ist los?» frage ich. «Gibt's 'n Problem?»

«Nein, nichts, gar nichts.»

Er legt die Schraubenzieher in den Werkzeugkasten und brummelt etwas vor sich hin, ich lasse ihn stehen und gehe in den Hof.

Karl lebt von Gelegenheitsarbeiten, einen richtigen Job hat er nicht. Er repariert Autos, Waschmaschinen, tropfende Wasserhähne, so 'ne Art Handwerker für alles. Die Leute in der Gegend kennen ihn und rufen ihn an, wenn etwas ist. So kommt er über die Runden. Tommi hat sein Talent sicher von ihm. Wilma arbeitet drei Tage die Woche in einem Kindergarten, wenn sie nicht gerade unterm Tisch liegt, zusammen reicht es für die Familie, aber zuviel ist es sicher nicht, zumal Tommis Internat unter Garantie Unsummen verschlingt, umsonst kriegt man so was nicht.

Früher hat Karl für meinen Vater gearbeitet, die beiden kannten sich, soweit ich weiß, seit einer Ewigkeit, noch aus Kriegszeiten, habe ich mal gehört, als Karl noch ein kleiner Junge war und mein Vater gerade Anfang Zwanzig. Ich habe das Verhältnis zwischen den beiden nie richtig durchschaut, wie gut sie sich wirklich verstanden, was sie aneinander band. Denn irgendwie sind die zwei ihr Leben lang nicht voneinander losgekommen, Karl hat in der Stadt für meinen Vater gearbeitet, er hat auch den Umzug organisiert, als mein Vater hier herauszog. Durch ihn hatte Karl ein sicheres Auskommen, mein Vater kam aus einer stinkreichen Familie, der im letzten Jahrhundert ein großes Stück Land irgendwo in Brandenburg gehört haben soll. Nun, zwei Kriege und eine nicht ganz leichte Zeit dazwischen haben, denke ich, den Besitz schwinden lassen, aber als armer Mann ging mein Vater aus dem letzten Krieg auch nicht hervor. Irgendwie muß er einen guten Teil des Reichtums gerettet haben, wenngleich das Land natürlich weg war, aber Geld hatte er immer. Allein in das Institut muß er ein Vermögen gesteckt haben.

Der Hof, auf dem Karl mit seiner Familie wohnt, besteht aus einem rechtwinkligen Gebäude, das von der Garage zur Hufeisenform ergänzt wird. Hinterm Haus steht ein kleiner Stall für die Schafe und Ziegen, die auf der Wiese nebenan weiden. Die Tiere sind das, was von Karls Traum der Selbstversorgung übriggeblieben ist. Karl und Wilma haben in ihrer Jugend die goldenen Tage der Hippiebewegung miterlebt, es muß eine wilde Zeit gewesen sein. Auch mein Vater ist ein Jahr lang mit Räucherstäbchen in der Hand nackt durch eine Gemeinde Gleichgesinnter gerannt, wenn es stimmt, was ich von Emma gehört habe, dabei muß er damals schon fast fünfzig gewesen sein. Bei Annie möchte ich gar nicht wissen, was sie alles hinter sich hat. Es sind komische Menschen, die sich unsere Eltern nennen, manchmal kann ich es nur schwer glauben, und Karl und Wilma sind da ein hervorragendes Beispiel. Wie soll man solche Leute ernst nehmen?

Um ins Haus zu kommen, muß man an der Garage vorbei und durch den Hof, dort hängt Wilma gerade Wäsche auf. Gerti sitzt ihr zu Füßen und spielt mit einem halb aufgeblasenen Luftballon, auf dem eine große Mickymaus lacht.

«Hallo, Moritz», sagt Wilma. «Wie geht's?»

«Hallo», sage ich. «Es geht. Danke.»

«Tommi ist oben. Ich glaube, er bastelt mit 'nem

Freund aus der Stadt an dem alten Videorecorder herum, den er sich vor ein paar Tagen geholt hat.»

«Stimmt», sage ich. «Davon hat er mir erzählt.»

Sie fährt fort, die Wäsche aufzuhängen, ihre Hände zittern ein bißchen. Sie sieht müde aus, ihre Augen sind stumpf.

«Schau mich nicht so an», sagt sie. «Ich weiß, ich sehe schrecklich aus.»

«Ach Quatsch», sage ich, sie lächelt verlegen.

Tommi schämt sich oft für seine Mutter, das hat er mir einmal gesagt, dabei hat sie es raus, ihr Trinken gut zu verbergen, die meisten können das nicht. Schlimmer ist ihre flippige Art, sich zu kleiden, sie scheut vor keiner Farbe und keinem Stoff zurück, um es harmlos auszudrücken, und manchmal sieht sie wirklich aus wie eine Vogelscheuche. Ich kann verstehen, daß ein aufgeweckter Junge wie Tommi sich für so eine Mutter schämt.

Ich bekomme einen Ball gegen das Knie, Gerti strahlt mich an.

«Da, ah, Moritz», gluckst sie und robbt durch den Dreck auf mich zu. «Da, Moritz.»

Den Luftballon schleift sie hinter sich her.

«Hallo, Gerti», sage ich und weiche ihr aus. Ich habe keine Lust, mir von ihren schmutzigen Fingern die Hose versauen zu lassen.

«Los, Gerti», sagt Wilma, ohne von ihrer Wäsche abzulassen. «Sag Moritz hallo. Er freut sich, dich zu sehen.»

«Da», grunzt Gerti und zeigt auf mein Gesicht. Ich nehme schnell meine Brille ab, ich will sie nicht unnötig zu mir locken. Sie hält inne, strahlt mich an und schmatzt laut, dann setzt sie sich wieder in Bewegung. Vorsichtig weiche ich noch einen Schritt zurück, ich möchte Wilma nicht kränken.

«Meinst du, es ist gesund, wenn sie hier so rumkrabbelt?» sage ich dann. «Ich glaube, sie schluckt da was.»

Wilma stellt den Korb mit Wäsche beiseite.

«Komm, mein Mäuschen», ruft sie. «Komm mal zu Mama.»

Gerti ist fast an mir dran.

«Vorsicht», sage ich. Sie hat ihre Finger schon an meinen Schuhen. «Bitte, kannst du sie nicht wegnehmen. Meine Sachen sind frisch gewaschen.»

Wilma kommt herüber, Gerti dreht sich um, rülpst, lacht. Wilma streicht ihr über den Kopf.

«Hmm, meine Kleine, was ist denn? Möchtest du spielen?»

«Ich geh dann hoch», sage ich und verdrücke mich ins Haus.

Gerti ist Tommis Schwester, sie ist dreizehn, aber sie hat bei der Geburt zuwenig Sauerstoff bekommen. Tommi hat mir einmal erklärt, daß sie sich geistig etwa auf der Stufe einer Zweijährigen befindet, und daran wird sich nicht viel ändern. Sie kann kaum sprechen, nicht allein essen, den Hintern abwischen kann sie sich auch nicht. Wenn man sie stützt, kann sie laufen, allein krabbelt sie nur auf allen vieren über den Boden. Karl und Wilma haben es nicht leicht, man ahnt ja so etwas nicht, wenn man ein Kind bekommt. Trotzdem kann ich sie manchmal nicht verstehen, zum Beispiel stelle ich mir den Hof vor, über den die Ziegen und Schafe laufen, auf dem sie ihren Mist lassen und über den auch Gerti krabbelt. Sie matscht mit den Händen im Dreck herum und leckt sich nachher die Finger ab, ich weiß nicht, warum Wilma nichts sagt, aber okay, das ist nicht mein Problem. Im Grunde hat Gerti es wirklich gut, sie muß nicht im Stall übernachten oder so. Für Tommi ist es oft schwer, Gerti macht unheimlich viel kaputt, trotzdem ist sie ein nettes Mädchen, ehrlich. Und zum Glück gibt es Schulen, die sich um solche Kinder kümmern.

Im Haus stecke ich meine Brille in die Hosentasche, es ist definitiv zu dunkel, so cool bin ich dann doch nicht. Im Flur umfängt mich der kaum beschreibliche Duft, der dem Haus eigen ist und der mich an so viele Stunden erinnert, die ich hier mit Tommi verbracht habe. Ein schwerer, etwas muffiger Duft, ein bißchen wie alte Kartoffeln, das ganze Haus riecht wie eine Vorratskammer. An der Treppe brennt ein Licht, auf der untersten Stufe liegt ein Stapel Zeitungen. Ich gehe nach oben, Tommi hat sein Zimmer im ersten Stock. Die Tür steht halb offen.

Er ist allein, sitzt auf dem Boden, gegen das Bett gelehnt, der Fernseher läuft. Im Zimmer ist es düster, er hat die Vorhänge zugezogen. Der Videorecorder steht mitten im Zimmer, ein ganzer Stapel Cassetten daneben, alles auf dem Boden. Aus dem Fernseher kommt leises Stöhnen.

«Hi», sage ich.

Er sieht auf.

«Was willst du?»

«Hey», sage ich. «Ist ja 'n netter Empfang, was is'n los?»

«Tut mir leid, ich hab's nicht so gemeint. Ich bin ein bißchen mit den Nerven runter, ist ja wohl kein Wunder. Ein Kumpel von mir ist da, aus der Stadt. Ich muß mich zusammenreißen, verstehste?»

Ich mache die Tür hinter mir zu und gehe zum Bett, als ich mich setze, knackt es hinten in meiner Hose.

«Scheiße», sage ich und hole die Brille aus der Tasche, sie ist mittendurch.

Im Fernseher wälzt sich eine nackte Frau auf einem breiten Sofa und streckt der Kamera ihre Möse entgegen. Hoppla, denke ich und sehe Tommi an. Der starrt auf den Fernseher.

«Wir müssen uns was überlegen», sage ich.

«Können wir nicht später darüber reden?»

«Kein Problem.»

«Ich werde das Gefühl nicht los, daß wir da gestern einen Riesenfehler gemacht haben. Ich hätte nicht auf dich hören dürfen.»

«So'n Quatsch», sage ich. «Was hätten wir schon tun können?»

«Ich weiß nicht. Ich fühle mich beschissen.»

Die Frau im Fernseher reibt sich an den Kissen, «Come here, baby», stöhnt sie.

Tommi zieht die Beine zu sich ran. Mein Kopf juckt.

«Okay», sage ich nach einer Weile. «Die Sache ist dumm gelaufen, keiner hat das gewollt, aber es ist nun einmal passiert, wir können nichts mehr dran ändern, jetzt müssen wir sehen, wie wir die Leiche loswerden. Sie kann nicht ewig da liegenbleiben.»

«Ach, hör doch auf.» Er sieht mich an. «Ich will davon nichts hören.»

«Das ändert nichts an unserer Lage.»

Er runzelt die Stirn und glotzt mich an.

«Hey, deine Hilfe ist ja stark, willst du mir auf den Wecker fallen oder was? Ich weiß, daß wir etwas tun müssen, verdammt, ich bin ja nicht blöd. Aber ich schaffe es einfach nicht, einen klaren Gedanken zu fassen. Und jetzt hör bitte auf mit deinem Gequatsche, ich habe einen Freund aus der Stadt hier, der kann jeden Moment reinkommen. Willst du ihm direkt auf die Nase binden, daß wir gestern ein Mädchen umgebracht haben?»

«So darfst du es nicht sehen», sage ich.

«Ach, laß mich doch in Ruhe.»

Er starrt auf den Fernseher, und ich denke, warte nur ab, so leicht geht das nicht, so leicht wirst du die Sache nicht los. Aber ich halte die Klappe, ich bin kein Idiot.

Ein dicker Typ mit unglaublicher Brustbehaarung schiebt sich ins Bild, die Frau hat sich auf den Bauch gedreht, er kniet sich hinter sie.

«I show you what I did to Gina», schnauft er.

«Ist das 'n englischer Film?» frage ich.

Tommi nickt. Der Typ fickt sie in die Kissen, und ich frage mich, was einer sich dabei denkt, wie kann man so was vor laufender Kamera machen. Die Leute sind doch total bescheuert. Neben dem Bett liegt eine Videohülle, ich hebe sie auf, aber es ist nichts drauf.

«Ist 'ne Kopie», sagt Tommi.

Ich frage mich, woher er den Krempel hat.

«Der Recorder läuft ja wieder», sage ich.

«War kein Problem.»

Im Haus geht die Klospülung, und ich überlege, was Wilma wohl sagen würde, wenn sie jetzt ins Zimmer käme. Mir wäre das ganz schön peinlich. Der dicke Mann ist unter der Frau verschwunden, und ich denke, jetzt zeigt er ihr, was er mit Gina gemacht hat. Es interessiert mich nicht sehr. Eine zweite Frau kommt ins Bild, einen langen Bademantel um die Schultern. Die beiden anderen halten inne und sehen auf. Die Frau sagt etwas, das ich nicht verstehe, dann läßt sie den Bademantel fallen, drunter ist sie nackt. Sie setzt sich neben den beiden aufs Sofa und fängt an, Zeitung zu lesen.

Ich zucke zusammen, als die Tür aufgeht. Ein Typ, dem die filzigen Haare ins Gesicht hängen, kommt ins Zimmer, er trägt ein grobkariertes Hemd und verwaschene Jeans.

«Verdammt», sagt er. «Ich hab euer ganzes Klo vollgewichst.»

Er lacht, dann sieht er mich. «Hi», sagt er.

«Das ist Ingo», stellt Tommi uns vor. «Ingo, das ist Moritz.»

«Hmm», mache ich.

«Was sagste zu dem Film?» Er kratzt sich zwischen den Beinen und schaut mich an.

«Hab noch nicht viel gesehen», sage ich.

«Mann, ich kenn den schon, der ist super! Die sind richtig geil.»

Ich sage nichts. Immerhin schafft der Typ mit seinem Gequatsche, daß die lustlose Erektion, die das Gewichse in dem Porno mir eingebracht hat, wegschrumpelt wie nichts. Ich frag mich, wo Tommi solche Freunde aufgabelt, aufs Internat geht so ein Typ doch wohl nicht.

Er zündet sich eine Zigarette an und bläst den Rauch ins Zimmer, dann setzt er sich aufs Bett, hustet und zeigt lachend auf den Fernseher.

«Fehlt dir was?» frage ich. Ich bin irgendwie schlecht drauf, und es paßt mir nicht, daß Tommi hier sitzt und sich mit so einem hirnlosen Affen 'n Video reinzieht. Der Typ glotzt mich an, bläst Rauch ins Zimmer, lacht wieder.

«Du bist gut», sagt er. Dann steht er auf. «Ich muß mal los. Mit heute abend ist alles klar, oder?»

«Alles klar», sagt Tommi.

«Dann mach's gut. Wir sehen uns. Und viel Spaß noch mit den Filmen, kannste mir ein andermal wiedergeben.»

Er verschwindet, und ich überlege, ob ich Tommi sagen soll, was für'n Arsch der Typ meiner Meinung nach ist. Doch wahrscheinlich will er das gar nicht hören.

«Hast du noch mehr von dem Schrott?» frage ich, doch er geht nicht drauf ein.

«Wir wollen nachher ins ‹Pawlow›», sagt er. «Ingo kommt mit'm Auto. Haste Lust mitzukommen?»

Ich überlege 'ne Sekunde, aber wieso nicht.

«Klar», sage ich. Vielleicht, so etwas ist immerhin möglich, vielleicht täusche ich mich ja, und der Kerl ist gar nicht so ein Arschloch, wie es scheint, vielleicht tue ich ihm unrecht. Ich weiß auch nicht, wie ich auf andere wirke, so auf den ersten Blick. Möglich ist alles.

Eine Weile sehen wir schweigend den Porno, der Mann ist inzwischen verschwunden, die Frau liegt noch auf dem Sofa, die andere hat die Zeitung weggelegt. Sie reden, ich verstehe kein Wort.

«Wie geht's bei euch zu Hause?»

«Geht so», sage ich. «Es ist schon ziemlich blöde, das kannste mir glauben. Aber es bringt ja nichts, wenn ich die ganze Zeit jammere.»

Tommi starrt auf seine Fingernägel, beißt daran herum, starrt wieder. «Hast schon recht», sagt er. «Ich versteh deine Alte auch nicht so richtig.»

«Wie auch. Die ist nicht dicht im Kopf, ehrlich.»

In meinem Bauch grummelt es, ich habe nicht viel gegessen, mir ist den ganzen Tag schon ein bißchen übel. Wahrscheinlich müßte ich nur einmal wieder richtig aufs Klo, aber heute morgen konnte ich nicht. Das kann einen ganz schön belasten.

«Hör mal», sagt Tommi nach einer Weile. «Es tut mir leid, wenn ich dich eben angemacht habe, aber du mußt das verstehen.»

«Klar», sage ich. «Versteh ich alles.»

«Nein.» Er schüttelt den Kopf. «Du hast keine Ahnung. Die ganze Sache macht mich fertig, ich kann so was nicht gebrauchen, ich glaube noch, ich fange an zu spinnen. Darüber hinaus hab ich Streß mit Tina, wir haben uns gekracht, und zwar richtig, und jetzt weiß ich nicht, was ich machen soll.»

«Das ist natürlich dumm», sage ich. «Wie lange kennst du sie schon?»

«Ein paar Monate.»

«Und ihr seid richtig zusammen?»

Er sieht mich an. «Was soll das?»

«Ich frag ja nur.»

Tommi legt sich zurück, er scheint nachzudenken.

«Es ist nicht immer leicht», sagt er. «Ich ...»

Er will etwas sagen, ich sehe, daß er noch etwas hat, doch dann bricht er ab und schweigt.

«Jetzt hör mal zu», sage ich, denn ich habe das Gefühl, ich muß ihm irgendwie unter die Arme greifen, ist ja verständlich, er macht sich noch richtig verrückt wegen nichts und wieder nichts. «Du mußt die ganze Sache nüchtern sehen, wir haben ein Problem, um das wir uns kümmern müssen, mehr nicht. Und fang bloß nicht an, dir Gedanken zu machen, es ist passiert, ich kann das nur noch mal sagen, keiner hat das gewollt, und keiner macht dir Vorwürfe. Wir müssen sehen, daß wir da wieder rauskommen, mehr nicht, es ist nicht der Weltuntergang. Also zerbrich dir nicht den Kopf, das mußt du nicht.»

Tommi starrt auf seine Hände.

«Es war ein Unfall», sagt er.

«Ja, klar, das sage ich doch auch, wir kennen sie ja nicht mal, wir wissen nicht mal, wer sie ist.»

«Sie heißt Elisabeth Koch.» Tommi steht auf. «Ich habe mich im Feriendorf erkundigt. Die Eltern haben sie vermißt gemeldet, das ist sie.»

Ach du Scheiße, denke ich, der dreht deswegen ja noch richtig durch.

«Und wenn schon», sage ich. «Was ändert es, wenn du ihren Namen weißt.»

Er hat den Kopf zurückgenommen, massiert sich mit Daumen und Zeigefinger die Nasenwurzel, und ich habe plötzlich ein blödes Gefühl.

«Soll ich dir was sagen?» Er sieht mich an. «Da ist ein Bild, das ich nicht loswerde, und das bist du, als du die Rohrzange nimmst und ihr das Ding über den Kopf haust, ich muß immer daran denken. Du hast das getan, ohne zu zögern, ohne einen Gedanken darüber zu verlieren, was du da tust.»

«Nun mach mal halblang», sage ich. «Was soll denn das heißen? Willst du behaupten, mir hätte das Spaß gemacht, ist es das? Dann sag es, verdammt noch mal. Mannomann, du bist vielleicht ein Wichser, weißte das. Ich helfe dir, ich zeige dir den einzigen Weg, da herauszukommen, und du kommst mir so. Ich hab das nicht für mich getan, verstehst du das nicht?»

«Ach komm.» Auf einmal ist sein Blick voller Verachtung und Wut. «Und wenn schon, Mann, und wenn schon. Hör auf, mir hier irgendeinen Scheiß zu erzählen, okay, ich komme schon klar, ich drehe nicht gleich durch. Aber laß mich mit deinem Quatsch zufrieden. Ich weiß, was Sache ist, okay, ich habe sie abgeschossen, das warst nicht du, also laß mich zufrieden, du mußt mich nicht für blöd verkaufen.»

«Das will ich nicht», sage ich. «Echt nicht.»

«Arschloch», sagt er.

«Nein. Ich meine es ernst, glaub so was nicht. Es ist nicht wahr.»

Er läßt den Kopf auf die Knie sinken und seufzt lang und laut.

«Scheiße», sagt er dann. «Ich mache mir einfach Sorgen.»

Ich schaue mit Tommi den Film zu Ende, dann gehe ich. Unten im Wohnzimmer stolpere ich über Gerti, die auf dem Boden liegt und damit beschäftigt ist, das Etikett von einer Bierflasche zu knabbern. Ich nehme ihr die Flasche weg und stelle sie auf den Tisch.

Neben dem Fenster hängt ein runder Vogelkäfig mit einem Wellensittich, den Tommi seiner Schwester zum zwölften Geburtstag geschenkt hat, er heißt Fritzie, aber er hört nicht gut. Im Vorbeigehen werfe ich einen Blick in den Käfig und wundere mich. Fritzie ist weg.

Ich werfe einen Blick auf Gerti, die ein paar Schritte von mir über den Boden robbt, dann trete ich an den Käfig und sehe hinein. Der Vogel liegt reglos auf dem Boden des Käfigs.

«Hey», sage ich leise und tippe einmal gegen das Gitter. «Fritzie!»

Er rührt sich nicht.

Scheiße, denke ich, ich kann es nicht glauben. Ich öffne die Käfigtür, fasse hinein und verpasse Fritzie einen Stups. Er rollt herum, rührt sich aber nicht. Ich schließe den Käfig wieder.

Gerti hat ein Buch aus der untersten Reihe des Regals geholt und leckt die Seiten ab. Ich weiß, wie sie an dem Vogel hängt, das darf doch alles nicht wahr sein, das Leben ist wirklich beschissen. Gerti ist nicht sehr helle, aber Fritzie hat sie noch nie vergessen. Als sie merkt, daß ich sie beobachte, lacht sie. Ich trete schnell einen Schritt vom Käfig weg.

In der Küche klappert Geschirr, und ich überlege, ob ich es Wilma sagen soll. Warum muß ausgerechnet ich diesen dummen Geier finden, warum muß er seinen letzten Pieps gerade dann von sich geben, wenn ich an seinem vollgeschissenen Käfig vorbeikomme? Ich drehe mich um, stoße gegen einen Stuhl, fange ihn aber auf, ehe er umkippt. Das Klappern in der Küche hört auf, und einen Augenblick später höre ich Wilmas Stimme.

«Tommi», lallt sie. «Tommi, bissu das?»

Gerti horcht auf, ihre Augen leuchten, und mir tut es weh, den Alkohol in Wilmas Stimme zu hören. Sie muß eben getrunken haben, dabei ist es kaum Mittag. Ich kann ihr nichts sagen.

Ich schleiche mich aus dem Haus, haue ab, so schnell ich kann, das ist nicht einmal Feigheit, nein, ich glaube nicht. Es ist ja nicht mein Vogel, denke ich, und Wilma nicht meine Mutter. Damit habe ich nichts zu tun.

Ich weiß nicht, was ich machen soll, als Emma mich ruft. Sie steht auf der Veranda ihres Hauses, winkt nach mir, und eine kurze Weile schaffe ich es, sie zu ignorieren, dann gebe ich auf. Ich bin zu nah dran, sie weiß, daß ich sie längst gesehen habe.

«Moritz», ruft sie, «komm doch einmal herüber.»

Ich habe eine Runde durch das Feriendorf gedreht, ohne etwas Bestimmtes zu wollen, jetzt schlage ich achselzuckend den Weg zu dem kleinen Häuschen am Rand der Siedlung ein.

«Was gibt's denn?» frage ich.

«Komm ruhig herauf», sagt sie, und ich weiß, daß Widerspruch zwecklos ist, also klettere ich mit einem Seufzer die Stufen zu ihrer Veranda hinauf.

«Ich habe leider gar keine Zeit», sage ich. «Bin schrecklich in Eile.»

«Jaja.» Sie winkt rigoros ab. «Jetzt setz dich erst einmal. Wir haben uns lange nicht richtig gesehen.»

«Na ja», will ich abwehren, «so lange ist das nun auch wieder nicht her ...»

Aber Emma kennt keinen Widerspruch. Sie drückt mich in einen von zwei Korbstühlen.

«Wie geht's deiner Mutter?»

«Wie immer, schätze ich.»

«Nun sei nicht gleich so unfreundlich.» Verärgert schüttelt sie den Kopf.

«Ich muß wirklich weiter», sage ich und stehe auf. In dem Moment wird aus dem Innern des Hauses das Trappeln von Schritten hörbar, und Emma wirbelt herum.

«Warte», sagt sie. Sie geht zur Tür, die ins Wohnzimmer führt, und steckt den Kopf hinein. «Anne, Dennis, hier bin ich.»

Einen Augenblick später flitzen zwei Kinder in kurzen Hosen auf die Veranda und bleiben vor mir stehen. Emma strahlt mich an.

«Das sind die Kinder meiner Nichte Barbara, Anne und Dennis. Kinder, das ist Moritz. Den kenne ich, seit er ein Baby ist.»

Himmelherrgott, denke ich und schließe die Augen. Das kann ja was geben.

«Spielst du Fußball?» fragt der Junge, offensichtlich der Ältere. Er hat feuerrote, struppige Haare und astreine Segelohren.

«Nein», sage ich.

«Fußball ist doof», kräht Anne und läßt ihre kurzen Zöpfe fliegen. Auch sie hat rote Haare, aber mit den Ohren hat sie mehr Glück gehabt. Dennis schlägt nach ihr, und sie flüchtet sich an Emmas Rock.

«Kinder», sagt Emma fröhlich, «vertragt euch. Möchtet ihr ein Eis? Wartet, ich hole welches.»

Sie verschwindet und läßt mich mit den beiden Kindern allein, die um mich herumschleichen und mich neugierig mustern. Irgendwie sehen sie beide aus wie rohe Kartoffeln, dicklich und blaß. Der Junge hat ein großes Pflaster auf der Stirn.

«Wie alt bist du?» fragt Anne und legt dabei die Hände auf ihren Kopf.

«Sag ich dir nicht», sage ich. Dann halte ich mir den Bauch, krümme mich und fange an zu würgen und zu spucken. Sie halten beide erschrocken inne und starren mich an. Ich atme schwer, stütze mich am Geländer ab, dann sehe ich sie ernst an.

«Ich muß sterben», sage ich. «Es sind Würmer. Im Bauch.»

Dennis reißt erschrocken die Augen auf, seine Schwester fängt an zu weinen.

«Echt?» fragt er.

«Echt», sage ich tonlos und mache ein Gesicht wie einer, der schon halb im Grab ist.

«Was ist los?» fragt Emma, als sie, drei Eis in der Hand, auf die Veranda kommt und Anne weinend am Geländer findet. Dennis mustert mich betroffen.

«Hier, euer Eis.»

«Ich will nicht», sage ich. Dennis nickt. Wegen der Würmer, das versteht er. Er nimmt seins trotzdem.

«Hast du vielleicht ein Aspirin für mich?» frage ich Emma und lenke sie dadurch von dem weinenden Mädchen ab.

«Natürlich», sagt sie. «Warte einen Augenblick.»

Sie verschwindet wieder im Haus, und ich folge ihr, da ich den ernsten Blick des Jungen keine Sekunde länger ertragen kann, ohne in lautes Lachen auszubrechen. Emma kommt mit zwei Tabletten aus dem Badezimmer.

«Möchtest du ein Glas Wasser?»

«Nee», sage ich. «Danke.»

Ich schnappe mir die Tabletten, schlucke eine davon trocken hinunter, dann mache ich, daß ich wegkomme. Ich muß daran denken, daß Emma sich am Anfang ihrer Arbeit bei uns vor mir geekelt hat, daß sie mich nicht anfassen konnte, als ich ein Baby war. Ich hatte keine schöne Haut und war auch sonst nicht der Traum von einem Kind, das mag schon stimmen, doch Emma mochte in der ersten Zeit nicht einmal allein mit mir in einem Zimmer sein. Sie hatte Angst! Aber das ist lange her, und sie hat es längst vergessen, sie ist eine verlogene alte Ziege, wirklich. Doch es soll niemand denken, ich würde ihr das nachtragen, das ist Quatsch, ich komme gut mit ihr klar.

Am Nachmittag stopfe ich die blutverschmierten Jeans von gestern in die Waschmaschine, nicht daß meine Mutter sie findet. Seit wir keine Haushälterin mehr haben, kümmere ich mich selber um meine Wäsche, und es ist mir nur recht so. Annie ist gegen Mittag weggefahren, Wilhelm sitzt, soweit ich weiß, oben am Schreibtisch meines Vaters und arbeitet, das paßt mir nicht, ganz und gar nicht, es macht mich nervös. Als ich ins Haus kam, hat er einmal nach mir gerufen, keine Ahnung, was er wollte, ich habe nicht reagiert. Auf dem Herd steht ein Topf mit kalten Nudeln, und weil ich Hunger habe, haue ich mir ein paar davon auf einen Teller. Das ist nicht viel, deshalb werfe ich zwei geschälte Bananen in den Mixer, schütte ein Glas Milch hinterher und verrühre das Ganze zu einem Bananenshake. Als ich mit Essen fertig bin, fühle ich mich etwas besser.

Draußen hinterm Haus rauche ich eine Zigarette und mache mir ein paar Gedanken, ich frage mich, wie Tommi mit der Sache klarkommen wird. Er ist mein Freund, es ist natürlich, daß ich mir Sorgen mache. Sicher, wir kennen uns bald 'ne Ewigkeit, aber es gab einmal eine Zeit, da kannte ich ihn besser, da hätte ich mich mehr auf ihn verlassen. Er hat sich in den letzten Jahren verändert, keine Frage. Ein leichter Wind streicht durchs Gras, irgendwo schreien Möwen, ich bin ein bißchen schlapp. Die Hitze macht mich mürbe. Der Himmel ist von einem Blau, das einen den Verstand kosten könnte, ich gebe mir Mühe, auf dem Teppich zu bleiben.

Ein paar Schritte von mir entfernt hüpft ein kleines Vögelchen im Schatten eines Gebüschs hin und her, und es würde mich interessieren, ob dem Tier bewußt ist, wie leicht ich ihm mit einem gezielten Steinwurf den Schädel zerschmettern könnte.

6

Während der Zeit, die er mit mir hier draußen lebte, hatte mein Vater keinerlei Beziehungen zu Frauen, er bekam keinen Besuch, und er fuhr auch nie irgendwohin, um sich mit Frauen zu treffen, bestimmt nicht, denn davon hätte ich früher oder später etwas mitbekommen. Ich habe mich nie darüber gewundert, ich konnte mir meinen Vater gar nicht mit einer Frau vorstellen und kann es auch heute noch nicht. Sie haben ihn wohl nie interessiert, er war einfach nicht der Typ dazu, und es wird mir immer ein Rätsel bleiben, wie er und Annie zueinandergefunden haben. Aber vielleicht war er früher anders, vielleicht war alles früher anders. Jedenfalls hat sich mir aus all diesen Gründen der einzige Besuch, den mein Vater hier draußen je von einer Frau erhielt, tief eingeprägt, dabei war es ein ausgesprochen kurzer Besuch, ich habe die Frau nicht länger als einen Augenblick zu Gesicht bekommen, und der Eindruck, daß die beiden in irgendeiner Weise etwas miteinander hatten, kam dabei nicht auf. Ich weiß nicht, wieso mir das einfällt, aber ich denke von Zeit zu Zeit daran, es ist für mich einfach ein weiteres Beispiel dafür, wie wenig ich von meinem Vater wirklich weiß. Er hielt es nie für nötig, mir Dinge zu erklären.

Wenn ich mich recht entsinne, war es im Frühling, denn Karl hatte mich am Tag zuvor dabei erwischt, wie ich im Schutzgebiet Vogelnester suchte, um die Eier zu stehlen oder die frisch geschlüpften Jungen zu fangen.

Ich war so ungefähr sechseinhalb, und es machte mir nichts aus, daß Karl mir die Jagd verbieten wollte. Ich brauchte die Vögel als Reittiere für meine Ritterfiguren, aber die konnten ebensogut auf anderen Tieren reiten. Emma hatte mir aus einer Tierhandlung zwei Meerschweinchen besorgt, die inzwischen gestorben waren und sich für mein Spiel eigneten. Lebendig waren sie zu oft weggelaufen, und ihnen die Beine zusammenzubinden hatte nicht viel geholfen. Auch der Sattel, den ich ihnen auf den Rücken klebte, hielt viel besser, als sie sich nicht mehr rühren konnten.

Ich hatte gerade meine Mondrakete fertig gebastelt und war auf der Suche nach etwas, das ich als Abschußbasis verwenden konnte, als die Frau an unsere Tür kam. Ich hörte meinen Vater mit ihr sprechen und sie ins Wohnzimmer bitten, aber da Dinge, die mein Vater machte, mich prinzipiell nicht sonderlich interessierten, lauschte ich nicht weiter. Ich hatte ein breites Metallgestell, das ich lackieren wollte, aber auf einmal war ich mir nicht mehr sicher, von was für einer Rampe die Rakete damals gestartet war. Dummerweise hatte ich die Rakete im Wohnzimmer liegenlassen, ich wollte sie holen und sehen, wie das Gestell dazu paßte.

Ich machte mich auf den Weg zum Wohnzimmer, als ich die Stimmen hinter der Tür lauter werden hörte, und da wurde ich schon ein bißchen neugierig. Die Frau brüllte meinen Vater an, ich konnte nicht verstehen, worum es ging, doch sie klang regelrecht hysterisch. Die Tür zum Wohnzimmer stand halb offen, und als ich darin stehenblieb, sah mich die Frau und verstummte schlagartig. Mein Vater, der mit dem Rücken zu mir stand, brauchte eine Sekunde, um ihren Blick zu deuten, dann fuhr er herum und stürzte auf mich los.

«In dein Zimmer!» brüllte er, und da ich, von diesem

Ausbruch verständlicherweise vollkommen überrascht, nicht sofort reagierte, hob er die Hand und langte mir eine, aber ordentlich, mir wackelte ganz schön der Kopf. Die Rakete, wollte ich sagen, aber mir glühte die Backe, und solchen Argumenten soll man sich nicht verschließen, so was mußte er mir nicht zweimal sagen, ich trollte mich. Ich sah noch, wie die Frau mir folgen wollte, doch mein Vater trat ihr in den Weg, dann schloß ich die Tür meines Zimmers hinter mir und entschied mich dafür, die Startrampe der Rakete zu vergessen und statt dessen aus dem Metallgestell eine schöne Falle zu basteln. Ich hörte, wie mein Vater das Radio einschaltete, ziemlich laut, aber stören ließ ich mich dadurch nicht. Sollte mir doch egal sein, was er mit der Frau zu streiten hatte.

Ich hörte sie nicht weggehen, aber sie kann nicht lange geblieben sein, denn eine Weile darauf kam Karl, der mich fragte, ob ich mit Tommi und Wilma in die Stadt fahren wollte. Mein Vater war mürrisch und ich heilfroh, auf diese Weise aus dem Haus zu kommen. Ich habe ihn nie gefragt, wer die Frau war oder was sie wollte, ich hätte doch keine Antwort bekommen. Als ich aus der Stadt zurückkam, hatte er meine Mondrakete auf den Müll geworfen, schon aus diesem Grund hätte ich kein Wort an ihn gerichtet.

Ich habe ein Öllicht angesteckt. Der Geruch des Petroleums erfüllt den Raum, ein Duft, den ich mag. Ich mag auch den Benzingeschmack einer Zigarette, die man an einer Öllampe anzündet.

Ich sitze auf der alten Truhe, die ich aus einem der oberen Räume in den Keller geschafft habe und rauche. Ich denke an nichts Besonderes, sitze einfach da, den Kopf gegen die Wand gelehnt, und lasse mich treiben, ich habe mich zurückgezogen, um meine Gedanken zu ordnen, den Kopf freizubekommen, und dies ist der richtige Ort dafür. Dieser Raum ist mein Versteck, mein Heiligtum, meine Zuflucht. Alles, was hier steht, habe ich hierhergeschafft, und alles, was hier steht, hat für mich in irgendeiner Weise eine Bedeutung. Seit ich diesen Raum eingerichtet habe, hat ihn außer mir kein Mensch betreten.

Es ist angenehm kühl hier unten, und ich genieße es, für eine Weile der Hitze zu entkommen. Ein richtiger Sommer ist etwas Feines, nur was zuviel ist, ist zuviel, es ist draußen ja kaum noch auszuhalten. Aber man kann sich auch nicht die ganze Zeit im Haus einschließen, da wird man spätestens nach einem halben Tag völlig verrückt, das kenne ich, nein, was uns fehlt, ist ein ordentliches Gewitter, ein Tag Regen, aber da ist nichts in Sicht. Ich frage mich, wie lange es braucht, bis sie draußen im Wald anfängt zu stinken.

Der Raum, in dem ich mir mein Versteck eingerichtet habe, liegt im Keller des alten Sanatoriums. Das Gebäude selbst ist U-förmig angelegt, mit einem großen Mitteltrakt und zwei Seitenflügeln, die nach hinten abgehen und eine große Terrasse einschließen. Der von vorne gesehen linke Flügel beherbergt im unteren Stockwerk die Labors und Arbeitszimmer meines Vaters, sprich das Institut, diese Räume haben einen gesonderten Eingang. Der Mitteltrakt, zu dem der Haupteingang führt, und der rechte Flügel des Gebäudes sind zum großen Teil verfallen.

Der Zugang zum Keller verlief vom Hauptflur des Gebäudes über eine Treppe, die mit einem Teil des Flures eingestürzt ist und etwa die Hälfte der Kellerräume verschüttet hat. Da sich im Keller aber früher unter anderem Vorratsräume befanden, führt noch ein anderer

Weg nach unten, nämlich der Schacht eines Lastenaufzugs, der von den Lagerräumen direkt in die Küche reichte. Den Aufzug selbst gibt es nicht mehr, und auch der Schacht ist schon an manchen Stellen eingefallen, aber immerhin ist es ein Weg, und über eine Leiter, die ich dort aufgestellt habe, kommt man einigermaßen bequem hinunter und wieder herauf. Unten befindet man sich zuerst in einem alten Vorratsraum, an dessen einer Seite die Wände bereits eingestürzt sind, über einen kurzen Flur kommt man dann in mein Versteck. Den oberen Eingang zum Schacht habe ich mit Brettern und Steinen derart verbarrikadiert, daß niemand dahinter einen Gang vermuten würde, ich selbst aber kann mit einem Handgriff die Bretterplatte, die den Schacht verbirgt, beiseite nehmen und auch von innen wieder davorziehen, der ganze Akt kostet mich keine halbe Minute. Perfekt ist die Tarnung sicher nicht, aber in den Räumen des alten Sanatoriums steht so viel Gerümpel herum, daß es meiner Meinung nach absolut ausreicht. Es fällt nicht auf. Davon abgesehen, kommt kaum jemals ein Mensch hierher. Ich bin der einzige, der den Weg in den Keller kennt, das gibt mir die Sicherheit, die ein Versteck braucht.

Ich drücke meine Zigarette im Schädelknochen eines Schafs aus, der mir als Aschenbecher dient. Ich habe ihn Karl gestohlen, es war eins seiner Schafe, ein tollwütiger Fuchs hat es gerissen. Karl hat den Knochen ausgekocht, wollte ihn aufheben, und ich habe ihn irgendwann mitgehen lassen. Ich fand, er paßte viel besser in mein Versteck.

An der Wand neben mir habe ich Sachen gestapelt, die ich im Laufe der Zeit gefunden habe, draußen in den Dünen, am Meer oder an der Straße, man glaubt nicht, was die Leute überall liegenlassen und was das

Meer so alles anschwemmt. Drüben in den Felsen habe ich einiges Material aus dem Zweiten Weltkrieg gefunden, Granathülsen, Stahlteile und Holz von Versorgungskisten. Einer meiner größten Schätze ist ein Bajonett, das ich aus dem Sand gegraben habe, ein Prachtstück. Ich habe es geputzt und geschliffen, leider habe ich kein Gewehr, um es draufstecken zu können. An meinem Luftgewehr hält es nicht, und wie sieht das aus, wenn ein Bajonett mit Paketband an den Lauf geklebt ist.

Über mir hängt der Mantel, den meine Mutter an dem Tag trug, als ihr Freund in ihrem Bett verbrannte, sein Mantel, der in gewissem Sinne der Grund für seinen Tod war. Er hing eine Weile bei uns im Flur, und irgendwann habe ich ihn an mich genommen. Meine Mutter hat nie etwas dazu gesagt, ich weiß nicht einmal, ob sie den Mantel überhaupt vermißt hat. Mein Vater hätte so etwas garantiert bemerkt. Einmal habe ich ihm eine der Schutzbrillen gestohlen, die er im Labor trug, und er hat mich noch am selben Abend zur Rede gestellt. Er hat nicht einmal eine Sekunde daran gedacht, daß er die Brille verlegt haben könnte.

An der Wand gegenüber steht ein großes Regal, ein altes Eisengestell, das ich in einem der oberen Räume entdeckt habe. Das Ding zu verlegen und hier herunterzuschaffen, war eine Höllenarbeit, und ich hätte mich dabei mehr als einmal beinahe umgebracht. Ich habe mir die Hand verstaucht, mir gut ein Dutzend Prellungen zugezogen, und vor allem die schweren Seitenteile hätten mich fast den Hals gekostet, als ich mit ihnen durch den Schacht geklettert bin. Aber etwas Einrichtung braucht der Raum schließlich, und dieses Regal ist ein ganz besonderer Platz. Dort stehen in Kartons verpackt meine geheimen Schätze, meine Sammlung, ein

Karton neben dem anderen, zum größten Teil Schuhkartons, aber auch ein paar andere, alle ungefähr gleich groß, über vier Regalbretter verteilt, im ganzen siebzehn Stück. Jeder dieser Kartons trägt an der Vorderseite einen weißen Aufkleber, in der Art, wie man sie auf Akten klebt, ich habe einen ganzen Bogen vom Schreibtisch meines Vaters geklaut. Auf jedem Aufkleber steht ein Datum, eine kurze Beschreibung des Inhalts sowie das Stichwort, unter dem der Inhalt zusammengefaßt ist. Die Beschriftung habe ich auf der alten Schreibmaschine meines Vaters getippt, habe mich dazu, wenn er nicht im Haus war, in sein Arbeitszimmer geschlichen, weil ich wollte, daß meine Sammlung ordentlich aussieht. Denn ich hebe nicht irgendeinen Scheiß auf, das Ganze ist gut geordnet, und es steckt ein verzwicktes System dahinter. Aber das werde ich nicht verraten, nee, soweit lasse ich keinen in meine Karten gucken.

Die Wand hinter dem Regal habe ich mit Fotos beklebt, die ich aus Zeitschriften ausgeschnitten habe, alles mögliche, Fotos von Unfällen, Schauspielern, Fotos von Städten und Orten, verrücktes Zeug. Es ist die Welt, die den Hintergrund für meine Sammlung bildet, den Hintergrund, vor dem sich alles abspielt, und ich bin zufrieden mit dem Gesicht, das ich diesem Ort gegeben habe. Der Anblick der Kartons beruhigt mich auf eine Weise, die ich kaum beschreiben kann.

Mein linkes Bein ist eingeschlafen, und ich stehe auf und bewege den Fuß, um die Zirkulation wieder in Gang zu bringen. Dann gehe ich ans Regal und nehme einen der Kartons heraus. Einige der Stichworte sind Namen, doch ich stehe im Licht, so daß ich die Beschriftung nicht lesen kann, muß ich auch nicht, ich weiß, was auf jedem Karton steht, ich kenne die Reihenfolge. An dem, den ich aus dem Regal genommen habe, löst sich das weiße Schild an einer Ecke, ich werde es in Ordnung bringen müssen. Hier darf nichts verkommen. Ich kann nicht sagen, warum ich das ganze Zeug gesammelt habe, wirklich nicht, aber ich weiß, daß es etwas bedeutet, ich weiß, daß was hier liegt mehr ist als toter Krempel.

Ich hebe den Deckel ab und nehme die Stücke heraus, die sich, in einen Stoffetzen eingeschlagen, in dem Karton befinden: eine rote Brille, ein Büschel Haare, ein Haarband und eine Handvoll trockener Erde. Es ist Fränzis Karton. Ich streiche über ihre Haare, lasse die Erde durch meine Finger rieseln. Ich liebe es, meine Schätze anzusehen.

Fränzi ging mit mir in die erste Klasse, ich kannte sie ganz gut. Das Schuljahr war fast zu Ende, und sie machten sich schon Gedanken wegen mir, sie waren nicht zufrieden, suchten nach einer Lösung, damals fing der ganze Irrsinn an. Aber ich hatte andere Dinge im Kopf. Die Geschichte mit René lag bereits mehr als ein halbes Jahr zurück.

Es war ein Sonntag, früher Nachmittag und nicht viel Verkehr, wir gingen zusammen die Straße lang. Es war warm, sie hatte ein buntes Kleidchen an und machte Hüpfspielchen, was ein bißchen komisch aussah. Sie hatte etwas am rechten Fuß und trug deshalb einen von diesen Schuhen mit verdickter Sohle, ich glaube, sie konnte den Fuß nicht richtig abrollen, oder ihr rechtes Bein war zu kurz, ich weiß es nicht, jedenfalls sprang sie deswegen irgendwie schief, ich kann es nicht beschreiben, ich sage ja, es sah komisch aus, aber sie hatte Spaß daran. Ich lief durch das Weizenfeld neben der Straße, riß Ähren ab und warf sie durch die Luft. Irgendwann lief sie auch ins Feld, ich warf Ähren nach ihr, dann habe ich sie erwürgt, im Feld neben der Straße, ich dachte, sie stirbt nie. Sie wollte schreien, doch ich hatte die Hände an ihrem Hals, sie lief nur rot an, und ihr Speichel rann mir über die Finger. Als sie sich nicht mehr rührte, zog ich ihr die Sachen aus, Kleid, Schlüpfer, Söckchen und Schuhe, alles, ich ließ sie nackt liegen, mitten im Feld. Bevor ich fortlief, spielte ich noch ein bißchen an ihr herum. Ich weiß gar nicht, wie ich auf all das kam.

Zuerst fand man ihr Fahrrad, am Dorfausgang, wo sie es hatte liegenlassen, später ihre Leiche, und es gab ein großes Geschrei die ganze Küste hoch, eine Woche lang sprachen die Leute über nichts anderes. Sie war noch so jung. Mein Vater fand kurz darauf in meinem Zimmer ihre Sachen, die ich mitgenommen hatte, ich gebe zu, das war nicht sehr schlau, aber ich hatte mir nichts dabei gedacht. Ich sagte, ich hätte die Sachen gefunden, irgendwo an der Straße, und er ging damit zur Polizei. Alle glaubten mir, ich hatte noch keinen Ruf damals, nicht so wie heute, auch wenn sich der eine oder andere seine Gedanken gemacht haben wird. Aber sie suchten nach einem richtig Durchgeknallten, einem Perversen, etwas in der Art, sie war schließlich vollkommen nackt, als man sie fand, und mit einem Stock bearbeitet worden. Ich schaffte es, Brille und Haarband, die ich ihr weggenommen, und auch die Locke, die ich ihr abgeschnitten hatte, zu verstecken, später dann holte ich mir von der Stelle, wo ich sie getötet hatte, eine Handvoll Erde.

Als in dem Gebäude über mir etwas kracht, zucke ich zusammen. Ich habe eine Reihe von Plänen, wie ich reagieren kann, falls mich einmal jemand hier unten überraschen sollte. In dem Schacht habe ich oberhalb des Zugangs von der Küche ein Brett angebracht, auf dem eine ganze Ladung Steine und Betontrümmer liegt. An der Seite habe ich ein Seil befestigt, ich muß nur kräftig ziehen, um das Brett zum Kippen zu bringen und dem Eindringling, angenommen, jemand fände den Weg hier herunter, ein paar Zentner Schutt ins Genick donnern zu lassen. Eine wirksame Maßnahme, wie ich finde. Ich habe es einmal ausprobiert, und es schien mir vernichtend, ich hatte beinahe Angst, die Wucht der Ladung könnte den Schacht zum Einsturz bringen. Doch wahrscheinlich ist meine Vorsicht ohnehin übertrieben, denn wer sollte mich hier schon entdecken? Die Geräusche bedeuten nichts, unterm Dach hausen Vögel, und sicher haben sich noch andere Tiere in dem alten Gemäuer eingenistet. Wenn man längere Zeit hier sitzt und nur den Geräuschen lauscht, könnte man meinen, die Steine hätten ihr eigenes Leben. Ja, manchmal glaube ich, ich kann sie atmen hören, und ich bin sicher, daß sie es wissen, wenn ich hier sitze, ich fühle es.

Ich sehe mir zwei weitere Kartons an, jeder ist mit einer Kordel verschnürt, ich öffne sie vorsichtig, nehme nichts heraus, sehe nur hinein und lasse die Vergangenheit an mir vorüberziehen. Hier in meinem Versteck bin ich der Architekt eines kunstvollen Gebäudes aus Erinnerungen, jedes Ding hat seinen Platz. Hier ist nichts bedeutungslos.

Zwei der Kartons enthalten Zeitungsausschnitte, zum einen die Ausschnitte, die etwas mit mir zu tun haben, es sind nicht besonders viele, größer ist die andere Gruppe, Meldungen, die mich einfach vom Hokker gerissen haben. Es geschehen Sachen, die nicht zu glauben sind, man muß sie schwarz auf weiß haben, mir hilft das manchmal. Da gibt es Kinder, die ihre

Eltern angezündet haben, ein Mann, der seine Frau gegessen, eine Mutter, die ihren Säugling das Klo runtergespült hat, solche Sachen. Sachen, von denen man meint, das kann nicht sein, aber so was denkt sich auch keiner aus.

Im Berliner Zoo haben zwei Junkies eine Antilope gegessen. Ich habe Tränen gelacht, als ich den Artikel las. Eine Frau, die sich mit Benzin übergossen hatte und sich umbringen wollte, ließ sich von einem Polizisten überreden, am Leben zu bleiben, nur um sich daraufhin eine Zigarette anzuzünden. Ob der Bulle ihr noch Feuer gegeben hat? Oder ein Vater, der seine Tochter, die mit dem Gürtel in der Autotür hängengeblieben war, durch die halbe Stadt geschleift hat, ohne ihre Schreie zu hören. Unglaublich.

Es ist wirklich verrückt, man muß nur die Augen aufsperren, die ganze Welt ist verrückt, die Menschen rennen von hier nach da und holen nicht einmal Atem, sie sehen den Wahnsinn nicht. Sie laufen blind durch die Gegend, laufen blind vor ein Auto oder springen blind von einer Brücke, alle drehen sich im Kreis, da mache ich nicht mit, ich halte mich raus. Doch man kann die Augen nicht verschließen, ich muß es mir ansehen, denn jeder hat seinen Auftrag, dem er nicht entkommt. Manchmal glaube ich, meiner heißt Erinnerung, aber ich weiß, das ist nicht alles, so leicht ist es nicht, so leicht kann es nicht sein. Du mußt ein Leben lang danach suchen, das ist die Wahrheit, du mußt dir die Füße ablaufen, und am Ende bist du auch nicht schlauer, nur kaputt. Und vielleicht fühlst du dich besser.

Olivia kam von dem Reiterhof, der ein Stück weit vom Dorf in der Ebene liegt, ich kannte sie nicht, und ihren Namen habe ich erst später erfahren. Ich weiß noch, daß sie mir auffiel, weil sie ein David-Bowie-T-Shirt trug, mit Musik hatte ich es schon immer. Es war ein paar Tage nach meinem achten Geburtstag, ich hatte beim Reittraining zugesehen und lief ihr nach, als sie am Wald entlang nach Hause ging. Ich glaube, ich fand sie nett, deshalb bin ich ihr nach, aber sie hatte keine Lust, mit mir zu quatschen, sie wollte auch nicht mit mir spielen, und irgendwann lief sie davon. Ich kann so schnell nicht laufen, deshalb wurde ich sauer, ich hatte keine Lust, mich zum Affen zu machen, indem ich ihr hinterherhumpelte. Ich rief ihr Sachen nach, dann warf ich mit Steinen nach ihr, sie fing an zu heulen, lief langsamer, weil sie in Deckung gehen mußte, und ich blieb ihr auf den Fersen, ich fand es lustig. Die Steine machten plock, wenn ich sie traf, sie schrie, ich warf fester, na ja, dann traf sie einer am Kopf, und sie ging zu Boden. Fiel einfach um.

Als ich sie erreichte, war ich ziemlich sauer, ich hatte mir den Fuß gestoßen und war außer Atem, und ich schlug ihr einfach so noch ein paar Steine an den Kopf, bis sie sich nicht mehr regte und, glaube ich, tot war. Vorsichtshalber stopfte ich ihr den Mund voll Gras und Laub, zerrte sie in den Wald und versteckte sie hinter ein paar Büschen, nicht wirklich gut, das hätte ich besser machen sollen. Ich nahm ihr auch ein paar Klamotten weg und zog ihr die Hose runter, nur so zum Spaß und um mal zu gucken, sie war immerhin etwas älter als ich, dann deckte ich ein paar Äste über sie und machte mich davon. Sie hatte eine Plastiktüte dabei für ihre Sachen, die nahm ich mit und steckte das David-Bowie-T-Shirt hinein, außerdem Kappe und Peitsche, die sie zum Reiten dabeigehabt hatte, und ein Taschentuch, an dem ihr Blut klebte. Es gab ein bißchen Ärger um diese Geschichte, denn ein älteres Ehepaar hatte uns zusammen gesehen, als wir am Wald entlangliefen, und die Polizei kam und verhörte mich endlos. Schon nach dem Mord an dem ersten Mädchen hatte es ein großes Geschrei in den Zeitungen gegeben, jetzt war es noch schlimmer, sie suchten einen Irren, ein Monster, einen sexgeilen Mädchenschänder, dabei hatte ich mit Olivia nichts Besonderes angestellt. Ich hatte versucht, ihr das Unterhemd anzuzünden, aber geklappt hatte es nicht.

Es ist keine Frage, daß die Polizei jeder Spur nachgehen mußte, aber ich glaube nicht, daß sie mich ernsthaft im Verdacht hatten. Die Leute konnten mich nicht leiden, doch soweit, mir einen solchen Mord anzuhängen, waren sie noch nicht. Und damit eins gleich klar ist: Ich bin nicht der perverse Irre, das Sexmonster, das sie immer gesucht haben, das ist der größte Blödsinn überhaupt. Ich war gerade mal acht Jahre alt, Sex war für mich kein Thema, ist es auch heute nicht, ehrlich, das ist etwas, darüber kann ich mich nicht genug aufregen. Ich weiß nicht einmal, warum ich die Mädchen ausgezogen habe, es waren ja nicht alle, aber einige doch, und warum ich diese Sachen mit ihnen gemacht habe, die die Leute nach einem solchen Irren suchen ließen, ich habe mich selbst oft gefragt, Mann, woher hast du das alles, ich habe in diesem Alter nicht einmal viel vor dem Fernseher gesessen. Auf die meisten Sachen kommt man wahrscheinlich von selbst, wenn man sich einfach einmal in die Situation hineinversetzt, und vielleicht hat mir das Ganze ja sogar geholfen, indem es den Verdacht von mir ablenkte, aber eigentlich kann man diese Gedanken vergessen, ich habe es nicht aus solchen Gründen getan. Doch es ist mir wichtig, diese Geschichten klarzustellen, ich will nicht als Spinner gelten.

Als ich den letzten Karton zurück ins Regal gestellt habe, setze ich mich auf den Stuhl, den ich aus dem Labor meines Vaters geholt habe, bevor Karl nach seinem Tod die Räume verschloß. Neben dem Stuhl liegen ein paar Bücher, die ich immer einmal lesen wollte, ein Buch über Charles Whitman, der Kerouac, den Tommi mir geschenkt hat, und zwei oder drei andere, die meisten von ihm. Das einzige Buch, das ich wirklich gelesen habe, ist ein Kinderbuch über den Kampf um Troja, das hat mich gefesselt, sonst hatte ich es nie so richtig mit dem Lesen. Ich hatte immer Schwierigkeiten, mich auf die Buchstaben zu konzentrieren. Tommi hat mir schon tausend Bücher empfohlen, aber ich habe in keinem mehr als ein oder zwei Seiten geschafft.

Wenn ich so an die Zeit zurückdenke, die ich im Alter von sieben, acht Jahren durchlebt habe, dann kommt es mir oft vor, als hätte ich ein fremdes Leben vor mir, nicht mein eigenes, als würde ich in den Tagebüchern eines anderen herumstöbern, und nüchtern betrachtet war der Typ, um dessen Leben es geht, ziemlich kaputt. Im nachhinein muß ich sagen, daß es meist Zufälle waren, die mich zum Töten gebracht haben, immer waren es mehr oder weniger Unfälle, Verkettungen verschiedener Umstände, und genauso habe ich es damals auch gesehen. Eine Zeitlang habe ich es als eine Art Hobby betrachtet, lustig, nicht? An Hobbys kann man durchaus einmal das Interesse verlieren, ich spiele ja auch nicht mehr mit kleinen Figuren, zumindest selten. Wenn ich jetzt hier sitze und mit den Gedanken bei diesen alten Geschichten bin, liegt es an der Sache mit dem Mädchen, an der Leiche, die drüben im Wald liegt. Ich muß zugeben, etwas wie ein altes Feuer hat mich gepackt.

Ich habe mich schon gefragt, warum ich gestern so schnell dabei war, Tommi zu helfen. Auf meine Weise habe ich ihm wohl keine Wahl gelassen, aber ich habe auch keine andere Lösung gesehen. Dennoch, ich muß mir eingestehen, daß ich einen Reiz dabei verspürt habe, ein Gefühl, das ich von früher kenne und längst vergessen glaubte, und ich kann nicht sagen, ob wir nicht doch anders aus der Sache herausgekommen wären, ehrlicher. Und dieses Gefühl, irgendwie macht es mich unruhig, ich habe es oft genug gespürt. Doch eigentlich glaube ich nicht, daß es etwas zu bedeuten hat, denn ich bin nicht der Meinung, daß ich heute derselbe bin wie noch vor sechs oder sieben Jahren. Aber so ist das, die Vergangenheit holt einen ein.

Ich setze das Brett, das den Zugang zu meinem Versteck verbirgt, wieder an seine Stelle, klopfe mir den Staub von Hemd und Hose und suche mir einen Weg nach draußen. Die Küche, von der aus der Schacht in den Keller führt, liegt im hintersten Teil des rechten Seitenflügels, ich lasse mir Zeit. Ich mag es, durch die verlassenen Räume zu schlendern, ein verlassenes Haus hat immer eine ganz besondere Atmosphäre. Tommi und ich haben früher viel hier gespielt, wir haben eine Menge Sachen angestellt, und kein Verbot hat uns davon abhalten können. Ich glaube, jedem Jungen in unserem Alter wäre es so gegangen, ein verlassenes Haus ist einfach besser als jeder Spielplatz.

Einmal, das ist auch schon ein paar Jahre her, haben wir einem Jungen aus dem Dorf, der zwei oder drei Jahre älter war, sein Mofa geklaut, na ja, er hatte es am Strand stehen, und Tommi hat das Ding gestartet. Mit dem Mofa sind wir dann auf die Halbinsel gefahren und in das alte Sanatorium, haben die Kiste durch eine Terrassentür ins Haus geschafft und sind drinnen durch die Räume gejagt, zusammen auf dem Mofa, immer einer hintendrauf, wir paßten gut hintereinander, wir waren noch nicht so groß. Es waren ein paar starke Runden, und irgendwann sind wir in den ersten Stock, weil dort die Räume weitläufiger sind, es hat richtig Spaß gemacht, bis Emma kam. Sie war auf dem Weg zu meiner Mutter, am Anfang kam sie noch ab und zu bei uns vorbei, aus einem merkwürdigen Verantwortungsgefühl, weil sie doch früher für meinen Vater gearbeitet hatte und weil sie einfach sehen wollte, was bei uns vor sich ging, damit sie im Dorf etwas zu erzählen hatte, nehme ich an. Sonst hat keiner der Dorfbewohner je versucht, Kontakt zu meiner Mutter zu bekommen, und auch Emma hat keine hohe Meinung von ihr, das weiß ich hundertprozentig. Sie muß den Lärm aus dem alten Sanatorium gehört haben, jedenfalls stand sie plötzlich auf der Treppe, ich saß gerade am Lenker und schoß um eine Ecke, als ich sie sah, ich habe mich zu Tode erschrocken. Ich verlor die Kontrolle, das Mofa rutschte aus der Bahn, und wir flogen mit vollem Schwung über den Treppenabsatz. Tommi, der nichts sah, schrie nur plötzlich, Emma sprang zur Seite, und wir machten einen klassischen Sturz, zum Treppenfahren war das Ding nicht so gut geeignet. Emma, die bei ihrem Sprung zur Seite ebenfalls gestürzt war, brach sich ein Bein, Tommi zog sich mehrere Rippenprellungen zu, und das Mofa ging vollkommen in den Arsch. Ich kam mit ein paar Beulen davon.

Emma lief drei oder vier Wochen mit Gips herum, Tommi lag ein paar Tage im Bett, und meiner Ansicht nach hatten wir einen Riesenspaß gehabt. Das Mofa mußten wir ersetzen, und natürlich gab es auch eine Menge Ärger, aber das hat mich nie gekratzt. Es war die Zeit, als Tommi und ich fast jeden Nachmittag zusammenhingen, kurz bevor er aufs Internat kam.

Draußen umfängt mich die Hitze, wieder mal keine Wolke am Himmel, halt, ich will nicht lügen, am Horizont, so ungefähr über Dänemark, versteckt sich ein winziges Wolkenfädchen, kaum der Rede wert. Dennoch habe ich plötzlich das Gefühl, daß die Hitze eine andere ist als noch vor ein oder zwei Wochen, irgendwie schwerer, reifer, es ist, als trage sie in sich bereits die Ahnung vom Ende der heißen Tage, vom Ende des Sommers, aber vielleicht ist es auch nur Einbildung, weil ich weiß, daß die Ferien zu Ende gehen. Ich mache mir nie viel Gedanken um das Wetter, mal regnet es, mal scheint die Sonne, man hat keinen Einfluß darauf, wenn man an gewisse Dinge nicht glaubt, und es macht keinen Unterschied, beides kann schöne Augenblicke bedeuten.

Auf dem Weg zur Straße stehen auf einmal Karl und Dr. Wilhelm vor mir, Karl bückt sich gerade, um aus einem Gebüsch zwei leere Bierdosen zu fischen, die nur von Tommi und mir stammen können.

«Diesen Müll finden Sie im ganzen Wald», sagt er zu Dr. Wilhelm. «Es ist eine echte Schande.»

«Hallo», sage ich. Es ist mir ein bißchen unangenehm, den beiden hier zu begegnen. Dr. Wilhelm nickt mir freundlich zu, Karl, der mich noch nicht gesehen hat, fährt auf.

«Was machst du hier?»

«Nichts», sage ich. «Gar nichts.»

«Du weißt doch, daß du in dem alten Haus nichts verloren hast!»

Karl ist schlecht gelaunt, wie immer in letzter Zeit, aber es ist auch ungeschickt von mir, ihm hier über den Weg zu laufen.

«Und ihr?» frage ich. «Was wollt ihr hier draußen?»

«Herr Westphal zeigt mir die Räume des alten Sanatoriums und das Grundstück.» Dr. Wilhelm sieht mich an. «Vielleicht besteht ja einmal die Möglichkeit, die Arbeit im Institut wiederaufzunehmen. Das ist natürlich nur so eine Idee.»

Karl verzieht das Gesicht, macht keinen Hehl daraus, daß er von der Sache nichts hält.

«Außerdem», fährt Dr. Wilhelm fort, «interessiert mich die Umgebung, in der dein Vater gearbeitet hat.»

«Auch der Wald und so?»

«Alles.» Er lächelt. «Wieso?»

Ach du Scheiße, denke ich, was soll das denn jetzt.

«Er hat sich nie für die Gegend interessiert», sage ich.

«Verschwinde jetzt, du weißt genau, daß du in dem Gebäude nichts zu suchen hast.»

Karl spult dasselbe Band von vorne ab.

«Nun reg dich nicht auf», sage ich.

Dr. Wilhelm wendet sich an Karl.

«Von mir aus kann der Junge ruhig mitkommen. Ihn interessiert das Ganze vielleicht auch.»

«Blödsinn.» Karl schnaubt verächtlich.

«Vergiß es», sage ich.

«Ich will dich hier nicht noch einmal sehen, ist das klar?» Karl mustert mich scharf.

«Arschloch», sage ich, aber so leise, daß er tun kann, als habe er es nicht gehört. Ich will jetzt keinen Ärger mit Karl, ich will, daß sie schnell verschwinden.

«Weiter.» Karl setzt sich in Bewegung. «Zuerst sehn wir uns die Räume an, und wenn Sie wollen, kann ich Ihnen dann die Umgebung zeigen. Aber ich habe nicht ewig Zeit.»

«Ich weiß es zu schätzen, daß Sie mir behilflich sind.» Dr. Wilhelm zwinkert mir zu, die beiden können sich nicht ab, das ist offensichtlich.

«Eine Sekunde», sage ich, als er sich daranmacht, Karl zu folgen. «Was du da vorhin gesagt hast, ist das wahr? Ich meine, daß hier vielleicht irgend jemand die Arbeit wiederaufnehmen wird?»

Er bleibt stehen und runzelt die Stirn.

«Das ist nicht mehr als eine Idee und eigentlich nicht sehr wahrscheinlich. Aber wir müssen abwarten. Ich fände die Perspektive nicht so schlecht, obwohl das Gebäude natürlich ziemlich verfallen ist. Aber es ist ein schöner Ort für ein Institut.»

Ich sage nicht, was ich von der Idee halte, aber mir kommt bald mein karges Mittagessen hoch. Karl schnauft bloß.

«Kommen Sie», sagt er.

Die beiden verschwinden, und ich zögere einen Augenblick, sehe ihnen nach, Karl erklärt Dr. Wilhelm offensichtlich die Umgebung, denn er zeigt mit dem Arm im weiten Bogen über das Gelände. Einmal dreht er sich um, sieht nach mir, und ich winke ihm, affig, ich weiß. Innerlich verfluche ich diesen mißtrauischen Arsch.

Auf einmal kommt mir ein Gedanke, der mir gar nicht schmeckt: was, wenn sie sich auch den Wald ansehen? Ich weiß, die Chance, daß sie durch Zufall auf die Leiche stoßen, ist gering, aber was, wenn? Wer weiß, wie genau Karl unserem Gast die Gegend zeigen will, er hat ein Talent dafür, die falschen Dinge zu tun, und es würde mich kaum wundern, wenn er Dr. Wilhelm durch den Wald schleift, ja, und was, wenn er auf unsere Spuren stößt?

Ich spüre, wie mir kalt und heiß wird, und obwohl es natürlich Blödsinn ist, kann ich die plötzliche Furcht nicht abschütteln. Was soll's, sage ich mir, ich muß etwas unternehmen, sonst renne ich den ganzen Tag wie ein Bekloppter durch die Gegend. Ich vergewissere mich, daß die beiden im Sanatorium verschwunden sind, dann jage ich los, zwischen den Bäumen durch, ich weiß, was ich zu tun habe.

Auf den letzten Metern sprinte ich, ich glaube, ich sehe nicht recht, ein dreckiger Köter schnüffelt an der Leiche herum.

«Ksschhh!» mache ich und stürze wie ein wilder Eber auf die Stelle, an der sie liegt. Der Hund macht einen Satz von ihr weg, duckt sich und faucht mich an.

«Hau ab, du Scheißköter!» brülle ich. Ich trete nach ihm, er schnappt nach meinem Fuß. Na warte, denke ich. Ich bücke mich, hebe einen abgebrochenen Ast vom Boden und knalle ihn dem Mistvieh an den Kopf. Er jault, duckt sich zur Seite weg, als ich mich wieder bücke, flitzt er davon.

Ich muß erst mal verschnaufen. So eine Scheiße, was fällt dieser Mißgeburt ein, aber so nicht, mein Lieber, nicht mit mir. Ich gehe sicher, daß er wirklich weg ist, ehe ich mich ihr zuwende.

Sie liegt so, wie wir sie gestern zurückgelassen haben, ich habe nichts anderes erwartet, dennoch erschrecke ich. Sie sieht so kalt aus, so tot, viel lebloser noch als gestern, darauf bin ich nicht vorbereitet. Ich wünschte, wir hätten den Sack um sie gelassen, nicht nur wegen dem Hund. Ihre Jeans sieht am Knie etwas zerbissen aus, weißer Speichel hängt daran. So ein Mistköter, denke ich. Es ist keine Frage mehr, daß ich sie hier wegschaffen muß, wo ein Hund ist, sind am Ende sogar Spaziergänger in der Nähe. Doch wie soll ich sie hier wegbekommen? Schon mit Tommis Hilfe war es alles andere als leicht, allein scheint es mir fast unmöglich. Also lehne ich mich an einen Baum und warte auf eine Eingebung.

Ihr Gesicht ist unter einer dicken Kruste von eingetrocknetem Blut verborgen, es ist kaum zu erahnen, die Haare verklebt, Mund und Nase zerschlagen. Davon abgesehen wirken die Wunden jetzt, wo das Blut getrocknet ist, gar nicht so furchtbar wie gestern, als es frisch und rot aus ihr herausschoß. Ich kann mir kaum vorstellen, daß sie an den paar Kratzern gestorben ist, andere stecken so was weg, da bin ich sicher. Aber solche Gedanken helfen jetzt nicht weiter. Ich gehe in die Hocke und streiche über ihre Haut. Sie ist so kalt. Ein toter Körper ist ein merkwürdiger Anblick, ich kann verstehen, daß er Leute nachdenklich stimmt. Nichts an ihr erinnert daran, daß sie gestern noch geatmet hat, daß sie herumgelaufen ist, verdammt, denke ich, das ist keine vierundzwanzig Stunden her. Der Tod löscht alles gründlich.

Ich will ihr das Haar aus der Stirn streichen, aber alles ist verklebt. Wo ihr rechtes Auge sitzen müßte, klafft ein Krater, irgendwo, denke ich, muß der Bolzen stecken, aber ich kann mich nicht entschließen, nachzusehen.

Mann, denke ich, wie man einen Körper zurichten kann, ihr helfen keine Crèmes und Salben mehr. Mit Wasser und einem feuchten Lappen könnte man die Kruste wegwischen, aber ich werde nichts dergleichen tun, ich sollte sie mir überhaupt gar nicht so genau ansehen. Junge, was geht mir für ein Scheiß durch den Kopf. Ich richte mich auf, ich habe immer noch keine Ahnung, wie ich sie hier wegbekommen soll. Die Decke und der Müllsack liegen ein paar Meter weg, der Hund muß sie dahingeschafft haben. Vielleicht kann ich sie über den Boden schleifen, wenn ich ihr die Decke unterlege.

Ich versuche es, ich rolle sie zur Seite, breite die

Decke unter ihr aus, rolle sie zurück, dann packe ich sie an den Armen und schleppe sie hinter mir her, ich bin erstaunt, wie glatt es geht. Nach ein paar Metern verliere ich die Decke, sie bleibt an einer Wurzel hängen, ich ziehe sie einfach weiter, und es geht auch so. Wieder zerkratzen mir die dornigen Zweige die Haut, aber nur an den Armen, diesmal habe ich ein Hemd an.

Ich bin etwas außer Atem, als ich den kleinen Weg erreiche, der an dem alten Sanatorium vorbeiführt, ich muß erst einmal Luft schnappen. Ich summe die Melodie von Highway To Hell, dann gehe ich ein paar Schritte allein, die Lage auskundschaften. Karl und Dr. Wilhelm befinden sich offensichtlich noch in den Institutsräumen, ich muß mich beeilen. Ich weiß jetzt, wohin ich sie schaffen werde, es gibt keinen anderen Ort, der sicher genug wäre. Mein Versteck ist ideal.

Die kurze Strecke vom Waldrand bis in den Schutz der Mauer des rechten Gebäudetrakts kostet mich gut einen Liter Schweiß, ich blicke mich alle zwei Sekunden um, aber niemand sieht mich. Das letzte Stück des Weges ist weniger aufregend, dafür anstrengender. Ich stemme den leblosen Körper durch ein zerschlagenes Fenster ins Innere des Gebäudes, wobei ich sie erst aufrichte und dann an den Beinen fasse, sie ist ganz steif, ich muß mich richtig unter sie klemmen, um sie nach innen zu befördern. Sie wiegt mindestens eine Tonne, doch ich mobilisiere übermenschliche Kräfte, ich weiß auch nicht, woher. Als sie drin ist, zittere ich am ganzen Körper. Eine halbe Minute sitze ich vor Schmerzen gelähmt draußen vor dem Fenster, unfähig hinterherzuklettern, und als ich mich endlich über den Fensterrahmen schwinge, läuft mir Blut aus der Nase.

In der ehemaligen Küche entferne ich schnell die Bretterverkleidung, hinter der sich der alte Aufzugschacht verbirgt, zerre die Leiche bis vor die Öffnung und versuche sie hineinzuheben, aber meine Schulter streikt, da geht nichts mehr, also mache ich erst mal Pause.

Mir fallen die Klamotten ein, die ich in den Müllsack gestopft habe, ihre Jacke und mein blutverschmiertes T-Shirt, und ich denke mir, warum sollen sie da draußen liegenbleiben, warum soll ich mich nicht schon einmal um sie kümmern, auch wenn die Leiche noch in ihrem Versteck auf ihr endgültiges Schicksal wartet. Diese Arbeit kann ich Tommi schon einmal abnehmen, ich muß mich ohnehin um Müllsack und Decke kümmern. Und dann kommt mir der Gedanke, die Sachen zusammenzupacken und in einen neuen Karton zu stecken, ich habe nun einmal diese Angewohnheit, und die Idee läßt mich nicht los. Ich könnte ein Stück von dem Müllsack dazupacken, ich könnte ihr auch eine Haarsträhne abschneiden, das beste wäre natürlich der Bolzen, aber ich bezweifle, daß es mir gelingen wird, den aus ihrem Kopf zu befreien. Es ist lange her, daß ich den letzten Karton in meine Sammlung gefügt habe, jetzt begeistert mich der Gedanke, und beinahe vergesse ich die Leiche, laufe zurück in den Wald und packe alles zusammen. Zurück bei der Toten, wühle ich die Jacke und mein T-Shirt aus dem Müllsack hervor, das T-Shirt ist voller Blut und ganz steif, die Jacke hat nur ein paar kleine Flecken. Decke und Sack lege ich beiseite.

Als ich Geräusche vom Haupteingang höre, wird mir klar, daß ich mich beeilen muß, ich richte den leblosen Körper auf, stemme mich mit aller Kraft darunter und wuchte die Last in die Höhe. Ich kann jeden meiner Knochen krachen hören, ein Wirbel nach dem anderen knackt, scheint brechen zu wollen, dann habe ich sie auf der richtigen Höhe. Doch ich verliere das Gleichgewicht, die Leiche auf meinem Rücken zieht mich in die andere Richtung, und mit einem dumpfen Laut breche ich unter der Last zusammen. Aber ich habe keine Zeit zu jammern, ich glaube Schritte zu hören, also krabbele ich unter dem kalten Körper hervor, packe sie und schleppe sie bis an die Wand. Ich versuche es so zu machen wie eben am Fenster, ich stelle sie, so gut es geht, aufrecht, und da der Eingang des ehemaligen Transportaufzugs nicht viel höher liegt als ein Meter, muß ich sie nicht mehr viel anheben. Ich gehe ihr mit dem Kopf zwischen die Beine, nehme sie praktisch auf meine Schultern und wuchte sie hoch, dann lasse ich sie nach vorne fallen, und sie kippt vornüber in den Schacht. Mit einem hohlen Geräusch landet sie unten.

Ich bin mir sicher, daß in meinem Körper kein Knochen mehr heil ist, dennoch schaffe ich es, die Bretter wieder vor dem Eingang anzubringen. Jacke und T-Shirt schlage ich mitsamt dem Müllsack in die Decke, dann schleppe ich mich gebeugt wie ein alter Mann nach draußen, das Bündel unterm Arm.

«Was zum Teufel machst du schon wieder hier?» brüllt Karl aus einem der Fenster, als ich draußen vorbeilaufe, doch ich drehe mich gar nicht erst um. Es bringt nichts, sich mit Karl herumzuärgern. Mir ist klar, daß die Vorstellung, die ich geboten habe, nicht Erster Klasse war, aber den Umständen entsprechend habe ich mich gut geschlagen. Sicher, auch der Keller ist keine endgültige Lösung, aber darum können wir uns später kümmern. Ich bin froh, daß Tommi nicht hier ist.

Um noch etwas Vernünftiges zu tun, fahre ich am Nachmittag bei den Bullen vorbei, mit dem Fahrrad ist das ein ganz schönes Stück. Westerlindholm hat keine eigene Wache.

Ich habe nicht das erste Mal mit der hiesigen Polizei zu tun, und Wachtmeister Tilli, der für den Fall zuständig ist, kenne ich schon eine ganze Weile. Er ist ein kräftiger Typ, fett und aufgeschwemmt, mit weiten roten Adern im Gesicht, klar, daß er bei so einem Wetter Probleme hat. Er schwitzt wie ein Schwein, ich kann die Poren in seiner Haut auf eine Distanz von zwei Metern erkennen, über den Ohren kleben ihm die Haare am Kopf. Er tippt gerade irgend etwas in seine Schreibmaschine, und ich muß einen Augenblick warten, dann läßt er mich vor seinem Schreibtisch Platz nehmen.

Ich rede nicht lange herum, ich frage direkt, was Sache ist, was sie hören wollen. Tilli schildert mir die Tatsachen, wir sind gesehen worden, jemand hat Anzeige erstattet, es steht noch zu erwarten, daß die Betroffenen Schadensersatzforderungen stellen. Sie wollen meine Aussage, und ich sage, ich kann mich nicht erinnern. Ich will das mit Tommi erst noch einmal absprechen, aber ich glaube nicht, daß wir da rauskommen. Aus einem Nebenraum kommt ein Typ in Uniform, im Vorbeigehen winkt er Tilli kurz zu.

«Schönen Feierabend», ruft der dem anderen nach.

Ich frage ihn, ob es eine Chance gibt, daß das Ganze fallengelassen wird, und er schüttelt den Kopf, keine Chance. Habe ich mir gedacht. Ich will wissen, wie es jetzt weitergeht, und er erklärt mir den voraussichtlichen Ablauf, wir werden uns vor Gericht verantworten müssen, das übliche also, kenne ich schon. Ich frage ihn nicht, wie es mit meiner Bewährung aussieht, die Leute werden sich schon melden. Ein paar Beulen in einem halben Dutzend Autos, das ist nun wirklich nicht die Welt.

Als ich gehe, fragt Tilli mich ernsthaft, ob ich mir bei alldem überhaupt einen Gedanken gemacht hätte, ob ich ihm erklären könnte, was der ganze Scheiß denn sollte. Ich weiß nicht, was er von mir will. Natürlich habe ich keine Sekunde über irgendwas nachgedacht, darauf will er hinaus, aber das ist doch klar. Mein Gott, wir tun jeden Tag so viele Dinge, ohne einmal nachzudenken.

Ich biege gerade von der Landstraße auf die Halbinsel, als ich Chris entdecke. Sie läuft mit einem Typen, den ich nicht kenne, neben der Straße auf die Halbinsel hinaus, und sie muß mich gehört haben, denn sie dreht sich um und lächelt erfreut. Sie trägt eine Sonnenbrille, die sie jetzt abnimmt und auf ihren Kopf steckt. Ich halte an.

«Hi», sagt sie. «Wo kommst du denn her? Wir sind gerade auf dem Weg zu dir.»

«Ach», sage ich erstaunt. Ich sehe den Typen an, so ein Langweiler mit kurzen blonden Haaren, braungebrannt, garantiert wer weiß wie sportlich. Er nickt mir zu, das Gesicht habe ich noch nie gesehen, wahrscheinlich einer der Jungs aus dem Feriendorf, so sieht er jedenfalls aus. Wie diese Typen mich ankotzen.

«Das ist Timo», stellt Chris ihn vor. «Timo, das ist Moritz.»

Sie sieht mich an, irgendwas ist mit ihr, sie hat so glasige Augen. Auf der Nase, dort wo die Brille saß, hat sie zwei rote Abdrücke. Ich sehe, daß sie Farbe bekommen hat, sie ist richtig braun geworden, und auf ihren Schultern leuchtet ein leichter Sonnenbrand.

«Schön», sagt sie. «Da können wir uns ja den Weg sparen. Im Feriendorf findet nämlich gleich ein Volleyballturnier statt, und wir wollten dich fragen, ob du Lust hast mitzumachen. Wird bestimmt lustig.»

Ich überlege eine Sekunde, lasse den Typ dabei nicht

aus den Augen. Wollte sie tatsächlich diese Pfeife zu mir raus schleppen? Nicht zu fassen.

«Nee», sage ich dann. «Ich glaube, das ist nichts für mich.»

«Ach komm.» Sie legt den Kopf zur Seite und sieht mich aufmunternd an. «Du kannst ja auch einfach nur zuschauen.»

«Nee, wirklich nicht. Ich hab noch was zu tun.»

Das ist gelogen, aber ich habe echt keine Lust auf so ein Spektakel. Am Himmel zieht ein Flugzeug vorüber, Chris scheint einen Augenblick nachzudenken.

«Wenn du uns etwas zu trinken anbietest, können wir ja auch mit rauskommen zu dir und später an den Strand gehen, das dauert ohnehin noch 'ne Weile.»

«Klar», sage ich, ich weiß auch nicht, was in mich fährt. «Wenn ihr Zeit habt.»

«Was meinst du?» Sie sieht den Typen an, der wenig begeistert wirkt. Paß bloß auf, denke ich, sag jetzt nichts Falsches, Junge.

«Ich weiß nicht», sagt er. «Dann kommen wir garantiert zu spät, und ich will dabeisein, wenn die Mannschaften gewählt werden.»

Oh, denke ich, tatsächlich so ein Sport-Idiot. Ich wette, auf dem Volleyballfeld ist er ein toller Hecht.

«Ach was», sagt Chris. «Es ist Zeit genug.»

«Du kannst ja gehen», sagt er. «Ich will pünktlich sein.»

«Ja», sage ich. «Hau nur ab.»

Er wirft mir einen verwirrten Blick zu, vielleicht versteht er mich nicht, vielleicht ist er einfach ein bißchen blöde.

«Wir sehen uns dann später», sagt er und zischt ab.

«Na denn los», sagt Chris, kaum daß der Typ weg ist. «Ich bin gespannt, wie's bei dir aussieht.»

Ich runzle die Stirn, irgendwie wirkt sie komisch, als hätte sie was geschluckt. Sie stützt sich auf meinen Lenker und sieht mich an.

«Na komm», sagt sie. «Was ist los?»

«Nichts.» Ich frage mich schon, wie ich sie am besten wieder loswerde, das heißt, ich weiß gar nicht, ob ich sie wirklich loswerden will. Ich hoffe nur, Annie ist nicht zu Hause. Chris legt eine Hand auf meine Schulter.

«Nimmst du mich hinten drauf?»

Wir warten an der Landstraße auf Ingo. Ich habe Tommi abgeholt, doch er hat mich schon an der Tür abgefangen. Karl ist noch immer in katastrophaler Laune, deshalb stehen wir hier an der Bushaltestelle, bei Tommi zu Hause ist richtig der Teufel los. Uns kratzt das nicht. Die Luft ist angenehm warm, die Sonne steht tief und läßt die Weizenfelder schimmern, als wären sie aus Gold. Ein toller Abend.

Die Bushaltestelle besteht aus dem typischen Unterstand mit einer Bank, ich glaube, überall auf der Welt sehen diese Teile gleich aus. An der Rückwand hängt normalerweise der Fahrplan, aber die Kästen sind leer, irgendwelche Idioten reißen die Pläne immer wieder raus. Die Wand ist von Schmierereien übersät, dumme Sprüche, Figuren, mittendrin ein Aufkleber von Bluna. Die Jungs aus dem Dorf treffen sich hier ab und zu, ich nehme an, sie haben sich den Ort so hergerichtet, daß sie sich dort wohl fühlen. Das sind die letzten Penner, ehrlich. Der Mülleimer neben der Haltestelle ist vor ein paar Wochen ausgebrannt, das verschmorte Plastik ist auf dem Boden zusammengeflossen, hat eine alte Cola-Dose eingeschlossen und eine bizarre Skulptur gebildet. Eine Schlange, die gerade ein Kind verschlingt. Oder was anderes.

Chris ist am Nachmittag mit zu mir gekommen und ungefähr eine Stunde geblieben, wir haben gequatscht, eigentlich ganz nett, obwohl sie tatsächlich high war, sie hat's zugegeben. Sie hat eine Menge Mist erzählt. Als sie ging, war ich dementsprechend kaputt, ich bin so was nicht gewöhnt, und ich mußte mich erst mal entspannen, um wieder einigermaßen auf die Beine zu kommen. Also habe ich mich aufs Bett geknallt und Musik gehört, die neueste Accept, eine von den CDs, die Tommi mir geliehen hat. Jetzt ist mein Kopf freier und leichter als am Nachmittag.

Der Bus kommt, und als der Fahrer uns sieht, bremst er ab, aber Tommi winkt ihm, daß er weiterfahren kann. Aussteigen will keiner, es sitzen kaum eine Handvoll Leute drinnen. Es ist schon ein älteres Modell, auf unserer Strecke fahren fast nur diese alten Gurken, als er durchstartet, kommen dunkle Wolken aus dem Auspuff. Abgase hüllen uns ein, und Tommi schüttelt sich.

«Ekelhaft», sagt er. «Daß sie diese alten Kästen nicht längst aus dem Verkehr gezogen haben.»

Ich sehe auf die Uhr, es ist halb neun, wir stehen hier schon fast eine halbe Stunde. «Viertel nach acht hatte er gesagt, oder?»

Tommi zuckt die Achseln. Er trägt ein Ärzte-T-Shirt mit Tourdaten auf dem Rücken, ich habe ein weites Hemd an, Jeans, die Haare habe ich zurückgekämmt. Ein Auto wird sichtbar, ein dunkler Golf, Tommi kneift die Augen zusammen, dann nickt er. «Das ist er.»

Ich spucke den Kaugummi, an dem ich herumlutsche, seit wir hier warten, auf die Straße.

Die ganze Fahrt über bange ich um mein Leben, der Typ fährt wie die letzte Sau. Für ihn ist es anscheinend vollkommen in Ordnung, mit hundertsechzig über die

Landstraße zu jagen, dabei hat die Straße eine Menge Kurven, da ist so ein Höllentempo lebensgefährlich. Ich versuche, nicht auf den Tacho zu sehen. Tommi scheint mit dem Tempo kein Problem zu haben, also sage ich auch nichts, ich will kein Idiot sein, manchmal muß man über seinen Schatten springen. Außerdem ist die Musik in Ordnung, eine alte Judas Priest, und ich denke, was soll's, und sage ihm, er soll lauter machen. Ich gehe nicht soweit, mich anzuschnallen, behaupte mir niemand, ich hinge am Leben.

Das «Pawlow» ist ein Schuppen direkt an der B 199. Früher war es ein Autohaus, vor dem Laden ein Riesenparkplatz, ein Stück weiter eine Metallverarbeitungsfirma, ansonsten weit und breit nichts. Am Wochenende wird es immer rappelvoll, heute ist Dienstag und noch nicht so viel los, aber wir sind auch zu früh, das habe ich gleich gesagt, kein Mensch kommt schon um neun hierher.

Wir gehen durch den Vorraum, an den Spielgeräten vorbei, in die große Halle mit der Tanzfläche. Der Raum ist vielleicht doppelt so lang wie breit, jedenfalls ziemlich groß und bestimmt fünf Meter hoch. Am einen Ende sitzt in einem großen gläsernen Kasten der DJ, gut einen Meter über den Köpfen der Leute und mit Blick über den ganzen Raum, früher waren dort die Büros. Im vorderen Teil des Raumes steht eine Bar in Form eines großen Halbkreises, drum herum kleine Tische, an denen man sitzen und die Tanzenden beobachten kann. Wir holen uns etwas zu trinken und setzen uns an einen Tisch in der vordersten Reihe.

Ingo ist schlechter Laune, die Türsteher haben uns gefilzt und eine Gasknarre bei ihm gefunden, die er nicht mit reinnehmen durfte. Ich kann nicht verstehen, daß ihn das wundert, er ist wirklich ein komplettes

Arschloch. Einen Augenblick dachte ich schon, dieser Idiot wolle sich mit den Jungs am Eingang anlegen, aber so dumm war er dann doch nicht, denn das sind Kolosse von mindestens zwei Meter und garantiert hundertzwanzig Kilo Kampfgewicht. Die hätten ihn in der Luft zerrissen. Ich bin froh, daß sie uns überhaupt reingelassen haben, ich sehe nicht gerade aus wie achtzehn, Tommi schon eher.

«Ziemlich tot der Laden, was?» sagt Ingo, der seine miese Laune in jede Richtung rotzen muß.

«Wenn's dir nicht gefällt, fahr doch nach Hause», sage ich. Er glotzt mich groß an, es tut mir leid, aber ich kann den Typ einfach nicht ab. Da ich keine Lust habe, mir vom Gejammer dieses Penners den Abend versauen zu lassen, stehe ich auf und schaue ein bißchen rum.

Ich treffe einen Typen, den ich von ein paar Abenden in einem anderen Schuppen kenne, wir quatschen kurz, dann haut er ab, er fährt noch woanders hin. Als ich nach einer Weile in den großen Raum zurückkomme, hat sich die Tanzfläche bereits gefüllt. Tommi steht an der Bar, allein.

«Wo ist dein Freund?» frage ich.

Er weist mit dem Kopf zur Tanzfläche, und ich kann Ingo in dem Häuflein Tanzender ausmachen. Es läuft irgendein alter Song, der sich schwer nach Pink Floyd anhört, für mich ist das Musik für Leute ohne Eier.

«Bier?» frage ich. Tommi zuckt mit den Schultern.

Ich winke dem Typ, der das Bier zapft, einem dicklichen Lockenkopf im Muskelshirt. «Zwei Bier, okay?»

«Mensch, Junge», sagt er. «Was heißt denn hier Bier? Ich habe fünf Zapfhähne, aus denen fünf verschiedene Sorten vom feinsten Gerstensaft kommen, da mußt du mir schon sagen, was du willst.»

«Gib mir einfach zwei Flaschen», sage ich. So Typen wie der kosten mich den letzten Nerv.

«Die Bullen suchen nach ihr», sagt Tommi, als ich ihm seine Flasche reiche. «Haste schon gehört?»

«Nee», sage ich und trinke schnell einen Schluck. Dann zünde ich mir eine Kippe an. Mir fällt ein, daß ich ihm sagen muß, daß ich sie in ein anderes Versteck gebracht habe.

«Die Polizei geht davon aus, daß sie einfach ein paar Tage abgehauen ist.»

Ich lehne mich mit dem Rücken gegen die Bar und sehe voller Verwunderung, daß meine Flasche schon fast wieder leer ist. Das geht so schnell, ich kriege es kaum mit, und ich muß ein bißchen aufpassen. Ich kann nicht leugnen, daß der Alkohol mir in Null Komma nichts das Gehirn weichkocht, und der Boden scheint mir schon nicht mehr so sicher.

«Du hast ja 'n Zug drauf», sagt Tommi.

«Ich muß dir was sagen», setze ich an, als Ingo von der Tanzfläche rüberkommt.

«Haste mal 'ne Kippe?» fragt er Tommi, der kramt seine Packung hervor. Ich zucke mit den Schultern und vergesse, was ich sagen wollte.

Je später es wird, desto besser die Musik, das ist in den meisten Schuppen so, das «Pawlow» bildet keine Ausnahme. Ich halte mich eine Weile vom Alkohol fern, sehe den Leuten zu und stürze mich selbst auf die Tanzfläche. Die Musik hat ungefähr die Lautstärke eines startenden Düsenjets, die Boxen sind ungelogen so groß wie in anderen Kneipen die Toiletten, die Bässe quirlen einem den Magen um. Nach drei, vier guten Songs bin ich naßgeschwitzt und blind von den Lichtern.

An der Bar entdecke ich einen Typen, der mir bekannt vorkommt, und da ich in guter Stimmung bin, hocke ich mich neben ihn. Der Blick, den er mir zuwirft, sieht aus, als wolle er mich fressen, das finde ich direkt riesig, und plötzlich fällt mir ein, woher ich ihn kenne. Er ist der Bruder von Olivia, der Kleinen, der ich im Wald den Schädel eingeschlagen habe.

«Mach, daß du wegkommst», zischt er.

«Hey Mann», sage ich. «Was is'n los? Wir können doch ruhig mal einen zusammen trinken, oder denkst du immer noch an diesen alten Scheiß?»

Ich bestelle zwei Bier, und der Typ sieht mich immer noch an, als wolle er mir ein Messer in die Kehle rammen. Ich bin aufgedreht, aber ganz wohl ist mir nicht.

«Hey, starr mich nicht so an. Da kann einem ja angst und bange werden.»

«Ich hätte dir schon damals den Hals umdrehen sollen», sagt er tonlos.

«Für so was ist es nie zu spät», sage ich.

Das Bier kommt, zwei Gläser, ich proste ihm zu. Ich habe nicht vor, ihm das hier leichtzumachen.

«Laß uns die Vergangenheit vergessen», sage ich.

«Hau ab, oder ich bring dich um.»

Diesmal muß ich lachen.

«Nur zu, Mann.» Ich nehme einen Schluck. «Trau dich.»

Er steht mit einem Ruck auf und wirft sein Glas um, das Bier läuft mir über die Hose. Er hat Tränen in den Augen. Ich will etwas Versöhnliches sagen, ich bin ja kein Schwein, nur etwas betrunken, da dreht er sich um und verschwindet.

«Blöder Wichser», brülle ich ihm hinterher, ein paar Typen drehen sich um.

«Ist doch wahr», sage ich. Meine Hose ist pitschnaß,

außerdem paßt es mir nicht, wie dieser Arsch mich behandelt, wie er so sicher sein kann, daß ich es war, der seiner Schwester den süßen Schädel eingeschlagen hat. Die Bullen haben mich nie offen beschuldigt. Aber ich erinnere mich, er hat es schon damals geschafft, daß ich mich zeitweise richtig beschissen fühlte.

Ich stürze noch ein Bier herunter, weil mir nichts anderes einfällt, dann wanke ich an den Tisch, an dem Tommi inzwischen mit ein paar Freunden sitzt. Ich bin ziemlich blau, aber ich weiß, das Schlimmste kommt erst noch.

Einer der Typen am Tisch dreht sich wütend um, als ich ihm gegen den Stuhl trete, es ist nicht einmal Absicht.

«Mann, krieg dich ein», sage ich. Es ist kein Stuhl mehr frei, und ich kann kaum stehen, ohne umzufallen. Tommi dreht sich zu mir.

«Wollen wir 'ne Runde flippern?» fragt er. Dafür bin ich sofort zu haben, im Flippern bin ich König, es gibt kein Gerät, das ich nicht nach einer halben Stunde beherrsche, irgendwie ist mir das gegeben, ich kann nicht einmal sagen, wie es kommt. Nur heute bin ich nicht in Form, das merke ich schnell, ich bin schon zu betrunken, aber für eine Reihe Freispiele reicht es allemal, sie haben einen neuen Flipper, der gar nicht schlecht ist. Ich werde ein andermal wiederkommen müssen.

«Hör mal», sagt Tommi, er ist gerade am Spiel. «Dieser Kerl aus der Stadt, Wilhelm oder wie er heißt, der sieht doch die ganzen Papiere deines Vaters durch, ich meine alles, was er im Institut findet, oder?»

«Ich denke ja, wieso?»

«Könnte es nicht sein, daß er dabei irgend etwas findet, irgendwelche alten Papiere, die Informationen über deine Eltern enthalten, deine wirklichen Eltern meine ich?» Er sieht nicht auf, und ich überlege, was ich sagen soll.

«Wie kommst du darauf?» frage ich.

«Nur so. Es muß doch irgendwelche Unterlagen gegeben haben, vielleicht hat dein Vater alles nur gut versteckt. Der Typ könnte es finden.»

«Und wenn schon», sage ich. «Das ist alter Kram, interessiert mich nicht.»

Tommi schüttelt den Kopf. «Ich versteh dich nicht.»

Er verliert eine Kugel, jagt die nächste ins Spiel, er sagt nichts mehr. Ich wundere mich nicht, daß er sich solche Gedanken macht, das ist zwischen uns ein altes Thema, für ihn mehr als für mich, wir haben schon früher darüber gesprochen und waren nie einer Meinung. Er kapiert nicht, daß mich meine Eltern nicht interessieren, daß ich im Gegenteil zufrieden bin, so wie es ist, ohne jedes Wissen, das einen doch nur belastet. Er wollte mich schon immer dazu bringen, etwas über meine Herkunft herauszubekommen, mir Gedanken zu machen, als verberge sich irgendein Geheimnis dahinter, das zu entdecken sich lohnen könnte. Wir kennen uns lange genug, inzwischen sollte er wissen, daß ich da nicht mitmache.

Später stehen wir am Rand der Tanzfläche, als auf einmal Bewegung in den Laden kommt. Ich seh nicht genau, wie es losgeht, aber plötzlich fliegt ein Typ mitten in die Menge der Tanzenden, ein anderer, ein dicker mit zotteligen Haaren und Schnauzbart, wirft sich auf ihn. Sofort sind ein paar Jungs dabei, irgendwer reißt den Dicken hoch und haut ihm einen auf die Nase. Der andere, der mitten auf der Tanzfläche gelandet ist, ein kleiner mit streichholzkurzen Haaren und einem

Ring im Ohr, rappelt sich auf und tritt einem von denen, die dazwischengegangen sind, seinen Stiefel vor die Brust. Eine Handvoll Leute reißt es von den Beinen.

Als zwei der Jungs, die in dem Laden arbeiten, sich einen Weg durch die Leute bahnen, trete ich ein paar Schritte zurück, das sind üble Typen, denen sollte man nicht in die Finger geraten, also sehe ich zu, daß ich Abstand halte. Die Musik hat aufgehört, der Dicke schlägt inzwischen blind um sich, einer hat ihn von hinten gepackt, Fäuste fliegen, ein oder zwei Leute gehen zu Boden. Ich werde zur Seite gedrängt und kann nichts mehr sehen.

Ebenso schnell, wie es angefangen hat, ist es dann plötzlich vorbei, die Jungs gehen auseinander, zwei zerren den Dicken zum Ausgang. Vor mir stößt einer der Türsteher wütend die Leute beiseite und starrt suchend auf den Boden.

«Verpift euch, ihr Wichfer», brüllt er, dann bückt er sich und hebt etwas auf, ich kann es nicht glauben, es ist ein Gebiß.

«Fo ein Mift», flucht er, die Zähne sind in der Mitte auseinandergebrochen. Neben mir schüttelt sich einer vor Lachen.

«O Mann», sagt sein Kumpel. «Was ist das denn?»

«Ach, halt doch den Mund», schimpft der erste. «Hafte 'ne Ahnung, waf die koften?»

Die Musik setzt wieder ein, aus den Boxen kommen die ersten Takte von «Don't Cry», und ich winsele vor Vergnügen. Der DJ hat Humor. Ich will auf die Tanzfläche, doch plötzlich beginnt der Raum sich um mich zu drehen, und ich bleibe stehen und halte mich an einem der Tische fest. Jetzt heißt's aufpassen, ich will nicht zwischen die Leute kotzen. Ich muß ohnehin pissen, also erst mal raus aus dem Gedränge und ab in Richtung Klo.

Auf der Toilette lasse ich mir kaltes Wasser übers Gesicht laufen, mir ist schwindelig. Ich will mich festhalten, doch das Waschbecken schwankt, und der Wasserhahn bewegt sich. Ich merke, wie mir schlecht wird. Als ich mich aufrichte und in den Spiegel sehen will, fühle ich ein Kribbeln im Nacken. Komm schon, denke ich. Ich drehe mich um und mache mir die Hose auf, peile die Pissoirs an, doch ich schaffe gerade mal einen Schritt, da wird mir schwarz vor Augen. Die Wand fliegt an mir vorbei, ich höre einen dumpfen Aufschlag, das muß mein Kopf sein. Ich fühle nichts.

Als Tommi mich findet, liege ich unterm Waschbecken.

«Scheiße, was ist denn mit dir passiert?»

Er versucht mich hochzuziehen, ich rutsche weg und schlage mit der Stirn gegen ein Abflußrohr.

«Bin ausgerutscht», sage ich und versuche zu lächeln. Ich kann meinen Kopf kaum halten, verdammt, was ist der so schwer? Tommi blickt mir auf die Hose, und ich fühle auf einmal, wie naß alles ist. Lieber Gott, denke ich, laß mich sterben, hier und jetzt, laß mich diese Schmach nicht erleben. Ich habe mich selbst bepißt, so was Peinliches ist mir noch nie passiert.

«Laß uns hier verschwinden», sagt er.

«Ja», sage ich. Meine Zunge ist dick wie eine Pampelmuse und völlig empfindungslos. Muß draufgebissen haben.

«Meinste es geht, oder brauchste 'n Arzt?»

«Quatsch», sage ich. «Das geht schon. Nur tu mir einen Gefallen. Mir hängt noch was aus der Hose, ich schaff das nicht.»

Tommi nickt und beißt die Zähne zusammen, dann

fummelt er, ohne hinzusehen, mein Ding in die Hose und zieht den Reißverschluß zu.

«Danke», murmele ich. «Du bist ein Schatz.»

Auf der Rückfahrt hört Ingo nicht eine Sekunde auf zu fluchen.

«Weißt du, daß du stinkst wie'n Sack Scheiße», sagt er über die Schulter nach hinten. «Und kotz mir bloß nicht ins Auto.»

Ich hänge auf der Rückbank wie ein schlaffer Sack.

«Halt doch mal für 'ne Minute die Klappe», sagt Tommi.

«Muß der sich denn so zusaufen, daß er umkippt?» Ingo trommelt aufs Lenkrad. «Mann, ist doch wahr.»

Noch ein Wort, und ich raste aus, ehrlich, ich kotze ihm ins Genick. Er geht mir vielleicht auf den Sack mit seinem Gejammer. Doch er hält den Mund und dreht die Musik lauter. Tommi sieht mich an, ich kann nicht sagen, was er denkt.

«Ich muß tanken», sagt Ingo nach einer Weile. Eine Esso ist in Sicht, er fährt raus, die letzte Viertelstunde hat keiner von uns viel gesagt.

Ingo steigt aus, und ich bemerke, daß mir der Magen knurrt.

«Ich brauche was zu essen», sage ich und quäle mich aus dem Sitz.

Der Mann hinter der Kasse beäugt mich mißtrauisch, während ich suchend zwischen den Regalen herumschleiche. Die Tankstelle ist ausgerüstet wie ein Supermarkt, als ich sehe, daß sie auch warme Sachen haben, gehe ich zur Kasse. Auf einer großen Tafel sind die Gerichte abgebildet.

«'n Cheeseburger», sage ich.

Der Typ holt einen Beutel aus der Tiefkühltruhe, stellt ihn in die Mikrowelle, da habe ich schon keinen Hunger mehr. Ingo ist fertig mit Tanken. Ich gehe zu einem der großen Kühlschränke, hole mir eine Dose Cola und mache sie auf.

«Was soll das?» ruft der Typ hinter der Kasse.

«Ich hole mir nur was zu trinken», sage ich. «Keine Angst, ich klaue schon nichts.»

Ingo kommt herein, bezahlt, die Mikrowelle piept, und der Mann holt den Beutel, der jetzt aufgebläht ist, heraus und stellt ihn vor mir auf die Theke. Es riecht nach Fleisch und Plastik.

«Der Cheeseburger», sagt er.

Ingo sieht mich an. «Wir wollen weiter.»

«Ich hab's mir überlegt», sage ich zu dem Mann hinter der Kasse. «Ich will doch keinen.»

Er stützt sich drohend auf die Verkaufstheke. «So geht das aber nicht. Bestellt ist bestellt, und die Cola bezahlst du auch. Sofort.»

«Mann, ist doch kein Problem», sage ich. Ich bezahle, dann gehe ich, den Cheeseburger lasse ich liegen.

«Paß doch auf!»

Ich laufe in einen Typ hinein, der gerade in den Laden kommt, er stößt mich weg. Ich sehe sofort, daß er ein Arschloch ist, vielleicht vierzig, Anzug und Krawatte.

«Kannst du nicht gucken, wo du hinläufst?»

«Mann, halt die Klappe», sage ich.

«Das hat ja noch gefehlt», tönt er und baut sich vor mir auf. Ich drehe mich um, ich stehe direkt vor dem Regal mit den Bierflaschen, da muß ich nicht lange überlegen. Ich packe mir eine Flasche, der Typ macht gerade den Mund auf, und ich haue ihm die Flasche über den Schädel. Er macht einen Schritt rückwärts und geht in die Knie. «Jetzt reicht's aber», ruft der Tankwart von hinter der Kasse, er hat plötzlich einen Baseballschläger in der Hand. Nichts für ungut, denke ich und sehe zu, daß ich wegkomme.

Wir sind kaum zwei Minuten auf der Straße, als Ingo in den Rückspiegel sieht und flucht.

«Was ist?» fragt Tommi.

«Die Bullen», sagt er.

Ich drehe mich um und sehe die rote Schrift, die auf dem Dach des Streifenwagens leuchtet: STOP POLIZEI.

«Scheiße», sagt Tommi.

Ingo stoppt den Wagen. «Keine Sorge. Die Papiere sind okay.»

Ich sage nichts.

Ein junger Bulle mit Schnurrbart kommt zur Fahrertür und schaut herein, Ingo kurbelt das Fenster herunter.

«Führerschein und Fahrzeugpapiere», flötet der Bulle.

Ingo fummelt sein Portemonnaie hervor. «Ist irgend etwas?» fragt er.

«Allgemeine Verkehrskontrolle. Die Papiere, bitte.»

Er nimmt die Papiere und geht damit zum Streifenwagen zurück. Ich denke, diesen Scheiß tust du dir nicht an. Wir sind nicht mehr weit vom Feriendorf, ich mache die Tür auf und steige aus.

«Hey, was soll das?» Tommi dreht sich um, ich werfe die Tür zu und bin weg.

Es ist so, ich für meinen Teil habe genug Streß mit den Bullen, ich brauche nicht noch mehr davon, und ich weiß nicht, wie geschickt Ingo im Umgang mit diesen Pennern ist. Außerdem ist auch die Vorstellung, daß der Mann aus der Tankstelle uns die Bullen auf den

Hals gehetzt hat, nicht ganz abwegig, vielleicht hat er das mit der Flasche krummgenommen, ich will es gar nicht wissen. Nein, ich habe absolut keine Lust, die Nacht auf irgend'ner Wache zu verbringen, auch davon habe ich die Nase voll, verdammt, soll dieser Wichser sehen, wie er da rauskommt. Wegen Tommi tut es mir natürlich leid, Scheiße, aber was soll ich machen.

Beim Laufen merke ich, daß ich immer noch total betrunken bin, ich kann nicht stehenbleiben, sonst lege ich mich hin und werde nicht mehr aufstehen, das weiß ich. Ich laufe über die Felder, ich hoffe, ich finde den Weg, aber es ist eigentlich nicht schwer, ich muß nur der Straße folgen.

Als ich mich nach einer Weile umdrehe, sind die Scheinwerfer der Autos nur noch ferne Lichtpunkte. Es ist eine Sauerei, ich weiß es, und ehrlich, ich bedaure es, ich fühle mich ziemlich mies. Ich bin nicht gerne ein Arschloch.

7

Ich stehe unter der Dusche, als das Telefon klingelt. Ich bin schlecht gelaunt, weil ich zu lange geschlafen habe, jetzt frage ich mich, warum meine Mutter nicht drangeht. Sie scheint nicht im Haus zu sein, keine Ahnung, wo sie ist, ich habe sie nicht weggehen hören, aber gesehen habe ich sie auch nicht, seit ich aus dem Bett gekrochen bin, weder sie noch Wilhelm. Wütend stelle ich das Wasser ab, vielleicht ist es ja für mich, doch ich habe kaum ein Bein aus der Dusche gesetzt, als der Scheißapparat verstummt.

Schön, hätte mich ja auch gewundert, immerhin kann ich so in Ruhe zu Ende duschen. Ich drehe den Hahn wieder auf und brülle im nächsten Moment los, denn das Wasser, das mir auf den Rücken prasselt, ist kochend heiß. Zitternd halte ich den Duschkopf von mir weg, bis sich die Temperatur gemäßigt hat, und verfluche dieses Haus. Solche Sachen passieren ständig, mal bekommt man das Wasser nicht warm, dann ist es plötzlich kochend heiß.

Mir ist kalt, als ich aus der Dusche steige, ich schnappe mir ein Handtuch und rubbele mich ab. Immerhin fühle ich mich schon etwas besser, so eine Dusche kann Wunder wirken. Nach dem Aufstehen war ich völlig zerschlagen.

Ich bin gerade dabei, die Haare zu trocknen, als das Telefon erneut läutet, und diesmal bin ich schneller. Ich schlinge mir das Handtuch um und laufe auf den Flur, aber die Fliesen sind glatt, ich rutsche aus und lande beinahe auf der Nase. Irgendwie schaffe ich es, mich zu fangen, verliere das Handtuch, aber was soll's, es ist ja doch keiner im Haus.

«Ja bitte?» sage ich, als ich den Hörer endlich in der Hand habe.

Am anderen Ende herrscht Stille. Als das Freizeichen ertönt, knalle ich den Hörer auf die Gabel.

Ich friere immer noch, trotzdem gehe ich kurz in die Küche, um zu sehen, ob das Auto weg ist, ich will wissen, ob sie in die Stadt gefahren sind. Der alte Nissan steht vor der Tür, aber das heißt nichts, Wilhelms roter Volvo ist fort. Wahrscheinlich sind sie zusammen unterwegs.

Ich will gerade zurück ins Bad, als ich durchs Fenster einen Hund sehe, der sich an unserem Zaun zu schaffen macht, er scheint da irgendwas zu haben, ich kann nicht erkennen was, aber er scharrt am Boden herum und kläfft alle paar Sekunden. Wenn ich etwas nicht leiden kann, dann streunende Hunde, vor allem nicht hier draußen, die sollen bloß von hier wegbleiben mit ihren gierigen Schnauzen, am Ende ist es sogar derselbe, der gestern an der Leiche war. Ohne groß nachzudenken, flitze ich zur Tür raus und laufe auf den Hund zu. Wer weiß, was der Mistköter da gefunden hat.

«Hau ab, du Scheißvieh!» brülle ich und gehe auf die blöde Töle los. Mit einem Kläffen springt er zurück, fletscht die Zähne und starrt mich an. Ich blicke mich suchend nach irgendeiner Waffe um, sehe aber auf die Schnelle nichts, also muß ich ihn so verjagen. Ich brülle wieder, mache einen Schritt auf den Dreckskötter zu. Meine Fußsohlen schmerzen wegen der Steine, und mir fällt ein, daß ich splitternackt bin.

Von den Dünen her kommt eine Stimme, die den Hund aufhorchen läßt.

«Rolfie», ruft es, und einen Augenblick später sehe ich den Mann, einen älteren Herrn mit Spazierstock und Mütze. Der Hund saust davon, und ich wünschte im selben Moment, ich könnte mich unsichtbar machen. Über die Entfernung von vielleicht zwanzig Metern starrt der Alte mich an.

«Nimm bloß den Hund weg, Alter!» brülle ich, aber der Typ steht da wie zur Salzsäule erstarrt, glotzt zu mir rüber, und ich denke, Scheiße, hat der noch nie einen Nackten gesehen. Eine blöde Situation. Ich überlege, was ich noch brüllen kann, als der rote Volvo die Straße heraufkommt, Wilhelm am Steuer, meine Mutter daneben, und es ist zu schade, daß er den Wagen nicht in den Graben setzt, denn als sie mich sehen, reißen beide die Augen auf, als wollten sie ihnen herausfallen. Der Alte schafft es, den Blick von mir loszureißen, was hat der überhaupt hier verloren, und ehe Annie und Wilhelm heran sind, bin ich im Haus verschwunden. Ich habe nicht vor, mir irgendwelche blöden Sprüche anzuhören.

Mittags kocht meine Mutter, sie haben Fisch mitgebracht, das ganze Haus stinkt. Ich habe mich davongestohlen, statt zu frühstücken eine Packung Halstabletten gelutscht und bin ein wenig am Strand entlanggelaufen. Als ich zurückkomme, deckt Annie gerade den Tisch, sie sagt nichts wegen vorhin, läßt aber keinen Zweifel daran, daß sie mich zum Essen erwartet. Ich weiß nicht, was auf einmal los ist, was soll das Theater?

«Wir können ja einfach so tun, als wären wir eine Familie», sagt sie, und ich kapiere, daß ich keine Wahl habe, wenn ich größerem Ärger aus dem Weg gehen möchte.

«Könntest du schnell die Kartoffeln abgießen?»

fragt sie, während ich dumm in der Küche herumstehe, Wilhelm ist noch nicht da, und ich packe den Topf mit Kartoffeln und gieße das Wasser ab. Ein Gedanke drängt sich mir auf, und ich sehe sie an.

«Bei den ganzen Papieren, die drüben im Institut liegen», sage ich, «und die Dr. Wilhelm jetzt alle durchsieht, könnte es nicht sein, daß irgendwo unter dem ganzen Kram auch etwas über meine Eltern steht? Daß es irgendwelche Dokumente gibt, die meine Identität belegen?»

Sie hält inne.

«Wie kommst du darauf?» fragt sie.

«Ist nur so'n Gedanke», sage ich.

Sie befeuchtet ihre Lippen mit der Zunge und nickt langsam mit dem Kopf.

«Ich weiß nicht», sagt sie dann. «Ich glaube nicht, daß du dir da irgendwelche Hoffnungen machen solltest.»

«Ich habe nicht gesagt, daß ich mir Hoffnung mache, es war nur ein Gedanke.»

«Seit wann interessierst du dich dafür?»

«Ich interessiere mich nicht dafür.» Manchmal ist sie wirklich schwer von Begriff, oder macht sie das mit Absicht? «Ich sagte doch, es war einfach ein Gedanke. Mehr nicht.»

«Ja.» Sie seufzt. «Weißt du, ich glaube nicht, daß wir jemals die Wahrheit erfahren werden. Es ist zu lange her. Und was Heimlichtuerei angeht, war dein Vater immer ein Meister. Wenn er nicht wollte, daß irgend jemand die Wahrheit erfährt, dann wird sie niemand herausbringen. Auch heute nicht. Und es gab schon damals genug Leute, die diese lächerliche Geschichte nicht geglaubt haben, die er immer erzählt hat.»

«Schon gut», sage ich. «Vergiß es.»

Sie fährt fort, Teller und Besteck zurechtzurücken.

«Weißt du», sagt sie, «ich glaube nicht, daß wir Dr. Wilhelm darauf ansprechen sollten. Natürlich könnten wir fragen, ob er solche Dokumente gefunden hat, zufällig, aber ich denke, eigentlich sollten wir es nicht tun. Er hat genug zu tun, verstehst du?»

«Schon kapiert», sage ich. «Ich werd die Klappe halten. Wie gesagt, es interessiert mich auch nicht wirklich.»

«Gut.» Sie streicht die Tischdecke glatt. «Dann können wir ja essen.»

Dr. Wilhelm kommt auf die Minute pünktlich und sichtlich guter Laune.

«Hallo, Moritz», sagt er. «Wie geht's dir?»

Ich schaffe es, etwas wie ‹geht so› zu murmeln, ohne richtig unhöflich zu wirken, dann setze ich mich, nur um von meiner Mutter aufgescheucht zu werden, weil ich auf ihrem Platz sitze, so ein Blödsinn. Wilhelm lächelt amüsiert und setzt sich, als meine Mutter ihn dazu auffordert, ich trolle mich ohne ein Wort auf den dritten Stuhl. Die Kartoffeln sind gut und gerne für ein Dutzend Leute kalkuliert, ich sehe, wie Dr. Wilhelm sich eine Bemerkung verkneift, als er die Schüssel erblickt. Er war mal verheiratet, vielleicht hat er gelernt, wann man etwas sagen darf und wann besser nicht.

«Nehmen Sie ruhig», sagt meine Mutter.

«Hör mal», über die Schüssel mit den Kartoffeln hinweg wendet er sich an mich. «Wenn du Lust hast, kannst du gerne einmal mit rüber in die Arbeitsräume deines Vaters kommen, du kannst mir vielleicht ein bißchen helfen, da liegt eine Menge Gerümpel herum.»

«Hab anderes zu tun», sage ich.

«Das ist nur ein Vorschlag», sagt er. «Ich könnte verstehen, wenn du neugierig wärst.»

«Das ist doch altes Zeug», sage ich.

«So, und hier kommt der Fisch», schaltet Annie sich ein, indem sie eine große Platte über unsere Köpfe hinweg auf den Tisch setzt. «Bitteschön.»

Dr. Wilhelm nickt höflich, dann sieht er mich an. «Euer Nachbar ist ja auch ein komischer Kauz. Ich habe das Gefühl, ihm ist es gar nicht recht, daß ich mich für die Arbeit deines Vaters interessiere.»

«Ach, Karl.» Meine Mutter macht eine Geste, die soviel sagt wie, den können Sie doch nicht ernst nehmen. «Er hat sich so lange um alles gekümmert, das müssen Sie verstehen. Außerdem ist er Fremden gegenüber prinzipiell erst mal mißtrauisch, Sie sollten das nicht persönlich nehmen.»

«Ich frage mich, was er dagegen hat, daß ich mich im Institut umsehe.» Dr. Wilhelm legt nachdenklich die Stirn in Falten. «Denn genau dieses Gefühl habe ich.»

Annie zögert einen Augenblick, ehe sie fortfährt. «Es stimmt schon, seit Sie hier sind, benimmt er sich wirklich ein wenig sonderbar.»

Ich schnappe mir eine Ladung Kartoffeln.

Es gibt Bratfisch mit einer merkwürdigen Kräutersauce, ich finde, daß sie stinkt, aber es ist zu spät, meine Mutter hat mir schon einen Löffel davon auf die Kartoffeln geklatscht. Ich mag Fisch nicht besonders, aber ich mag eigentlich gar nichts, und Fisch esse ich, wenn man ihn mir vorsetzt, weil ich alles esse. Dennoch werde ich den Gedanken an die Tiefen nicht los, aus denen der Fisch stammen mag, und kann einen gewissen Ekel nicht abschütteln, wer weiß, wovon er sich ernährt hat? Und wenn ich so einem schuppigen Fisch in seine schleimigen Augen sehe, ist es ohnehin aus, dann bekomme ich keinen Brocken mehr runter. Zum Glück sind es Filets.

«Vorsicht mit den Gräten», sagt sie, «der Verkäufer hat mich gewarnt.»

Sie hat noch nicht zu Ende gesprochen, da bohrt sich mir schon eine Gräte in den Gaumen.

«Au», sage ich und spucke den Bissen auf den Teller zurück.

«Vorzüglich», sagt Dr. Wilhelm und wischt sich mit einer Serviette über den Mund.

«Danke.» Meine Mutter pult sich verlegen eine Gräte aus den Zähnen.

Ich stochere lustlos in meinen Kartoffeln herum.

«Gestern abend hat zweimal das Telefon geläutet, ohne daß sich jemand gemeldet hat.» Dr. Wilhelm sieht zwischen zwei Bissen auf, meine Mutter hustet.

«Ach», sagt sie. «Das haben wir hier öfter.»

Sie sieht mich streng an, als wollte ich etwas sagen, ich bohre meinen Blick in den Fisch. Ich kann mir denken, was es mit den Anrufen auf sich hat, aber ich bin nicht so blöd, irgendeine Bemerkung zu machen, ich denke ja nicht dran. Ich habe keinen Bedarf an Ärger, und der Blick meiner Mutter ist deutlich. Dr. Wilhelm scheint nichts zu merken.

«Meine frühere Frau hatte eine Zeitlang großen Ärger mit nächtlichen Anrufen», erklärt er. «Sie mußte sich eine neue Telefonnummer geben lassen, dann hat es aufgehört.»

«Wenn es so weit kommt, ist das natürlich unangenehm», sagt meine Mutter. Ich schiebe den Fisch auf meinem Teller hin und her, dann stehe ich auf und hole mir eine Flasche Orangensaft aus dem Kühlschrank, weil ich etwas brauche, um den Geschmack der Sauce loszuwerden. Dr. Wilhelm ist bereits fertig, als meine Mutter zu husten beginnt. Sie schüttelt sich, ihr Kopf wird knallrot, und als er sie fragend ansieht, hebt sie abwehrend die Hand. Sie will etwas sagen, doch ein Würgereiz schüttelt sie, und sie hustet wieder.

«Trinken Sie einen Schluck.» Er hält ihr ein Glas Wasser entgegen, sie nippt ein wenig, doch der Husten bleibt. Die Hälfte des Wassers läuft ihr über die Bluse.

«Warten Sie.» Dr. Wilhelm steht auf und klopft ihr auf den Rücken, für einen Augenblick wird es besser. Dann faßt sie sich an den Hals und krächzt:

«Eine Gräte. Ich glaube, sie steckt fest.»

«Lassen Sie mal sehen.»

Meine Mutter reißt den Mund auf, und er versucht, einen Blick hineinzuwerfen, aber wieder packt sie der Husten. Dr. Wilhelm schüttelt den Kopf.

«Es hat keinen Zweck», sagt er. «Wir müssen zu einem Arzt.»

«Nein.» Sie winkt ab, aber er läßt sich nicht beirren.

«Anders bekommen Sie das Ding da nicht heraus. Heute ist Mittwoch. Am besten, ich bringe Sie direkt ins Krankenhaus.»

Er hilft ihr aufzustehen, dann geht er los, Jacke und Schlüssel holen, ich habe mich nicht von meinem Platz gerührt. Meine Mutter versucht mir etwas zu sagen, aber der Husten kommt ihr dazwischen, und ich schließe die Augen, so etwas kann ich nicht sehen, da werde ich ganz kribbelig. Sie zeigt auf den Tisch, auf die Töpfe und Pfannen, ich zeige ihr einen Vogel.

Dr. Wilhelm kommt wieder, die Jacke überm Arm.

«Kommen Sie», sagt er. «Fahren wir.»

Ich sitze da, starre auf meinen Fisch, und das Kratzen im Hals ist garantiert Einbildung.

Als Karl meinen Vater fand, übte ich mit Tommi am Waldrand Bogenschießen, ich weiß das noch ziemlich genau. Wir hatten uns aus einem Karton und einem

Haufen Stroh ein Ziel gebastelt, auf das wir schossen, und ich gebe zu, Tommi war besser als ich. Ich schieße besser, wenn es auf lebende Ziele geht.

Wir dachten uns nichts Besonderes, als wir Dr. Ludwig vorfahren sahen, den Karl gerufen hatte, obwohl wir uns wunderten, denn er war ein höchst seltener Gast hier draußen. Daß er und mein Vater nicht miteinander auskamen, war kein Geheimnis. Er verschwand im Haus, dann rührte sich eine Weile nichts mehr, wir sahen von Zeit zu Zeit hinüber, und Tommi machte die eine oder andere Bemerkung. Als der Doktor wieder abfuhr, folgte ihm Karl nach draußen, kam zu uns rüber und brüllte uns an, ob wir unser dämliches Spiel nicht einmal lassen könnten. Wir wußten gar nicht, was wir sagen sollten. Dann schickte er Tommi fort, der sich erst sträubte, warum, sagte er, was soll das, er hat Karl noch nie so besonders gehorcht. Bis er eine geknallt bekam, da sah Tommi zu, daß er sich verpißte. Ich stand da, und ich glaube, als Karl mich so ansah, wußte ich schon, was geschehen war. Tommi behauptete später, er hätte es in dem Moment gewußt, als Karl uns ohne jeden Grund anraunzte. Wäre Karl nicht so ein Arschloch, hätte er einem leid tun können, er wußte nicht, was er tun oder sagen sollte.

Ich habe schon gesagt, daß der Tod meines Vaters kein so großer Schock für mich war und daß ich es nicht schwernahm, im Gegenteil, daß ich sogar gewisse Hoffnungen daran knüpfte, die mit dem Auftauchen meiner Mutter dann enttäuscht wurden. In der Zeit nach dem Tod meines Vaters sah ich Tommi seltener, Karl ließ ihn nicht aus dem Haus, und es gab andere Dinge, mit denen ich mich herumschlagen mußte. Emma wollte mich zu sich nehmen, bis eine endgültige Lösung in Sicht war, und ich mußte mich mit Händen und Füßen wehren. Ich schaffte es, aber ich konnte nicht verhindern, daß sie sich für ein paar Tage bei mir einquartierte. Sie zog ins Gästezimmer, ich habe zugesehen, daß ich möglichst wenig im Haus war.

Die Beerdigung meines Vaters wurde ein Desaster. Die eigentliche Trauergesellschaft war nicht sehr groß, Karl und Wilma, Emma, Andersen und ein paar Leute, die ich nicht kannte. Tommi hatte nicht kommen dürfen, dafür hatte ich versprochen, ihm genauestens Bericht zu erstatten. Dennoch füllte sich die kleine Kapelle und später der Friedhof mit einer Schar Neugieriger aus dem Dorf, die sehen wollten, wie mein Vater, über den man sich soviel erzählte und den keiner hatte leiden können, zu Grabe getragen wurde.

Ich stand zwischen Karl und Emma in der ersten Reihe, in einen Anzug gezwängt, den ich das letzte Mal getragen hatte, als ich mit Tommi im Keller unseres Hauses eine Geisterbahn gebaut hatte. Ich fand ein Feuerzeug in der Hosentasche, mit dem ich herumspielte, während der Pfarrer seine Predigt hielt. Er kam aus einer Nachbargemeinde, da der Pastor von Westerlindholm sich zwei Tage zuvor einen Oberschenkelhalsbruch zugezogen hatte, meiner Meinung nach hatte er einfach nicht derjenige sein wollen, der meinen Vater unter die Erde brachte. Mein Vater war alles andere als religiös gewesen und hatte daraus auch nie ein Hehl gemacht.

Der Pfarrer jedenfalls, der für den verletzten Pastor einsprang, sprach sehr kurz, und seine Stimme erweckte den Eindruck, er habe getrunken, was die meisten Trauergäste empörte. In meinen Augen war es das Beste, was er hatte tun können. Es war offensichtlich, daß er die Predigt ablas, und den Worten, die er meinem Vater widmete, war anzumerken, daß er sich nicht bemüht hatte, etwas über den Verstorbenen zu erfahren. Ich war unruhig, konnte nicht stillstehen, allein Karls Hand auf meiner Schulter hielt mich an meinem Platz. Der Pfarrer wollte gerade zu seinem Segen ansetzen, als ein lauter Knall die Kirche erschütterte, alle fuhren zusammen, und ich riß mit einem Schmerzensschrei die Hand aus der Hosentasche. Beim Bau der Geisterbahn hatte ich Tommi mit Knallkörpern erschreckt, einer davon war in der Hosentasche geblieben, und bei meiner Spielerei mit dem Feuerzeug hatte er sich entzündet und war explodiert. Meine Hand glühte, die Leute zitterten, Wilma faßte sich als erste. Sie lief mit mir hinaus, um meine Hand unter dem Wasserhahn für die Friedhofsblumen zu kühlen.

Als die Gesellschaft aus der Kapelle kam und sich um das Grab scharte, hatten sich die Leute wieder beruhigt. Karl warf mir aus funkelnden Augen Blicke zu, und ich sorgte dafür, daß ich die Öffnung des Grabes zwischen uns brachte. Ich stand direkt am Rand der Grube, und mir war ein wenig unwohl, weil die Leute hinter mir drängelten. Es wurde etwas besser, als der Pfarrer die Stimme erhob. Ich hörte nicht, was er sprach, denn eine schwarzgekleidete Frau, die den Weg entlanggeeilt kam, nahm meine Aufmerksamkeit in Anspruch, offensichtlich wollte sie der Trauerfeier beiwohnen und hatte sich verspätet. Ich hatte die Frau noch nie gesehen, aber Karl, der sie ebenfalls bemerkte, schien sie zu kennen, denn er löste sich unauffällig aus der Reihe der Trauernden und ging ihr entgegen. Er nahm sie in den Arm, und ich hatte weder Auge noch Ohr für den Pfarrer, der an seinem kleinen Pult am Kopfende des Grabes stand.

Ich weiß nicht, wie es kam, daß ich den Halt verlor,

ich reckte mich nach Karl und der Unbekannten und vergaß das Grab vor meinen Füßen, gleichzeitig reckten und streckten sich auch die Leute hinter mir, und das Stoßen und Drängeln hatte an der Sache mindestens ebensoviel Anteil wie meine eigene Unachtsamkeit. Auf einmal merkte ich, wie ich das Gleichgewicht verlor, ich griff hinter mich nach dem ersten Halt, den ich finden konnte, krallte meine linke Hand in den Rock der Küstersfrau, die sich der Trauergesellschaft angeschlossen hatte, während ich mit der rechten einen Ärmel von Andersens Anzug erwischte. Frau Heineken hat sich wohl ziemlich erschrocken, als ihr jemand derart unvermittelt an den Rock faßte, jedenfalls sprang sie mit einem kurzen Aufschrei nach hinten, der Stoff riß, ich rutschte, klammerte mich an Andersen fest, den ich ins Taumeln brachte, so daß er selbst ins Grab zu stürzen drohte. Panik muß ihn ergriffen haben, denn er riß sich mit einem Ruck los und sprang am Grab vorbei, landete direkt vor dem Pfarrer, rammte Wilma seinen Ellenbogen in den Unterleib und ging in die Knie. Ich rutschte endgültig ab, doch immerhin hatte Andersen meinen Schwung soweit gebremst, daß ich am Rand des Grabes zum Sitzen kam. Alles ging sehr schnell, und keiner kam dazu, den komischen Aspekt des Ganzen zu genießen, aber als ich es Tommi später erzählte, hat er sich vor Lachen gekrümmt. Jemand hob mich auf, ehe ich vollständig ins Grab rutschte, und Andersen, der eine Weile demütig zum Pfarrer aufgesehen hatte, klopfte sich die Erde von den Knien und stand auf, während Wilma nach dem Schwinger, den er ihr versetzt hatte, noch immer nach Luft schnappte.

Ich weiß nicht, ob jemand noch ein Auge dafür hatte, daß die Friedhofsarbeiter den Sarg meines Vaters ins

Grab hinabließen, doch ich schätze, es geschah weitgehend unbemerkt, und weitgehend unbemerkt sprach der Pfarrer seinen letzten Segen. Karl, der das Spektakel aus geringer Entfernung angesehen hatte, kam herbei, die Unbekannte am Arm, und steuerte zielstrebig auf mich zu.

«Moritz», sagte er, als er bei mir war, und postierte sich so, daß die schwarzgekleidete Frau mir gegenüber zum Stehen kam. «Ich möchte dir deine Mutter vorstellen.»

Karl steckt mit dem Kopf unter der Motorhaube seines Wagens, am Boden vor ihm liegt ein Haufen Werkzeug. Als ich mit dem Fahrrad auf den Hof fahre, sieht er auf und wischt sich die Hände an der Hose seines Overalls ab.

«Tommi ist nicht da», sagt er.

Ich lege mein Fahrrad auf den Boden und trete neben ihn.

«Wo ist er?» frage ich.

«Keine Ahnung. Er ist mit seiner Freundin weg.»

«Na so was», sage ich. «Wie ist die denn?»

Karl runzelt die Stirn.

«Was meinst du?»

«Na, ist sie nett, sieht sie gut aus?»

«Ich weiß nicht. Er hat sie uns noch nicht vorgestellt.»

«Oh», sage ich. «Na, dann bin ich beruhigt.»

Karl mustert mich verständnislos.

«Was ist mit deinem Wagen?» Ich gehe halb um die Karre herum, ein alter Opel.

«Seit wann interessierst du dich für Autos?»

«Tue ich nicht», sage ich.

Im Eingang zum Haus hockt Gerti, eine Stoffpuppe

in der Hand, ich schaue zu ihr rüber, aber sie sieht mich nicht.

«Schön, wie sie spielt», sage ich.

Karl läßt die Motorhaube des Wagens zufallen. «Was willst du?»

«Ich mache mir Gedanken», sage ich. «Um euch. Um Gerti. Meinst du, sie ist gut aufgehoben hier draußen? Meinst du nicht, ihr solltet mehr für sie tun?»

«Was?»

Er kommt um den Wagen herum und sieht mich an.

«Na ja, ich meine nur, glaubst du, diese Umgebung hier ist optimal für sie? Meinst du nicht, man könnte sie besser fördern?»

Ich weiß auch nicht, wie ich darauf komme. Karl wird wütend.

«Du spinnst ja vollkommen», sagt er. «Was weißt du denn schon.»

«Gar nichts», sage ich. «Überhaupt nichts. Ich mache mir nur Gedanken.»

«Laß mich bloß zufrieden mit deinen Gedanken», brüllt er. «Du bist ja vollkommen plemplem. Außerdem solltest du dir um ganz andere Dinge Sorgen machen, vielleicht überlegst du dir einmal, was dieser Kerl aus der Stadt bei euch will. Der wird nichts Gutes ans Tageslicht bringen, das sage ich dir, aber deine Mutter läßt sich ja von jedem bequatschen, der Hosen anhat. Und jetzt mach, daß du wegkommst.»

«Ist ja gut», sage ich. «Reg dich nicht gleich auf.»

Gerti glotzt zu uns herüber, ich winke ihr schnell und schwinge mich aufs Rad.

Ich finde Tommi zufällig am Rand des kleinen Fußballfeldes, das auf dem Gelände des Feriendorfs angelegt wurde und eigentlich nicht mehr ist als ein Acker mit zwei Toren, er steht mit einem Mädchen an einer der Steinbänke, die ein paar Leute irgendwann einmal neben die Tore gerückt haben. Die beiden sind allein, am anderen Tor spielen ein paar Jungs Fußball, ich fahre über den Platz und bremse neben ihnen. Tommi sieht mich als erster, er starrt mich an, ohne etwas zu sagen. Ich habe das dumme Gefühl, im falschen Moment aufgetaucht zu sein, denn die Luft zwischen den beiden knistert und kracht, richtig dunkle Wolken hängen da.

«Hallo», sage ich. «Stör ich?»

«Quatsch.» Tommi schüttelt den Kopf. «Hallo, Moritz.»

Das Mädchen wendet den Kopf und sieht mich an, ich mustere sie ebenfalls. Sie sieht nicht schlecht aus, nur nicht mein Typ, lange braune Haare, spitze Nase, sie trägt Jeans und DocMartens. Ziemlich warm, denke ich, die Sonne knallt mal wieder ordentlich. Obenrum trägt sie nur eine Art Unterhemd.

«Das ist Tina», sagt Tommi. «Tina, das ist Moritz.»

«Hallo», sage ich. Sie sieht Tommi an.

«Und», sagt sie, und ihre Stimme zittert. «Ist ja prima, was? Paßt dir ja wohl bestens, daß dein Freund kommt, häh, oder willst du mir vor ihm sagen, was du zu tun gedenkst?»

Ich räuspere mich und bereite meinen Rückzug vor. Sieht aus, als wäre ich mitten in ein Gewitter geraten.

«Bitte», versucht Tommi einzulenken, aber sie fährt ihm über den Mund.

«Du denkst, so ist alles wunderbar. Das sieht dir ähnlich!»

«Soll ich verschwinden?» frage ich, aber die beiden beachten mich nicht.

«Hör mir doch erst einmal zu.» Tommi streckt die Hand nach ihr aus, sie schlägt seinen Arm beiseite.

«Weißt du was», sagt sie. «Leck mich doch am Arsch. Das hast du mal wieder schön hingekriegt, Tommi, weißte was, du bist ein armer Wichser. Los, geh mit deinem Werkzeugkasten spielen, aber laß mich in Frieden. Ich brauch dich nicht.»

Ich halte die Luft an, er zögert eine Sekunde, dann schnellt seine Hand vor, und er schlägt ihr ins Gesicht.

«Hoppla», rutscht es mir raus.

Er beißt sich auf die Lippen, seine Hand zittert, sie schluchzt.

«Scheiße», sagt er. «Tut mir leid.»

«Fick dich!» Sie dreht sich um und läuft davon.

«Nett, dich kennenzulernen», murmele ich.

«Verdammte Scheiße!» brüllt Tommi und tritt in den Boden. Mir ist das Ganze ziemlich unangenehm.

«Alles in Ordnung?» sage ich nach einer Weile.

«Klar», sagt er. «Sieht man das nicht?»

«Hmm», mache ich. «Was is'n los?»

«Vergiß es.» Er sieht mich an. «Laß mich einfach in Ruhe, okay?»

Ich hocke noch immer auf meinem Fahrrad, jetzt lege ich den Kopf in den Nacken und starre in den Himmel. Ich kenne Tommi, er braucht nur eine Weile.

«Was willst du überhaupt?» blökt er mich an.

Na ja, denke ich, wir haben da noch so einiges zu erledigen, die Leiche und so, eigentlich hatte ich vorgehabt, mit ihm darüber zu sprechen.

«Nichts», sage ich. «Bin zufällig vorbeigekommen.»

Er starrt auf seine Füße. «Und was sollte das gestern?»

«Hey», sage ich. «Das tut mir leid. Ich war irgendwie nicht gut drauf. Ich hatte keinen Nerv auf die Bullen, verstehste?»

«Du kotzt mich an», sagt er.

«Was?»

«Alles kotzt mich an, okay? Ich habe keinen Bock mehr.»

«Klar», sage ich, dabei habe ich keine Ahnung, was er meint. Er kickt einen Stein weg, atmet ein paarmal tief ein und aus und sieht schweigend übers Fußballfeld.

«Sieht nett aus, deine Freundin», sage ich nach einer Weile.

«Ach, halt doch den Mund», sagt er. «Tut mir leid, aber ich kann so was jetzt nicht hören.»

«Sicher.» Ich stütze die Arme auf den Lenker und lege mein Kinn in eine Ellenbeuge. An meinem linken Bein läuft ein Schweißtropfen herunter.

«Ich muß weg», sagt Tommi schließlich. «Ich bin schon zu spät. Ich weiß, wir müßten uns um die Leiche kümmern, aber es geht jetzt nicht, ich muß mit Karl in die Stadt.»

«Irgendwas los?»

«Ja, aber erzähl ich dir später. Karl macht mir die Hölle heiß, und Wilma liegt seit fast zwei Tagen nur im Bett. Es ist wirklich zum Kotzen, weißt du. Ich halte es bald nicht mehr aus.»

Er faßt sich mit einer Hand in den Nacken, ich habe ihn lange nicht so schlecht drauf gesehen.

«Bald werden sie sie suchen», sagt er dann. «So richtig, meine ich. Wenn sie nur eine Spur finden, dann durchkämmen die hier alles.»

«Ich weiß.»

«Sie dürfen nichts finden. Wenn ich's schaffe, komme ich heute abend in den ‹Goldenen Esel›, okay? Ansonsten sehen wir uns morgen.»

«Ist in Ordnung.»

Er sieht auf die Uhr.

«Kannst du mir dein Fahrrad leihen? Karl reißt mir den Kopf ab.»

«Sicher. Kein Problem.»

Ich steige ab, er schwingt sich auf den Sattel.

«Wir sehen uns», sagt er.

Ich sehe ihm nach, ich frage mich, was sich verändert hat. Es ist eine Weile her, daß ich behaupten konnte, zu wissen, was in Tommi vorgeht, dabei waren wir einmal Freunde, richtige Freunde, sofern es so etwas gibt. Inzwischen erzählt er mir nicht einmal, wenn er Probleme hat, und die hat er, ich bin ja nicht blind. Es ist das Mädchen, eine Freundin bedeutet immer Ärger, soviel habe ich schon kapiert, und deshalb verstehe ich Tommi nicht. Er ist nicht blöd, er müßte das ebenfalls wissen.

Das erste Mal, daß ich ein Mädchen besser kennengelernt habe, war im Heim in der Stadt, wir hatten dort Unterricht, und sie saß neben mir. Sie quatschte mich an, ich weiß nicht mehr, wegen des Stifts, den ich hatte, glaube ich, aber das war nur ein Vorwand. Sie wollte mich nach der Geschichte mit dem Direktor fragen, dem ich am ersten Tag an den Kragen gegangen war, eine dumme Sache, die ich lieber vergessen wollte. Sie war etwas älter als ich und ziemlich häßlich, kurze schwarze Haare, große Brille, etwas dicklich. Ich wußte erst nichts mit ihr anzufangen, aber irgendwie kamen wir dazu, herumzuknutschen. Wir hatten eine eigene Turnhalle im Heim, da habe ich mit ihr rumgemacht, das Übliche, von allem ein bißchen, keine große Sache. Sie war mit einem älteren Jungen zusammen, das wußte ich nicht, und sie sagte mir auch nichts davon, ich hätte nie gedacht, daß eine, die aussah wie sie, überhaupt einen Freund haben könnte. Wir trafen uns ein paarmal, es war schon aufregend, obwohl ich mir eigentlich nichts daraus machte, aus ihr nicht und aus dem anderen auch nicht. Irgendwann kam sie nicht, als wir uns verabredet hatten, und am nächsten Tag hörte ich, daß sie auf der Krankenstation lag, mit gebrochener Hand, blauem Auge und einer Menge Blutergüsse. Ich war abends mit ihrem Freund, der sie so zugerichtet hatte, in der Stadt, ich traf ihn zufällig, na ja, nicht ganz, wir tranken ein bißchen was, spielten ein paar Runden Flipper und rauchten ein paar Zigaretten zusammen. Ich habe ihm nichts getan, das war mir zu blöd, ich habe sie auch nicht besucht, ich habe sie überhaupt nicht wieder gesehen. Zwei Wochen später bin ich aus dem Heim abgehauen.

Im Feriendorf laufe ich Emma vor die Füße, die gerade aus ihrem Büro kommt, einen Haufen Briefe im Arm, ich habe keine Chance, ihr auszuweichen.

«Hallo, Moritz», ruft sie. «Wie geht's?»

«Den Umständen entsprechend», sage ich, damit kann sie nichts anfangen. Sie macht ein dummes Gesicht, und ich lache stumm in mich hinein. Ich will weiter, aber sie nagelt mich fest, wie immer.

«Du kannst gern einmal zum Essen kommen, wenn du möchtest. Die beiden Kinder sind noch da und meine Nichte jetzt auch. Es ist eine nette Runde, wirklich, und ich glaube, die beiden mögen dich.»

«Oh», sage ich, «bei uns wird zur Zeit prima gegessen, is echt wahr. Aber ich melde mich, mein Wort drauf.»

Damit zische ich ab.

«Ich freue mich», ruft sie, diese Heuchlerin. Warum lädt sie mich auf einmal ständig ein, es ist wirklich erbärmlich.

Eine Weile laufe ich ohne Ziel durch die Reihen der

Bungalows, Lenny kommt mir entgegen, er ist einer der Betreuer, die regelmäßig in der Anlage arbeiten, für die Unterhaltung der Gäste sorgen und auch sonst für alles Ansprechpartner sind. Ein paar von den Jungs sind immer ganz okay, meist besser drauf als die Gäste, Lenny ist einer der wirklich netten.

«Wie sieht's aus», sagt er, «alles klar bei dir?»

«Alles klar», sage ich.

«Man sieht dich gar nicht mehr, komm doch mal wieder rüber. Heute abend machen wir'n Grillfest, wie wär's?»

«Ich werd mal sehen», sage ich.

«Na denn, ich muß weiter.»

Er hat ein Bündel Fahnenstangen über der Schulter, ohne Zweifel wird am Strand gleich wieder irgendeine Aktion starten. Er trottet davon, ich ebenfalls, doch eine Sekunde später bleibe ich stehen, denn vor einem der Bungalows in der Reihe sehe ich den rosafarbenen Kombi, eine Frau steigt gerade auf der Beifahrerseite ein. Ich bin nicht der einzige, der guckt, auf der gegenüberliegenden Straßenseite stehen zwei Jungs, zeigen auf den Wagen und lachen, und wirklich, die Farbe beißt einem ins Auge. Die Blicke der Leute müssen es wert sein, mit der Karre durch die Stadt zu fahren, vorausgesetzt, man schluckt, daß sie über einen lachen.

Der Wagen fährt rückwärts aus der Einfahrt, ich kann nicht sehen, wie viele Leute darin sitzen. Als er an mir vorbeifährt, drehe ich mich um, ich will nicht unbedingt, daß irgendwer mich erkennt. Dann gehe ich weiter, vor dem Bungalow bleibe ich stehen. Ich weiß selber nicht, was ich hier will, wenn sie nicht in dem Wagen saß, dann ist sie am Strand, aber so ist das, manchmal tut man Dinge, ohne zu wissen, warum.

Die Bungalows stehen jeweils für sich, so daß man

herumgehen kann, wenn man sich durch die Büsche zwängt, die genau das verhindern sollen. Ich schaue mich kurz um, ob jemand mich beobachtet, dann schleiche ich mich hinter das Haus. Da ich nun einmal hier bin, kann ich mir ansehen, wo sie wohnt, von außen wenigstens, das ist reine Neugier, mehr nicht, und es ist Zufall, daß mir auf den ersten Blick die Terrassentür nicht richtig geschlossen scheint, und wie könnte ich das feststellen und nicht überprüfen, ich muß ja nur hingehen und drücken, und siehe da, die Tür gibt nach. Ich bin im Haus, ehe ich weiß, wie mir geschieht. Die Tür schließe ich lieber schnell, nicht daß jemand anders auf dieselbe Idee kommt.

Ich befinde mich im Wohnraum des Bungalows, ich kenne in etwa den Grundriß, alle Häuser sehen gleich aus. Nach vorne, zum Eingang hin, die Küche, zur Seite die Schlafzimmer und das Bad, der Architekt hat sich nicht viel einfallen lassen, beileibe nicht.

Ich sehe mich kurz um, ein paar Sachen liegen herum, das Übliche, Strandtasche, Handtücher, Bücher. Alle Bungalows haben Satellitenfernsehen, ich gehe die Programme durch, aber es läuft nur Schrott. Einen Augenblick sehe ich mir Musikvideos an, dann lege ich die Fernbedienung weg. Ich lasse das Programm laufen, dann ist es nicht so still, wenn ich in die anderen Zimmer sehe.

In das Schlafzimmer der Eltern werfe ich nur einen kurzen Blick, neben dem Bett liegt eine Bibel, Hemden hängen vor dem Schrank, es hat etwas Beklemmendes. Das andere Zimmer sehe ich mir genauer an, ich brauche nur eine Sekunde, um zu sehen, welcher Teil von Chris bewohnt wird, auf dem einen Bett liegen die Sachen, die sie an dem Tag getragen hat, als sie mir vor dem Supermarkt über den Weg lief. Ich schaue, ob sich irgend etwas findet, das mir weiterhilft, ich weiß nicht, was ich suche. Zwei Bücher liegen neben dem Bett, beide Titel sagen mir nichts, ein paar Cassetten, ich schaue, was draufsteht, einige Bands kenne ich. Auch in den Kleiderschrank werfe ich einen kurzen Blick, aber was will ich damit, ich wühle nicht in den Sachen oder so.

Im Bad steht ein ganzes Arsenal von Kosmetika und anderen Utensilien, der Rasierapparat des Vaters, ein Radio, vier Zahnbürsten. Wie alles da steht, irgendwie drückt es mich nieder, von einem Augenblick auf den nächsten stöhne ich auf unter der Last, die sich mir auf die Schultern legt. Auf dem Spiegel sind Abdrücke einer Hand, davor steht eine Tube Sonnencreme, der Deckel liegt daneben, und ich kann gar nicht sagen, was es ist, aber ich bin wie gelähmt, mein Herz schwer wie Blei. Ich will schreien, aber die Luft ist feucht und dick und klebt mir die Lungen zu. Dann ist es vorbei, ich kann wieder atmen, und auch die Beklemmung ist weg. Ich setze mich auf den Rand der Badewanne und zünde mir erst einmal eine Zigarette an. Ein nasses Handtuch liegt in der Wanne.

Ich bin gerade im Flur und will zur Vordertür hinaus, als ich den Wagen vorfahren höre. Scheiße, denke ich, das war ja klar. Ich mache kehrt, beeile mich, zur Terrassentür zu kommen, der Fernseher läuft noch, wo habe ich nur die Fernbedienung? Auf dem Sofa sehe ich einen Fotoapparat, so ein Teil, bei dem sofort die Bilder rauskommen, ich schnappe mir das Ding, so eins wollte ich mir immer mal ansehen. Schritte nähern sich der Tür, ich schlüpfe hinaus, Fernseher und alles ist mir egal. Zwei Schritte, und ich bin durch die Hecke im nächsten Garten.

Ich gehe noch einmal in meinem Versteck vorbei, ich habe die Kamera mit. Ich hole das Öllicht aus dem hinteren Raum, setze mich hin, betrachte sie durch den Sucher. Sie sieht fremd aus, schön, aber unwirklich. Wie in einem Film. Ich hole mein Messer hervor und schneide ihr das T-Shirt auf, der Stoff surrt auseinander. Sie trägt keinen BH, und im Schein der Lampe sehen ihre kleinen Titten weich und warm aus. Ich wage nicht, sie anzufassen. Ich wünschte, ihr Gesicht sähe anders aus.

Ich versuche ein Foto zu machen, aber die Kamera tut nichts. Ich schüttele sie ein paarmal, vergewissere mich, daß ich den richtigen Knopf gedrückt habe, doch nichts passiert. Ärgerlich lege ich das Ding weg. Wieder sehe ich sie an, und da haut es mich um. Es trifft mich völlig unvorbereitet, ich sitze einfach da und schlucke, ein Gefühl, das ich nicht beschreiben kann.

«Puh», sage ich leise.

Dann versuche ich, ihr die Hose herunterzuziehen, aber es sind Jeans, und sie sitzen verdammt eng. Als ihr Slip zum Vorschein kommt, verliere ich den Mut. Ich habe Kopfschmerzen, es hämmert, rast, tobt hinter meiner Stirn. Ich schnappe mir die Kamera und haue ab.

Bevor mein Vater das Haus am Leuchtturm kaufte und auf die Halbinsel zog, lebte und arbeitete er in Berlin, er war Professor an einem Krankenhaus und leitete dort eine eigene Forschungsabteilung mit dem Schwerpunkt Diagnose und Therapie von Erbkrankheiten. Aus seinem Mund habe ich selbstverständlich nicht ein wahres Wort über seine Vergangenheit gehört, ich glaube, ich habe schon eine Bemerkung über die Glaubwürdigkeit dessen gemacht, was er von Zeit zu Zeit erzählte. Es war nie weit her damit, für mich war er ein notorischer Lügner.

Nach Berlin kam er durch die Alliierten. Er hatte nach dem Krieg ein provisorisches Krankenhaus geleitet, irgendwo in der Heide, danach war er an ein Militärhospital gegangen, von dort dann weiter nach Berlin. In einem dieser Krankenhäuser muß er auch Annie Grünwald kennengelernt haben, sie war Krankenschwester bei den Briten, ich weiß nicht, was die beiden aneinander fanden, aber sie heirateten, und Annie folgte ihm. Sie mag ihn angehimmelt haben, mein Vater ist 1921 geboren, drei Jahre nach Ende des ersten Krieges, Annie 1945, kurz vor Ende des zweiten. Als sie einander kennenlernten, war mein Vater bereits ein bekannter Mann.

Ich weiß nicht, weshalb sie keine Kinder hatten, ob sie nicht wollten, ob es nicht geklappt hat oder ob mein Vater all seine Energie in die Arbeit steckte, immer die Arbeit, er wird nicht viel Zeit für seine junge Frau gehabt haben. Ich habe Fotos von ihr gesehen, sie sieht nicht glücklich aus, aber vielleicht bilde ich mir all das auch nur ein. Daß eine junge, vernachlässigte Frau beginnt, sich nach anderen Männern umzusehen, wird niemanden wundern, auch wenn das Ganze bald zwanzig Jahre her ist, das war verdammt noch mal auch eine andere Zeit. Kann schon sein, daß sie damals mit den Männern anfing, irgendwann jedenfalls hat sie meinen Vater verlassen.

Ein Skandal war der Grund dafür, daß mein Vater seine Arbeit im Krankenhaus aufgeben mußte. Zu ihm kamen viele schwangere Frauen, bei denen der Verdacht auf Erbkrankheit oder andere, schwer feststellbare Schädigungen des Föten bestand, und soweit ich weiß, fing es damit an, daß einige dieser Frauen sich über die Behandlung beklagten. Sie machten meinem Vater Vorwürfe, Dinge ohne ihre Erlaubnis getan zu haben, sie in Behandlungsmaßnahmen nicht eingeweiht zu haben, lauter so'n Quatsch, der einen Arzt seinen Ruf kosten kann. Andere Frauen meldeten sich, und er bekam Schwierigkeiten.

Er muß gesehen haben, daß er schlechte Karten hatte, daß er aus dieser Sache nicht so einfach herauskommen würde. In wissenschaftlichen Kreisen war mein Vater, wie ich gehört habe, schon von jeher nicht unumstritten, es gab Fragen nach seiner Arbeit im Krieg, Kritik an seinen Methoden, einigen Leuten muß der Skandal um seine Person gerade recht gekommen sein. Er zog die Konsequenzen. Nach dem Rücktritt von seiner Stelle wurden die Klagen abgeschmettert, unterdrückt, ich schätze, sie haben die Frauen irgendwie ruhiggestellt. Kein Krankenhaus kann sich einen solchen Skandal leisten.

Karl lebte damals schon eine Weile hier draußen an der Küste und bereitete den Umzug meines Vaters vor. Irgendwann zu dieser Zeit erblickte ich das Licht dieser Welt, wurde von der Schwelle der Klinik aufgelesen, über Zeit und Ort meiner tatsächlichen Geburt weiß ich nichts. Aber als mein Vater die Stadt verließ, hatte er mich bei sich. In der Stadt mögen die Leute sich gewundert haben, aber einem Mann wie meinem Vater stellte man keine überflüssigen Fragen, und hier an der Küste kannte ihn kein Mensch. Durch Karl, der inzwischen in Westerlindholm mit Wilma verheiratet war und mit Tommi bereits ein Kind im Haus hatte, kam mein Vater an das Grundstück um die Ruine des Leuchtturms und zog hierher, nicht ohne eine wissenschaftliche Ausrüstung mitzubringen, die locker ein Vermögen gekostet haben muß. Geld scheint für ihn nie ein Problem gewesen zu sein. Er hatte sogar ein Röntgengerät hier draußen, das muß man sich einmal vorstellen.

Eine Zeitlang kam Emma zu uns, als Haushälterin, weniger als Kindermädchen, aber irgendwann hat sich mein Vater mit ihr überworfen, und sie wird, nehme ich an, über so manches, was sie sehen konnte, entsetzt gewesen sein. Aber getan hat sie nichts, sie war mir nie eine Hilfe, vielleicht hatte sie Angst, was weiß ich. Jedenfalls ist sie immer eine Hauptquelle der Gerüchte gewesen, die über meinen Vater und mich kursierten. Bei alldem ist es kaum verwunderlich, daß mein Vater von den Leuten aus dem Dorf schief angesehen wurde, und so ein Fluch lebt weiter. Mir haben sie erst gar keine Chance gegeben.

Ich sitze auf der Treppe vor dem Haus, als Wilhelm aus der Stadt zurückkommt, er sieht müde aus, meine Mutter hat er nicht wieder mitgebracht.

«Hallo, Moritz», sagt er.

Ich sehe auf, ich bin an der Kamera zugange. Es ärgert mich, daß ich sie nicht dazu kriege, ein Foto zu machen. Hätte ich mir eigentlich fast denken können, wenn sie die Kamera einfach so rumliegen lassen.

«Und?»

«Sie haben deiner Mutter die Gräte aus dem Hals geholt, war gar kein Problem, aber dann hat sie auf das lokale Betäubungsmittel allergisch reagiert, ziemlich heftig sogar. Weil die Ärzte kein Risiko eingehen wollen, soll sie eine Nacht im Krankenhaus bleiben.»

«Gut», sage ich. «Sehr gut.»

Ja, so ist das, das hätte sie wissen müssen. Es ist scheißegal, weshalb du ins Krankenhaus gehst, sie hängen dir immer wenigstens zwei oder drei Krankheiten an. Die finden schon was, da kannste drauf wetten.

«Was hast du da?»

«'ne Polaroid», sage ich. «Funktioniert aber nicht.»

«Zeig mal her.»

Ich gebe ihm die Kamera, er drückt auf den Auslöser, dreht sie ein paarmal, dann klappt er sie irgendwo auf.

«Hey», sagt er dann. «Du kennst dich nicht gut mit dem Ding aus, oder?»

«Wieso?»

Er grinst.

«Wie willst du Fotos machen, wenn kein Film drin ist?»

«Weiß ich doch», sage ich.

Ich bin auch wirklich zu blöd.

Es ist voll im «Goldenen Esel», voll und laut. Als ich das Lokal betrete, verstummen die Gespräche schlagartig. Es gibt was Neues im Haus am Leuchtturm, die Leute reden also drüber, war ja klar. Normalerweise ärgern mich solche Dinge nicht, aber heute regt es mich irgendwie auf, ich weiß nicht warum. Die Dummheit der Leute kann einem die Kehle zuschnüren.

«Gibt's 'n Problem?» frage ich laut, die Männer an der Theke schauen mich an. Luther fährt fort, Bier zu zapfen, das Gespräch setzt wieder ein, alles Arschlöcher, denke ich und gehe durch in den hinteren Teil des Lokals. Sven Kruse kommt von der Toilette und grinst, als er mich sieht, er muß an mir vorbei.

«Mach Platz, du Idiot!» Er rempelt mich an und stößt mich zur Seite. Ich versuche, mich zu beherrschen.

«Fick dich doch selbst», sage ich.

«Mach mich bloß nicht an», sagt er.

Ich gehe zum Flipper. Ich will ein paar Spielchen machen, in Ruhe, ohne Streß, ich bin nicht in der Stimmung, herumzustreiten. Selbst ein Idiot wie Sven Kruse merkt das, er trollt sich auf seinen Platz.

Vielleicht eine halbe Stunde lang jage ich die Kugel über die Spielfläche, schieße sie die Rampen hoch, versenke sie, lasse Bonuslampen aufleuchten und mache einen Loop nach dem anderen. Der Flipper ist gut, ich kenne ihn, weiß, wie's geht, längst habe ich den Highscore. Als das erste Spiel vorbei ist, gehe ich zur Theke und hole mir eine Cola. Ich habe schon einen neuen Ball im Spiel, als mir jemand seinen Atem in den Nacken bläst, es ist Marco, der Sohn des Bäckers.

«Hey», sagt er, «du machst das ja richtig gut. Aber andere wollen auch gern mal hier ran.»

Sein Atem stinkt nach Bier und Halsbonbons, mein Nacken versteift sich, so was kann ich auf den Tod nicht ab.

«Hau ab», sage ich.

Er legt mir eine Hand auf die Schulter.

«Ich bitte dich höflich, mich auch einmal an den Flipper zu lassen», rotzt es aus ihm. «Da mußt du nicht gleich grantig werden.»

Ich verliere die Kugel, drehe mich um und schüttele seine Hand ab.

«Laß mich in Ruhe, okay?»

Von einem der hinteren Tische beobachten uns drei oder vier Augenpaare voller Spannung. Ich habe nicht vor, den Wichsern hier eine große Show zu bieten, das können sie ohne mich machen.

«Reg dich nicht auf, Mann.» Marco tänzelt vor mir von einem Bein aufs andere. Ich nehme einen Schluck aus meiner Cola.

«Man könnte glatt meinen, du denkst, ich wollte was von dir.» Er grinst, daß seine Akne ins Tanzen kommt, er hat ein Gesicht wie'n gezuckerter Pfannekuchen.

«Du bist ein Arschloch», sage ich, «das wissen wir beide. Also verpiß dich zu deinen Kumpels, denn da bist du gut aufgehoben. Mir persönlich gehst du bloß auf die Eier, ich kann deine Fresse nicht mehr sehen.»

Dabei kippe ich langsam das Glas, das ich vor mir halte, bis ihm die Cola über die Hose läuft und er mit einem Fluch zurückspringt.

«Du spinnst wohl!»

Er schubst mich, und ich mache einen Schritt zurück, der Rest meiner Cola landet über dem Flipper.

«Ich sag's ja, du bist ein Arschloch.»

Er schnauft wütend, aber ich habe weiß Gott keinen Bedarf, mich mit irgendwem hier herumzuschlagen.

«Kannst das Spiel zu Ende machen», sage ich und lasse ihn mit einem erstklassig dummen Gesicht am Flipper stehen.

Ich setze mich an die Bar und bestelle eine neue Cola, Luther schenkt mir wortlos ein. Andersen kommt in die Kneipe, schüttelt ein paar Hände, sagt ein paar Leuten Hallo, dann sieht er mich und kommt herüber.

«Keine Predigt», sage ich, als er einen Barhocker ranzieht und neben mir Platz nimmt. «Ich habe meinen Job nicht vergessen, hatte nur anderes zu tun. Morgen komme ich bestimmt.»

«Sicher», sagt er. Sieht nicht aus, als hätte er mir eine Predigt halten wollen. «Wollt nur was mit dir reden.»

Bitte, denke ich, ich schlürfe an meiner Cola, warte, daß Tommi kommt. Es wird Zeit, das habe ich mir gerade so richtig klargemacht. Zeit, daß wir etwas unternehmen. Im Dorf habe ich schon ein paar Leute über das Verschwinden des Mädchens reden hören, das ist hier natürlich ein Wahnsinnsthema. Wenn die Bullen erst anfangen, richtig zu suchen, werden wir keine Chance haben, auch nur einen Schritt zu tun, ohne aufzufallen.

Andersen quatscht eine Weile auf mich ein, ohne daß

ich richtig zuhöre, er hat Pläne mit der Werkstatt, mich interessiert dergleichen im Moment wenig. Als er mich nach dem Bolzenschießer fragt, zucke ich zusammen.

«Ich wußte gar nicht, daß du so was drauf hast», sagt er. «Wie haste den wieder hingekriegt?»

«Ach», sage ich, «das war Tommi, aber der hat gar nichts Besonderes damit gemacht. War wohl irgendwie verklemmt, schätze, das hat sich von allein gelöst.»

«Ah ja.» Er nickt. «Der Junge hat was drauf, kann das sein?»

«Tommi? Klar, Mann, der ist einsame Spitze.»

Andersen nuckelt an seinem Bier, ich hoffe, er gibt sich damit zufrieden.

Ich muß pissen, die Toiletten sind eine Etage tiefer, neben den Lagerräumen, es stinkt nach Bier und Pisse. Außer mir ist keiner hier unten, ich gehe trotzdem in eine Kabine und schließe mich ein. Die Sprüche an der Wand sind so schlecht, daß ich nicht mehr hinsehe, ich habe daran noch nie etwas gefunden. Ich pinkele über den Rand, es ist mir dermaßen egal. Als ich spülen will, hakt der Hebel, und ich reiße wütend daran, ich bin nervös, natürlich hilft das nichts. Ich gehe einen Schritt zurück und trete mit voller Wucht dagegen, der Hebel fliegt gegen die Wand, die Spülung läuft. Was für ein Scheißkasten, denke ich, jetzt hört es gar nicht mehr auf zu laufen, ich werde immer wütender. Ich hole noch einmal aus und trete den Deckel vom Wasserkasten, dann kicke ich die Klobrille samt Deckel herunter. Als ich raus will, ist die Kabine versperrt, ich habe sie ja selbst abgeschlossen. Ich trete gegen die Tür, bis das Schloß nachgibt und ich erschöpft nach draußen falle. Bevor ich raufgehe, wasche ich mir die Hände, dann sehe ich mir die Toilette noch einmal an, ein Bild der Verwüstung. Mann, ich habe gar nicht so recht mitbekommen, wie es passiert ist. Luther steht an seinem üblichen Platz hinter den Zapfhähnen, im Vorbeigehen mache ich kurz halt.

«Das sollteste dir mal ansehen», sage ich. «Da hat dir jemand das Klo demoliert.»

Etwas zuckt ihm übers Gesicht, ich könnte nicht sagen, was er denkt. Ich weiß jetzt, daß Tommi nicht mehr kommen wird, und ärgere mich, daß ich auf ihn gewartet habe. Ehe Luther etwas sagen kann, bin ich draußen.

Es ist dunkel, auf den Feldern raschelt der Weizen wie eine aufgetakelte Schlampe im Ballkleid. Ich bin bis zur Tankstelle gelaufen, um mir ein Sixpack zu holen, Tommi hat mein Fahrrad, deshalb muß ich laufen, drei Flaschen habe ich schon getrunken, ich habe keine Ahnung, wieviel Uhr es ist.

Ich habe ein bißchen die Orientierung verloren, an einem Zaun hocke ich mich hin und mache die vierte Flasche auf, meine letzte, die anderen beiden habe ich unterwegs verloren. Ich muß mich irgendwo zwischen dem Reiterhof und dem Dorf befinden, nur was liegt wo, es interessiert mich nicht. Ein warmer Wind weht mir die Haare ins Gesicht, die Sterne strahlen wie eine Discokugel. Eigentlich ist es scheißegal, wo man ist, solange man Boden unter den Füßen hat, denke ich, in einer Nacht wie dieser, so schön, und so zum Kotzen. Als ich aufstehe, ist mir schlecht, ich kotze irgendwo in die Büsche, aber die Flasche mache ich leer, ich schenke mir nichts.

Ich stolpere eine Weile über die Felder, bin mir ziemlich sicher, den Wald zu meiner Linken zu haben, doch als ich näher herangehe, entpuppt sich der Schatten als Wassertank, nur kann ich mich beim besten Willen nicht darauf besinnen, in dieser Gegend je einen Wassertank gesehen zu haben. Na ja, das muß nichts heißen, es gibt ein paar Höfe, deren Nähe ich meide. Mehr als einmal haben die Bauern mich mit Stöcken von ihrem Land gejagt, und so gern lasse ich mich auch nicht prügeln. Ein Hund bellt, und ich denke, nach Hause ist vielleicht doch die richtige Richtung. Irgendwo in der Ferne sehe ich den Lichtkegel eines Autoscheinwerfers, die Straße ist also nicht weit, das gibt mir Mut. Ich frage mich, warum Tommi nicht gekommen ist, ich muß an seine Freundin denken, versuche sie mir nackt vorzustellen. Dann denke ich an Chris, ich sehe ihre Augen vor mir, die mich anlachen, strecke die Hände aus, um ihr an die Titten zu fassen, ich bin ein Idiot. Nein, ich bin betrunken, und ich habe mein Feuerzeug verloren, dabei wünsche ich mir nichts mehr als eine Zigarette.

Auf einmal habe ich einen Schatten vor mir, von der Größe eines LKW, ich erschrecke ein wenig, stolpere und stütze mich mit den Händen ab. Der Schatten ist weich und warm, und als ich dagegenfalle, durchfährt ihn ein Ruck. Ich lande auf dem Boden, über mir höre ich das Muhen der Kuh, die ich im Schlaf gestört habe. Das Ungeheuer macht einen Satz und galoppiert davon. Hufe trappeln, mehr als eine Kuh schreckt aus dem Schlaf, ich liege ganz ruhig da, von der Furcht gelähmt, die Bestien könnten über mich hinwegtrampeln. Aber sie entfernen sich, und in meiner nächsten Nähe bleibt es ruhig, ich habe wirklich Schwein, denn so blau, wie ich bin, hätte eine Herde Ochsen auf mir Walzer tanzen können, ich wäre nicht mehr hochgekommen.

Ich bleibe eine Zeitlang liegen, kann mich nicht aufraffen. Im Grunde fühle ich mich wie ausgekotzt, aber irgendwie bin ich allerbester Laune, ja, ich bin von einem irren Hochgefühl erfüllt, das mich lachen läßt.

Und wie könnte ich schlechter Laune sein, wenn das Gras duftet wie das Leben selbst, wenn die Luft schmeckt, wie sie am ersten Tag der Erde geschmeckt haben muß. Mein Kopf ist voll schöner Dinge und der Boden von einer Wärme, die mich einlullt.

Als ich wach werde, geht gerade die Sonne auf, ich blinzele ein paarmal, dann muß ich niesen. Mir ist kalt, meine Klamotten sind feucht, ich brauche eine Sekunde, um mir bewußt zu werden, daß ich irgendwo auf einer Wiese gepennt habe. Im Mund habe ich den Geschmack von Kotze, das ist nicht schön, wenn man aufwacht, Scheiße, darauf kann ich gut verzichten.

Ich recke mich, will aufstehen, als ich die Kühe bemerke. Sie sind zu zweit, nein, zu dritt, und grasen keine fünf Meter von mir entfernt. Eine sieht mich an, als ich mich rühre, Gott, was für ein blödes Gesicht, sie streckt ihre lange Zunge heraus und fährt sich damit über den Mund, und ich kann ihren Körper riechen, ihr heißes Fleisch, den warmen Dunst ihres Euters. Vorsichtig richte ich mich auf, doch im selben Augenblick senkt sich der Himmel herunter, drückt mich zu Boden, ich stöhne auf und gehe in die Knie. Mir wird übel, und es ist nicht der Alkohol, o nein, es ist auch nicht die Müdigkeit, so leicht ist das Leben nicht. Ich schließe die Augen, bereit zu sterben, ich weiß, es wird mich zerschmettern.

So liege ich ein paar Sekunden, dann wage ich einen vorsichtigen Blick, und ich kann es nicht fassen, als ich die Augen wieder öffne, erstreckt sich über mir die unendliche Weite des Universums. Ich kann bis zum Ende der Galaxis blicken und darüber hinaus, es ist der helle Wahnsinn, und plötzlich hält mich nichts mehr am Boden, ich springe auf, laufe los, und kaum bin ich einmal auf den Beinen, ist alle Erschöpfung wie weggeblasen. Die Kühe beachten mich nicht, sie scheinen zu schweben, ein feiner Dunst liegt über der Wiese, es ist wie in einem Traum.

Ich sehe, wo ich mich befinde, es ist nicht mehr weit bis nach Hause, und dorthin mache ich mich auf. Die Tautropfen auf den Grashalmen glitzern wie Trümmer eines in tausend Teile zersprungenen Spiegels, die Wiese ist aus reinem Gold. Ich habe eine Gänsehaut.

8

Ich erschrecke zu Tode, als die Tür zu meinem Zimmer auffliegt. Ich liege auf dem Bett, höre eine alte Alice Cooper und blättere in einem Pornoheft, das ich Andersen geklaut habe. Tommi fegt ins Zimmer wie ein Wirbelwind.

«Sie ist weg!» Er ist vollkommen außer Atem.

«Was?» Ich habe keine Ahnung, was er meint.

«Die Leiche», sagt er, «sie ist weg. Jemand hat sie gefunden!»

«Quatsch», sage ich. Ich sitze kerzengerade im Bett.

«Doch, ich schwör's dir, ich war gerade da. Sie ist verschwunden!»

Für eine Sekunde packt mich der Schreck, dann fällt mir ein, daß Tommi ja noch gar nichts weiß, daß ich völlig vergessen habe, ihm davon zu erzählen.

«Reg dich ab», sage ich, «sie ist nicht weg. Ich hab vergessen, dir Bescheid zu sagen, ich hab sie weggebracht.»

«Du hast WAS?»

«Ich hab sie woanders hingebracht, an einen besseren Platz. Da im Wald war sie nicht sicher, Mann. Es war schon ein Köter an ihr dran, außerdem rannten Karl und Dr. Wilhelm draußen rum. Ich mußte sie wegschaffen.»

Tommi atmet ein paarmal tief durch, ich sehe, wie er ruhiger wird. Er schließt die Tür, schnappt sich meinen Schreibtischstuhl und setzt sich hin.

«Wann?» fragt er.

«Vorgestern irgendwann», sage ich.

«Warum hast du mir nichts gesagt?»

«Hey, tut mir leid, wollte ich ja. Aber als du dich mit deiner Freundin gekracht hast, schien mir nicht der rechte Augenblick, und später hab ich's vergessen.»

«Scheiße, ich hab vielleicht einen Schreck gekriegt. Ich dachte, jetzt sind wir dran.» Er lehnt sich zurück und schüttelt den Kopf. «Du hättest mir echt was sagen können.»

«Ich hab's dir erklärt», sage ich.

«Schon gut, vergiß es. Hast du 'ne Kippe?»

«Klar.»

Ich angele mir die Packung, die neben dem Bett liegt, und werfe sie ihm zu, nachdem ich mir selbst eine Zigarette rausgefischt habe.

«Gut», sagt er, als wir beide den Rauch ins Zimmer pusten. «Und jetzt sag mir, wo du sie hingebracht hast.»

«Ich werd's dir zeigen. Komm mit.»

Tommi folgt mir zum alten Sanatorium, ohne viel zu sagen. Ich nehme eine Axt mit, die hinterm Haus steht, er stellt keine blöden Fragen. Als ich die Bretter vor dem verborgenen Zugang zur Seite räume, runzelt er die Stirn und sieht mich an, sagt aber immer noch nichts. Ich habe ihm mein Versteck nie gezeigt, irgendwie ist es mir ein bißchen unangenehm. Ich frage mich, was ich an seiner Stelle denken würde.

«Wohin führt der Schacht?» fragt er, als ich schon halb verschwunden bin.

«In den Keller», sage ich. «Komm einfach, und paß auf, daß du nicht danebentrittst.» Dann bin ich unten, und während Tommi vorsichtig in den Schacht klettert, zünde ich ein Licht an.

«Ist ja irre», sagt er, als er endlich neben mir steht. Im

flackernden Licht der Öllampe scheinen die Wände sich zu bewegen, ein Teil des Raums verschwindet im Schatten. Auch die Leiche wirkt beinahe lebendig. Sie liegt direkt neben dem Ausgang des Schachts, doch Tommi hat seine Augen woanders, er reckt sich, sieht sich um, versucht die Räumlichkeiten zu erahnen.

«Ich wußte gar nicht, daß es hier einen Keller gibt. Unglaublich.» Er macht einen Schritt in den Raum hinein.

«Was ist dahinten?» Er deutet auf den Flur, der aus dem alten Vorratsraum zu meinem Versteck führt, zu meiner Zuflucht. Ein blödes Gefühl fährt mir in die Glieder.

«Egal», sage ich. «Vergiß den Keller. Wir haben ein Problem, um das wir uns kümmern müssen.»

Er dreht sich um, versucht den Teil des Raumes zu überblicken, der im Schatten liegt, doch hier im Vorraum gibt es nicht viel zu sehen. Ein altes Weinregal, einen großen Spiegel, den ich aus einem der oberen Räume nach unten geschafft habe, eine Matratze. Neben dem Spiegel steht eine Tüte mit Müll, die ich bei einem der letzten Male, die ich hier war, vergessen habe. Er sieht mich an.

«Das ist Wahnsinn», sagt er, «das Ganze hier. Hast du dir das eingerichtet?»

«Ja», sage ich leicht genervt. So kommen wir nie weiter.

«Ich glaub's nicht.» Sein Erstaunen ist echt. «Wie lange hast du das hier schon?»

«Eine Weile. Ich hänge nicht nur zu Hause, während du im Internat bist.»

Ich bin gereizt, ich denke, was glaubt der denn. Er hat ja keine Ahnung, von nichts, und von mir erst recht nicht, kennt mich längst nicht so gut, wie er vielleicht glaubt, und wie sollte er auch. Oh, da sind die Hüllen, das Äußere, das alle sehen, und er blickt wahrscheinlich sogar tiefer, kennt mich besser als die meisten. Aber innendrin, ganz innendrin, da kennt mich keiner, verdammt, da kenne ich mich ja nicht mal selbst, wenigstens kommt's mir manchmal so vor. O ja, oft kann ich mich über mich selbst nur wundern.

«Warum hast du mir das nie gezeigt?» Er hört nicht auf damit, kommt einfach nicht drüber weg. Ich stelle das Öllicht neben die Leiche, ich weiß nicht, was ich sagen soll.

«Laß uns ein anderes Mal darüber reden», sage ich. «Wir müssen uns um die Leiche kümmern.»

Ich kann seinen Blick spüren, die Fragen darin, aber ich kann ihm nicht helfen, was könnte ich ihm schon sagen. Endlich wendet er sich ab und sieht die Leiche an. Es dauert nur eine Sekunde, bis sein Blick wieder auf mir ruht.

«Was hast du mit ihr gemacht?»

«Wieso?»

«Sag mal, spinnst du vollkommen?» Er macht einen Schritt auf mich zu, starrt mich an, fast habe ich Angst, er wolle mir an die Gurgel.

«Nun mach mal halblang», sage ich.

Ich sehe an ihm vorbei auf die leblose Gestalt, ihre blassen Titten starren in die Luft, und wieder verschlägt es mir den Atem. Sie sehen noch genauso aus wie gestern, so weich, so schön.

«Hey», sage ich. «Denk bloß nichts Falsches.»

«Bist du eigentlich völlig verrückt?» Seine Stimme zittert. «Kannst du mir sagen, was das zu bedeuten hat?»

«Nun reg dich nicht gleich auf. Wir müssen sehen, daß wir sie irgendwie verschwinden lassen. Ich hab mir überlegt, am einfachsten wäre es, wenn wir sie in kleine Stücke hacken. Da stört das T-Shirt, weißt du. Da bleibst du nur drin hängen.»

Ich deute auf die Axt, die ich mitgebracht habe. Ihm sackt die Kinnlade runter.

«Das meinst du doch nicht ernst.»

«Dann sag mir, wie du sie hier wegschaffen willst. Spaß macht mir das auch nicht, das kannst du mir glauben. Aber wo sollen wir hier mit einer ausgewachsenen Leiche hin? Wenn die sie erst suchen, können wir uns keinen Meter mehr bewegen, ohne daß jemand Verdacht schöpft. Ich weiß keine andere Möglichkeit.»

Tommis Blick wandert von mir zu der Leiche, von der Leiche zur Axt, von der Axt zu mir.

«Eine Sekunde», sagt er und setzt sich auf den Boden. «Das muß ich erst mal verdauen.»

«Natürlich», sage ich. «Kein Problem.»

Ich setze mich neben ihn, und wir starren stumm in das flackernde Licht. Die Stille, die uns plötzlich umfängt, ist beinahe greifbar, es ist unheimlich. Wie ein Gas, das plötzlich in die Räume kriecht.

«Vielleicht hast du recht», sagt er schließlich. «Ich meine, einfacher wäre es. Wenn es nur kleine Stücke sind, die wir verschwinden lassen müssen.»

«Genau das meine ich. Wir können sie in Tüten packen und in den Müll stecken, irgendwohin, und wenn der Müll erst mal abgeholt ist, haben wir nichts mehr damit zu tun.»

Er nickt kaum merklich.

«Aber ich kann das nicht», sagt er dann, ohne aufzusehen. «Das sage ich dir gleich. Ich rühr sie nicht an.»

«Red keinen Scheiß.»

Ich drehe mich zur Seite, sehe sie an, es ist ein komischer Anblick, ja, irgendwie geht einem das ans Herz, mir wenigstens. Vorne, wo ihre Jeans offen ist, schimmert der weiße Slip durch, der mich gestern hat verzagen lassen.

«Wenn du mich fragst, sollten wir's sofort machen. Wir haben keine Zeit zu verlieren.»

An der Seite, unterm Arm hat sie komische graue Flecken.

«Sicher», sagt Tommi. Doch er rührt sich nicht.

«Wir fangen mit den Armen an, das ist leichter als der Kopf.»

Ich stehe über der Leiche, die wir in die Mitte des Raumes gezerrt haben, Tommi neben mir.

«Gib mir die Axt», sage ich.

Er greift hinter sich.

«Ich weiß nicht», sagt er.

«Keine Angst», sage ich. «Sie spürt nichts mehr. Sie ist tot, falls du's vergessen hast.»

«Aber wir haben nichts dabei, keine Tüte oder so, um die Teile wegzuschaffen.»

«Können wir später holen. Jetzt gib mir die Axt.»

Er reicht mir den Stiel, ich umfasse ihn mit beiden Händen, fühle das Gewicht der Axt, dann stelle ich mich in Position.

«Okay», sage ich und hebe die Arme. Doch etwas Komisches passiert, ich lasse die Axt wieder sinken, ich weiß nicht, was es ist. Ich kann nicht.

«Was ist?» Tommi sieht mich an.

«Dreh sie auf den Bauch», sagte ich. «Ich kann ihr Gesicht nicht ansehen, wenn ich es tue.»

Er bückt sich, packt sie an den Armen, dreht den widerspenstigen steifen Körper um.

«Du spinnst.»

Ja, denke ich, vielleicht hast du recht.

«Gut», sage ich, als sie richtig liegt. Tommi beobachtet mich.

Wieder hebe ich die Axt, ich ziele auf ihre linke Schulter. Es ist mir klar, daß ich Kraft brauche, ich muß ihr praktisch die Schulter zerschlagen. So'n Körper ist verdammt zäh.

«Nun mach schon.» Er ist nervös.

«Ja doch.»

Ich spanne meine Muskeln, lasse die Axt niedersausen, aber irgend etwas lähmt mich, ich habe keine Kraft, und die Axt geht ohne jeden Schwung auf sie nieder und prallt kraftlos ab. Ich habe ihr kaum die Haut geritzt.

«Ich kann es nicht», sage ich und lasse die Axt fallen. Es ist verrückt, aber wahr, ich kann es nicht tun. Wenn sie noch leben, ist es leichter.

«Das ist nicht dein Ernst.» Tommi starrt mich an. «Es war doch deine Idee.»

«Na und», sage ich. «Ich kann es trotzdem nicht. Mach du's doch.»

«Ich?» Er zögert.

«Ja, du. Hier.» Ich reiche ihm die Axt.

«Vorsicht!»

Ängstlich schließt er die Finger um den Stiel, ich sehe auf den ersten Blick, das wird nichts. Scheiße, denke ich, was sind wir für Waschlappen, das können wir keinem erzählen.

Tommi stellt die Axt beiseite.

«Gut», sagt er. «Lassen wir uns was anderes einfallen.»

«Hast du ihr den Schuh ausgezogen?»

Wir hocken neben der Leiche, Tommi stößt mich an.

«Was?»

«Na, den Schuh», sagt er. «Ihr fehlt der linke Schuh.»

«Quatsch», sage ich.

«Sieh doch hin.»

Ich folge seinem Blick und tatsächlich, ihr linker Schuh ist weg, der Fuß ist nackt. Rechts trägt sie einen weißen Turnschuh. Auf ihre Füße habe ich bisher nicht geachtet.

«Komisch», sage ich. «Ist mir gar nicht aufgefallen.»

«Verdammte Scheiße.» Er lehnt den Kopf an die Wand. «Weißt du, was das heißt?»

«Das war der Scheißköter», sage ich. «Ich wette, das war dieser Köter.»

«Welcher Köter?»

«Egal. Laß uns lieber wieder zur Sache kommen. Wir müssen uns was überlegen.» Irgendwo im Gebäude über uns rappelt etwas, und Tommi fährt auf.

«Hast du das gehört?»

«Der Wind», sage ich. «Oder irgendein Tier.»

«Bist du sicher?» Er lauscht angespannt.

«Ja», sage ich gereizt. «Hier hört man ständig irgendwas. Mach mich nicht verrückt, okay?»

«Ich dachte ja nur.»

«Schon gut.»

Vor mir am Boden sehe ich etwas blinken, ich beuge mich vor, es ist eine Kette.

«Was ist das?» Er reckt sich neben mich.

«Nichts», sage ich. «Gar nichts.»

Ich hebe die Kette auf und lasse sie unauffällig in meiner Tasche verschwinden. Es ist ihre Kette, aber Tommi muß das nicht wissen.

«Und jetzt?» frage ich. Ich kann ihn atmen hören.

«Laß uns hier verschwinden.» Er steht auf und klopft sich den Staub von der Hose. «So kommen wir doch zu nichts. Außerdem kann ich diesen Anblick nicht mehr ertragen.»

«Aber ...», fange ich an, dann lasse ich es, denn er hat recht. Hier fällt uns doch nichts ein. Ich lösche die Lampe und klettere hinter ihm nach oben. Den verborgenen Eingang tarne ich so sorgfältig wie nie.

Dr. Wilhelm ist ein miserabler Autofahrer, er fährt langsam und vorsichtig und hat nicht einmal Musik im Auto.

«Das Radio funktioniert nicht, tut mir leid», sagt er, als wir losfahren, ich schätze, wir hätten uns ohnehin nicht auf einen Sender einigen können. Inzwischen frage ich mich, wie er es geschafft hat, mich ins Auto zu kriegen, keine Ahnung, warum ich hier sitze. Er holt meine Mutter aus dem Krankenhaus ab, da habe ich nun wirklich nichts verloren.

«Ich hätte deinen Vater gern einmal kennengelernt», sagt er und sieht mich dabei an, was mir ganz und gar nicht recht ist, lieber soll er die Straße im Auge behalten, ich fühle mich nicht gerade sicher. Der Wagen driftet gefährlich weit auf die Gegenfahrbahn. «Vorsicht», sage ich, Wilhelm sieht wieder nach vorne, korrigiert und hält den Blick auf die Straße gerichtet.

«Die Ausrüstung, mit der dein Vater gearbeitet hat, ist unglaublich, damit würde heute kein Mensch auch nur einen Versuch machen. Allein das Labor in diesen alten Räumen, ohne Sicherheitsmaßnahmen, ohne isolierte Versuchsräume. Es ist Wahnsinn.»

Ich frage mich, was er eigentlich von mir will, will er mich totquatschen oder was? Er nimmt eine Hand vom Steuer, streicht sich die Haare aus dem Gesicht und sieht mich an. «Glaub mir, dein Vater war ein begabter Mann. Ein Visionär.»

«Hören Sie», sage ich. «Der ganze Scheiß interessiert mich nicht.»

«Hey», er hebt die Augenbrauen. «Du wolltest mich duzen. Schon vergessen?»

Ich sehe aus dem Fenster, suche eine Ecke, an der er mich rauslassen kann, hier drin gehe ich ja ein. Aber wir sind schon zu weit, wenn ich hier aussteige, dann laufe ich über eine Stunde, bis ich wieder auf der Halbinsel bin. Und so richtig fit fühle ich mich auch nicht.

Eine Weile sagt keiner ein Wort, ich versuche, nicht auf die Straße zu sehen, Wilhelm konzentriert sich aufs Fahren.

«Ich find's gut, daß du mitgefahren bist», sagt er dann.

«Wieso», sage ich. «Ist doch Blödsinn.»

«Na, deine Mutter wird sich freuen.»

«So'n Quatsch. Dumm gucken wird die, sonst nichts.»

Er hält an einer Ampel, es ist kaum gelb, hinter ihm muß einer voll auf die Bremse steigen, Reifen quietschen, er hört es gar nicht.

«Du redest nicht gerade nett von deiner Mutter.»

«Wie redet sie denn von mir?»

«Das ist das Problem», sagt er. «Ihr macht etwas falsch, glaube ich. Oder meinst du, das muß so sein?»

Als ich nichts sage, nimmt er die Hände vom Steuer, lehnt sich zurück und sieht mich an.

«Ich habe mir früher auch nicht allzu viele Gedanken um solche Dinge gemacht, wie man miteinander umgeht, wenn man zusammenlebt, weißt du. Aber durch die Trennung von meiner Frau habe ich eine Menge gelernt.»

Die Ampel wird grün, er sieht es nicht, ich sage nichts.

«Wie sagt man doch, aus Fehlern wird man schlau.»

Hinter ihm hupt einer, Wilhelm reißt in einer wütenden Geste die Arme hoch.

«Ja doch», sagt er, legt einen Gang ein und fährt los. «Arschloch!»

Ein grüner Benz überholt uns, der Fahrer starrt Wilhelm an, schüttelt den Kopf, der macht eine wegwerfende Handbewegung. Ich warte, bis der Idiot weg ist und Wilhelm wieder ruhig, ehe ich mich an ihn wende.

«Ich glaube, ich muß mal was klarstellen», sage ich. «Meine Mutter und ich, wir kommen nicht besonders gut miteinander aus, schön, es ist nicht meine Schuld. Niemand hat sie gebeten, herzukommen, als mein Vater starb, niemand. Vorher hat sie sich auch nicht für uns interessiert.»

«Aber ...»

«Einen Moment. Ich will nicht beleidigt klingen, nee, bloß nicht, aber meine Mutter ist eine miese Schlampe, das solltest du nicht vergessen, du kannst ihr zehn Typen ins Haus setzen, und ich sage dir, sie bumst sie alle durch. Klar, da ist nichts bei, sie kann ja machen, was sie will, es ist ihr Leben, und wenn sie es im Klo runterspült, ist das ihr Problem. Was mir nicht paßt, ist, daß sie's zu Hause macht. Es ist auch mein Haus.»

«Ich weiß.» Wilhelm nickt, wendet den Blick kurz von der Straße. «Aber ich glaube, du machst es dir zu einfach, wenn du so über sie urteilst.»

«Was?»

«Deine Mutter hatte es nicht leicht, da bin ich mir ziemlich sicher, niemand wird ohne Grund so, wie er ist. Sie hat hier draußen nicht viele Freunde, das weißt du wahrscheinlich. Außerdem glaube ich, du übertreibst ein wenig. Ich habe mir vorgenommen, mich da rauszuhalten, aber ich finde, du solltest wenigstens versuchen, sie zu verstehen.»

Ich sehe aus dem Fenster und denke, Mann, der macht mich fertig, er redet ja wie einer von diesen Sektenspinnern, aber ich spiele da nicht mit. Von mir aus kann er mich bequatschen, wie er will, ich sage kein Wort mehr, ich mache mich doch nicht lächerlich, oder seh ich vielleicht so aus? Nee, ehrlich, da halte ich lieber die Klappe.

Wir haben Glück, direkt vor uns verläßt ein VW seine Parklücke, kaum daß Wilhelm auf den Parkplatz eingebogen ist. Der Mann am Steuer nickt freundlich, ich schaue eisern, dabei ist es idiotisch. Ich bin sauer, daß ich mich habe bequatschen lassen, ich bin wirklich zu blöd. Was ich bräuchte, ist bloß ein bißchen mehr Durchsetzungsvermögen, ein bißchen mehr Beharrlichkeit. Ich könnte mir so manchen Scheiß ersparen.

«Komm», sagt Wilhelm. «Wir sind da. Ach, übrigens, ich werde deiner Mutter nichts davon sagen, daß du heute nacht nicht zu Hause warst. Muß sie ja nicht wissen, oder?»

Ich zucke mit den Schultern, mir ist das, ehrlich gesagt, ziemlich schnuppe. Soll er ihr doch sagen, was er will.

Das Krankenhaus wirkt schmutziger als in meiner Erinnerung. Die Mauern sind von einem verwaschenen Grau, fleckig und brüchig, sie kommen mir vor wie von Krebsgeschwüren durchsetzt. Denk keinen Quatsch, sage ich mir, das ist doch Unsinn. Der Himmel ist von einem überirdisch klaren Blau, die Sonne scheint hell, manche Gebäude läßt solches Licht in ganz neuem Glanz erstrahlen, bei anderen hebt es die dunklen und schmutzigen Ecken hervor, so ist das, ganz einfach. Ich folge Wilhelm zur Pforte.

Ich habe selbst einmal ein paar Stunden in diesem Haus verbracht, ich muß daran denken, damals haben sie mir die linke Hand operiert, ich hatte einen akuten Entzündungsschub und konnte die Finger kaum noch bewegen. Sie haben mir einen Teil der Gelenke weggenommen, die Hand war ein paar Wochen in Gips, seitdem geht's. Jetzt bin ich kaum ein paar Schritte durch die Tür, und schon habe ich nur einen Gedanken, was mache ich hier? Ich muß mich zusammenreißen, um nicht auf der Stelle kehrtzumachen, aber Wilhelm würde mich nicht lassen. Ich sehe mich flüchtig um, die Halle ist kalt und unfreundlich, die einzige Pflanze vertrocknet. Meine Mutter liegt auf der Frauenstation, Wilhelm kennt den Weg, ich trotte einfach hinterher. Ich komme mir ziemlich blöd vor.

«Warte hier», sagt er, als wir auf der Station sind, er deutet auf eine Sitzecke, in der eine alte Frau im Bademantel hockt, eine Zigarette im Mund, und auf den Fernseher starrt, der ohne Ton läuft. «Ich will noch mal mit dem Arzt reden.»

Bitte, denke ich, hau nur ab. Ich mache ein paar Schritte den Flur entlang, beobachte, wie Wilhelm an eine Tür klopft und hereingebeten wird. Die Krankenzimmer liegen auf der linken Seite eines langen Gangs, dessen Wände mit Reproduktionen berühmter Gemälde geschmückt sind. Von außen sind die Zimmer alle gleich, graue Tür in grauem Stahlrahmen, neben einer steht ein Rollstuhl mit geblümtem Kissen darin. Ein breites Holzgeländer verläuft an den Wänden, eine junge Frau im Frotteebademantel zieht sich daran vorwärts, durchmißt den Gang mit winzigen Schritten. An der rechten Tasche hängt ihr ein durchsichtiger, mit gelblich-roter Flüssigkeit gefüllter Beutel, von dem aus ein Schlauch unter den Bademantel geht, und was ich nicht fasse, ist, daß es sie überhaupt nicht zu stören scheint, sie geniert sich kein bißchen. Ich kann gar nicht hinsehen, es stößt mich ab, warum tun die Menschen sich so was an, warum legen sie sich nicht einfach hin und sterben? Vielleicht findet einer es absurd, daß gerade ich das sage, kann schon sein, aber ich habe nie behauptet, das Leben sei leicht und für uns verständlich, sollen sich andere abmühen, da durchzusteigen. Ich frage mich, wo Wilhelm bleibt.

Aus dem Zimmer, vor dem ich stehe, kommen Stimmen, ich spitze die Ohren, aber ich kann nichts verstehen. Auf dem Bild an der Wand mir gegenüber grasen blaue Pferde auf einer roten Wiese, ich muß zweimal hinsehen, mit Kunst habe ich nichts am Hut. Als aus einer der anderen Türen eine Krankenschwester auftaucht und mit einer Pfanne in der Hand über den Gang läuft, mache ich zwei Schritte von der Tür weg und versuche, gelangweilt auszusehen. Die Schwester sieht mich nicht einmal. Aus dem Zimmer kommt ein langgezogenes, lautes Stöhnen, ich gehe unauffällig wieder näher. Ich spüre ein leichtes Kratzen im Hals und fluche leise bei mir, das machen diese Mauern, ich könnte es schwören. Die Tür geht auf, und ich schrecke zurück, zwei Ärzte kommen aus dem Zimmer.

«Hoppla», sagt der eine, «aufgepaßt.»

Ich drehe mich hastig um und mache ein paar Schritte den Gang hinunter. Vor einem der Bilder bleibe ich stehen und schaue gleichgültig um mich, die Ärzte kommen an mir vorbei, sie sehen mich leicht befremdet an. Als sie schon vorbei sind, dreht sich der eine noch einmal nach mir um, und ich fühle mich plötzlich gar nicht wohl in meiner Haut, warum glotzt der so blöd? Ich atme auf, als er in einem anderen Zimmer verschwindet, so ein Arsch.

Ich stecke den Kopf in den Aufenthaltsraum der Schwestern. Eine ältere, etwas korpulente Krankenschwester mit kurzen Locken fuchtelt wütend mit einer Akte in der Luft herum, an dem Tisch im hinteren Teil des Raumes sitzt eine jüngere, rothaarige, und notiert etwas in einen Plan. In dem Regal, das nahezu die gesamte Wand neben der Tür ausmacht, stapeln sich Spritzen, Kanülen, Schläuche und was es noch alles an speziellen Geräten auf einer Station gibt. Ich sehe mich interessiert um. Als die Schwester mit den Locken mich erblickt, rauscht sie auf mich zu.

«Was suchst du hier?» herrscht sie mich an.

«Nichts», sage ich. «Gar nichts, wirklich, ich, ich meine ...»

«Aus dem Weg!» Sie fuchtelt mir mit ihrer Akte vor der Nase herum. «Siehst du nicht, daß du störst?»

«Ist ja gut», sage ich. «Dumme Kuh.»

Ihr sackt die Kinnlade runter. Ein junger Arzt, der sich an mir vorbeischiebt, rettet mich vor einem Wutausbruch, indem er die Schwester anspricht und irgend etwas von ihr will, was ihren Ärger in eine andere Richtung lenkt.

«Schwester Claudia», sagt er. «Sie habe ich gesucht.»

Sie schwenkt herum, fixiert ihn, dann knallt sie die Krankenakte, die sie noch immer in der Hand hält, auf den Schreibtisch. Ich wende mich zum Gehen, als die Rothaarige, die am Tisch sitzt, mich anspricht.

«Hallo», sagt sie. «Kann ich dir irgendwie helfen?»

«Meine Mutter liegt hier», sage ich. «Ich warte nur.»

«Wie heißt denn deine Mutter?»

«Johannsen. Annie Johannsen.»

«Ah.» Sie nickt. «Komm doch hier rüber. Deine Mutter ist bestimmt gleich soweit. Magst du einen Kaffee?»

Ich nehme achselzuckend Platz und lasse mir eine Tasse vor die Nase setzen. Schwester Claudia würdigt mich keines Blickes.

«Deiner Mutter geht's gut», sagt Schwester Monika, ihr Name steht auf dem bunten Schild an ihrem Kittel. Sie schiebt ihre Kurven ein Stück zur Seite, dann setzt sie sich ebenfalls wieder. «Solche Reaktionen hat man manchmal.»

«So?»

«Ja, ist nichts Dramatisches. Hast du dir Sorgen gemacht?»

Ich glaube, ich spinne, was denkt die denn. Ich stürze meinen Kaffee hinunter.

«Hey», sagt sie, «bleib ruhig sitzen.»

«Danke, ist schon gut, ich muß nur mal.»

«Den Gang runter, dann rechts.» Sie lächelt.

Ich stolpere über meine eigenen Füße, als ich aus dem Schwesternzimmer gehe, ein Blick den Gang hinunter reicht, und ich weiß, daß ich genug habe. Ich sehe zu, daß ich wegkomme.

Unten in der Halle steht ein Getränkeautomat, ich ziehe mir eine Cola. Statt Dosen spuckt das Scheißding Plastikbecher aus, und natürlich bleibt mir der dämliche Becher an einer hervorstehenden Ecke hängen, das ganze Zeug läuft mir über die Hand. «Scheiße», sage ich laut, eine ältere Frau dreht sich um.

Neben dem Ausgang ist ein kleiner Kiosk, ich versuche es dort. Während ich warte, sehe ich mir die Auslagen an, der Kiosk verkauft Zeitschriften, Plüschtiere, Brötchen, sogar Schlüsselanhänger.

Vor mir steht ein Mann im Bademantel, ich sehe ihn nur von hinten, er kauft Zigaretten und irgendein Sandwich. Als er sich umdreht, kriege ich einen Mordsschreck, denn am Übergang vom Hals zum Kopf hat er ein Riesenloch, auf der linken Seite fehlt ihm der gesamte Unterkiefer. Ich bin wie versteinert, auch als er längst an mir vorbei ist, die Frau hinter der Theke sieht mich ungeduldig an.

«Bitte?»

«'ne Cola», sage ich.

Die Alte reicht mir eine Dose, ich bezahle.

«Haben Sie auch Filme?» frage ich.

Über einen Korb mit Brötchen hinweg runzelt sie die Stirn.

«Meinst du Videos?»

«Nee», sage ich. «Richtige Filme, für'n Fotoapparat.»

«Bedaure.» Sie macht ein jammervolles Gesicht, dabei weiß ich, daß der blöden Ziege garantiert nichts leid tut. Leck mich doch am Arsch, denke ich und zische ab.

Ich stehe eine Weile am Auto, bis es mir zu blöd wird, was weiß ich, wie lange die da oben quatschen wollen. Also laufe ich ein bißchen über den Parkplatz, kicke meine Dose gegen die parkenden Autos, bis ein Mann, den ich nicht gesehen habe und der gerade in sein Auto steigen will, mich anraunzt. Ich war schon eine Weile nicht mehr hier, da kann ich ebensogut ein bißchen durch die Straßen laufen.

Zwei Straßen vom Krankenhaus ist ein HiFi-Laden, ich stehe eine Weile vor dem Schaufenster und sehe mir ein Autorennen an, das im Fernsehen übertragen wird. Mir fallen spontan tausend interessantere Sportarten ein, trotzdem denke ich, Rennfahrer wäre kein so schlechter Job. Das kann ich sagen, wenn mich wieder mal einer fragt, Rennfahrer ist okay.

Ein paar Häuser weiter ist ein Waffenladen, und ich gehe hinein, um mir Diabolos für mein Luftgewehr zu holen, ich will Tommi bei Gelegenheit dazu kriegen, ein Turnier mit mir zu machen. Früher haben wir viel geschossen, auf Dosen, Schilder, Vögel, auf alles mögliche.

Der Verkäufer, der mir die Diabolos holt, ist ein hagerer, unfreundlicher Mensch. Ich lasse mir ein paar Pistolen zeigen, nur um ihn zu ärgern, es sind ausnahmslos Schreckschuß- oder Gaswaffen. Als ich auf eine scharfe Waffe zeige, stützt er sich entnervt auf seinen Verkaufstresen.

«Die darfst du ohnehin nicht kaufen», sagt er.

«Aber sehen möchte ich sie», sage ich.

«Nichts da», sagt er barsch. «Die bleibt, wo sie ist.»

Ein unfreundlicher Mensch, das kann man wohl sagen. Ich gebe ihm mein ganzes Kleingeld.

Als ich den Laden hinter mir gelassen habe, ärgere ich mich, so ein miesgelaunter Typ kann einem den Tag verderben. Ich will zum Krankenhaus zurück, nicht, daß die ohne mich fahren, doch als ich mich umsehe, merke ich, daß ich ganz vergessen habe, auf den Weg zu achten. Die Straßen sind trist und verlassen, keine schöne Gegend, und ich habe nur in etwa eine Vorstellung davon, wo ich mich befinde. Sicher bin ich mir nicht.

Ich komme am Hintereingang eines Supermarkts vorbei, leere Kartons stapeln sich an einer Mauer, in einer Kiste gammeln Gemüseabfälle. Ein Penner mit Hut und Mantel spricht mit einem Angestellten in weißem Kittel. Als ich vorbeigehe, drehen sich beide nach mir um, was ist los, denke ich. Was haben die Leute nur immer mit mir?

An der nächsten Ecke steht ein Sanitätshaus, ein großer Laden, über zwei Etagen starren mich Stützstrümpfe und Rollstühle an. Neben dem Sanitätshaus beginnt eine lange Mauer, die irgendein Lager oder sonstwas begrenzt, die Straße ist vollkommen leer, ich kann nicht sagen, ob ich richtig bin. Fünfzig Meter weiter sehe ich eine Bushaltestelle.

Es ist bereits jemand vor mir da, ein Junge mit Krükken, er steht unter dem Dach der Haltestelle und studiert die Pläne. Als er mich hört, dreht er sich um und lächelt mich an. Er ist einen halben Kopf größer als ich, hat kurze braune Haare und trägt Gesundheitsschuhe. Von Statur ist er eher schmächtig, die Krücken wirken an ihm wie ein paar Spinnenbeine.

«Du hast Pech», sagt er. «Der Bus ist gerade weg.»

Mein Körper versteift sich.

«Glaubste, das interessiert mich?» sage ich.

Er macht ein blödes Gesicht.

«Ist ja schon gut», sagt er. «Ich dachte bloß, du willst den Bus kriegen.»

«Seh ich so aus?»

«Immerhin ist das hier eine Haltestelle.» Der hält sich für besonders schlau.

«Leck mich am Arsch.» Ich trete ihm die Krücke weg.

«Hey», sagt er. «Hör auf mit dem Blödsinn.»

Ich mache einen Schritt auf ihn zu, ist ja stark, denke ich. Sein linkes Auge zuckt, ich kann gar nicht hinsehen. Ich und Blödsinn, der kann was erleben. Was für ein Wichser.

Er hält sich an der Wand der Haltestelle fest, versucht, seine Krücke aufzuheben, ich bin kurz davor, ihn einfach umzuschubsen. Nur um zu sehen, wie er am Boden liegt. Aber dann denke ich, was, wenn er anfängt zu flennen, das könnte ich nicht ertragen, ich würde auf der Stelle sterben. Ich lasse ihn stehen und sehe zu, daß ich weiterkomme.

«Was hast du dir dabei gedacht, einfach zu verschwinden?»

Meine Mutter ist sauer, wir sitzen im Auto, sie haben auf dem Parkplatz auf mich gewartet. Wilhelm fährt.

«Du hast Glück, daß wir nicht einfach abgefahren sind, oder kannst du mir sagen, wie du dann nach Hause gekommen wärst?»

So geht es die ganze Fahrt, doch an mir prallt das ab, ich frage mich, was sie sich so aufregt, soll sie mich doch einfach in Ruhe lassen. Wilhelm hält sich raus.

«Glaub nur nicht, du kannst mir auf der Nase rumtanzen», sagt sie.

Ich habe die Schnauze voll. «Bist du jetzt fertig?» frage ich.

Ich steige am Feriendorf aus und kaufe mir in dem Strandshop einen Film für die Polaroidkamera, dabei nehme ich den Weg durch die Reihen der Bungalows, nicht über den Platz, um eine Begegnung mit Emma zu vermeiden. Wer Ärger sucht, wird ihn finden, das ist ein alter Hut, und im Moment ist mein Bedarf gedeckt.

Zurück im Haus horche ich auf die Schritte im oberen Stockwerk, dann lege ich die «Skid Row» von Tommi auf und mache Liegestütze, viele schaffe ich nicht. Ich habe leichte Kopfschmerzen, aber ich mache noch die eine oder andere Übung, manchmal kann es eine Hilfe sein, sich in Form zu fühlen, und mit Musik geht es leichter. «We are the youth gone wild», brülle ich, während ich am Türrahmen Klimmzüge mache. Im allgemeinen liegt mir Sport nicht besonders, ich habe nicht das richtige Zeug dazu, ich kann nicht mal schnell laufen. Alles, was ich habe, ist eine ziemliche Ausdauer, kaputtkriegt mich so leicht keiner, egal bei was, aber ein paar Liegestütze mehr am Stück zu packen, wäre auch nicht das schlechteste. Okay, okay, ich arbeite dran.

Es klopft, und meine Mutter steht in der Tür.

«Was ist?» sage ich ärgerlich, ich werde nicht gerne gestört, wenn ich trainiere.

«Die Polizei hat vorhin angerufen, Herr Tilli. Er wollte dich sprechen.»

«Weshalb?» frage ich.

«Nur so. Er wollte mit dir reden, ich weiß nicht was. Aber er sagte etwas von einem Mädchen, das verschwunden ist. Kennst du sie?»

Na klar, denke ich, daher weht der Wind, hätte ich mir ja denken können. Mir platzt der Kragen.

«Wenn die noch mal anrufen, kannste sagen, daß sie mich in Ruhe lassen sollen. Was fällt denen ein!» Ich springe auf, und weil ich nicht weiß, wohin mit meiner Wut, trete ich gegen das Bett.

«Warum kommen die zu mir? Kann mir das einer verraten? Was wollen die denn? Verdammt noch mal, ich bin seit Jahren ruhig, ich nehme meine Tabletten und alles, renne zum Arzt, lasse mich bequatschen. Wozu mache ich das denn?! Die sollen mich in Frieden lassen, wie jeden anderen auch.»

Außer Puste starre ich meine Mutter an, ich weiß nicht, warum ich ihr das alles sage. Sie ist vollkommen ruhig.

«War's das? Herr Tilli wollte später noch einmal anrufen. Du kannst ihm dann alles selber sagen. Hörte sich gut an.»

«Raus», sage ich. «Raus aus meinem Zimmer.»

Am Nachmittag kommt Karl vorbei, ich bin gerade dabei, den Fernseher einzustellen. Wilhelm hat es geschafft, beinahe alle Kanäle zu verstellen, dabei ist es doch wirklich nicht so schwer, einen Fernseher zu bedienen, und der Mann hat studiert, er hat immerhin einen Doktor.

Karl bleibt hinter mir stehen und sieht mir über die Schulter.

«Ist deine Mutter da?»

«Keine Ahnung», sage ich.

Eine Sekunde später kommt sie die Treppe herunter, Karl dreht sich um.

«Hallo, Karl», sagt sie. «Wie geht's?»

«Ich muß mit dir reden.»

«Gern.» Sie nickt. «Wollen wir einen Kaffee dabei trinken?»

Ich schalte den Fernseher aus, so habe ich keine Ruhe. Karl sieht mich an, und ich verschwinde.

«Amüsiert euch schön», sage ich.

Es dauert nicht lange, und ich höre in meinem Zimmer, wie ihre Stimmen lauter werden. Karl brüllt als erster.

Ich denke, eine Tasse Kaffee könnte ich auch vertragen, und gehe leise aus dem Zimmer.

«Was hast du dir denn dabei gedacht?!» brüllt Karl. Sie haben die Wohnzimmertür geschlossen, aber bei der Lautstärke habe ich kein Problem, ihn zu verstehen.

«Du hättest ihn abwimmeln sollen. Aber nein, statt dessen zieht er gleich bei euch ein! Mußte das sein?!»

«Ich frage mich, was dich das alles angeht», erwidert meine Mutter etwas leiser, trotzdem kann ich hören, wie ihre Stimme zittert. In der Kanne ist noch Kaffee, ich schütte mir eine Tasse voll und gehe langsam zurück in den Flur.

«Hast du eigentlich eine Ahnung», sagt Karl erregt, «was da an die Öffentlichkeit gelangen kann? Aber du denkst ja nur an dich.»

Meine Mutter ist ganz ruhig, als sie antwortet.

«Wie soll ich wissen, woran er gearbeitet hat», sagt sie, «er hat mir nie etwas gesagt. Aber ich weiß, daß ich nichts dagegen habe, wenn sein Name noch einmal bekannt wird, falls Dr. Wilhelm irgend etwas Interessantes entdeckt, was ich ehrlich gesagt bezweifle. Es ist auch mein Name, verstehst du. Früher war es einmal ganz angenehm, diesen Namen zu tragen.»

Karl stöhnt auf.

«Du verstehst gar nichts», sagt er. «Und woher weißt du, was dieser Mann alles ausgraben wird? Glaubst du wirklich, er ist an dir oder deinem guten Namen interessiert? Was, wenn er unangenehme Wahrheiten herausbringt? Glaub mir, es gibt Dinge, die nicht umsonst in Vergessenheit geraten sind, Dinge, die, wenn sie ans Licht kämen, sehr unangenehm sein könnten, für dich, für mich, für uns alle.»

«Wovon redest du überhaupt?»

«Du kannst es dir nicht vorstellen», platzt es aus ihm heraus. «Das ist das Problem, du bist so naiv. Er wird uns in den Schmutz ziehen, dich, mich, uns alle. Das ist es, was er will.»

Ich höre, wie Stühle gerückt werden, dann wieder meine Mutter, gefaßt und eisig:

«Ich glaube, es hat keinen Zweck, weiter über diesen Punkt zu reden.»

«Ach ja?» brüllt Karl. «Glaubst du? Dann denk wenigstens einmal daran, ob es dem Professor recht gewesen wäre, jemanden in seiner Arbeit schnüffeln zu sehen. Was meinst du, warum er sich aus der Stadt in diese Einöde zurückgezogen hat?»

«Was hat das jetzt noch für eine Bedeutung?» entgegnet sie kühl. «Er ist tot, und ich bin ihm zu nichts mehr verpflichtet.»

«Es sollte aber noch eine Bedeutung haben! Und Moritz darfst du nicht vergessen, denn ihn geht das auch etwas an, viel mehr sogar als dich, und ihm gegenüber hast du eine Verpflichtung, aber du hast ja keine Ahnung. Ja, was er dazu sagt, scheint dich überhaupt nicht zu kümmern.»

Richtig, denke ich, warum fragt mich eigentlich keiner.

«Seit wann interessiert es dich, was Moritz denkt?» Ihre Stimme ist voller Hohn.

«Ach hör auf», sagt er. «Du weißt ja nicht, was du tust.»

Ich merke zu spät, daß er damit das Gespräch beendet hat, die Tür fliegt auf, ich springe zur Seite, stolpere über den Teppich, meine Tasse landet auf dem Boden. «Scheiße», sage ich und schüttle die Scherben von meinen Schuhen.

«Was zum Teufel machst du hier?» faucht Karl und stürmt an mir vorbei, ohne eine Antwort abzuwarten. Meine Mutter sieht mich an, dann gibt sie der Wohnzimmertür einen Tritt, und ich stehe da wie ein Idiot. Ich höre, wie sie den Fernseher einschaltet. In der Küche schnappe ich mir den Handfeger und kehre die Scherben auf. Als ich den ganzen Mist in den Mülleimer kippe, sehe ich draußen Chris herankommen, sie ist noch auf der Straße, Karl stampft gerade an ihr vorbei. Ich lasse den Handfeger fallen und laufe hinaus.

«Was machst du hier?» frage ich.

«Ich wollte dich besuchen.»

Sie trägt ein kurzes Kleid, der Badeanzug schimmert durch. Ihre Augen sind gerötet, die Wimpern vom Salz verklebt, sie reibt daran. Eigentlich sieht sie ja ganz gut aus, ich wundere mich, daß sie ein Kleid trägt, ich hätte nicht gedacht, daß sie so was überhaupt hat, meine ich. Ich hätte auch nicht gedacht, daß ich einmal auf so etwas achte. Der Sonnenbrand auf ihren Schultern ist verschwunden, und ihre Haut sieht irgendwie frisch aus, zwischen den Härchen an ihren Unterarmen hängt getrockneter Sand. Sie hat einen kleinen Beutel dabei.

«Sag mal, was war denn gestern mit dir los?»

«Gestern?» frage ich, «wieso?»

«Na, du warst vielleicht komisch. Erst erzählst du mir totalen Mist, und dann haust du einfach ab.»

Ich habe keine Ahnung, wovon sie redet, aber ich lasse mir nichts anmerken, ich kann mich beim besten Willen nicht daran erinnern, sie getroffen zu haben. Es macht mich nervös, aber ich dränge den Gedanken weg, ich habe das manchmal, daß mir Leute irgendwas erzählen, das ich getan oder gesagt haben soll, und ich könnte schwören, daß ich nichts davon weiß. Es ist ein blödes Gefühl, ein Leben zu haben, an das man sich nicht erinnert, auch wenn es nur kurze Aussetzer sind.

«Ach», sage ich nur. «Vergiß es einfach.»

«Wie du willst.»

Wir gehen ein paar Schritte die Straße entlang, Karl ist kaum noch zu sehen.

«Hey», sagt sie und deutet die Straße runter. «Was war überhaupt mit dem los?»

«Nichts», sage ich, froh, daß wir nicht mehr von mir reden. «Bei uns herrscht dicke Luft. Besser, wir hauen ab.»

«Was Ernstes?»

«Quatsch.» Ich schüttele den Kopf. «Es ist nie was Ernstes.»

«Ja», sagt sie. «Kenn ich.»

«Ach was.»

«Ob du's glaubst oder nicht. Wer war'n der Typ?»

«Der? Das war Karl, Tommis Vater.»

Sie sieht mich an.

«Oh», sage ich, «kannst du ja alles nicht wissen. Laß uns hier verschwinden, dann erklär ich's dir.»

Wir laufen den Strand entlang, draußen sind ein paar Schiffe, weiter hinten Richtung Feriendorf sehen wir die Leute in ihren Körben hocken. Es ist kühler geworden, Wolken sind aufgezogen, das Wetter wird schlechter. Sie quetscht mich aus, und ich erzähle ihr das eine oder andere, ich erzähle ihr fast alles. Ich weiß auch nicht, was los ist.

«Du hast also keine Ahnung, wer deine Eltern sind?»

«Nein.»

«Auch komisch.»

Sie zieht ihre Schuhe aus und setzt sich in den Sand, ich lasse mich neben ihr nieder. Ich weiß nicht warum, aber es macht mir nichts aus, mit ihr darüber zu sprechen. Ihre Zehen graben sich in den Sand, und als sie sie wieder hervorholt, sehen sie staubig aus.

«Kommst du eigentlich gar nicht raus hier, nicht mal in den Ferien?» fragt sie.

«Ach, wenn ich will, schon. Aber mir gefällt's hier, ich will gar nicht weg. Meine Mutter versucht schon immer, mich irgendwie loszuwerden. Aber den Gefallen tue ich ihr nicht.»

«Scheint ja nicht so toll zu laufen mit euch.»

«Nee. Toll läuft's wirklich nicht.»

Sie seufzt. «Das kenne ich. Mit meinen Eltern habe ich auch nichts als Ärger. Sie streiten sich ununterbrochen, und beide lassen es an mir aus. Eigentlich wollte ich in den Ferien mit ein paar Freunden nach Frankreich, aber sie haben's mir verboten, weil ich Probleme in der Schule habe, ich muß die Klasse wiederholen. Doch sie hätten's mir in jedem Fall verboten, sie sind so, sie erlauben mir nichts. Am liebsten würden sie mich den ganzen Tag über einsperren.»

«Ich kann eigentlich machen, was ich will», sage ich und komme mir dabei richtig komisch vor. Sie lacht und wirft den Kopf zurück, wobei ihre Haare mich streifen.

«Ich glaube, so schlecht hast du es gar nicht.»

«Ich beschwere mich ja nicht.»

«Wie alt bist du eigentlich?» fragt sie.

«Fast siebzehn», lüge ich. Wenn schon, dann richtig, aber ich sehe, daß sie mir nicht glaubt.

«Dann bist du sogar älter als ich. Ich werde in einem Monat sechzehn.»

«Schön.»

«Ach übrigens», sagt sie dann, «bei uns im Bungalow ist gestern eingebrochen worden.»

«Quatsch», sage ich. Ich merke, wie mir heiß wird, ich hoffe, man sieht mir nichts an.

«Doch. Aber so wie's aussieht, ist nichts gestohlen worden.»

«Komisch», sage ich.

«Vielleicht sind die Einbrecher gestört worden, ehe sie etwas gefunden haben. Viel hätten sie ohnehin nicht stehlen können.» Plötzlich lacht sie. «Weißt du was? Die haben den Fernseher angestellt.»

«So was.»

«Schon verrückt, nicht wahr?» Sie steht auf.

«Hör mal», sagt sie dann. «Eins frage ich mich die ganze Zeit. Warum erzählst du immer so einen Scheiß? Warum glaubst du, du mußt mich verarschen?»

«Was?»

«Na, ich meine, du bist doch nie im Leben siebzehn.»

«Ach das.» Ich weiß nicht, was ich sagen soll.

«Na ja», sie klopft den Sand von ihrem Kleid. «Ist ja auch egal. Ich muß weg, aber wir sehen uns sicher noch.»

«Warte», sage ich.

«Ja?»

«Aäh ...» Ich bekomme kein Wort heraus.

«Was ist denn?»

«Ach, nichts.»

Sie sieht mich an, dann streckt sie die Hand aus und streicht mir über den Arm.

«Tschüs», ruft sie und ist weg, ich weiß nicht, was ich von alldem halten soll. Ich sehe ihr nach, sie hat die Schuhe über die Schulter geworfen, ihre Haare flattern im Wind. Ein bißchen merkwürdig ist sie schon, denke ich, während ich durch die Dünen zum Haus zurückgehe. Ich kenne nicht viele Mädchen, wirklich nicht, ich habe mich nie für sie interessiert. Vielleicht, denke ich, vielleicht sind ja alle so. Ich will Tommi bei Gelegenheit danach fragen.

9

Tommi kickt einen Stein über den Asphalt, wir stehen ein paar Schritte hinter der Kreuzung an der Landstraße.

«Warum hast du mir nicht früher von der Party erzählt?»

«Weiß nicht», sage ich. «Ich dachte, du hast anderes im Kopf.»

«Ach was.»

«Vielleicht hab ich's nur vergessen.»

Ein Auto kommt vorbei, ich halte den Daumen raus.

«Wenn du mir etwas früher Bescheid gesagt hättest, hätten wir uns eher auf den Weg machen können. Dann wäre es mit Sicherheit einfacher gewesen, in die Stadt zu kommen.»

«Uns wird schon einer mitnehmen.»

Im Prinzip hat Tommi natürlich recht, es ist fast dunkel, und bis in die Stadt ist es ein ordentliches Stück. Im Hellen wären wir sicher besser weggekommen.

«Ach, übrigens.» Tommi dreht sich zu mir um. «Ich hab heute mittag deine neue Freundin kennengelernt.»

«Ach ja?» sage ich.

«Ist 'n nettes Mädchen.» Er nickt anerkennend. «Und sieht gar nicht schlecht aus.»

«Wen meinst du?»

Er spuckt auf die Straße.

«Was soll das? Hältst du mich für bescheuert?»

Ich versetze einem unsichtbaren Gegner einen Karatetritt, dann sehe ich Tommi an.

«Wo hast du sie getroffen?»

«Im Feriendorf», sagt er. «Als ich mir 'n Eis geholt habe.»

Ein dicker Benz kommt angerauscht, ich strecke wieder den Daumen raus, der Wagen jagt vorbei. Ich frage mich, warum Chris mir nichts davon erzählt hat, als ich am Nachmittag mit ihr gesprochen habe. Aber vielleicht hat Tommi ihr nicht gesagt, wer er ist. Er runzelt die Stirn und sieht mich an.

«Wenn du so dastehst, hält nie einer.»

«Versuch du's doch.»

Ich lehne mich gegen einen Begrenzungspfahl, Tommi stellt sich an die Straße. Sie hätte es wenigstens erwähnen können, denke ich und wundere mich ein bißchen.

«Ich kenn die Ecke, wo sie wohnt», sagt Tommi, «ist gar nicht weit vom Internat.»

«So?»

«Ja. Aber jetzt los, willst du mir nichts von ihr erzählen?»

«Da gibt's nichts zu erzählen.»

«Mach keine Witze.» Er schüttelt den Kopf. «Irgendwas gibt es immer.»

In der Ferne taucht ein Auto auf, er sieht nach vorne. Auf der anderen Seite der Straße kommt eine Katze aus dem Gebüsch.

«Sie hat Probleme mit ihren Eltern.» Tommi hat sich wieder umgedreht und turnt auf einem Bein herum.

«Wer hat das nicht», sage ich und wundere mich immer weiter. Was hat sie ihm alles erzählt? Die Katze hat am Straßenrand Stellung bezogen, sie ist fast schwarz, leckt sich ihr Fell.

«Aber du hast recht», sage ich. «Ihr Vater ist, glaube ich, nicht ganz einfach.»

Das Auto kommt näher, die Katze horcht auf, macht Anstalten, die Straße zu überqueren.

«Ich glaube, er schlägt sie», sagt Tommi. «Was meinst du?»

«Kann schon sein.» Ich beobachte die Katze, die vorsichtig einen Schritt auf die Straße gesetzt hat und jetzt innehält. Das Auto ist fast auf der Kreuzung, da kommt sie locker drüber, Katzen sind schließlich nicht doof.

«Und?» fragt Tommi. «Was sagst du dazu?»

«Was soll ich sagen. Es ist nicht meine Sache, oder?»

Er hält den Daumen raus, mit der anderen Hand streicht er sich durch die Haare.

«Ich finde das schon ziemlich hart. Kannst du dir vorstellen, was das heißt? Du mußt nicht denken, nur weil dein Leben so kaputt ist, sieht es bei allen Leuten so aus. Es gibt Menschen, denen Familie etwas bedeutet.»

«Meinst du dich?»

«Was soll die blöde Frage?»

«Ich mein ja nur.»

Ich frage mich, was er will, warum er so rumquatscht, es kann ihm doch egal sein, was mit Chris ist. Die Katze ist wieder stehengeblieben, schaut sich um, das Auto ist fast heran. Endlich läuft sie los. Ich bin darauf gefaßt, zu sehen, wie sie mit einem Satz über die Fahrbahn ist, im letzten Augenblick, so ist es immer, als wollten sie es spannend machen. Der Wagen saust heran, die Katze macht einen Sprung, es gibt ein dumpfes Geräusch, ein Schmatzen, der Wagen ist vorbei.

«Was ich sagen will, ist nur», Tommi dreht sich wieder um, «wenn du dich für sie interessierst, solltest du dich auch dafür interessieren.»

Ich starre an ihm vorbei, die Katze liegt auf der Fahrbahn, ich kann's nicht fassen, sie hat's nicht geschafft. Ihr Hinterteil ist regelrecht plattgefahren, ich wette, man kann das Reifenprofil darauf sehen.

«Verstehst du, was ich meine?» Tommi hat nichts gesehen.

«Ja» sage ich. «Klar.» Ich kann den Blick nicht von der Katze lösen. Sie bewegt sich, sie zuckt noch, aber nicht mehr lange, würde ich sagen.

«Hat sie dir das alles gesagt?» frage ich, als ich meine Fassung einigermaßen wiederhabe.

«Nicht direkt.» Er schüttelt den Kopf. «Aber so etwas merkt man. An der Art, wie jemand redet.»

Wieder taucht ein Wagen auf, kommt näher, ich starre auf die Katze. Tommi streckt den Daumen raus, der Wagen wird langsamer, hält.

«Los, der nimmt uns mit.»

Tommi läuft vor. Die Ohren der Katze flattern im Wind.

Der Typ im Wagen ist schon etwas älter, ich schätze ihn auf Mitte Vierzig, er trägt Arbeitskleidung. Er fragt, wo wir hinmöchten, Tommi klärt das, dann setzt er sich nach vorne, ich steige hinten ein. Der Wagen ist größer, als man von außen vermutet, irgendein Japaner, keine Ahnung, was für 'ne Marke. Ich bin keiner von diesen Typen, die jede Automarke runterbeten können, finde ich nicht so spannend. Der Mann ist Gärtner, im Kofferraum liegt eine Menge Werkzeug, Spaten, Hacken, er erzählt, daß er irgendwo hier draußen einen Ziergarten angelegt hat. Er regt sich auf, ein beschissener Auftrag, sagt er, kein Strauch größer als ein halber Meter, kein Baum höher als bis Kniehöhe, ein Puppengarten, von so was hält er nichts. Ich höre irgendwann nicht mehr zu. Er nimmt uns bis zu einer

Kreuzung an der B 199 mit, da fährt er ab, für uns ist das etwa der halbe Weg, für den Anfang nicht schlecht. Wenn man erst einmal an der Bundesstraße steht, geht es meist schneller, schwieriger ist es, dort überhaupt hinzukommen. Und an den Rückweg will ich erst gar nicht denken.

Der nächste, der uns mitnimmt, sieht aus wie ein Bulle, er fährt schnell und konzentriert, quatscht nicht viel, auch Tommi hält die Klappe. Wir sitzen noch keine fünf Minuten in dem Wagen, als mein Magen rumpelt, ich beiße mir auf die Lippen, presse mich in den Sitz, aber es hilft nichts, ein langer Furz rutscht mir raus. Scheiße, ich muß aufs Klo.

«Können Sie da vorne anhalten?» sage ich, zum Glück kommt gerade eine Tankstelle in Sicht. «Ich muß mal.»

«Du machst wohl Witze.» Der Bulle dreht sich um und zieht die Augenbrauen zusammen.

«Seh ich so aus?» frage ich.

Murrend fährt er auf die Tankstelle, und ich flitze los. Die Toiletten sind abgeschlossen, und ich laufe fluchend nach drinnen, um den Schlüssel zu holen. Ich schaffe es gerade noch, die Hose runterzulassen und mich auf die Schüssel zu schwingen, dann rumpelt es schon los, ich weiß auch nicht, wie das so plötzlich kommt. Ich sitze da bestimmt eine Viertelstunde und scheiße mir die Seele aus dem Leib, als ich fertig bin, fühle ich mich richtig gut. Ich wasche mir die Hände und gehe nach draußen, Tommi hockt neben den Zapfsäulen.

«Was ist los?»

«Du bist lustig», schnaubt er. «Haste gedacht, der Typ wartet auf dich? Du warst 'ne Ewigkeit da drin.»

«Das war bloß 'n armer Wichser», sage ich.

Ich schaue zum Himmel, die Sonne ist verschwunden, dunkle Wolken hängen in der Luft. Es sieht fast so aus, als ginge der Sommer zu Ende, aber nein, sage ich mir, so schnell geht das auch wieder nicht. Trotzdem, ich habe keine Lust, gleich im Regen an der Straße zu stehen.

Ich bringe den Schlüssel zurück und kaufe mir eine Cola. Der Typ an der Kasse ist bestimmt zwei Meter groß und hat nur noch ein paar luftige Federn auf dem Kopf, deren Farbe ich nicht bestimmen kann. Ich nehme noch eine Packung Zigaretten, und er vertippt sich zweimal, als er den Preis in die Kasse geben will, er sieht nicht gerade intelligent aus. Als ich bezahle, glotzt er blöd, weil ich ein ganzes Bündel Scheine aus der Tasche hole. Das Geld stammt aus dem Supermarkt im Feriendorf, ich habe dort am Nachmittag die Kasse leergeräumt, als ein kleiner Junge einen Stapel Suppendosen über den Haufen warf und die Kassiererin aufsprang und hinlief, ohne den Schlüssel abzuziehen. Ich stand an der Kasse, und ich bin schließlich nicht blöd, ich weiß, wie die Dinger funktionieren.

«Gib mal 'n Schluck.»

Ich reiche Tommi die Dose.

«Kannste behalten», sage ich. Ich hab schon keinen Durst mehr. Manchmal bekomme ich das süße Zeug nicht runter.

Nachdem ich am Nachmittag im Feriendorf war, habe ich draußen am Institut eine kurze Szene mitbekommen, Karl und Wilhelm standen dort und haben sich gestritten. Ich konnte nichts hören und bin auch nicht näher heran, da ich nicht wollte, daß sie mich sehen, aber es sah aus, als seien die zwei mehr als nur ein bißchen anderer Meinung. Karl hat sich dann umgedreht und ist abgerauscht, und ich möchte behaupten, er hat förmlich geglüht vor Erregung. Wilhelm war bedeutend ruhiger, aber auch er sah nicht glücklich aus.

Kaum haben wir uns wieder aufgestellt, da hält ein VW-Bus neben uns, so ein richtig abgefucktes Teil, der wie eine Kiste voller Schrott rappelt, als er stoppt. Der Typ am Steuer ist noch jung, er hat einen Zopf, trägt eine verwaschene Armeejacke und winkt uns rein.

«Hey», sagt er und macht den Mund, kaum daß er ihn offen hat, erst einmal nicht wieder zu. «Ich bin Dante, kommt rein Jungs, ihr paßt beide nach vorne, hier ist Platz genug, setzt euch, Mann, ist das Scheiße, hier an der Straße zu stehen, was? Na ja, ihr habt ja Glück, jetzt bin ich ja hier, ich nehm euch mit, ist doch keine Sache, wo wollt ihr denn hin?»

«In die Stadt», sagt Tommi und hüpft mir voran auf die Sitzbank.

Ich quetsche mich neben ihn, ziehe die Tür zu, und der Typ läßt den Motor der ollen Kiste aufheulen.

«Das muß sein», erklärt er, «sonst kommt die Alte gar nicht in Schwung.» Er lacht, und ich denke, ach du Scheiße, ist der behämmert.

Nach 'ner kompletten Ewigkeit ist die Karre auf siebzig rauf, mehr geht nicht, wie er entschuldigend erläutert, und wir juckeln der Stadt entgegen. So beknackt, wie ich dachte, ist der Junge gar nicht, er ist eigentlich ganz lustig, quatscht vielleicht 'n bißchen viel, dafür legt er gute Musik ein, und die Anlage ist tausendmal mehr wert als die ganze Karre, darauf verwette ich meinen Arsch.

«Is 'n Scheißabend, was? Was habt ihr 'n vor?»

«Irgendwo soll 'ne große Party laufen», sagt Tommi. «Da wollen wir hin.»

«'ne Party?» kräht Dante. «Mann, ist da noch Platz für einen wie mich?»

«Wieso nicht», sagt Tommi, er muß lachen und sieht mich an. «Oder?»

«Klar», sage ich. «Wieso nicht.»

«Ist ja geil», brüllt Dante. «Hey, hört mal, vielleicht komm ich wirklich mit. Ich hab mir schon 'n ganzen Stapel Videos geholt und wollt mich damit heut abend zuscheißen, kennt ihr, ne? Nur kaputtes Zeug. So sind das ganz neue Aussichten, echt, ich überleg mir das.»

Er trommelt auf das Lenkrad und wibbelt auf seinem Sitz herum.

«Mann», sagt er dann, «pack mal ins Handschuhfach, da müßt 'ne Pfeife liegen. Hey, hol die mal raus, da hab ich jetzt Bock drauf.»

Ich kapiere, daß er mich meint, und wühle in dem versifften Fach, bis ich finde, was er sucht, eine kleine, dünne Pfeife und eine silberne Box.

«Genau, die Box», sagt er. «Gib rüber.»

Er schnappt beides und übernimmt das Lenkrad mit den Knien, während er Tabak und kleine Krümel Shit in die Pfeife bröselt. Ich habe in dem Handschuhfach in irgendwas Klebriges gefaßt, ich will gar nicht wissen, was es war. Meine Phantasie reicht von ausgelaufenem Käse bis zu benutzten Kondomen, mit verkniffenem Gesicht wische ich mir die Hand an der Hose ab. Als er fertig ist, gibt er mir das ganze Zeug zurück und zündet sich die Pfeife an. «Wollt ihr?»

Tommi nimmt ein paar Züge und reicht die Pfeife weiter, ich zögere einen Augenblick, dann stecke ich mir das Ding ebenfalls in den Mund. Ich habe zwar eigentlich keine Lust, mich zuzuknallen, ich kiffe nicht so gerne, aber ich denke mir, wenn der Kerl am Steuer die Pfeife allein weghaut, könnte es mich mein Leben kosten, er fährt schon jetzt nicht besonders. Ich hab keinen Schiß oder so, das ist nur 'ne Überlegung.

«So fahr ich am liebsten.» Dante lacht, er hat die Pfeife im Mund. Erst jetzt sehe ich, daß seine Haut ganz rot und schuppig ist, er hat richtige Flecken um den Mund und an den Schläfen.

«Was haste 'n da im Gesicht?» frage ich.

«Schuppenflechte», sagt er.

«Sieht ja fies aus.»

Er pfeift durch die Zähne.

«Das ist Scheiße, kannste wohl glauben. Die kommt immer, wenn ich rauche oder trinke, ach, eigentlich ist die immer da, ich müßte mich den ganzen Tag mit Salbe einschmieren, ist auch nicht witzig, nee, echt nicht. Aber auch daran gewöhnste dich.»

«Ist nicht wahr.»

«Echt», sagt er. «Wenn ich hier so sitze, ich denk da gar nicht dran.»

Ich mustere ihn, klar, denke ich dann. Du hast den Scheiß ja nicht die ganze Zeit vor der Nase.

«Ich sag euch, wie's läuft.» Dante klopft die Pfeife am offenen Fenster aus, ich bin gespannt. Die Stadt rückt näher.

«Ich setz euch gleich an der Hauptstraße raus, von da kommt ihr ja weiter, das letzte Stück könnt ihr laufen, das ist 'n Witz. Aber vorher sagt ihr mir genau, wo die Party ist, und ich überleg mir noch, ob ich später nachkomme, erst mal nämlich fahr ich nach Hause, muß mich mal blicken lassen, kapiert ihr, oder?»

«Alles klar», sage ich.

«Ist in Ordnung», sagt Tommi.

Draußen fliegen die Randbezirke vorbei, Lagerhallen, Fabrikgebäude, schmutzige graue Betonklötze.

«Ist doch okay, wenn ich euch hier raussetze, ne? Ich sag euch, das is von hier 'n Katzensprung, ihr müßt nur die nächste Straße runter, dann seid ihr schon fast da, vielleicht auch die übernächste, das müßte stimmen, wenn ich mich nich völlig irre, aber ich muß hier ab, sonst würde ich euch ja hinfahren. Also, macht's gut, vielleicht sehn wir uns ja.»

Dann läßt er uns mitten auf der Straße raus.

«Der hat uns verarscht», sage ich, als wir ein Stück gelaufen sind.

«Was?»

«Na, ich meine, der Typ war nicht ganz dicht, oder? Ich hab keine Ahnung, wo wir hier sind.»

Tommi bleibt stehen, um sich eine Zigarette anzuzünden.

«Du willst mir doch nicht erzählen, daß du keine Ahnung hast, wo wir langmüssen, oder?»

«Genau das.»

«Ist ja stark.»

Er sieht sich nach beiden Seiten um, die Straße ist düster, lauter geschlossene Läden. Im Licht der Laternen tummeln sich Mücken.

«Na schön», sagt er dann. «Wir werden das schon finden. Aber nicht, wenn wir hier herumstehen.»

«Nein», sage ich. Ich habe auf einmal ein tolles Gefühl, es ist, als sähe ich den Himmel über mir zum ersten Mal, als hätte ich die Luft noch nie zuvor geatmet. Ein Gefühl, als wäre ich der erste Mensch auf einem fremden Planeten. Ich sehe Tommi an, ob er es auch spürt, aber er zeigt keine Reaktion, also bin nur ich es, und ich denke wow, ist das nicht Wahnsinn, dein Verstand ist schon Klasse, daß er dir von Zeit zu Zeit so etwas schenkt. Tommi stubst mich an und holt mich aus meinen Gedanken.

«Na dann los», sagt er. «Welche Richtung?»

Nils habe ich kennengelernt, als ich im Sommer vor zwei Jahren von zu Hause weg bin, meine Mutter wollte mich in ein Ferienlager stecken, in Dänemark irgendwo, hatte sie alles schon organisiert, aber ich dachte mir nee, da weißte was Besseres, und bin ab in die Stadt. Nils und seine Freunde hingen damals den ganzen Tag auf einem alten Spielplatz rum, vertrieben sich so ihre Zeit in den Ferien, und es war eigentlich ganz lustig mit ihnen. Bei einem der Jungs konnte ich pennen, den Eltern war es wohl egal, besser als im Ferienlager war das hundert Prozent.

Mit Nils wurde ich beim Zigarettenklauen erwischt, und wir mußten abhauen, das war verdammt knapp, weil der Typ aus dem Laden uns auf den Fersen war, wir mußten uns bestimmt eine Stunde in einem Müllcontainer verstecken. Alles in allem war es ein guter Sommer, und als die Bullen mich am Ende geschnappt haben und nach Hause brachten, war das auch in Ordnung.

Ich habe keine Ahnung, woher Nils damals meine Telefonnummer hatte, jedenfalls rief er ein paar Wochen drauf bei uns an, wollte hören, wie es so lief, und seitdem telefonieren wir ab und zu. Einmal hat er mich besucht, da konnte er es nicht fassen. «Wie hältst du's hier nur aus», hat er gesagt, und mir war klar, daß ich ihm das nie würde erklären können, also habe ich's gar nicht erst versucht. Später war ich noch mal bei ihm in der Stadt, nur für zwei, drei Tage, er hatte schon eine eigene Wohnung und eine Freundin, was ich weniger lustig fand, die Wohnung bestand nämlich aus einem einzigen Zimmer, und ich stehe nicht unbedingt drauf, mir einen runterzuholen, wenn neben mir zwei Leute im Bett zugange sind. Zwei Nächte lang habe ich das mitgemacht, dann bin ich abgedampft.

Es ist kurz nach elf, als wir die Party finden, ein Taxifahrer hat uns den Weg gezeigt, es war nicht weit und Dante vielleicht doch nicht so beknackt, wie ich dachte.

Das Haus, in dem die Party steigt, hat tatsächlich drei Etagen, und gefeiert wird überall, es gibt keinen Raum, in dem nicht wenigstens ein halbes Dutzend Leute abhängen. Die Boxen stehen im Treppenhaus, auf der Treppe fliegen mir die Ohren weg, aber in den Zimmern geht es. In der Küche stehen mindestens hundert Kästen Bier, und ein Typ im Eingang hat uns gesagt, daß sie im Keller noch mehr haben. Ich laufe mit Tommi einmal durchs ganze Haus, ich kenne keine Sau, Nils ist nirgendwo zu sehen.

Im Wohnzimmer läßt Tommi mich stehen, um uns ein paar Flaschen zu holen, an die wir uns fürs erste klammern können. Als er zurückkommt, hat er zwei Mädchen dabei, beide blond, beide hübsch, die Art, auf die die Jungs hier sicher fliegen. Jemand hat den Fernseher eingeschaltet, MTV, irgendwelche Rap-Videos, aber der Ton ist zu leise, als daß man die Musik hören könnte. Aus dem Treppenhaus dröhnen die Stones herüber, eine von den neuen Nummern, ich kenne den Titel nicht. Tommi will mir die beiden Mädels vorstellen, aber ich habe keinen Bock, ich schnappe mir das Bier, das er mir mitgebracht hat, und verziehe mich auf ein Sofa.

Zwei Idioten stehen mir ein Weile vor der Nase rum, und als ich ihnen Gesichter schneide, boxt der eine, ein Penner mit beginnender Halbglatze, seinen Kumpel in die Seite.

«Hätt ich gewußt, daß die andern das machen, hätt ich auch meinen kleinen Bruder mitgebracht», blökt er und deutet auf mich. Sein Kumpel zeigt grinsend zwei

Reihen funkelndweißer Zähne, die beiden finden das witzig.

«Verpißt euch», knurre ich.

«Reg dich ab, Kleiner», sagt er, dann verschwinden sie.

Ich beobachte Tommi eine Weile, er versucht mit den beiden Blonden zu quatschen, aber es scheint Verständigungsschwierigkeiten zu geben. Als sie sich davonmachen, um irgendwo im Haus tanzen zu gehen, kommt er rüber und setzt sich zu mir.

«Mann», sagt er. «Ich glaube, es sind 'ne Menge Beknackte hier.»

«Da kannste recht haben», sage ich.

«Und die wollen tatsächlich bis Sonntag durchfeiern?» Tommi scheint mir nicht zu glauben.

«Hat Nils gesagt.»

«Ist doch Wahnsinn.» Er schüttelt den Kopf. «Ich meine, das sind immerhin drei Tage.»

«Mmh», mache ich. Ich bin noch leicht verstimmt wegen dem Penner von eben, nicht daß es mir etwas ausmacht, mich dumm anquatschen zu lassen, so ein Arschloch läßt mich vollkommen kalt. Doch richtig freuen kann ich mich über so einen Wichser auch nicht.

Ich weiß nicht, wie's mit Tommi aussieht, aber ich habe nicht vor, die Nacht hierzubleiben, ich will hier nicht pennen, überhaupt ist meine Partylaune stark gesunken. Fast alle Typen sind wenigstens drei oder vier Jahre älter als ich, ich gestehe mir das zwar nur ungern ein, aber toll ist das nicht. Im obersten Stockwerk sind zwei Räume für Leute vorgesehen, die sich aufs Ohr hauen wollen, ich hab schon einen Blick hineingeworfen, da war gerade einer damit beschäftigt, einer zugekifften Schlampe mit der Hand unterm Rock rumzumachen. Ich hab zugesehen, daß ich da rauskam, so was brauche ich wirklich nicht, schon gar nicht, wenn ich schlafen will.

Wir bleiben eine Weile sitzen, dann drehen wir eine Runde durchs Haus. Überall sind die Leute dabei, sich zulaufen zu lassen, ich kann mir nicht vorstellen, daß die das drei Tage durchstehen. An der Anlage steht ein Typ mit langen dunklen Haaren, einen schwarzen Seidenschal um den Hals, das Hemd bis zum Bauchnabel aufgeknöpft. Er fuchtelt dem Jungen, der gerade die Musik macht, mit einer CD vor der Nase herum und quatscht dabei auf ihn ein.

«Jimi Hendrix», sagt er. «Die frühen Aufnahmen. Wenn du die einmal richtig gehört hast, gibt's nichts anderes mehr. Da kannst du deine ganze Rock-Scheiße im Klo runterspülen, glaub mir, oder nimm von mir aus diesen ganzen New-Age-Quatsch, wenn du weißt, was ich meine, kannst du alles vergessen ...»

«Zisch ab, Mann», sagt der Junge an der Musik, ein dicklicher Blonder im weißen T-Shirt, Typ Vorortprolet. «Laß mich in Ruhe.»

Der Idiot mit dem Seidenschal glotzt uns an.

«Keiner versteht es», sagt er. «Gott im Himmel.»

«Die Welt ist böse», sage ich. «Aber der Gerechte findet Lohn in der Ewigkeit.»

Tommi lacht, der Typ reißt nur die Augen auf. Ich haue ihm mit der flachen Hand vor die Stirn und gehe weiter, solche Wichser kenne ich. Keine Ahnung von nichts, nur Scheiße im Hirn, aber quatschen können die ohne Ende.

«Laß uns nach was Eßbarem schauen», sage ich und steuere die Küche an.

Im Flur hat irgendein Idiot eine Flasche Rotwein fallen lassen, zwei Mädchen sind dabei, den Mist aufzuwischen.

«Hier.» Die eine drückt mir den Spüleimer in die Hand. «Kannste den in die Küche stellen?» In dem Eimer schwimmt eine richtig fiese Brühe.

«Klar», sage ich.

«Hey, das wollt ich nich, wollt ich echt nich», jammert der Typ, der für die Schweinerei verantwortlich ist, aber keiner beachtet ihn.

Am Waschbecken stehen ein Typ mit Glatze und ein Mädchen mit Zöpfen, vor sich eine Batterie von Flaschen. Sie schütten das Zeug in einen Sektkühler und probieren alle paar Sekunden. Das Mädchen lacht sich halb tot, bis der Glatzkopf ihr eine Ohrfeige gibt.

«Verdammt, das soll 'n anständiger Mix werden», brüllt er. «Also hör auf, mir da reinzusabbern.»

Ich stelle den Spüleimer neben den beiden ab, Tommi sieht mich an und tippt sich mit dem Finger an die Stirn. Auf einem Tablett liegen Brötchen mit Käse und Schinken, ich nehme mir der Einfachheit halber die ganze Lage. Wir hocken uns an den Tisch und essen ein bißchen. Tommi fischt noch zwei Bier aus dem Kühlschrank, aber ich trinke langsam, ich halte mich etwas zurück. Ich will nicht wieder in 'ner halben Stunde platt auf dem Boden liegen.

«Ich schmecke schon gar nichts mehr», jammert der Glatzkopf, «wie soll ich wissen, ob das Zeug gut ist?»

Das Mädchen schnappt sich einen Löffel von der Brühe und tänzelt zu uns herüber.

«Ihr müßt das probieren», flötet sie. «Ihr müßt ihm sagen, daß das Zeug einfach geil ist!»

«Hau ab», sagt Tommi.

«Uups!»

Sie stolpert, und der Löffel rutscht ihr aus der Hand, der neue Cocktail landet mir auf der Hose.

«Tut mir leid, Süßer», haucht sie, und ehe ich mich versehe, hockt sie mir auf dem Schoß, hat die Arme um mich geschlungen und knutscht mich ab, ich schaffe es gerade noch, ein Stück Schinkenbrot herunterzuschlucken, ehe sie mir ihre Zunge in den Rachen schiebt.

«Ey», sage ich, mehr geht nicht, denn sie hängt sich voll auf mich und schlabbert mir im Gesicht rum, ihr Atem ist heiß und stinkt nach Wodka. Ich kann nichts machen, verdammt, denke ich, was soll das, was fällt der Alten ein. Tommi kringelt sich vor Lachen, ich schubse die Kleine weg.

«Nu is aber gut», krächze ich.

Sie rutscht von mir runter und landet auf dem Boden.

«Du spinnst ja», sagt sie und steht wieder auf, der Rock ist ihr hochgerutscht, und als sie sich umdreht, kann man beinahe ihren Hintern sehen. Auf einmal hängt der Glatzkopf über mir und grunzt wie ein angestochener Eber.

«Nimm deine Wichsfinger von meiner Freundin, hörste!»

Ich frage mich, ob der Kerl blind ist, wer hatte hier die Finger an wem.

«Komm.» Tommi zerrt mich hoch. «Wir sehn uns woanders um.»

Der Glatzkopf mustert mich drohend, er gafft uns nach, bis wir aus der Küche sind. Als ich mich noch einmal umdrehe, kippe ich fast um, denn hinter ihm ist die Gans mit den Zöpfen schon wieder dabei, ihren Cocktail zu probieren, nur ist sie offensichtlich so blau, daß sie den Sektkübel mit dem Spüleimer verwechselt, den ich neben das Waschbecken gestellt habe. Ich kann's nicht fassen, sie hängt tatsächlich mit ihrem Löffel im Spülwasser! Ob's ihr schmeckt? Innerlich heule ich vor Vergnügen.

«Hör zu», sagt Tommi. «Die Party ist Scheiße.»

«Ja», sage ich.

«Vielleicht liegt's auch an mir, aber irgendwie kann ich mir das heute nicht ansehen, verstehst du?»

«Klar», sage ich. «In Ordnung. Laß uns abhauen.»

Im Flur sind zwei Jungs damit beschäftigt, einander gegen die Wände zu schubsen. «Du bissn mieser Hund», lallt der eine, «n ganns mieser Hund.»

Er hat eine Flasche Bier in der Hand, die er vor den Stößen des anderen zu schützen sucht. Der sagt gar nichts, er schnauft nur und haut den anderen immer wieder gegen die Wand. Das schmale Regal, das dort steht, schwankt bedrohlich.

«Laßt ihr uns vorbei?» sagt Tommi, die Typen reagieren nicht. Erst als wir uns vorbeidrängeln, glotzt uns der, der die Bierflasche umklammert, aus völlig besoffenen Augen an, er ist ziemlich fett und trägt ein T-Shirt mit Snoopy-Aufdruck.

«Nett», sage ich. Der Typ fliegt wieder gegen das Regal.

«Vorsicht», ruft Tommi auf einmal. Das Regal schwankt, die wenigen Zeitschriften fliegen heraus, und ehe ich das Ganze richtig mitbekomme, donnert mir eins der Bretter gegen den Schädel. Dem Rest, der mir entgegenfliegt, kann ich gerade noch ausweichen. Die beiden Penner glotzen nur blöd.

«Geht's?» Tommi schiebt mich weiter. Ich halte mir die Bierflasche gegen die anschwellende Beule und sehe, daß ich aus dem Flur rauskomme. Daß so etwas mir passiert, ist ja wohl klar, warum trifft es keinen von den Wichsern, die es weiß Gott verdient hätten? Aber es gibt Menschen, denen passiert so etwas, und andere, die haben einfach Glück, die kriegen nie was ab, denen knallt im Leben kein Regalbrett an den Kopf.

«Guck nich so blöd», sage ich, weil Tommi nicht aufhört, mich anzuglotzen. Ich überlege, ob mir nicht ein Spruch einfällt, irgendwas Witziges, es muß ja nicht so aussehen, als hätte ich den Humor verloren, nur weil mir so ein blödes Brett an den Schädel fliegt.

«Laß uns verschwinden», sagt Tommi. Ich habe nichts dagegen.

Vor knapp einem Jahr habe ich Tommi im Internat besucht, ich wollte mal sehen, was er so treibt, und es war ein lustiger Tag. Ich bin morgens los, ohne irgendwem Bescheid zu sagen, zur zweiten Pause war ich da. Tommi hat ganz schön Augen gemacht, als ich auf einmal auf dem Schulhof saß.

Er hatte bis zur siebten Stunde Unterricht, und wir haben uns für nach der Schule verabredet. Ich habe noch eine Weile auf dem Hof gesessen, da liefen ein paar Wichser rum, bei denen wurde mir schon vom Anschauen schlecht. Irgendein Lehrer hat mich schließlich angemacht, ich solle nicht so vor den Klassen herumhampeln, und ob ich keinen Unterricht hätte, also habe ich ihm eine lange Nase gedreht und bin abgezischt. Zuerst habe ich mich in einem Zeitschriftenladen herumgetrieben, bis der Besitzer mich rausgejagt hat, dann habe ich in einer Eisdiele drei oder vier Eisbecher verputzt und den Rest der Zeit totgeschlagen. Mir war kotzübel, als Tommi endlich kam.

Es war super Wetter, und wir haben uns eine Weile in den nächsten Park gesetzt, wo ein paar Jungs Fußball spielten, haben gequatscht und geplant, was wir am Abend machen könnten. Dann sind wir zurück, und Tommi hat mir das Internat gezeigt, ein echt mieser Schuppen, ich habe mich dort sofort unwohl gefühlt, ich kenne solche Häuser zur Genüge, ob Heim oder Internat, das macht am Ende auch keinen Unterschied. Das Zimmer, das er mit einem anderen Jungen bewohnte, war ein ziemliches Loch, 'ne richtige Zelle, aber mit ein paar Postern hatten sie es sich ganz gemütlich gemacht. Tommi meinte, wenn ich am nächsten Morgen früh abhauen würde, könnte ich die Nacht in dem Zimmer pennen, das würde keiner merken.

Nach dem Abendessen, das Tommi im Internat einnehmen mußte, sind wir dann los, zuerst noch mit ein paar von seinen Freunden, sie haben mir zwei oder drei Kneipen gezeigt, aber um zehn mußten sie alle zurück. Auch Tommi ist erst mal mit und hat sich dann, sobald die Betreuer ihre Runde gemacht hatten, wieder rausgeschlichen. Ich saß eine knappe Stunde an der Bushaltestelle vor der Schule, bis Tommi wiederkam, in bester Laune, und wir uns richtig ins Vergnügen stürzen konnten. Wir sind irgendwo flippern gegangen, und ich fand es einfach klasse, etwas mit Tommi zu unternehmen, denn seit er auf dieses Internat ging, fehlte mir das schon manchmal, wenn ich allein zu Hause hockte, und ich glaube, ihm ging es genauso. Die Idee mit dem Striplokal kam von ihm.

Er hatte gehört, daß ein paar der älteren Jungs im Internat manchmal hingingen, sie erzählten Wahnsinnsgeschichten von den Frauen dort, und er meinte, das müsse man sich anschauen.

«Du glaubst nicht, was die alles machen», sagte er, und mit so was kriegt man mich immer rum.

Der Türsteher wollte uns natürlich zum Teufel jagen,

aber als ich ihm einen Schein in die Hand drückte, ließ er uns rein. Ich hatte mich am Portemonnaie meiner Mutter bedient, Geld war an diesem Abend nicht das Problem. Es war ein ziemlich düsterer Schuppen, mit einer T-förmigen Bühne, auf der die Frauen tanzten und sich auszogen und um die herum die Tische aufgestellt waren. Wir hockten uns ziemlich an den Rand, aus Schüchternheit und weil der Türsteher es uns geraten hatte. «Baut bloß keinen Mist», hatte er gesagt, «sonst seid ihr schneller wieder draußen, als ihr Piep sagen könnt.»

Uns mußte er das nicht sagen.

Eigentlich war es ganz lustig in dem Laden, die Musik war beschissen, aber die Frauen waren klasse, jedenfalls fanden wir das, wahrscheinlich waren sie im Grunde ziemlich mies, doch was machte das schon. Wir bestellten uns bunte Cocktails und soffen uns ins Jenseits, ich wenigstens, und ich glaube, Tommi ging es ähnlich. Die anderen Leute in dem Schuppen beachteten uns überhaupt nicht, es waren fast alles Typen in Anzug und Krawatte, die meisten gar nicht mal so alt.

Das beste aber war, als sich eine von den Frauen zu uns an den Tisch setzte, Tommi wäre fast gestorben, und ich meine, das mußte nun auch nicht sein, aber irgendwie war es doch cool und die Frau eigentlich ganz nett. Und natürlich sah sie umwerfend aus. Wir bestellten ihr etwas zu trinken, und sie fragte, was Jungs wie wir hier verloren hätten, lauter so'n Quatsch, ich weiß nicht, ob das in dem Laden üblich war, aber an den anderen Tischen setzten sich die Frauen nicht zu den Männern. Sie sagte dann auch irgendwann, wir sollten doch besser nach Hause gehen, aber sie lachte uns nicht aus oder so, und ich meinte, nee, uns gefiele es hier ganz gut, und dann schlug ich vor, wir könnten ja etwas spielen, Karten oder Würfel, aber ich glaube, so was hatten sie nicht da. Ich hatte das Gefühl, Tommi war dabei, sich in die Frau zu verknallen, ich wußte nicht, was ich machen sollte. Irgendwann bin ich pissen gegangen.

Auf dem Klo stand ein Mann von vielleicht vierzig vor dem Spiegel, strich sich die Haare zurecht und blieb auch stehen, als ich zu den Pissoirs ging und meiner Blase Erleichterung verschaffte. Als ich mein Ding einpacken wollte, fragte er mich, ob ich Lust hätte, mit ihm noch woanders einen Schluck trinken zu gehen.

Ich war betrunken genug, daß ich nicht sofort kapiert habe, was der Kerl von mir wollte, und ich verstehe bis heute nicht, was er in einem Laden wie diesem verloren hatte, aber einsame Seelen treibt es an viele Orte, nicht wahr. Ich lallte also irgendwas, ich bin ja ein höflicher Mensch, und der Arsch muß mich für leichte Beute gehalten haben, denn er kam zu mir ran und fingerte plötzlich an mir herum. Hey, dachte ich, das kann ja wohl nicht sein, und stieß ihn weg, da verstehe ich keinen Spaß, anfassen lasse ich mich so schnell nicht, aber ich war zu betrunken und knallte auf den Boden. Er muß das alles ziemlich lustig gefunden haben, denn er ließ mich nicht in Ruhe, sondern packte mich wieder, quatschte auf mich ein und versuchte, mich zu küssen, aber so betrunken war ich nun auch wieder nicht, und schließlich knallte ich ihm meinen Ellbogen vor die Nase. Er knickte weg, fing an zu bluten wie ein Schwein, und ich sah zu, daß ich rauskam.

Ich lief zurück in den Tanzraum, um Tommi zu holen, der sich bestens amüsierte, aber der Typ vom Klo kam mir nachgelaufen. Der muß ganz schön einen an der Waffel gehabt haben, vielleicht lag es auch an dem

Schlag, in jedem Fall machte er ein ordentliches Geheul, und es dauerte keine fünf Sekunden, da kam schon der Türsteher angeflitzt. Wir hatten schlechte Karten.

Tommi kapierte nicht, daß es darauf ankam, schnell zu verduften, und so gab es Ärger, irgendwer packte sich den Wichser, dem ich die Nase blutig geschlagen hatte, und der Penner von der Tür griff sich Tommi und mich. Ich weiß nicht, weshalb sie so einen Aufstand machten, warum sie uns nicht einfach vor die Tür setzten, aber ich war auch zu blau, um vernünftig zu reagieren. Sie holten die Bullen, die uns mit auf die Wache nahmen und wegen unseres Alters ein großes Theater machten. Sie riefen meine Mutter an, die nicht einmal wußte, daß ich in der Stadt war, ein Streifenwagen brachte mich dann nach Hause. Für Tommi war alles noch etwas peinlicher, denn als die Bullen ihn zum Internat brachten, mußten sie den diensthabenden Aufseher herausklingeln, und der staunte nicht schlecht, weil er Tommi in seinem Zimmer glaubte. Er bekam zu spüren, was richtiger Ärger ist, sie machten einen Höllentanz, drohten ihm mit Rauswurf und dergleichen, aber angesichts der Tatsache, daß er ein sehr begabter Schüler war, kam er einigermaßen glimpflich davon. Später habe ich erfahren, daß ihm wegen der Geschichte ein Stipendium durch die Lappen ging, das er vom Förderverein der Schule hatte bekommen sollen, und es tat mir natürlich leid, aber in meinen Augen konnte er das verschmerzen. Tommi ist kein Kind von Traurigkeit. Und in den Augen der anderen Jungs muß ihm diese Geschichte eine Menge Achtung verschafft haben, o ja, ganz bestimmt, und das darf man auch nicht unterschätzen.

Die Straßen sind dunkel und verlassen, und wir laufen ein ganzes Stück, um in eine belebtere Gegend zu kommen. Es hat angefangen zu regnen, und der Regen ist warm, ein komisches Gefühl. Ein leichter Wind bläst uns die Tropfen ins Gesicht, im Licht der Straßenlaternen sehen sie aus wie feine Schnüre. Wir finden eine Art Hauptstraße, aber auch hier sind nicht viele Autos unterwegs, und die wenigen rasen vorbei. Ich bezweifle, daß sie uns überhaupt sehen.

«Das kann ja was werden», sage ich. «Wie's aussieht, können wir nach Hause laufen.»

Tommi sagt nichts, er ist die ganze Zeit schon merkwürdig still. Auf der anderen Straßenseite ist eine Bushaltestelle, ein paar Typen lungern da herum.

«Komm», sage ich. «Wir stellen uns unter.»

Tommi zuckt mit den Schultern und folgt mir über die Straße.

Es sind drei Jungs, die auf dem Geländer neben der Bushaltestelle hocken, nicht unter dem Dach, der Regen scheint ihnen nichts auszumachen. Sie mustern uns ohne Interesse, offensichtlich sind sie ziemlich cool.

Als wir unter dem Dach der Haltestelle stehen, bekomme ich Lust auf eine Zigarette. An der einen Seitenwand der Haltestelle leuchtet ein neues Lucky-Strike-Plakat, nicht, daß es etwas damit zu tun hätte, es fällt mir nur auf, weil ich die Werbung gut finde und mich jedesmal freue, wenn ich ein neues Motiv sehe. Das Problem ist, daß ich meine Packung auf der Party verloren habe, und Tommis letzte Kippe haben wir eben geraucht. Von den drei Jungs auf dem Geländer haben zwei eine Kippe im Maul, was soll's, denke ich, wer so cool ist, hat bestimmt auch eine Zigarette übrig. Ich trete unter dem Dach der Haltestelle hervor und gehe auf die drei zu. Ein Regentropfen fällt mir auf die Nase.

«Hey», sage ich. «Hat einer von euch 'ne Kippe für mich?»

Der in der Mitte, so ein Typ mit erstklassiger Matschfresse, kurzen Haaren, 'nem Ring im Ohr und Lederjacke, sieht mich aus stumpfen Augen an.

«Hau ab, Kleiner», sagt er.

Gut, denke ich, dann nicht. Ich mache kehrt, ich bin schließlich schon naß genug. Doch ich bin kaum wieder unter dem Dach, als ich mich umdrehe und zu dem Typen zurückgehe.

«Was denkst du, wie alt ich bin?» frage ich.

Er kneift die Augen zusammen. «Was soll das?»

«Ich hab dich was gefragt», sage ich. «Ganz einfach. Wie alt bin ich?»

Er zieht die Nase hoch, dann rutscht er langsam vom Geländer und baut sich vor mir auf. Vor dem linken Ohr hat er einen Leberfleck von der Größe eines Markstücks, ziemlich ekelhaft. «Willste Ärger, oder was?»

«Nee», sage ich. «Ich will 'ne Antwort. Einfache Frage, einfache Antwort. Oder bringen sie euch so was heutzutage im Kindergarten nicht mehr bei?»

«Paß bloß auf!»

Ich sehe, wie sein Gesicht zuckt, er ist wütend, die beiden Jungs hinter ihm halten die Luft an.

«Mach ihn fertig», kräht der eine.

«Ich geb dir eine Sekunde, hier zu verduften», sagt mein Freund in Lederjacke. Er macht einen Schritt auf mich zu, seine Nasenflügel beben, und ich verpasse ihm astrein eins in die Fresse, ich erwische ihn voll, weil er nicht auf der Hut ist. Er hat mich unterschätzt, o Mann, ein beschissener Fehler. Er taumelt gegen das Geländer, seine Kumpels springen neben ihn. Hinter mir höre ich Tommi, der aus dem Schutz der Haltestelle vorgekommen ist.

«Hör auf mit dem Scheiß», sagt er. «Laß uns lieber abhauen.»

Ich wende mich an den Großkotz, der sich die blutende Nase hält.

«Hast du jetzt 'ne Kippe?» frage ich.

Ohne ein Wort geht er auf mich los, der Herr ist mein Zeuge, daß ich das nicht will, daß ich mich nur zur Wehr setze, als ich ihm ausweiche. Er erwischt mich an der Schulter, und ich trete ihm vors Knie, mit einem Jaulen läßt er mich los. Jetzt sind seine Freunde dran. Der größere der beiden, ein hagerer Typ mit knochigem Gesicht, schiebt seinen Freund beiseite und stellt sich breitbeinig vor mich hin.

«Du bist so gut wie tot», sagt er.

Ich bekomme einen Lachanfall. Wie ich ihn so sehe, ich kann nicht anders, es schüttelt mich einfach. Tommi faßt mich am Arm und will mich wegziehen, doch ich lasse ihn nicht. Ich lache immer noch.

«Halt die Klappe», sagt der Angeber vor mir, und eine Strähne fettigen Haars fällt ihm in die Stirn. Er macht einen Schritt vor, und ehe ich überhaupt sehe, daß er ausholt, erwischt mich ein Donnerschlag am Kinn, ich fliege Tommi in die Arme. Für einen Moment ist mir schwarz vor Augen, meine Lippe blutet, und der Kerl ist schon wieder über mir.

Ich will irgendwas sagen, um ihn aufzuhalten, aber mein Mund ist völlig taub, ich bekomme nur ein Krächzen heraus, und der Typ grinst böse und holt schon wieder aus, da faßt ihn sein Kumpel an der Schulter. Ich habe schon in Erwartung meines Endes die Augen geschlossen, jetzt mache ich sie wieder auf, ich kapiere nicht, was los ist. Der mit dem harten Schlag sieht mich wütend an.

«Komm schon!» ruft sein Freund hinter ihm.

Er zögert eine Sekunde, dann faßt er schnell in seine Jackentasche, bückt sich, und ich spüre einen Schlag, der mir sämtliche Knochen durchschüttelt.

«Ahh!» brülle ich, es ist ein Gefühl, als treibe mir einer einen Nagel ins Rückgrat, als hätte ich einen Schwarm Piranhas unter der Haut. Der Typ reißt die Hand zurück, und sie hauen ab. Zitternd bleibe ich am Boden sitzen und starre Tommi an.

«Was war das?»

Er zuckt mit den Schultern.

«Sah aus wie ein Paralyser», sagt er. «Eins von diesen Elektroschockgeräten. Bist du okay?»

Ich nicke vorsichtig. In meinen Fingern kribbelt es, und als ich aufstehen will, knicken mir die Beine weg.

«So ein Arschloch», sage ich. Aber dieses Teil, dieser Elektroschocker, ich muß schon sagen, der ist nicht schlecht, so einen muß ich haben. Was mag das für ein Gefühl sein, wenn du einem so'n Ding an die Eier hältst? Ich darf nicht dran denken.

«Warum sind die abgehauen?»

«Der Bus.» Tommi deutet die Straße runter, ich drehe mich um und muß geblendet die Augen schließen, als die Scheinwerfer mich erfassen. Der Nachtbus rollt auf die Haltestelle.

«Du hast Schwein gehabt», sagt Tommi.

«Spinnst du?» Mir klappern jetzt noch die Zähne. Was heißt hier Schwein gehabt? Darunter stelle ich mir was anderes vor.

Der Bus hält, Tommi hilft mir auf die Beine, und wir steigen ein. Der Fahrer glotzt uns an, er wird denken, ich sei betrunken, mir ist das egal. Wir setzen uns und fahren drei Stationen mit dem Bus stadtauswärts.

«Geht's dir gut?» frage ich.

Der Regen hat ein wenig nachgelassen, wir stehen an einer Ampel irgendwo am Stadtrand, ich habe mich wieder einigermaßen beisammen. Tommi nippt an einem Bier, das er von der Party mitgenommen hat, ich weiß, daß irgendwas nicht stimmt.

«Ich glaube, ich muß dir was erzählen», sagt er. «Es geht um Tina. Ist 'ne dumme Geschichte.»

«Ich höre.»

«Sie ist schwanger», sagt er.

«Du machst Witze!» Ich muß mich verhört haben.

«Nein, verdammt. Es ist ernst.» Er starrt auf seine Füße. «Wenigstens deutet alles darauf hin.»

«Was soll das heißen, es deutet darauf hin?» Er macht mich ganz wahnsinnig, warum läßt er sich alles aus der Nase ziehen?

«Sie war noch nicht beim Arzt.»

«Ihr spinnt doch», sage ich.

«Du hast gut reden. Ich hab ihr ja auch gesagt, sie muß hin, aber sie sagt, sie weiß es. Sie sagt, sie braucht keinen Arzt dafür.»

«Na dann.» Ich schüttle den Kopf, das ist echt stark.

Tommi starrt mich an.

«Sie kriegt 'n Baby», sagt er. «Hast du 'ne Ahnung, was das bedeutet?»

Ein Baby, wie sich das anhört, und Tommi der Vater, das ist wirklich ein komischer Gedanke. Ich kann irgendwie nichts damit anfangen.

«Ich weiß nicht», sage ich.

«Wie auch.» Er schüttelt den Kopf. «Ich bin mit den Nerven runter, kapierst du das?»

«Ja, kann ich mir vorstellen.»

Zwei Autos jagen an uns vorbei, keiner hält den Daumen raus.

«Wie lange weißt du's schon?» frage ich nach einer Weile.

«Sie hat's mir gesagt, als sie herkam.» Er beißt sich auf die Lippen. «Sonntag.»

«Warum hast du mir nichts erzählt?»

«Ich konnte nicht. Wir haben uns gestritten, und jetzt ... Ich weiß nicht, was ich machen soll.»

«Ja», sage ich. «Ist 'ne blöde Geschichte. Aber noch lange kein Grund, durchzudrehen. Du bist nicht der erste, dem so was passiert.»

«Das hilft mir auch nicht weiter.»

Ich muß dran denken, daß er sich seit Sonntag damit herumquält, warum hat er bloß nichts gesagt? Scheiße, er muß echt fertig sein mit den Nerven.

«Hey!» Ich packe ihn an der Schulter und schüttle ihn, so daß er mich ansehen muß, ich muß ihm jetzt ein bißchen unter die Arme greifen. «Es gibt doch 'ne Menge Möglichkeiten, bei so was.»

Er macht ein gequältes Gesicht. «Ich weiß ja nicht einmal, was sie will!»

«Sah auch nicht aus, als hättet ihr euch gut verstanden, draußen auf dem Sportplatz.»

«Mach dich ruhig über mich lustig», sagt er. «Das ist genau das, was ich jetzt brauche.»

Ich überlege kurz. «Wissen ihre Eltern Bescheid?»

Er schüttelt den Kopf.

«Was ist mit Karl und Wilma?»

«Spinnst du?» Er sieht mich an. «Du hast ja keine Ahnung, wie's bei uns zu Hause im Moment aussieht.» Er nimmt einen Schluck aus der Flasche, verschluckt sich, hustet. «Mit Wilma ist kaum zu reden. Du weißt ja, was los ist. Die letzten Tage ist es wieder schlimmer geworden. Und Karl, was in dem vorgeht, kann ich dir wirklich nicht sagen. Seit dieser Dr. Wilhelm bei euch aufgetaucht ist, dreht er völlig durch. Hast du 'ne Ahnung, was mit ihm los ist?»

«Nee», sage ich. «Aber mir ist das auch schon aufgefallen.»

«Ich hab's Gefühl, er spinnt, weißte. Und im Ernst, soll ich mit den beiden darüber reden? Nein, besten Dank, das muß echt nicht sein.»

«Stimmt. Das versteh ich.» Ich lecke mir über die Lippen, ich weiß nicht, was ich tun soll. Ich würde ihm ja gern irgendwie helfen, aber wie?

«Tja. Und als wäre das noch nicht genug, woll'n sie mich auch noch von der Schule schmeißen.» Tommi schaut die Straße entlang irgendwo ins Nichts.

«Was?!»

«Ja.» Er nickt. «Gestern, als ich mit Karl in der Stadt war, da habe ich dir Mist erzählt. Ich mußte in die Schule, vor eine Lehrerkonferenz. Diesmal machen sie Ernst.»

«Schon wieder?» Ich kann's nicht fassen. «Und warum?»

«Sie haben vor den Ferien im Internat die Zimmer gefilzt und dabei 'n ganzen Haufen Drogen gefunden.»

«Na und?»

«Dummerweise lag bei mir auch was von dem Zeug.»

«Bingo», sage ich. Er lächelt verkniffen.

«Sie schmeißen nicht jeden, weißt du, so ist es nicht, ein paar Jungs haben alles gebeichtet, haben sich rausgeredet und die anderen verpetzt. Die kommen davon. Bei mir ist es anders, mich wollen sie endgültig loswerden. Ich bin vor zwei Monaten schon einmal verwarnt worden, weil ich eine Nacht nicht auf dem Zimmer war, und dann ist da natürlich die alte Geschichte, die Sache mit dir, die haben sie auch noch nicht vergessen. Ich fürchte, da ist nichts mehr zu machen.»

Er sieht mich an, ich weiß nicht, was ich sagen soll. Ich halte mein Gesicht in den Regen und denke, wow, was er in den letzten Tagen einstecken mußte, ist wirklich nicht ohne. Und natürlich kommt alles auf einmal. Die Schule ist nichts so Besonderes, nichts so Wichtiges, daß man sich darüber den Kopf zerbrechen muß, in meinem Fall wenigstens, aber bei Tommi ist es doch etwas anderes. Ich kann ihn verstehen, ja, ich denke, ich kann ihn verstehen. Im Gegensatz zu ihm hatte ich nie eine Perspektive. Er kippt den Rest Bier weg und schleudert die Flasche gegen einen Laternenpfahl.

«Kann ich dir irgendwie helfen?» frage ich.

Er spuckt auf die Straße.

«Das einzige, was mir noch helfen kann, ist ein Atomkrieg oder so. Vielleicht sollte ich mich auch vor ein Auto werfen, wäre sicher nicht die schlechteste Lösung.»

Ich weiß nicht, was ich tun soll, ich knabbere noch an dem, was er mir erzählt hat, nicht so sehr das mit der Schule, nein, eher die Sache mit seiner Freundin. Ein Baby, da komme ich nicht drüber weg. Bei Tommi ist bisher noch nie etwas so richtig schiefgelaufen, aber das jetzt hört sich nicht gut an. Und ich weiß nicht, ob's ihm hilft, wenn ich jetzt irgendeinen Mist erzähle.

Der Typ, der schließlich hält, um uns auf dem Rückweg mitzunehmen, fährt einen nagelneuen Mercedes, wir sehen uns an, wir glauben es beide nicht. Es muß so gegen drei Uhr sein, auf der Straße ist keine Sau mehr unterwegs, wir stehen schon eine Ewigkeit im Regen. Inzwischen gewittert es, alle paar Sekunden zerreißen Blitze die Dunkelheit, die da ist, wo der Himmel sein sollte. Ich habe das Gewitter kommen sehen, aber was hilft einem das? Tommi sagt die ganze Zeit kein Wort, drei Uhr nachts ist eine beschissene Zeit, um irgendwo an der Straße zu stehen, im Regen besonders.

«Schnell», sage ich. «Nicht daß er sich's anders überlegt.»

Wir laufen zu dem wartenden Benz, der Fahrer hat wirklich die Absicht, uns mitzunehmen, ist ja Wahnsinn. Ich bin naß bis auf die Knochen.

«Schätze, ihr habt nicht die beste Zeit erwischt, um an der Straße zu stehen, was?» Der Typ hinterm Steuer ist schon etwas älter, ich würde sagen um die vierzig, in Hemd und Krawatte, ein richtiger Karrierearsch, doch im Augenblick kümmert mich das überhaupt nicht.

«Paßt auf, daß ihr mir nicht alles naß macht!»

Ich bin als erster rein, Tommi sitzt vorne, er muß die Unterhaltung übernehmen.

«Sind nicht mehr viele Leute unterwegs», sagt er.

Der Typ dreht den Cassettenspieler auf, es läuft irgendwas Klassisches, Klavier, Streicher, um die Uhrzeit schmerzt mir das in den Ohren.

«Ich wäre auch lieber im Bett.» Er lacht. «Am besten mit was Süßem neben mir. Darf ich fragen, wie alt ihr seid?»

Tommi antwortet ihm, ich verstehe kaum ein Wort, ich sitze genau zwischen den Boxen.

«Kannste die Scheiße nicht leiser machen?» sage ich.

Er mustert mich im Rückspiegel.

«Das ist Beethoven», sagt er. «Hör lieber gut hin.»

Die Musik schwillt an und ab, mir rauscht es in der Birne. Wir jagen die Bundesstraße entlang, und ich habe das Gefühl, als bohrten die Jungs mir ihre Geigen mitten ins Hirn.

«Was sagen eure Eltern dazu, wenn ihr mitten in der Nacht durch die Gegend trampt?»

«Wir sind keine Kinder mehr», sagt Tommi. Ich versuche, einen Blick auf den Tacho zu erhaschen, der Typ fährt schnell.

«Als ich in eurem Alter war, hatte ich um zehn Uhr im Bett zu sein. Und morgens mußte ich um sechs raus, auch in den Ferien.»

Außerdem quatscht er zuviel, und zuviel Scheiße. Ich krame meine Zigaretten hervor und zünde mir eine an, habe vorhin an einem Automaten neue gezogen.

«Hey, mach das Ding aus. In meinem Auto wird nicht geraucht.» Er drückt einen Knopf, und wie von Geisterhand öffnet sich das Fenster neben mir.

«Los. Raus damit.»

Du kannst mich mal, denke ich.

«Raus damit, habe ich gesagt!»

Was bist du nur für ein Wichser, denke ich. Aber bitteschön. Ich weiß nicht, welcher Teufel mich reitet, aber ich beuge mich vor und drücke meine Zigarette dem Typen in die Haare. Es braucht eine Sekunde, bis er kapiert, eine Sekunde, bis der Schmerz ankommt, dann heult er auf und schlägt mit dem rechten Arm nach hinten. Er erwischt mich am Kinn, die Zigarette fliegt mir aus der Hand, landet auf dem Polster. Es stinkt nach verbrannten Haaren.

«Na warte», zischt er und tritt auf die Bremse.

Ich schlage ihm von hinten gegen den Schädel. Er versucht, mich mit einer Hand abzuwehren, der Wagen kommt ins Schlingern, wird langsamer, ich fasse ihn um den Hals und würge ihn. Er röchelt, Tommi fängt an zu brüllen, ich brülle mit, in meinem Kopf brüllen ganz andere Stimmen. Plötzlich habe ich nur noch einen Gedanken, ich will den Wichser fertigmachen.

Er zuckt unter meinen Händen, versucht mich zu beißen, ich gebe es ihm zurück, drücke fester zu. Tommi schlägt mir auf den Arm, was soll das? Ich lasse nicht locker. Auf einmal ist die Leitplanke vor uns. Ich bin nicht angeschnallt, ich höre Tommi schreien, doch ich lasse nicht los. Der Tod ist mir zu vertraut, ich habe keine Angst. Eine Sekunde vor dem Aufprall kommt mir ein Gedanke, ich weiß nicht woher, nur eine Idee, ich taste nach den vorderen Anschnallgurten. Dann kracht es, und ich werde aus dem Sitz gehoben. Ich spüre nichts.

10

Sie haben mir ein Schlafmittel gegeben, ich kenne das Gefühl. Es ist, als müßtest du dich gegen einen LKW stemmen, als müßtest du mit bloßen Händen gegen einen Vierzigtonner ankämpfen. Du kriegst die Augen nicht auf, egal wie du dich anstrengst, es ist Wahnsinn, und jedesmal denkst du, das schaffst du nie. Tausend Bilder sausen vorbei.

Ich versuche, den Schlaf abzuschütteln, diesen dumpfen, schweren Schlafmittelschlaf, der einem in allen Gliedern steckt und nicht raus will, versuche, meinen Körper zu spüren. Ich bin Luke Skywalker und habe meinen X-Wing-Fighter in den Sumpf gesetzt, jetzt drohe ich zu versinken, dabei muß ich nur das Cockpit absprengen, um rauszukommen, aber es geht nicht, gar nichts geht, und ich sinke immer tiefer. Dann sitze ich draußen an den Klippen, ich will nach oben, doch unter mir bröckelt der Fels ab. Tommi ist irgendwo über mir, er ruft meinen Namen, aber ich kann ihn nicht sehen. Genug, denke ich, das ist Schwachsinn, wach endlich auf. Mein Kopf brennt. Ich schaffe es, die Augen zu öffnen, und sehe ein Gesicht, es ist Chris, verdammt, denke ich, du träumst ja immer noch. Ich hole Luft, versuche den Traum abzuschütteln, ich erkenne mein Zimmer, und das Traumbild bleibt. Es lächelt, beugt sich über mich, ich kann seinen Atem spüren.

«Hallo», sagt Chris. «Wurde auch Zeit, daß du mal wach wirst.»

Ich schließe die Augen.

«Was machst du hier?» murmele ich. «Was ist passiert?»

«Ich passe auf dich auf», sagt sie. «Ihr hattet einen Unfall. Aber alles ist halb so schlimm. Du bist nicht ernstlich verletzt.»

So, denke ich, ist das wahr? und die Erinnerung kommt wieder. Es hat geregnet, wir waren auf der Straße, ein Wagen hat gehalten. O ja, ich erinnere mich, und gegen die Wirklichkeit scheinen mir die Träume gar nicht so schlecht.

«Wie geht's?» fragt sie. «Ist alles in Ordnung?»

«Was ist mit Tommi?» krächze ich.

«Nichts Ernstes. Ein paar Prellungen, glaube ich. Der Mann von der Polizei sagte, es hätte schlimmer ausgesehen, als es war. Euer Wagen stand irgendwo im Graben, als sie euch gefunden haben. Wie ist das passiert?»

«Keine Ahnung.» Ich setze mich auf, mir ist ein wenig schwindelig, aber es geht, nur mein Kopf brummt. Ich fasse mir an die Stirn.

«Sie haben dir etwas zur Beruhigung gegeben», sagt Chris. «Damit du schlafen kannst.»

Ja, habe ich gemerkt. Aber jetzt muß ich sehen, daß ich wieder auf die Beine komme. Sie sieht mich an.

«Der Fahrer hat nicht so ein Glück gehabt wie ihr. Wie ich gehört habe, ist er irgendwie unglücklich mit dem Kopf aufgeschlagen. Ich weiß aber auch nichts Genaueres.»

Ich höre nicht hin, das interessiert mich nicht. Mein Kopf bringt mich fast um, ich brauche dringend eine Tablette. Das Atmen bereitet mir Schmerzen, aber ansonsten fühle ich mich, wenn ich das überhaupt sagen kann, ganz in Ordnung. Chris sitzt auf einem Stuhl neben dem Bett, sie rückt zur Seite, als ich mich auf die

Bettkante setze. Erst jetzt sehe ich, daß ich in einem katastrophalen Pyjama stecke, nicht daß es mir etwas bedeutet, aber ich wundere mich doch.

«Was ist das?»

Es muß ein Ding von meinem Vater sein, ich bin schon überrascht. Chris lacht.

«Den hat deine Mutter für dich herausgesucht.»

War ja klar, dabei wußte ich gar nicht, daß sie den alten Krempel aufbewahrt hat. Ich sage nichts, irgendwie habe ich keine Lust, mit Chris zu reden. Ich sitze kaum ein paar Augenblicke, als die Tür aufgeht und Annie ins Zimmer kommt.

«Moritz», sagt sie. «Freut mich, daß du wach bist. Wie geht es denn?»

Ich huste zur Antwort und fasse mir im nächsten Moment an die Brust, mein Gott. Fühlt sich an, als würden meine Rippen auseinanderfliegen.

«Du mußt dich eine Weile schonen», sagt sie. «Du hast noch mal Glück gehabt.»

Ich habe nicht das Gefühl, daß sie sich freut, aber warum auch. Ich bin nicht beleidigt.

«Möchtest du etwas essen?»

Das ist typisch, als gäbe es nichts Wichtigeres als essen, dabei habe ich nun wirklich andere Sorgen. Ich sehe zu Chris und von ihr zu Annie.

«Was tut sie hier?»

«Oh.» Meine Mutter ist die Unschuld in Person. «Sie hat gestern abend auf dich gewartet. Du hast eine nette Freundin, wirklich.»

Sie wirft dem Mädchen einen freundlichen Blick zu, die beiden scheinen sich zu verstehen, und ich kapiere gar nichts. Mir erzählt niemand etwas, aber das ist ja nicht neu.

«Ich hatte Streit mit meinen Eltern.» Chris hebt entschuldigend die Hände, ihr scheint es etwas unangenehm, daß sie einfach hier sitzt, verdammt, soll es auch sein, wäre ja wohl das mindeste. Sie blickt auf den Boden. «Ich bin abgehauen, und ich dachte, für eine Nacht könnte ich bei dir unterkommen.»

«Und das ist ja auch kein Problem, nicht wahr», fällt Annie ihr ins Wort. «Dennoch bin ich der Meinung, du solltest mit deinen Eltern reden, und zwar schnell. Sonst werde ich es tun.»

«Nein, nein.» Chris schüttelt den Kopf. «Das ist nett von Ihnen, aber mein Vater fände das sicher nicht so gut.»

«Was soll das heißen», sage ich. Offenbar brauche ich heute etwas länger.

«Ganz einfach. Deine Freundin hat die Nacht auf dem Sofa im Wohnzimmer verbracht, wenn sie nicht gerade an deinem Bett gesessen hat.» Meine Mutter steht im Zimmer wie eine triumphierende Göttin der Antike, auf einmal hat sie alles in der Hand, dabei frage ich mich, was sie das überhaupt angeht. Chris lächelt verlegen.

«Viel geschlafen habe ich nicht, wenn ich ehrlich sein soll.»

«Sie hat sich Sorgen um dich gemacht», setzt Annie hinzu. «Und im Wohnzimmer ist es ja auch nicht sehr gemütlich, was?»

Chris zuckt die Achseln, und mir kommen gleich die Tränen. Ich glaube, Annie spinnt jetzt vollkommen.

«Wenn du meinen Rat hören willst», wendet sie sich an das Mädchen, «dann solltest du dich schleunigst mit dem Jugendamt in Verbindung setzen.»

Ich stehe auf, mir reicht's. Ich schwanke, muß mich am Kleiderschrank abstützen. «Würdet ihr mich bitte allein lassen?» sage ich.

«Er hat recht.» Annie faßt Chris an der Schulter. «Was hältst du von einer schönen Tasse Kaffee? Ich glaube, die können wir beide gebrauchen.»

Sie wendet sich zu mir.

«Und du ruhst dich gut aus, du mußt dich eine Weile schonen.»

«Hau bloß ab», sage ich.

Chris wirft mir einen kurzen Blick zu, sie hat Ringe unter den Augen, dann gehen sie beide aus dem Zimmer. Ich setze mich aufs Bett, eine Spinne läuft über den Boden. Ich bin zu schwach, um sie zu zertreten.

Chris ist in meinem Badezimmer, meine Mutter hat ihr das erlaubt, ich weiß nicht, was ich dazu sagen soll, auf einmal hängt sie sich überall rein. Ich komme mir vor wie in einem schlechten Traum, es fehlt nur, daß die Musik einsetzt und alle anfangen zu singen. Ich höre die Dusche laufen und stelle mir vor, wie sie da steht, ich frage mich, welche Handtücher sie benutzt. Ich will selbst ins Bad.

Meine Mutter ist oben, auf die Idee, das andere Badezimmer zu benutzen, käme ich nicht im Traum. Ich stehe auf dem Gang vor der Tür und lausche, was Chris macht. Sie hat das Wasser abgestellt, jetzt muß sie aus der Dusche kommen. Ich trete von einem Bein aufs andere, ich kann nicht gut warten, nicht, wenn ich so unruhig bin. Mit gespielter Ruhe schlendere ich zu meinem Zimmer, dann zur Badezimmertür zurück. Ich warte wieder eine Weile, sie wird sich gerade abtrocknen, ich drehe noch eine Runde. Ob sie meine Handtücher benutzt? Ich denke mir nichts dabei, als ich mich ans Schlüsselloch bücke.

Ich kneife ein Auge zu und erkenne das Waschbekken. Der Blickwinkel ist nicht gerade günstig, ich kann nicht viel sehen, das Bad ist blöd geschnitten. Da ist ein Bein, ich versuche zu erkennen, was sie macht, aber sie ist schon wieder verschwunden. Na komm, denke ich, das kann ja wohl nicht alles sein. Den einen oder anderen Blick werde ich doch erhaschen können.

Dann plötzlich steht sie direkt vor dem Schlüsselloch, und ich bin nicht schnell genug. Die Tür knarrt, ich schrecke hoch, taumele zurück, und sie steht vor mir. Sie trägt nur ein T-Shirt und ihr Höschen, und ihre Haut schimmert wie Seide.

«Sieh mal an», sagt sie, ich bin viel zu perplex, um etwas Vernünftiges zu entgegnen.

«Dann kann ich ja rein», sage ich.

Sie mustert mich und lächelt, Mann, ist das eine blöde Situation, ich stehe ja da wie der letzte Spanner, doch sie scheint das eher lustig zu finden, sie wirkt aufs höchste amüsiert. Was ist los? Wieder mal kapiere ich nichts.

«Und?» sagt sie. «Was gesehen?»

«Blödsinn», sage ich schnell.

Sie haucht mir einen Kuß entgegen, einen Kuß, in der Tat, ich glaub's ja nicht, und für eine Sekunde berühren sich unsere Lippen, es geht so schnell, daß ich meinen Mund nicht wegziehen kann. Ich mache, daß ich ins Badezimmer komme.

Ich sehe schlimm aus. Das Licht im Bad ist wenig schmeichelhaft, ich weiß, der Spiegel ist verdreckt, auch das, aber das kann nicht alles sein, ein bißchen muß ich wirklich so aussehen. Der Pyjama tut ein übriges, verdammt, es wird Zeit, daß ich das Ding loswerde.

Meine linke Gesichtshälfte ist angeschwollen, unterm Auge prangt ein dicker Bluterguß. Ich hab ein Gesicht wie ein weichgeklopftes Schnitzel, so sieht's aus, die Nase dick und rot, die Haare zerwühlt und blutverschmiert. Über dem linken Ohr haben sie eine Platzwunde mit zwei Stichen genäht, ich sehe mir das genau an, sie haben mir an der Stelle die Haare wegrasiert. Teufel noch mal, ich sehe aus wie ein gerupftes Hühnchen, was haben die sich dabei gedacht?

Ich ziehe den Pyjama aus und betaste meine Brust, man sieht nichts, dafür spüre ich um so mehr. Ich besprenge mir das Gesicht mit kaltem Wasser, die Haare kann ich wohl vergessen, die kriege ich im Leben nicht wieder hin. Ich denke kurz daran, unter die Dusche zu steigen, verwerfe die Idee aber sofort.

Die Blutergüsse an beiden Knien sind mir ein Rätsel, im Ganzen aber bin ich noch gut davongekommen, würde ich sagen, dafür, daß ich nicht einmal angeschnallt war. Immerhin hatte der Typ schon ordentlich auf die Bremse getreten, wer weiß, was passiert wäre, wenn der Wagen noch die volle Fahrt drauf gehabt hätte. Ich muß Tommi anrufen.

Nachdem ich mich eine Weile im Spiegel betrachtet habe, ist klar, daß ich etwas tun muß, ich sehe aus wie der letzte Penner. Die Haare sind das schlimmste, ich muß mir etwas überlegen, Quatsch, nicht überlegen. Im Anfang war die Tat, habe ich mal wen sagen hören. Könnte von mir sein.

Als meine Haare fallen, ist das ein komisches Gefühl, und es geht schnell, wirklich keine große Sache. Verklebt wie sie waren, hätte ich sie im Leben nicht mehr kämmen können, es ist die beste Lösung und eine Sache, die ich schon immer tun wollte. Ich habe einen Rasierer, den Tommi mir einmal mitgebracht hat, so einen speziellen Apparat, mit verschiedenen Stufen, für Bart und Haare. Ich habe um die Wunde herum angefangen, es ziept ein bißchen, an den Seiten besonders, deshalb sehe ich zu, daß ich schnell fertig werde. Zuerst rasiere ich mir die Seiten nahezu kahl, dann wähle ich eine andere Stufe, oben auf dem Kopf lasse ich gut einen Zentimeter stehen, das ist nicht viel, aber bei dem festen Haar, das ich habe, gibt es ein dichtes Dach. Hinten habe ich Probleme, ich komme einfach nicht gut dran, aber irgendwie geht es. Ich will schließlich keinen Preis damit gewinnen.

Ich mache mir das Ganze ein bißchen so wie der irre Typ aus «Taxi Driver», ich habe sein Gesicht im Kopf, während ich den Rasierer führe. Es ist wahr, ich mag den Film ganz gern, und der Typ ist wirklich gut, aber nichts gegen mich. Wie viele bitte legt er um? Gegen mich ist der ein Waisenknabe.

Als ich fertig bin, ist das Waschbecken voller Haare, ich hätte da besser vorher dran gedacht, ist 'ne ziemliche Sauerei. Ich spüle alles, so gut es geht, das Klo runter, dann streiche ich mir über den Kopf, ein irres Gefühl, es kribbelt überall. Der Blick in den Spiegel läßt mich einen Moment schlucken, ich sehe verdammt fertig aus, und die Wunde am Ohr springt noch deutlicher hervor. Aber es gefällt mir, so ähnlich habe ich mir das gedacht. Tommi wird Augen machen, wenn er das sieht, da bin ich sicher. Und nicht nur Tommi.

«Wie siehst du denn aus?»

Ich sitze auf dem Bett, als Chris ins Zimmer kommt, sie reißt ganz schön die Augen auf.

«Was hast du gemacht?»

«War die beste Lösung», sage ich. «Die Haare hätte ich nie wieder sauber gekriegt.» Sie starrt mich an, dann streckt sie vorsichtig die Hand aus und streicht mir über die Stoppeln.

«Na ja, vielleicht hast du recht», sagt sie. Und dann lacht sie. «Du siehst richtig süß aus, weißte das?»

Ich schlucke einmal kräftig.

«Willst du wirklich nichts essen?» fragt sie, als ich anfange, meine CDs durchzusehen. «Na ja, mußt du selbst wissen.»

«Stimmt», sage ich.

Die Tür geht auf, und meine Mutter steckt ihren Kopf herein.

«Ich sehe euch gern beisammen», sagt sie.

«Laß uns bloß in Ruhe», zische ich, und sie verschwindet wieder. Chris blickt zu mir herüber.

«Ist dir alles zuviel, was?»

Ich kann nur zustimmend nicken: da sagt sie was, ehrlich.

«Seit Anfang der Woche kriege ich irgendwie ständig was auf die Nase», sage ich. «Ein Wunder, daß ich überhaupt noch 'n heilen Knochen im Leib habe.»

Sie lacht.

«Ich finde, du schlägst dich aber noch ganz gut.»

Das ist Fassade, denke ich, alles nur Fassade, aber ich halte lieber den Mund.

«Hey», sagt sie dann auf einmal. «Was ist das?»

Ich folge ihrem Blick und lande bei der Kamera, die ich aus dem Bungalow geklaut habe, ich zucke zusammen, habe mich aber schnell wieder gefangen. Scheiße, denke ich, ich hätte das blöde Ding wegstecken sollen. Aber kann ich ahnen, daß sie hier reinschneit?

«Genau so eine hatte mein Vater», sagt sie. «Die, die ihm hier gestohlen wurde.»

«Ich denke, es wurde nichts gestohlen», sage ich.

«Doch, aber nur die Kamera. Mein Vater hat es erst später gemerkt.»

«Bist du sicher, daß es die ist?»

«Natürlich nicht diese hier.» Sie lacht.

«Natürlich», sage ich. «Das ist ja meine.»

«Aber es war das gleiche Modell. Bestimmt.»

«So'n Zufall.»

«Ja.» Sie lächelt, und ich bemerke, daß ich sie noch gar nicht richtig angesehen habe. Sie ist in Jeans, drüber trägt sie ein weißes T-Shirt, ihre Füße sind nackt.

Auf einmal sitzt sie neben mir, ich kriege das gar nicht mit, so schnell ist sie, fährt mir mit der Hand über den Kopf und küßt mich. Ich bin erst einmal gelähmt.

«Weißt du, ich mag dich irgendwie.» Sie hängt mir am Ohr, ich kann gar nichts machen, sie küßt mich wieder. Es ist ein komisches Gefühl, sie beugt sich zu mir, legt ihre Lippen auf meine, bläst mir ihren Atem ins Gesicht, und ich sehe die feinen Härchen auf ihren Wangen.

«Tut es weh?» fragt sie. Sie geht mir mit der Hand durch die stoppeligen Haare, streicht mir über die Wunde am Ohr, und ich spüre gar nichts.

«Aua», sage ich.

«Armer Kleiner!» Sie kichert, und ich schiebe sie weg.

«Was soll das?» sage ich.

Ich kann nicht zugeben, daß es mir gefällt.

Wir sitzen im Wohnzimmer und sehen fern, Chris hockt vor mir auf dem Boden, ich sitze in meinem Sessel. Es läuft nur Mist, und ich frage mich, was mit all den guten Filmen ist, die es gibt, warum kriegt man die nie zu sehen?

Chris hat eine Hand an meinem Bein, sie blickt zu mir auf.

«Mir tut das Ganze irgendwie leid, Moritz», sagt sie.

«Wie ich bei euch reingeplatzt bin. Ich wollte das nicht, ich wollte dich nicht so überrumpeln. Eigentlich bin ich gestern nur gekommen, um mit dir zu reden.»

Sie seufzt.

«Klar, da ist die Sache mit meinen Eltern, ich wollt dich schon fragen, ob du mir helfen kannst. Ich konnte gestern nicht zu denen zurück, verstehst du? Ich dachte mir natürlich, vielleicht hast du auch lieber deine Ruhe, wo du dich ja mit deiner Mutter nicht so gut verstehst, und jetzt, wo dieser Herr bei euch wohnt. Ich habe ihn schon kennengelernt, und ich finde ihn richtig nett.»

«Das gibt's ja nicht», sage ich. «Ist der denn bescheuert?»

Sie runzelt die Stirn.

«Was?»

«Na, warum dreht der Idiot sich nicht um, verdammt, warum hört der nicht, daß da einer hinter ihm ist? Das ist doch Scheiße, Mann, das kann mir keiner erzählen.»

Chris dreht sich um und sieht zum Fernseher, der Film ist wirklich zum Heulen. Wenn ich mir überlege, was es kosten muß, diesen ganzen Mist zu drehen. Ehrlich, mir braucht man nichts zu erzählen, die Leute sind doch einfach total bescheuert.

«Meine Eltern drehen vollkommen ab», fährt Chris fort. «Gestern, das hättest du erleben müssen. Sie sind durchs Haus gerannt und haben sich gegenseitig angebrüllt wie die Irren. Meine Mutter ist dann abgehauen, und mein Vater hat meinen Bruder verprügelt, weil der nicht aufhören wollte zu heulen. Glaubst du mir, daß ich's da nicht aushalte?»

«Kann ich irgendwie verstehen», sage ich, obwohl ich nur mit halbem Ohr zugehört habe.

«Deine Mutter meint, ich soll mich ans Jugendamt

wenden, aber weißte, was dann los ist? Dann dreht mein Vater durch. Der bringt uns um.»

Ich merke, daß ich Schwierigkeiten habe, mich zu konzentrieren. Die Musik aus dem Fernseher, ihre Stimme, alles fließt ineinander. Ich schließe die Augen und denke, so schlimm ist es auch nicht, verprügelt zu werden. Sie soll mich nur fragen, da ist sie an den Richtigen geraten, verdammt, wirklich, soll ich ihr erzählen, daß ich manchmal dachte, ich hätte nicht einen heilen Knochen mehr im Leib. Es ging rund, als mein Vater noch lebte, und das war nicht das Schlimmste, weiß Gott nicht.

«Hast du Lust, was zu rauchen?»

Ich schaue sie an.

«Wie meinste das?»

Sie lacht, und um ihren Mund formen sich winzige Grübchen.

«Na, was zu rauchen, du verstehst schon. Ich hab was dabei.»

Sie springt auf, läuft in den Flur und kommt mit einem kleinen bunten Rucksack wieder.

«Du hast keine Ahnung, wie ich das Zeug verstecken muß, mein Vater wühlt regelmäßig in meinen Sachen. Wenn er das finden würde, dann wär's ganz aus. Hier.» Sie fördert eine kleine Box zutage, die aussieht wie ein Zigarettenetui. Ich sehe ihr interessiert zu, ich wundere mich, denn sie hat etwas an sich, das immer zu strahlen scheint. Ihre Augen, ihr Mund, ich frage mich, was es ist.

«Ich hab mir für die Ferien ein bißchen was mitgenommen», erklärt sie. «Nicht daß du denkst, ich knalle mich jeden Tag zu oder so. Riecht gut, was?»

Ich rieche gar nichts.

Sie schüttet ein langgezogenes Häufchen Tabak auf

ein Blättchen, erhitzt den Klumpen Hasch mit einem Feuerzeug und beginnt, kleine Brocken von dem Zeug in den Tabak zu krümeln.

«Sieht aber aus, als machst du das öfter.»

Sie lacht wieder, und ich habe Lust, einen Finger in ihre Grübchen zu legen.

«Was denkst du denn?»

«Ich weiß nicht», sage ich.

Eine lange Strähne ihres Haares löst sich und fällt ihr vors Gesicht, sie schiebt sie beiseite. Ich sehe zum Fernseher, ich komme mir irgendwie blöde vor. Wenn Tommi mich so sehen könnte.

«Hältst du mal?»

Sie gibt mir das Feuerzeug und den kleiner gewordenen Klumpen, ich nehme beides ein bißchen widerwillig. Die Vorhänge sind zugezogen, von draußen kommt nur ein blasser Lichtschein ins Zimmer, die Sonne hat sich noch nicht wieder blicken lassen.

«Ich weiß nicht, ob das so 'ne gute Idee ist», sage ich vorsichtig.

«Was ist los? Haste noch nie was geraucht?»

«Klar», sage ich. «Schon. Aber das Zeug wirkt bei mir manchmal etwas komisch, weißt du.»

Sie lacht hell.

«Sicher.»

«Nein», meine ich. «Das stimmt. Ich vertrage das Zeug nicht.» Und das ist wahr, ich reagiere auf Drogen sehr sensibel, ich habe das schon probiert, und es hat mir nicht gefallen. Außerdem mag ich das ganze Drumherum nicht, ich kann es irgendwie nicht ab.

«Versuch's einfach», sagt sie fröhlich. «Das ist gutes Zeug.»

Ich besehe mir den Klumpen in meiner Hand, ich weiß nicht recht.

«Glaub mir», sagt sie, «das ist jetzt genau das Richtige.»

Na gut, denke ich. Langsam bin ich bereit, alles zu glauben.

Eine Viertelstunde später sitzen wir nebeneinander auf dem Sofa, der zweite Joint ist zu einem Stummel heruntergebrannt, und mir glüht das Hirn. Chris lacht.

«Weißte was?» sagt sie kichernd. «Mit deinem Kopf siehst du aus wie mein Kaninchen, als es Läuse hatte und wir ihm das ganze Fell abrasieren mußten. Haargenau so.»

Paß auf, denke ich, versuch nicht, mich zu verarschen, aber sie meint es nicht böse, sie freut sich. Ich will sie fragen, ob meine Wunde überm Ohr leuchtet, denn so fühlt sie sich an. Als strahle sie in hellstem Rot.

«Die Jungs im Dorf mögen dich nicht besonders, was?»

«Wie kommst du darauf?»

«Na ja», sie lacht, «ich habe gestern abend mit zwei Typen gesprochen, und irgendwie haben die nichts Gutes von dir erzählt.»

«Sieh dir die Wichser doch an», sage ich. «Dann weißt du, was du davon halten kannst.»

«Überhaupt erzählen die Leute im Dorf eine Menge Geschichten. Über dich und über deinen Vater. Wie wird man denn bloß so unbeliebt?»

«Erkläre ich dir gerne», sage ich. «Das braucht strategische Planung, hey, das ist kein Kinderspiel. Ich arbeite noch immer dran.»

Sie schüttelt den Kopf und rollt zur Seite.

«Du bist ein Spinner», gluckst sie.

Absolut, denke ich.

«Woll'n wir was Musik hören?» Sie setzt sich auf. «Du hast doch sicher gute CDs da.»

«Schon.»

«Dann laß uns in dein Zimmer gehen.»

Und sie springt auf, ehe ich etwas sagen kann, ab in mein Zimmer, ich immer hinterher.

«Magst du die Ramones?» Sie hängt über meinen CDs, ich bekomme kein Wort heraus. Ich habe mir die Schulter an der Tür gestoßen, jetzt beiße ich mir auf die Zunge. Bin einfach dagegengelaufen.

«Du hast nicht viel neuere Sachen, was?»

«Na ja», krächze ich. Ich bin stolz auf meine CDs, verdammt, es ist nicht eine schlechte dabei. Sie legt eine alte «Deep Purple» auf, und wir sitzen beide auf dem Bett. Plötzlich hängt sie wieder über mir und küßt mich. Ihre Mundwinkel sind eingerissen, sie fährt kurz mit der Zunge drüber.

«Komm schon», sagt sie, und ich mache mit, ich lasse mich nicht lumpen. Sie lacht, als ich ihr unters T-Shirt fasse, lacht und schüttelt sich, ich lache mit.

Wir rollen uns aufs Bett, ich knete ihre kleinen Titten, sie streift das T-Shirt ab. Dann geht sie mir in die Hose, und ich sehe, wie sie sich auf die Lippen beißt. Ihre Finger sind warm. Ehe sie anfängt, eine große Show zu machen, ziehe ich meine Hose runter, sie fummelt am Knopf ihrer Jeans herum, schält sich heraus. Dann streift sie sich selbst den Slip ab, ein kleines weißes Ding, und ich lege mich auf sie.

«Vorsicht», sagt sie.

Die CD springt in der Nummer zurück, als Chris den Kopf in die Kissen wirft. Ich stütze mich ab, so daß ich über ihr hänge, ihre kleinen Brüste wackeln, sie hat die Augen geschlossen. Ich spüre ein Kribbeln in den Lenden, als sie sich bewegt, und mir wird warm, ich habe

Schweiß auf der Stirn. Ich höre meinen Puls, ich habe das Gefühl, das Zimmer wackelt, das ist das Dope, es macht mich schwindelig, löst mein Gehirn auf. Sie schnappt nach mir, beißt mir in den Finger, und ich muß auf einmal an Tommi denken, an den Ärger, den er hat, und wie es dazu gekommen ist. Ich bin mit den Gedanken bei Millionen Babys, die alle schreien, als sie mich fest zu sich heranzieht. Denk an was anderes, sage ich mir, los, du Arschloch, denk an irgendwas. Dann geht alles recht schnell, ich zucke ein oder zweimal, sie krallt ihre Arme um mich, das war's. Sie hat die Augen noch immer geschlossen, den Mund halb offen. Ich rolle mich von ihr runter und stehe auf.

Als ich aus dem Bad zurückkomme, hat sie die Decke über sich gezogen. Sie sitzt gegen die Wand gelehnt und wirkt irgendwie ernüchtert. Mir ist das nur recht, auf einmal hätte ich sie am liebsten draußen. Ich habe Angst, daß sie anfängt zu quatschen, es gibt Dinge, die ich jetzt nicht ertragen könnte. Ich habe keine Lust, mich zu setzen, also bleibe ich mitten im Zimmer stehen. Um mich weht der Duft von Seife.

«Gibst du mir mein T-Shirt?»

Ich bücke mich, hebe das T-Shirt vom Boden auf und gebe es ihr, sie fängt an, sich anzuziehen.

«Du hattest es ja verdammt eilig», sagt sie, und ich höre die Enttäuschung in ihrer Stimme, das fängt nicht gut an. Sie zieht, ohne aufzustehen, den Slip über, dann die Jeans, schließlich sieht sie mich an.

«Es war das erste Mal für dich, stimmt's?»

«Was?» Ich glaube, sie spinnt.

«Erzähl mir nichts», sagt sie. «Ich hab das doch gemerkt. Du hast dich nicht sehr geschickt angestellt.»

«Was soll das heißen?» sage ich.

«Ist ja nichts bei. Ich fand's trotzdem schön.»

Mir bleibt die Spucke weg.

«Bild dir bloß nichts ein», sage ich schließlich, das lasse ich nicht auf mir sitzen. Ich habe keine Lust, ihr irgendwas zu erzählen, von den Mädchen im Heim, von kalten Turnhallen und stinkenden Klos, aber so was muß ich mir nicht sagen lassen. Ich habe es zwei- oder dreimal mit Mädchen gemacht, und es war auch mit den anderen nicht besser als mit ihr, ich fand es nie besonders toll, aber so ist das nun einmal, da kann man nichts machen. Wenn sie andere Erfahrungen gemacht hat, bitte, was kann ich dafür. Es stört mich auch nicht weiter, Quatsch, wer bin ich denn, es ist mir scheißegal. Sie schaltet den CD-Player aus.

«Du bist ein verdammtes Arschloch», sagt sie. Ich sehe, daß sie den Tränen nahe ist, warum hält sie nicht die Klappe. Ich fühle mich plötzlich verloren, da ist ein Gefühl, das ich nicht ertragen kann, ich bin traurig. Kann sie nicht aufhören, hier rumzuheulen?

«Hör mal», sage ich. «Willst du nicht nach Hause gehen?»

Ich meine das nicht böse, ich will ihr nicht weh tun, ehrlich nicht, nichts weniger als das. Sie steht auf und sieht mich an.

«Ich hab nicht gesagt, daß es nicht schön war», sagt sie leise.

«Ich komm schon klar», sage ich. «Mach dir nur keine Gedanken.»

Sie beißt sich auf die Lippen.

«Fick dich doch selber.»

«Da hab ich wenigstens Spaß bei», sage ich.

Sie schüttelt den Kopf, sie will etwas sagen, aber ich kann nichts mehr hören. Ich knalle ihr eine, sie fällt aufs Bett, fängt an zu heulen.

«Tut mir leid», sage ich. Ich stehe immer noch in der

Mitte des Zimmers, ich weiß nicht, wohin mit mir. Ich will etwas sagen, das die Schatten beiseite wischt, etwas, das ihr hilft, aber ich weiß nicht was, ich weiß nicht wie. Ich kann so was nicht, ich kann nur gemein und häßlich sein, verdammt, warum ist das andere so schwer?

«Das wollt ich nicht», sage ich mühsam.

«Ist schon gut.» Sie rafft sich auf. «Ich gehe dann.»

Gut, denke ich. Ich fühle mich beschissen, und es tut mir weh, sie gehen zu sehen, aber da ist nichts, was ich ihr sagen könnte. Als sie draußen ist, reiße ich das Fenster auf.

Tommi kommt direkt zur Sache, als ich am späten Nachmittag bei ihm vor der Tür stehe.

«Wie geht's dir?» frage ich.

«Ich wollt gerade zu dir», sagt er. «Sie suchen sie.»

«Was?»

Ich sehe ihn an, will wissen, ob er den Unfall gut überstanden hat, er hat ein Pflaster auf der Stirn, aber er schiebt mich raus und zieht die Tür hinter sich zu.

«Ich hab's eben gehört», sagt er. «Sie haben den Schuh gefunden, in einem Feld draußen an der Landstraße. Es wird nicht lange dauern, bis sie anfangen werden, die Gegend abzusuchen.»

Ich überlege eine Sekunde.

«Das muß dieser Scheißköter gewesen sein», sage ich. «Ich wünschte, ich hätt ihm den Schädel eingeschlagen.»

«Scheißegal, wie der Schuh dahingekommen ist. Tatsache ist, wir müssen etwas tun. Wir haben nicht mehr viel Zeit.»

Er strahlt eine grimmige Entschlossenheit aus, die nur eine Sekunde braucht, um auf mich überzuspringen.

«Dann nichts wie los», sage ich.
Er sieht mich an und stockt.
«Wie siehst du überhaupt aus?»

Auf dem Weg zu dem Versteck kommen wir überein, daß es gleichgültig ist, wie wir die Leiche verschwinden lassen, solange es schnell geht und mit wenig Aufwand. Selbst wenn sie heute noch anfangen, die Gegend abzusuchen, dann werden sie systematisch vorgehen und dort beginnen, wo sie den Schuh gefunden haben. Nach dem, was Tommi gehört hat, lag der Schuh in einem der Weizenfelder, die zum Riegerhof gehören, ein Stück vor dem Dorf, nicht so weit weg, daß wir auf der Halbinsel in Sicherheit wären, aber doch weit genug, um uns den nötigen Vorsprung zu verschaffen. Wenn sie dort mit der Suche anfangen, sind sie eine Weile beschäftigt, und bis sie auf die Halbinsel vordringen, wird die Nacht hereingebrochen sein, keine Frage, direkte Gefahr droht uns also nicht. Dennoch dürfen wir nichts veranstalten, was in irgendeiner Weise Aufmerksamkeit auf uns lenken könnte, und wenn es hier erst einmal von Bullen wimmelt, müssen wir höllisch aufpassen. Ich verfluche die Ruhe, mit der wir das Problem vor uns hergeschoben haben.

«Ich hab keine Ahnung, was wir machen sollen.»

Wir stehen bei der Leiche, Tommi massiert sich mit einer Hand den Nacken. Was auch immer wir tun, wir wollen es schnell hinter uns bringen, deshalb setzen wir uns nicht, bei mir wenigstens ist das der Grund. Ich habe das Öllicht angesteckt, die tanzenden Schatten erwecken die feuchten Wände zum Leben.

«Ich habe mir so viele Möglichkeiten überlegt», sagt Tommi jetzt. «Sie in Säure aufzulösen, sie zu verbrennen, sie ganz von hier wegzuschaffen, mit dem Auto oder so. Aber jetzt, wo es nur drauf ankommt, schnell zu handeln, können wir das alles vergessen.»

«Es gibt 'ne Möglichkeit», sage ich. «Wir werfen sie ins Meer. Ganz einfach.»

Tommi, der sich das Kinn reibt, hält in der Bewegung inne. «Ich weiß nicht», sagt er. «Wie sollen wir sie da hinschaffen?»

«Das ist kein Problem. Wenn wir sie hier erst raus haben, sind wir schon fast im Wald, und ab da ist es ein Kinderspiel. Bis zu den Klippen sind es kaum hundert Meter. Kritisch ist es nur, solange wir noch vom Haus aus zu sehen sind, deshalb müssen wir uns vorher vergewissern, daß niemand in der Nähe ist.»

«Ja.» Er scheint es abzuwägen.

«Sonst fällt mir nichts ein», sage ich.

«Ich weiß nicht, ob es wirklich so eine gute Idee ist.»

Tommi sitzt auf einem der Felsen, ich stehe ein paar Meter weiter, die Leiche liegt zwischen uns. Ungefähr fünf Schritte von mir fallen die Klippen gut sechs oder sieben Meter ab, das Rauschen der Brandung dringt zu uns herauf wie das Gurgeln eines Ungeheuers. Wir sind beide außer Atem, es war ein Höllenstück, den steifen Körper durch den Aufzugschacht nach oben zu befördern. Der Rest des Weges war nicht so schwer, aber wir haben uns gehetzt, daß wir in den Schutz der Bäume kamen, es ist schließlich hell draußen, und man weiß nie, wer hier herumstreicht.

«Es ist ganz einfach», sage ich. «Die ideale Lösung. Die Strömung wird sie aufs Meer hinausspülen, und kein Mensch wird sie jemals wieder zu Gesicht bekommen. Die Leute werden nicht einmal wissen, daß es Mord war … entschuldige, ich meine, ein Unfall. Sie werden nicht einmal wissen, daß sie tot ist.»

«Und woher weißt du, daß die Strömung sie nicht ans Ufer treibt?»

«Weiß ich nicht. Aber selbst wenn. Es wird keine Spuren geben, die auf uns deuten, verstehst du. Das Meer ist ideal.»

Tommi zögert, er starrt aufs Wasser hinaus. Der Himmel ist bedeckt, ich frage mich, wo die Möwen sind.

«Hey», sage ich. «Willst du sie bei dir in den Schrank stellen, oder was?»

«Ist ja schon gut.»

Er steht auf, wir treten neben die Leiche, dann packen wir zu, ich nehme den Kopf, er die Füße. Ihre Titten sind blaß und hart, sie wackeln kaum, als wir sie hochheben.

«Vorsicht», sage ich. Der Weg zu den Klippen ist nicht ganz einfach, und ich habe keine Lust, als erster über den Rand zu segeln. Ich weiß genau: wer dort unten landet, kommt so schnell nicht wieder herauf, und deshalb gefällt mir die Idee auch gut, sie dort verschwinden zu lassen. Allerdings lähmt mich die Nähe des Meeres, ich gebe zu, mir graut vor diesen gewaltigen Fluten, und beim Gedanken, ich könnte dort hinunterfallen, fährt mir nackte Panik in die Knochen. In welcher Angst müssen erst die Fische leben, die in dieser Tiefe gefangen sind.

«Wir müssen sie soweit wie möglich hinauswerfen.» Tommi kneift die Augen zusammen, er scheint den Schwung abzuschätzen, den wir brauchen werden.

«Ja», sage ich. «Eins nach dem anderen.»

Wir schaffen es, ohne auszugleiten, bis an den Rand der Felsen zu gelangen, das Problem ist, daß wir dort keinen sicheren Halt haben, sie richtig hinauszuschleudern. «Es muß gehen», sage ich. Tommi nickt.

«Auf drei.»

Wir holen Schwung, ich zähle bis drei, dann lassen wir los. Ich rutsche ab, verliere den Halt und lande mit dem Hintern auf einem der Felsen.

«Scheiße», sage ich.

Tommi starrt über die Klippen.

«Na super, das wär's dann wohl.»

«Was?»

«Sie hängt fest», sagt er. «So eine Scheiße.»

«Quatsch.»

Ich rappele mich auf und trete neben ihn. Sie hängt genau in der Brandung, eingekeilt zwischen zwei Felsen.

«Ich wußte, daß es eine Schnapsidee ist.» Tommi verzieht das Gesicht.

«Red keinen Scheiß. Wir können versuchen, mit Steinen auf sie zu werfen, vielleicht kriegen wir sie ja los.»

«Kannste vergessen. Die hängt fest.»

«Nun mach mal nicht so'n Theater», sage ich, ist ja zum Kotzen, er tut glatt so, als wären wir damit geliefert. Ich weiß nicht, was das soll.

«Im Prinzip ist es doch wunderbar, oder nicht? Sie hängt fest, na und, früher oder später werden die Wellen sie schon wegspülen. Sieh dir die Brandung doch an. Was willst du eigentlich?»

«Mir paßt das nicht», sagt er. «Daß sie da hängt.»

Na, wenn's nur das ist, denke ich, da kommst du schon drüber weg. Er nimmt einen Stein, holt aus und schleudert ihn ins Meer. Ich frage mich, was er hat.

«Wir könnten etwas mit dem Luftgewehr schießen», schlage ich vor.

Er zuckt mit den Schultern.

«Wenn du meinst.»

«Komm», sage ich. «Laß uns abhauen.»

Ich habe Probleme mit der Konzentration, und es dauert nicht lange, bis Tommi deutlich in Führung liegt. Wir stehen auf der freien Fläche vor dem alten Sanatorium, als Ziel dienen uns drei Büchsen, die wir auf eines der Fenstersimse gestellt haben. Vom Rand der Bäume sind es vielleicht zwanzig Meter, eine gute Distanz. Ich treffe im Durchschnitt jeden zweiten Schuß.

«Scheiße», sage ich, als der letzte Schuß danebengeht. Wir machen es so, jeder hat drei Schuß, dann geht er nach vorne und stellt die Dosen wieder auf, die er getroffen hat. Wenn bei drei Schuß alle drei Büchsen fallen, zählt es fünf Punkte, ansonsten ein Punkt pro Büchse. Alle drei habe ich heute noch nicht geschafft, Tommi immerhin zweimal, er ist besser bei der Sache als ich. Ich gehe nach vorne, stelle die Büchsen wieder auf, Tommi schießt, der erste geht daneben, die beiden anderen treffen.

Dr. Wilhelm ist nebenan im Institut, wir haben ein paar Worte mit ihm gewechselt, als er hineinging.

«Da haben wir ja Schwein gehabt», sagte Tommi, als er drin war. «Daß er nicht 'ne Stunde früher hier rumlief.»

«Von mir aus können wir die Distanz erhöhen», sage ich. «Fünf Schritte weiter?»

«Okay.»

Er nickt, gibt mir das Gewehr und geht nach vorne, um die Büchsen aufzustellen. Ich schieße dreimal daneben, er tut es mir gleich.

«Hey», sage ich. «Was ist los?»

«Ich will dir 'ne Chance lassen.» Er grinst, er ist schon fast wieder der alte, doch ich lasse mich nicht so leicht täuschen. Er braucht Zeit, bis er das alles weggesteckt hat, das ist nur normal. Ich lege gerade an, als ein Junge den Weg von der Straße her kommt, vielleicht zehn oder elf, so ein kleiner mit strohblondem Haar. Ich lasse das Gewehr sinken, Tommi sieht mich an.

«Was ist?»

Ich zeige auf den Kleinen, und er kneift die Augen zusammen.

«Kennst du den?»

«Nie gesehen», sage ich. «Und wenn du mich fragst, hat der hier auch nichts verloren.»

Der Kleine hat uns gesehen und kommt auf uns zu.

«Was macht ihr da?» fragt er.

«Verpiß dich», sage ich.

«Ist das dein Gewehr?» Er zeigt mit dem Finger drauf. «Kann ich mal sehen?»

«Du spinnst wohl. Was willst du hier überhaupt? Besser du haust hier ganz schnell ab.»

«Mein Bruder hat auch so'n Ding.»

Der kleine Wichser läßt sich nicht beirren, ich sehe Tommi an, ich glaube es nicht. Tommi kommt einen Schritt herüber.

«Hey», sagt er. «Woher kommst du?»

Der Kleine dreht sich um.

«Ich wohne drüben im Feriendorf und wollte mir das Haus hier anschauen.»

«Okay», sage ich. «Jetzt haste genug geschaut, jetzt kannst du verschwinden. Das hier ist Privatgelände, klar?»

«Och, laß mich doch auch mal schießen, bitte.»

Er legt den Kopf zur Seite und sieht mich so an, mir kommt die Galle hoch.

«Du darfst dich schnell verpissen», sage ich. «Das ist alles.»

«Blödmann.» Er macht schnell einen Schritt zurück, als ich drohend auf ihn zugehe.

Tommi grinst von einem Ohr zum anderen.

«Der will dich verarschen», sagt er.

«Das glaube ich auch.»

Ich gehe langsam auf ihn zu, will ihn mir schnappen, doch der Kleine bückt sich, greift sich einen Erdklumpen und wirft ihn mir an den Kopf.

«Arschloch!» ruft er.

Ich mache einen Satz, erwische ihn am T-Shirt, aber er windet sich raus und flitzt davon.

«Na warte», brülle ich und reiße das Gewehr hoch. «Dich kriege ich!»

«Mach keinen Quatsch!» ruft Tommi, aber ich kann nicht auf ihn hören. Der Kleine bekommt es mit der Angst und nimmt die Beine in die Hand. Ich drücke ab, und anscheinend verfehle ich ihn nur knapp, denn er schlägt einen Haken und fängt an zu schreien. Ich lade nach, aber er ist zu schnell, die Angst verleiht ihm Flügel. Der zweite Schuß geht weit daneben.

«Sag mal, spinnst du?»

Tommi kommt neben mich, er nimmt mir das Gewehr aus der Hand.

«Stell dir vor, du hättest ihn getroffen.»

«Na und», sage ich. «So ein kleiner Wichser.»

Die Tür zum Institut geht auf, und Dr. Wilhelm steckt seinen Kopf heraus.

«Was ist denn hier los?»

«Nichts», rufe ich.

«Gar nichts», sagt Tommi.

«Ach, ihr seid das.» Er nickt uns freundlich zu. «Moritz, hast du vielleicht einen Moment Zeit? Ich würde ganz gern einmal mit dir reden.»

«Warum?» Der hat mir gerade noch gefehlt.

«Da sind ein paar Sachen, über die ich gern mit dir sprechen würde», sagt er. «Vielleicht kannst du mir helfen.»

«Nee», rufe ich. «Ich hab jetzt keine Zeit.»

«Na schön. Dann bis später.» Er verschwindet wieder, und Tommi runzelt die Stirn.

«Was will er denn?»

«Keine Ahnung. Will ich auch gar nicht wissen.»

«Wie du meinst.»

«Laß uns aufhören», sage ich, und Tommi nickt.

«Mein Gurt hat sich bei dem Unfall gelöst. Der Arzt im Krankenhaus sagte, ich hätte verdammtes Glück gehabt. Ich kapier nicht, wie so was passieren kann.»

Er hat sich eine Zigarette angezündet. Ich lasse das Gewehr auf- und zuschnappen, während wir langsam die Straße entlanggehen.

«Ich kann mich an nichts erinnern», sage ich. «Daß ich im Krankenhaus war und so.»

«Mmh.» Tommi zieht die Nase hoch. «Was ist überhaupt in dich gefahren?»

«Ich kann's dir nicht sagen.»

Ich bleibe stehen und schaue zu unserem Haus hinüber.

«Der Typ ging mir einfach auf die Eier.»

«Er ist mit dem Kopf durch die Scheibe, hab ich gehört.»

«Ach ja?»

«Außerdem hab ich mitgekriegt, wie die Bullen mit dem Arzt gesprochen haben. Die wollen wissen, wie das passiert ist. Sie denken, er wäre betrunken gewesen oder so.»

«Ist ja kein Wunder», sage ich. «Und ganz schön gefährlich, bei so 'nem Wetter so schnell zu fahren. Die sollten den drankriegen, wegen fahrlässiger Körperverletzung. Oder wegen Totschlag. Irgendwas.»

«Ist ja keiner gestorben. Außerdem können wir froh

sein, daß er so geistesgegenwärtig war zu bremsen, als du ihm an die Kehle bist.»

«Die sollten trotzdem irgendwas finden», sage ich.

Es ist dunkel, als ich am späten Abend die Straße entlanglaufe, ich komme von Tommi. Wir haben eine ganze Weile zusammengesessen, geredet und ferngesehen, Wilma und Karl haben sich nicht blicken lassen.

Im Wohnzimmer ist Licht, beide Wagen stehen vor dem Haus, wo sollten sie auch sein? Ich gehe hinein, die Tür ist nicht verschlossen, ich habe das Gewehr dabei. In der Küche bleibe ich stehen, meine Lungen schmerzen. Meine Mutter kommt die Treppe runter, als ich gerade in mein Zimmer will.

«Moritz», sagt sie. «Wo bist du gewesen? Du kannst nicht einfach verschwinden.»

Ich will ihr sagen, daß sie besser die Klappe hält, aber meine Zunge ist schwer, mein Mund müde. Überall mußt du reden, mußt dich jedem erklären, da kann man doch bekloppt werden.

«Ich hoffe, du verstehst mich», fährt sie fort. «Ich habe schließlich die Verantwortung für dich. Außerdem hat die Polizei angerufen, wegen des Unfallhergangs.»

Sie steht noch auf der Treppe, zwei Stufen über mir.

«Du sollst dich bei denen melden.»

«Die sollen mich am Arsch lecken», sage ich.

«Ja seid ihr denn auf einmal alle durchgedreht?» bricht es da aus ihr heraus. «Mit Karl kann man auch kein normales Wort mehr reden, gestern wirft er mir völlig absurde Dinge an den Kopf, heute rennt er mich beinahe über den Haufen, glaubst du, er hätte mich erkannt, dabei habe ich noch nach ihm gerufen. Was ist nur los mit euch allen?»

Ich denke, es ist mir scheißegal, was mit Karl ist, und meine Probleme gehen sie nichts an. Ich stütze mich auf das Gewehr, auf einmal bin ich schrecklich müde.

«Vielleicht ist es die Geschichte mit diesem Mädchen», sagt sie jetzt, «die alle verrückt macht, es gibt ja fast kein anderes Thema mehr.»

Sie seufzt, und ich denke, warum fängt sie jetzt damit an, was will sie überhaupt von mir? Ich spüre, wie meine Muskeln sich verkrampfen, doch sie merkt nichts. Auf einmal lächelt sie.

«Dabei müßtest doch gerade du im Augenblick in allerbester Laune sein», sagt sie, und ich frage mich, was sie jetzt wieder meint. «Wo du doch so eine nette Freundin hast.»

«Vergiß es», sage ich. Sie ist auf dem besten Weg, mich wahnsinnig zu machen.

«Aber wieso?» Sie lächelt wieder. «Ich freue mich doch für dich. Und außerdem wartet sie schon auf dich. Sie hat dich gesucht, und ich konnte ihr gar nicht sagen, wo du bist. Ich glaube, sie sitzt noch in deinem Zimmer.»

Meiner Kehle entfährt ein Geräusch, das mich selbst erstaunt, sie hält erschrocken inne.

«Was ist?»

«Halt doch einfach den Mund», sage ich. Meine Hand umklammert das Gewehr. «Warum ist das so schwer? Warum kannst du mich nicht einfach mal in Ruhe lassen?!»

«Ist ja schon gut. Du bist müde, du solltest dich hinlegen.»

Aber nichts ist gut, und sie versteht gar nichts.

«Hau ab», krächze ich und halte das Gewehr jetzt wie einen Prügel vor mir. Sie sieht die Gefahr nicht, ja, ist sie vollkommen bescheuert? Ist sie so blind? Sie will etwas sagen, und ich schlage ihr das Gewehr über den Kopf. Sie taumelt zurück, hebt schützend die Hände vors Gesicht.

«Verstehst du das?» stoße ich hervor, es ist fast ein Heulen, ich weiß nicht, was mit mir ist. Wieder hebe ich das Gewehr, dann lasse ich es fallen. Was mache ich hier? Zitternd vor Wut und Erschöpfung drehe ich mich um und gehe. Ich fühle mich leer, alles kostet so viel Kraft.

An der Tür meines Zimmers halte ich inne. Warum ist Chris zurückgekommen? Ich kann nicht sagen, ob ich mich freue, ich starre auf meine Hände, was ist los mit mir? Hinter mir höre ich Annie, die das Gewehr aufhebt, ich könnte mich umdrehen, könnte irgendwas sagen, aber ich tu's nicht.

11

Als ich wach werde, liegt sie neben mir, sie hat einen Arm über meine Brust gelegt, es ist für mich mehr als komisch. Ein Mädchen in meinem Bett, das ist ein sonderbarer Anblick, und obwohl ich eine ganze Weile liegen bleibe, kann ich mich nicht dran gewöhnen. Ich beobachte sie, sie atmet ruhig, in ihren Wimpern klebt Schlaf, die Gesichtshaut glänzt fettig, ich kann die einzelnen Poren erkennen. Den Mund hat sie einen Spalt geöffnet, und mit jedem Atemzug pustet sie mir ins Gesicht. An ihrem Hals kann ich das Pulsieren ihres Herzschlags sehen.

Ich schließe die Augen, versuche, es zu verstehen, doch ich habe Schwierigkeiten, mich an gestern zu erinnern. Es ist blöd, aber ich kann nicht sagen, wie sie in mein Bett gekommen ist.

Als ich aufstehe, zieht sie ihre Hand zurück, sie dreht sich im Schlaf um, doch sie wacht nicht auf. Auf der Seite, auf der sie gelegen hat, ist ihr Gesicht rot und verquollen, auf den Wangen zeichnen sich Muster ab. Ihr linkes Auge zuckt im Schlaf, ihre Züge wirken fremd. Ein Blick auf den Wecker sagt mir, daß es noch nicht einmal sieben Uhr ist. Ich schnappe mir Hemd, Hose und T-Shirt und schleiche mich aus dem Zimmer.

Ich sitze eine Weile in den Dünen auf einem meiner alten Plätze. Voller Verwunderung starre ich in den Sand, der ein feines Muster aus Wellen und Wellentälern zeigt, wo sind die Spuren, die ich im Laufe der

Jahre hier hineingegraben habe? Es haut mich um, denn ich kapiere, daß irgendwann die Wellen über uns zusammenschlagen, daß die Sterne vom Himmel fallen und alles unter sich begraben. Es wird nichts übrigbleiben, und unser Leben ist nicht so spannend, daß sich irgendwann die Leute davon erzählen werden. Ich könnte mich auf der Stelle hinlegen und sterben, aber wo liegt der Sinn, lieber spucke ich die faulen Gedanken wie einen Klumpen Schleim aus mir raus, bleibe sitzen und starre aufs Meer. Heute ist der Abend des großen Festes, die Ferien gehen zu Ende, es gibt noch Dinge, auf die man sich verlassen kann. Wer Trost sucht, kann ihn überall finden. Langsam rückt auch das Ende des Sommers näher, aber fürs erste sieht es gar nicht danach aus, kaum Wolken am Himmel, die Luft ist klar. Diesmal hat die Sonne den Kampf gewonnen, und ich habe das Gefühl, daß es noch eine Weile dauern wird, bis das Wetter sich wirklich ändert.

Ich habe keine Lust aufzustehen, also bleibe ich noch etwas länger sitzen, der Streß der letzten Tage geht mir doch an die Nieren, ich merke das, ich habe zu nichts mehr Lust. Das klingt nicht weiter schlimm, irgendwie lässig, dabei ist es das genaue Gegenteil, eine furchtbar ernste Sache, und ich hasse dieses Gefühl wie die Pest. Wenn man sich erst einmal richtig darin verliert, kann man direkt den Löffel abgeben, und ich muß sehen, daß ich irgendwie auf die Beine komme. Ich warte auf ein Zeichen, und es zeigt sich, ein Tanker zieht draußen vorbei, ich stehe auf und gehe zum Haus zurück. Ein Frühstück, oder wenigstens eine Tasse Kaffee, das scheint mir kein schlechter Anfang.

Als ich den Wasserhahn in der Küche aufdrehe, fliegt mir das ganze Ding entgegen, ich stehe da wie ein Idiot, die Kaffeekanne in der Hand, während aus dem offenen Rohr das Wasser in einer hohen Fontäne in die Luft schießt. Keine fünf Sekunden, und ich bin naß bis auf die Haut, ich weiß nicht, was ich tun soll, der Scheiß macht keine Anstalten, von selber aufzuhören. Ich versuche, die Kaffeekanne über das offene Rohr zu halten, aber das Wasser reißt sie mir glatt aus der Hand. Ich stecke ein Küchentuch in die Rohröffnung, dabei werde ich erst richtig naß, verdammt, ich könnte kotzen. Ich versuche, das Tuch mit einem Messer festzuklemmen, aber beides fliegt mir entgegen, und ich fluche laut auf dieses beschissene Haus, das verdammt noch mal unter Denkmalschutz gestellt gehört oder renoviert, instand gesetzt, was weiß ich. Um meine Füße hat sich bereits ein kleiner See gebildet.

«Was ist denn hier los?!»

Meine Mutter, die im Bademantel durch den Flur kommt, bleibt in der Tür stehen, sie macht ein entsetztes Gesicht. Hinter ihr sehe ich Wilhelm, ebenfalls im Bademantel, soll das heißen, es ist jetzt soweit? Sind die beiden denn bescheuert? Ich war froh, als erster auf zu sein, ich wollte keinen wecken, jetzt habe ich den Salat. Ich spüre, wie meine Hände zittern, meine Kehle ist trocken, wenn das so weitergeht, flippe ich aus.

«Moritz», sagt Annie. «Was soll das?»

Ich weiß nicht, wie ich es schaffe, aber ich schenke ihr ein Lächeln, dann trete ich aus dem Zentrum des Unglücks und schüttele mir das Wasser aus den Ohren.

«Ich wollt 'ne Dusche nehmen. Bis ins Bad war mir zu weit.»

«Hör auf mit dem Blödsinn», sagt sie. «Sieh lieber zu, daß du den Hahn abdrehst.»

Ich werfe einen Blick auf den Wasserhahn, der in der größer werdenden Pfütze in Richtung Tür schwimmt.

«Wie denn?»

Sie faßt sich an den Kopf.

«Den Haupthahn, meine ich. Wie lange wohnst du eigentlich schon hier?!»

«Kein Grund, gleich so'n Theater zu machen», sage ich. «Ich bin ja nicht blöd.»

«Dann setz dich endlich in Bewegung!»

Mein Gott, denke ich, das Ganze ist ja kein Weltuntergang, ein bißchen Wasser hat noch keinem geschadet. Ich rühre mich keinen Zentimeter, o nein, denn ich kann es absolut nicht haben, wenn man mich anschreit. Außerdem habe ich keine Ahnung, wo der Haupthahn sitzt.

«Was ist?!»

Meine Mutter sieht mich an, das Wasser hat sie fast erreicht, aber so geht's nun auch nicht. Ich kann unmöglich irgend etwas tun, ehe ich ihr nicht das eine oder andere gesagt habe, sie macht mich wahnsinnig, ehrlich, sie bringt mich noch um. Wilhelm kommt einen Schritt näher und wirft einen Blick auf die Bescherung, die in der Küche um sich greift.

«O je», sagt er.

«Einen Moment mal», fange ich an. «Das hier ist kein großartiges Unglück oder so, das ist nur ein bißchen Wasser. Es gibt also keinen Grund, überhaupt gar keinen Grund, hier herumzubrüllen. Vielleicht schlafen manche Leute noch, hast du einmal daran gedacht? Und außerdem, mit dem bißchen Wasser werde ich schon fertig, klar? Das mache ich mit links.»

Sie sagt nichts. Ich werfe einen Blick auf die Pfütze, die inzwischen mehr als die Hälfte der Küche bedeckt, und bin mir schon gar nicht mehr sicher, daß das so ein

Kinderspiel ist. Verdammt noch mal, es ist fast schon ein beschissener See. Nur zugeben kann ich das nicht, niemals, und bevor ich überhaupt etwas mache, muß meine Mutter hier verschwunden sein. Doch sie läßt mich gar nicht weitersprechen, vielleicht hat sie keine Lust, nasse Füße zu bekommen. Sie dreht sich auf dem Absatz um, und ich höre ihre Schritte im Flur, auf der Kellertreppe. Ein Tropfen Wasser spritzt mir ins Auge, ich trete ein Stück zurück. In meinen Schuhen schmatzt es leise.

Dann, so plötzlich wie es angefangen hat, versiegt die Fontäne, wird kleiner und kleiner, bis schließlich gar kein Wasser mehr fließt. Es ist ganz ruhig auf einmal, nur ein leises Plätschern von der Tür, wo das Wasser nach draußen abläuft. Na bitte, denke ich, es hat sich ja alles erledigt, wozu der Aufstand. Einen Augenblick später steht Annie wieder in der Tür und sieht mich ärgerlich an, und ich komme nicht dazu, den Mund aufzumachen.

«Nimm dir einen Lappen und sieh zu, daß du die Überschwemmung aufgewischt bekommst», sagt sie. «Oder ist noch irgendwas?»

«Nein, nichts.»

«Na dann los!»

Eine Weile stehe ich im Bad, ich habe neue Klamotten an, die alten sind pitschnaß. Wenn mir jetzt noch etwas in dieser Art passiert, habe ich nichts mehr zum Anziehen, oder ich muß mir von Chris ein Kleid borgen, hah, das wäre noch lustig. Nee, lieber würde ich sterben.

Ich habe keinen Finger gerührt, die Sauerei in der Küche wegzuwischen, ich sehe gar nicht ein, was so schlimm daran sein soll, die Küche ist schließlich gekachelt, und niemand geht zugrunde, wenn es mal ein bißchen naß ist. Annie hat schließlich aufgewischt, aber bei mir muß sie sich deswegen nicht beschweren, habe ich sie etwa darum gebeten? Aus dem Frühstück ist nichts geworden, aber auch das macht mir nicht viel aus, ich hatte ohnehin keinen Hunger. Chris ist natürlich aufgewacht, ich glaube, sie zieht sich gerade an. In meinem Zimmer.

Draußen auf dem Flur lehne ich mich gegen die Wand, meine Laune ist ziemlich mies. Annie hat sich nach oben verzogen, und ich stehe hier und weiß nicht wohin. So sieht es also aus, ich befinde mich in meinem Haus – oder wem gehört es sonst, doch nicht ihr, wer war denn zuerst da? – und weiß nicht, wo ich hin soll. Ich mache mir das ganz ruhig klar, lasse es mir auf der Zunge zergehen und kann es nicht fassen. Meine Augen jucken, und ich muß mich zusammenreißen, nicht mit den Fingern daran zu reiben, ich kenne das, dann geht es erst richtig los, dann schwellen die zu wie Pflaumen. Ich wische nur den Schleim heraus und versuche an etwas anderes zu denken.

Irgendwann habe ich genug davon, unschlüssig herumzustehen, ich will in mein Zimmer. Was soll's, denke ich, vielleicht können Chris und ich doch etwas miteinander anfangen, wenn sie inzwischen angezogen ist. Wir könnten etwas spielen, Karten vielleicht, ich kenne nicht so viele Spiele, da bin ich nicht der Typ zu, aber irgendwas wird sich schon finden. Vielleicht ist es doch nicht so schlecht, ein bißchen normal zu sein oder sich wenigstens so zu geben. Gut, so was läßt sich nicht leicht sagen, das ist klar, aber nichts läßt sich leicht sagen, immer muß man sich den Kopf zerbrechen, und wer sich da nicht vorsieht, sieht schnell ganz alt aus. Letztlich kommt alles nur auf einen Versuch an.

Ich habe kein gutes Gefühl, als ich Tommi ins Haus kommen höre. Meine Mutter ist in der Küche, er kommt rein, ohne anzuklopfen.

«Ist Moritz da?» fragt er.

«In seinem Zimmer.»

Ich sitze auf dem Bett, mir schmerzt der Rücken vom Auf-dem-Boden-Hocken, Chris ist vor einer halben Minute auf die Toilette gegangen, das x-te Mal. Neben dem Bett steht eine Flasche Cola, ein Aschenbecher, im Zimmer stinkt es nach Rauch. Ich lege die Fernsehzeitung weg, die ich gerade durchblättern wollte, und lasse meine Nackenwirbel knacken. Auf dem Boden liegt ein Haufen Mikado-Stäbe, Chris hat sie gerade geworfen. Wir spielen das seit einer knappen halben Stunde, wirklich, und ich bin gar nicht gut darin, zu zittrig mit den Fingern, war ich schon immer. Die Tür geht auf, und Tommi steht im Raum, er sieht aus wie durchgequirlt.

«Sie haben sie gefunden!» keucht er. Ich muß nicht lange raten, wen er meint.

«Und?» sage ich. «Das war doch klar, oder?»

«Ja», sagt er. «Das Dumme ist nur, daß sie sie hier draußen in den Klippen gefunden haben, genau dort, wo wir sie ins Meer geworfen haben. Die Wellen haben sie nicht weggespült, ein Fischer hat sie von seinem Boot aus gesehen. Was glaubst du, wie lange die brauchen, bis sie bei dir sind?»

Er schnappt nach Luft, und ich bin erst einmal still, ich muß nachdenken, das ist natürlich etwas anderes. Dennoch, der Weltuntergang ist es nicht, die werden nichts finden, was sie uns anhängen können. Wir müssen nur ruhig bleiben.

«Hör mal», sage ich, um ihn etwas zu beruhigen, «so schlimm ist das auch nicht. Sie haben sie gefunden, und das wollten wir doch, es läuft also super. Ob sie in den

Felsen hängt oder nicht, was macht das schon für einen Unterschied, sie werden hier in jedem Fall alles umkrempeln. Immerhin können sie jetzt aufhören zu suchen, das ist doch schon was. Und wir haben mit der Sache nichts mehr zu tun.»

Ich habe keine Lust, daß er mir wieder mit irgendwelchen Diskussionen anfängt, da habe ich keine Nerven für. Es ist vorbei, das muß er kapieren, und ich will ihm gerne dabei helfen, denn wenn er ausrastet, bringt er uns beide in Gefahr.

«Außerdem», sage ich, «wäre es ganz nett, wenn du hier nicht so herumbrüllen würdest. Muß ja nicht jeder hören.»

«Ach, das ist dein einziges Problem? Wie schön, daß du dir keine Sorgen machst, ist ja toll! War ja nur deine beschissene Idee. Aber für dich ist natürlich alles klar, egal wie's läuft. Für dich war das Ganze ja sowieso nie ein Problem.»

«Jetzt reg dich mal ab.»

Langsam reicht's mir. Es macht mich nervös, daß Annie und Chris im Haus sind, ich verstehe nicht, warum Tommi nicht ruhig und vernünftig mit mir reden kann. Ich merke, wie ich wütend werde. Chris erscheint in der Tür.

«Hallo», sagt sie. Tommi fährt herum und reißt die Augen auf, dann dreht er sich wieder zu mir.

«Was macht die hier?»

Ich zucke mit den Schultern, was soll ich schon sagen. Auch mir ist es nicht ganz recht, sie jetzt hier zu haben, ich kann mir passendere Situationen vorstellen, aber vielleicht bringt ihn das zur Vernunft. Vielleicht kapiert er jetzt, was ich mit Vorsicht meine.

«Is irgendwas?» Chris schaut von einem zum anderen. «Stör ich?»

«Laß uns einfach grad 'ne Weile allein», sage ich. «Geht das?»

Sie erstarrt für eine Sekunde, dann nickt sie.

«Klar.»

Tommi sieht an mir vorbei aufs Bett, ich weiß auch nicht, wie er jetzt darauf kommt.

«Hat sie hier gepennt?»

«Und wenn schon», sage ich.

«Darf ich?» Chris faßt an Tommi vorbei und hebt ihren kleinen Rucksack, der neben der Tür steht, vom Boden auf.

«Ich geh was ans Meer.»

«Ist gut», sage ich.

Tommi starrt ihr nach.

«Wohnt die jetzt bei dir?»

Ich mache die Tür zu.

«Was soll das? Willst du mir auf den Sack gehen?»

«Nein», sagt er. «Verdammte Scheiße. Kapierst du nicht, daß mich das Ganze fertigmacht?»

«Doch, natürlich. Nur ist das kein Grund, hier herumzuspinnen.»

«Was soll das heißen?» Er tritt die Mikadostäbe auseinander, daß sie durchs Zimmer fliegen.

«Entschuldige bitte», sage ich, «aber irgendwie habe ich keine Lust, so mit dir zu reden. Die Sache ist erledigt, verstehst du? Wir sind da raus, ich will nichts mehr hören, und wenn du 'n Problem damit hast, dann geh woanders hin und kotz irgendwen voll, aber nicht mich. Ich hab jetzt einfach keine Lust auf deinen Scheiß.»

Er sieht mich an, und eine Sekunde lang glaube ich, er wird vollkommen ausrasten.

«Ist ja gut», sagt er dann. «Ist doch noch lange kein Grund, mich so anzuraunzen.»

«War nicht so gemeint.»

«Schon gut, Mann.» Er setzt sich aufs Bett. «Ich bin einfach 'n bißchen mit den Nerven runter.»

Wir sitzen nebeneinander auf dem Bett, ich habe eine CD eingelegt, und Tommi hat sich etwas beruhigt, dafür mache ich mir inzwischen Gedanken. Denn eins ist klar, die werden hier antanzen, die werden hier draußen jeden verrückt machen, mir gefällt das alles nicht. Aber ich muß ruhig bleiben, das ist das Wichtigste.

«Ich war in deinem Versteck.» Er starrt auf die im Zimmer verstreuten Mikadostäbe wie auf irgendein Orakel.

«Du warst was?»

«In dem Raum, den du dir eingerichtet hast, ich weiß auch nicht warum. Ich bin irgendwie da hingekommen.»

«Sag mal, spinnst du? Was fällt dir ein?» Ich muß einmal kräftig schlucken, ich fühle, wie ich unruhig werde. Er dreht sich langsam um, und seine Augen sind irgendwie stumpf, als er mich ansieht.

«Was sind das für Sachen, da unten? Was hat das alles zu bedeuten?»

Ich weiß nicht, was ich sagen soll, was denkt er, wer er ist? Wie kommt er dazu, mir nachzuspionieren?

«Das ist nichts», sage ich. «Alter Krempel.»

«Erzähl mir doch keinen Scheiß, Mann. Ich kenn dich. Und ich hab mir die Sachen angesehen.»

«Was willst du eigentlich?» Langsam bekomme ich Lust, ihm eine in die Fresse zu hauen.

«Ich weiß nicht», sagt er. «Sag mir, was das alles zu bedeuten hat. Sag mir, daß du nicht völlig verrückt bist.» Er schließt die Augen und drückt die Fäuste gegen die Schläfen. «Sag mir irgendwas.»

Ich stehe auf.

«Du kannst mich mal», sage ich.

Er zögert, dann sieht er mich an.

«Glaubst du an Zufall?»

Ich muß eine Sekunde überlegen.

«Ich weiß nicht», sage ich dann. Es ist nicht der rechte Zeitpunkt, ihm auseinanderzusetzen, woran ich glaube und woran nicht, in seiner Situation würde er es nicht verstehen. Hinter seiner Stirn arbeitet es, das ist nicht zu übersehen, und noch immer hat er den Blick auf mich gerichtet. Er macht mich nervös.

«Glaubst du an Schuld? An Verantwortung?»

«Mein Gott», sage ich. «Das ist 'ne ganze Menge auf einmal.»

«Warum», sagt er, «warum kann nicht alles gut sein. Liegt es an uns?»

Na, denke ich, da bist du wohl der erste, der sich diese Fragen stellt.

«Ich weiß nicht», sagt er. «Ich weiß nicht, ob ich an Zufall glauben kann. Aber man kann bei dieser Sache doch keinem einen Vorwurf machen, oder? Wen trifft die Schuld?»

«Vergiß es einfach», sage ich. Wenn er so weitermacht, werde ich noch ganz bekloppt, und weiter bringt uns das auch nicht.

«Weiß deine Mutter Bescheid?» fragt er dann.

«Worüber?»

Er zuckt mit den Schultern.

«Über dich. Darüber, was mit dir los ist.»

«Was ist mit mir los?» Ich frage mich, was er will.

«Mann, du hast echte Probleme», sagt er, «der ganze Schrott da unten in deinem Versteck. Du bist nicht mehr ganz dicht, du bist krank. Weißt du überhaupt, wie krank das alles ist?»

«Hey, warte mal.» Jetzt ist es langsam gut. «Du willst, daß ich dir eine reinhaue. Das ist es doch, oder?»

Was fällt diesem Wichser ein? Wer hockt denn hier und ist mit seinen Nerven am Ende, wer will mir seit Tagen klarmachen, daß sein Leben in Trümmern liegt?

«Ich meine das ernst», sagt er. «Ich sehe um einiges klarer, weißt du. Ich verstehe jetzt manches.»

«Gar nichts verstehst du», sage ich. «Du bist doch selber am Ende.»

«Ach so. Und warum? Warum ist es soweit gekommen?»

«Was weiß ich?» Jetzt bin ich es, der mit den Schultern zuckt. So was muß er mich doch nicht fragen.

«Was ist mit Chris?» fragt er. «Was hast du mit ihr?»

«Das geht dich nichts an», sage ich.

«Ich frage mich, was sie an dir findet. Was will sie von dir?»

«Mann, leck mich doch am Arsch.» Soll ich ihn rausschmeißen? Oder muß ich für seine beschissene Laune büßen?

Auf einmal merke ich, daß er innehält. Er starrt an mir vorbei, dann steht er auf und durchquert mit zwei schnellen Schritten den Raum.

«Was ist los?» Ich drehe mich um, dann kapiere ich.

«Hey», sage ich. «Tue mir einen Gefallen und reg dich nicht auf, okay? Mach jetzt kein Theater.»

Er steht an meinem Nachttisch, und ich weiß, was seinen Blick fesselt. Dort liegen, halb hinter meinem Bett, die Jacke des Mädchens, die ich ihr ausgezogen habe, und ihre Kette, die Kette mit dem Herzchen. Ich könnte mir in den Arsch beißen, daß ich das Zeug nicht versteckt habe, verdammt, ich hab's einfach vergessen. Die Decke und mein T-Shirt habe ich in einer Plastiktüte in den Müll gesteckt.

«So was hab ich mir schon gedacht.»

Er hat die Jacke in der Hand, befühlt den Stoff.

«Jetzt warte mal», sage ich.

«Warum?!» Er funkelt mich an. «Willst du mir wieder irgendeinen Bären aufbinden? Was soll das, warum liegt das Zeug hier? Was ist eigentlich mit dir los?»

«Immer langsam», sage ich, auch wenn er ein Freund ist, ich lasse mich nicht einfach anbrüllen. Aber er ist nicht mehr zu beruhigen.

«Bist du eigentlich völlig bescheuert?» schreit er. «Was hast du dir dabei gedacht, die Sachen mitzunehmen? Du bist ein verdammtes Arschloch, nichts sonst, weiß du das, ein richtiges dummes Arschloch. Hast du mal daran gedacht, was los ist, wenn sie das finden? Warum, verdammt, warum?»

«Reg dich erst mal ab.»

Ich habe bald die Schnauze voll. Ich verstehe gar nicht, was er auf einmal für einen Aufstand macht, was will er denn? Was meint er damit, ich sei krank im Kopf, was spinnt er sich zurecht, und was hat er jetzt, nur weil ich die Sachen mitgenommen habe? Ich kann ihm das mit meiner Sammlung irgendwie schlecht erklären, und ich komme mir schon ein bißchen vor wie ein Idiot, doch was geht ihn das überhaupt an.

«Du bist ein armes Schwein, Moritz», sagt er, «ein richtig armes Schwein. Ich fange langsam an, das zu kapieren.»

«Bleib bloß cool.»

«Du kannst mich mal.» Er baut sich vor mir auf. «Du bist das größte, verschissenste Arschloch, das ich kenne.»

Ich stoße ihn weg, denn irgendwo ist ein Punkt, und den hat er gerade überschritten.

«Na los», sagt er. «Versuch doch, mir alles zu erklären. Versuch's doch.» Tränen schießen ihm in die Augen. «Du bist an allem schuld!»

Was für ein Quatsch, ich kann ihn nicht ernst nehmen, damit bringt er mich höchstens zum Lachen. Nein, mehr, er macht mich wütend.

«Was denn», sage ich. «Habe ich etwa deiner Freundin das Kind gemacht? Fliege ich von der Schule? Habe ich den Scheißbolzen abgeschossen?»

Ich kann Ungerechtigkeit nicht vertragen, so ist das nun mal, das kann ich nicht auf mir sitzen lassen. Eine Sekunde ist er wie erstarrt, dann stürzt er sich auf mich und wirft mich gegen die Wand, damit habe ich als letztes gerechnet. Ich haue mir den Kopf an, einen Moment sehe ich überhaupt nichts, und er ist schon über mir.

«Ich mach dich fertig», krächzt er und faßt mich am Kragen, er heult. Ich habe ihn gerade von mir runter, als meine Mutter ins Zimmer stürzt.

«Seid ihr verrückt geworden!»

Sie packt Tommi, der blind auf mich einschlägt, und zerrt ihn von mir weg.

«Hau ab», sage ich und raffe mich auf, ich meine sie. «Wir kommen schon klar.»

Sie verpaßt mir eine Ohrfeige, als hätte ich die letzte Zeit nicht schon genug kassiert. Dann schüttelt sie Tommi durch.

«Ihr werdet verdammt noch mal aufhören», sagt sie. «Was ist denn in euch gefahren?!»

Tommi befreit sich aus ihrem Griff und stürzt zur Tür hinaus, mit einem Blick wie ein vollkommen Irrer. Ich stecke mir das T-Shirt in die Hose und betaste meinen Kopf. Man könnte meinen, alle hätten es darauf angelegt, mir den Schädel einzuschlagen.

«Was war denn los?» Meine Mutter stellt sich mir in

den Weg, und als ich nicht reagiere, faßt sie mich an der Schulter. «Kannst du mir das bitte erklären?»

«Nimm die Hände weg», sage ich.

«Was ist mit Tommi?» Sie tritt einen Schritt zurück, und ich drücke mich an ihr vorbei. «Ist es wegen seiner Mutter?»

Ich drehe mich um. «Was ist mit Wilma?»

«Sie ist im Krankenhaus. Ich habe Dr. Ludwig getroffen, der hat es mir erzählt. Sie ist zu Hause umgekippt, im Delirium, sie mußten sie in die Klinik bringen.»

So was, denke ich, warum hat er mir nichts erzählt?

«Und Gerti?»

«Ich weiß nicht.» Sie sieht auf die Uhr. «Ach, übrigens. Ich habe mit dem Vater deiner Freundin gesprochen. Er war nicht sehr erfreut.»

«Was?»

«Er will später herkommen, wo ist sie überhaupt?»

«Draußen, glaube ich.»

Ich verstehe nichts und niemanden mehr, was ist eigentlich überall los? Sie mustert mich scharf.

«Was ist denn mit Tommi?» hakt sie nach. «War es nicht wegen seiner Mutter? Hat er dir gar nichts erzählt? Und warum ist er auf dich los?»

«Da war nichts», sage ich.

«Aber ...»

«Ich weiß überhaupt nichts, okay? Und jetzt laß mich in Ruhe!»

Ich rausche ab in die Küche, sie hinterher.

«Moritz», brüllt sie. «Bleib hier!»

Doch ich mache, daß ich rauskomme, ich will nichts mehr hören, ich kann nicht mehr. Draußen ist es warm, es ist der Tag des Festes. Tommi ist nirgendwo zu sehen.

Die Bullen machen eine ordentliche Show, so daß ich mich frage, ob sie eine Leiche gefunden haben oder zehn. An der Straße vor dem Institut parkt eine ganze Kolonne von Fahrzeugen, Streifenwagen, zivile Autos, Mannschaftswagen, als letztes sehe ich einen Leichenwagen vorfahren. Uniformierte Beamte haben die Fundstelle und den Zugang zu den Klippen abgeriegelt, die wenigen Schaulustigen, die bis zu diesem Zeitpunkt hergefunden haben, stehen in den Wiesen vor dem kleinen Waldstück. Zu den Klippen kommt keiner durch.

Ich halte mich ein wenig abseits, von der Straße aus sehe ich genug, ich will nur wissen, was sie vorhaben. Ein Trupp von Leuten mit kleinen Köfferchen setzt sich in Bewegung, sie haben Schwierigkeiten, weil sie nicht bis zu den Klippen vorfahren können. Ein kleiner Mann in Windjacke steht mit zwei der örtlichen Polizeioberen an einem dicken BMW und gestikuliert wild.

«Ich brauche mehr Männer», zetert er. «Sie sollen die ganzen Felsen Zentimeter für Zentimeter absuchen! Ich will, daß der Wald durchkämmt wird, und schaffen Sie die Leute hier weg. Wie sollen wir noch Spuren finden, wenn eine Horde von diesen Landeiern erst einmal alles zertrampelt hat!»

Er überläßt die beiden Untergebenen ihrer schulterzuckenden Ratlosigkeit und fegt davon, zu den Klippen hinüber. Von den Bullen macht keiner Anstalten, die Leute von den Wiesen zu verscheuchen, logisch, für wen veranstalten sie schließlich das ganze Theater.

Ich sehe mir das Schauspiel eine Weile an, ich warte darauf, daß sie die Leiche heraufbringen. Zwischendrin gibt es Aufregung, weil allzu Neugierige sich im Schutz der Bäume bis zur Fundstelle vorgewagt haben und von verärgerten Bullen vertrieben werden. Die Zahl der

Schaulustigen wächst, der eine oder andere Feriengast, der von dem Leichenfund gehört hat, erscheint, ein Handtuch über dem Arm oder mit dem Fahrrad, die Picknicktasche hinten drauf, um zu sehen, was Sache ist. Emma löst sich aus der Reihe der Schaulustigen und kommt auf mich zu, daß sie nicht fehlen darf, ist selbstverständlich.

«Hallo, Moritz», sagt sie. «Eine schreckliche Geschichte, nicht wahr?»

«Hmm», mache ich.

«Und so nah bei euch, da kann einem angst und bange werden.»

So'n Blödsinn, denke ich, die Leute reden ja nichts als Scheiße. Zu meinem Glück entdeckt sie im selben Moment ein anderes bekanntes Gesicht und hält mich nicht auf, als ich weitergehe. Ich schaue, ob Tommi vielleicht irgendwo unter den Leuten ist, kann ihn aber nicht entdecken, statt dessen sehe ich Karl, der sich um einen Streifenwagen herumdrückt. Er wirkt irgendwie gehetzt, schaut nervös um sich, als wären die Bullen wegen ihm hier. Als er mich sieht, erstarrt er für einen Augenblick, dann löst er sich von dem Streifenwagen und kommt auf mich zu. Ein paar Feriengäste laufen ihm in den Weg, er wartet, bis sie vorbei sind, und ich setze gerade an, zu fragen, was er will, als eine andere Stimme mich herumfahren läßt.

«Hey, Arschloch!»

Sven Kruse hockt ein Stück die Straße runter auf seinem Moped. Ich habe ihn nicht bemerkt, sonst hätte ich mich vorgesehen, jetzt präsentiert er mir sein behämmertes Grinsen.

«Scheint, als treibt sich 'n Irrer hier rum», sagt er, ohne daß sein Grinsen irgendwie schwindet. «Hat sich die richtige Gegend ausgesucht, finde ich. Muß sich richtig wohl fühlen, gibt ja genug Irre hier draußen.»

«Fick dich», sage ich, er schafft es nicht, mich zu provozieren. Ich drehe mich wieder zu Karl und sehe ihn gerade noch zwischen den Leuten verschwinden.

«Ihr müßtet euch doch bestens verstehen, du und dieser Irre.» Sven Kruse rotzt auf die Straße.

«Ich lach mich tot.»

«Haste schon was sehen können?» Auf einmal ist seine Neugier stärker als seine Streitsucht.

«Nur dumme Gesichter», sage ich. «Deins zum Beispiel.»

«Paß auf, was du sagst!»

«Ach!»

Zwei seiner Kumpels kommen aus der Reihe der Schaulustigen und gesellen sich zu uns, Mirko und Carsten, zwei meiner absoluten Lieblinge.

«Was will der denn hier?» pöbelt Mirko mich an.

«Hör auf», fährt Sven ihm über den Mund. «Was gibt's?»

«Nichts, überhaupt nichts.» Carsten macht ein enttäuschtes Gesicht. «Die ham alles abgesperrt, kannst nix sehen.»

«Arschlöcher», sagt Sven. «Ham se die Leiche schon hochgeholt?»

«Keine Ahnung.» Mirko zuckt mit den Achseln.

Ich mache mich auf die Socken und lasse die drei stehen, so viel Dummheit auf einem Haufen macht mich immer krank. Es sind wirklich arme Schweine und Klassen unter mir.

Ich bin nicht auf einen Angriff vorbereitet, als die alte Frau, einen Stock schwingend, aus dem innersten Ring der Schaulustigen ausbricht und auf mich losgeht. Es ist Martha Henning, die Mutter des Eisenwarenhändlers, und ehe ich reagieren kann, hat sie mir ihren Stock über den Schädel gezogen.

«Den müßt ihr fangen», krächzt sie. «Fragt ihn nur, was er weiß!»

Ich ducke mich, um den Schlägen zu entgehen, die auf mich niederprasseln, und halte schützend die Hände über den Kopf.

«Monster», kreischt sie. «Kleiner Teufel! Ah!»

Sie stolpert mir auf ihren orthopädischen Schuhen hinterher, und ich komme nicht schnell genug weg. Der Stock saust auf meinen Rücken runter, bis einer der Männer der ausgeflippten Alten in den Weg tritt, ich kann nicht sehen, wer es ist.

«Monster», krakeelt sie mit sich überschlagender Stimme. «Mörder!»

«Ruhig, Martha, ganz ruhig.»

Ich bleibe nicht stehen, um mit anzusehen, wie er ihr den Stock aus der Hand nimmt oder sie beruhigend in die Arme schließt, lieber sehe ich, daß ich wegkomme. Mein Rücken schmerzt von den Schlägen, was fällt der Alten ein?

Ich gehe zum Haus zurück, es sind ja kaum hundert Meter, und sehe, daß die Bullen tatsächlich darangehen, die ganze Gegend abzusuchen. Hinter dem Institut kommt ein Trupp von vier Mann hervor, weiter vorn an den Klippen kann ich gerade noch zwei Köpfe ausmachen. Ich muß ganz ehrlich sagen, langsam geht dieser Aufstand mir schwer auf den Geist, ich fange ein bißchen an, Tommi zu verstehen. Bei uns in der Küche stehen ebenfalls zwei Bullen, zwei aus der Gegend, sie sind dabei, meiner Mutter Fragen zu stellen.

«Ach, da ist er gerade», sagt sie, als hätten sie im Moment über mich gesprochen.

«Was ist los?» frage ich.

«Die Herren möchten wissen, ob wir in den letzten Tagen irgend etwas Verdächtiges beobachtet haben.»

Der ältere der beiden Beamten nickt zustimmend.

«Blödsinn», sage ich. Mich in den eigenen vier Wänden aushorchen, soweit kommt's noch. Was denken die denn, wie blöd ich bin.

«Lassen Sie mich.» Ich dränge mich an den Bullen vorbei und verziehe mich in mein Zimmer, eins weiß ich bestimmt, ich rede mit keinem von denen ein Wort, eher mauere ich mich ein. Ich ziehe meine Stiefel aus und werfe mich aufs Bett, mein Blick fällt auf die Sachen der Toten. Muß ich mir Sorgen machen?

Wilhelm kommt gegen Mittag aus dem Institut zurück, ich laufe ihm über den Weg, als ich mir etwas zu trinken hole.

«Hallo, Moritz», sagt er. «Wie geht's?»

Ich zucke nur mit den Schultern.

«Ist ja ganz schön was los, da draußen.» Er schüttelt den Kopf. «Ich mache für den Rest des Tages Pause, bei dem Theater kann ja kein Mensch arbeiten. Ist übrigens eine Menge Zeug, das dein Vater da hinterlassen hat. Immerhin habe ich jetzt alles schon einmal flüchtig durchgesehen und grob geordnet.»

Ich will schnell wieder zurück in mein Zimmer.

«Warte», sagt er. «Wir wollten doch noch einmal miteinander reden. Hast du jetzt einen Moment Zeit?»

«Eigentlich nicht.» Vor allem habe ich keine Lust, jetzt nicht und auch nicht später, aber das will er anscheinend nicht kapieren.

«Ich glaube, unter all den Sachen deines Vaters sind schon einige Dinge, die dich interessieren könnten», versucht er es noch einmal. «Ich habe längst nicht alles gesichtet, doch es sind etliche Unterlagen über dich dabei. Aber auch ältere, über Karl zum Beispiel, und ich beginne langsam zu begreifen, warum er nicht will, daß ich gewisse Dinge ans Licht hole. Wußtest du, daß er und dein Vater schon im Krieg zusammengearbeitet haben?»

«Ja», sage ich. «Ist das so interessant?»

«Ich habe versucht, mit ihm zu reden», sagt Wilhelm. «Aber der Mensch hat mich einfach stehenlassen. Er will mir nicht helfen.»

«Vielleicht hat er ja recht.» Ich schiebe ihn beiseite. «Das alles ist doch schon eine Ewigkeit her. Kein Schwein interessiert sich mehr dafür.»

«Wenn du dich da nicht täuschst», sagt Wilhelm.

«Ein anderes Mal vielleicht», rufe ich und verdrücke mich in mein Zimmer. Es dauert nicht lange, und meine Mutter steckt ihren Kopf zur Tür herein.

«Ich fahre mit Dr. Wilhelm in die Stadt», sagt sie. «Wir sind nicht lange weg.»

Laßt euch ruhig Zeit, denke ich, geht was essen oder so. Das will sie doch, ich bin ja nicht blind.

Mir tun alle Knochen weh, und in der Hoffnung auf Linderung nehme ich ein Bad, ich weiche meinen Körper richtig ein. Alle paar Minuten lasse ich heißes Wasser nachlaufen, bis ich das Gefühl habe zu kochen. Ich lehne den Kopf zurück, lasse mich treiben.

Chris ist von ihrem Vater abgeholt worden, als ich draußen war, eigentlich bin ich ganz froh, es wurde mir ein bißchen viel mit ihr. Vielleicht hätte ich noch das eine oder andere sagen sollen, aber es kam nicht mehr dazu, wir haben nicht mehr miteinander geredet, und selbst das ist mir eigentlich ganz recht. Lange Abschiede sind nicht mein Ding. Dennoch hatte ich damit gerechnet, wenigstens eine Nachricht von ihr vorzufinden, einen kurzen Brief, irgendwas. Ich war nicht enttäuscht, als nichts da war, es hat mich einfach erstaunt. Ich weiß nicht, ob sie noch hierbleiben oder ob sie schon in die Stadt zurückgefahren sind, ich habe auch keine Adresse, nichts. Vielleicht ist es ja besser so.

Als meine Haut anfängt Blasen zu treiben und ich zwischen den Fingern Schwimmhäute wachsen sehe, steige ich aus der Wanne. Ich trockne mich ab, ziehe mir Unterhose und T-Shirt an, dann gehe ich in mein Zimmer. Ich bin müde, ich will mich hinlegen, und ich erschrecke nicht schlecht, als ich im Flur beinahe gegen Karl laufe.

«Hoppla», sage ich.

Er sieht mich an, und ich habe das Gefühl, für einen Moment erkennt er mich gar nicht. Er wirkt vollkommen abwesend.

«Kann ich dir helfen? Annie ist in die Stadt gefahren.»

Er schreckt auf.

«Moritz, was machst du hier?»

«Na, ich wohne hier», sage ich, der ist ja prima. Irgendwie habe ich den Eindruck, er hört mich gar nicht. Er wirkt übernächtigt, um Jahre gealtert, unter den Augen dunkle Ringe, auf der Stirn tiefe Falten. Was ist bloß los mit ihm?

«Entschuldigung», sagt er, und etwas Leben scheint in ihn zu fahren. Doch in seinem Blick ist etwas, das ich nicht deuten kann. «Ich habe dich gesucht. Ich muß mit dir reden.»

Jetzt fängt der auch noch an, denke ich, was wollen denn plötzlich alle von mir. Trotzdem bin ich gespannt.

«Bitte.»

«Ich bin …», er zögert. «Können wir uns nicht setzen? Ich kann nicht mehr stehen. Ich bin müde, weißt du.»

«In die Küche?»

«Ja.» Er geht voran, setzt sich an den Tisch, ich bleibe stehen. «Setz dich», sagt er.

Achselzuckend nehme ich mir einen Stuhl.

«Es geht um deinen Vater», sagt Karl, und mein Interesse schwindet. Er scheint es zu merken, denn er beeilt sich fortzufahren.

«Nein», sagt er, «hör erst einmal zu, es geht auch um dich. Ich weiß nicht, wie ich anfangen soll. Es ist nicht so leicht.»

Ich sage nichts, lasse ihm Zeit, und die scheint er zu brauchen. Ich finde, er macht es ein bißchen zu spannend.

«Möchtest du was trinken?» frage ich schließlich.

«Nein nein.» Er schüttelt den Kopf. «Ich überlege, wie ich anfangen soll. Du weißt, daß dein Vater und ich uns sehr lange kannten, seit ich ein Kind war fast, das macht es mir schwer. Aber dein Vater war verrückt, Moritz, er hat Schuld auf sich geladen, große Schuld, mehr als ein Mensch tragen kann. Und ich mit ihm, ich habe ihm bei allem geholfen, und auch jetzt noch, wo er lange tot ist, läßt es mich nicht los.»

Er hält inne, und ich mustere ihn, er atmet langsam, als schnüre ihm das, was er mir sagen will, die Brust ab. Ich merke, daß ich meine Uhr im Badezimmer vergessen habe, und verfluche meine Schusseligkeit. Ich möchte wissen, wie spät es ist. Doch ich warte, daß Karl fortfährt, denn es ist etwas in seiner Art, das ich nicht kenne. Es ist ihm ernst, keine Frage.

«Dein Vater hat mir im Krieg das Leben gerettet», fängt er an, und auf einmal kommt er mir vor wie ein Fisch, der auf dem Trockenen liegt, zappelnd, in den letzten Zügen.

«Wir lebten in der Nähe von Danzig, als die Deutschen kamen. Meine Mutter war Jüdin, mein Vater überzeugter Kommunist. Er wollte Widerstand organisieren und gegen die Deutschen kämpfen und tat es auch, bis er bei einer Razzia erschossen wurde. Soldaten kamen, um meine Mutter und mich zu holen, wir wurden mit anderen in eine Baracke gesperrt und am nächsten Morgen weitertransportiert. Männer und Frauen wurden getrennt, und man packte mich zu den Männern. An diesem Tag habe ich meine Mutter das letzte Mal gesehen, auch später habe ich nie wieder etwas von ihr gehört.»

Er leckt sich über die Lippen.

«Ich wurde in ein Lager gebracht, und dort traf ich einen Mann, den ich aus Danzig kannte, einen Uhrmacher, er sorgte dafür, daß ich auf seine Baracke kam. Er hatte Tuberkulose, aber davon hatte ich damals keine Ahnung. Als er eines Tages zusammenbrach und die anderen Männer ihn aufs Krankenrevier schleppten, lief ich mit, und dort bin ich deinem Vater begegnet. Er war Lagerarzt, und während er den Mann, den ich kannte, wegschickte, befahl er, mich dazubehalten. Er sagte, er könne einen Laufburschen brauchen, und von da an habe ich für ihn gearbeitet. Als die Kinder auf LKWs verfrachtet und an einen anderen Ort gebracht wurden, hat er dafür gesorgt, daß ich bleiben konnte. Wie ich später erfuhr, hat er mir das Leben gerettet. Ob er mir damit einen Gefallen getan hat … Ich habe mir später oft gewünscht, ich wäre tot. Ich habe gesehen, was in dem Lager mit den Menschen geschah, speziell auf der Krankenstation … Das kann sich niemand vorstellen. Um die Gesundheit der Häftlinge haben sie sich nicht gekümmert. Nach einer gewissen Zeit bekam dein Vater die Chance, die Leitung eines Krankenhauses hinter der Front zu übernehmen, er verließ das Lager und nahm mich mit. Er hat mir nie gesagt, warum, vielleicht war es nur eine Laune, vielleicht hatte er sich an mich gewöhnt, vielleicht lag es auch einfach daran, daß ich der einzige war, den er hatte. Und ich ging mit ihm, ich war froh, aus dem Lager wegzukommen. Ich dachte, jetzt habe dieser Alptraum ein Ende. Aber so war es nicht.»

Er macht eine Pause, die Erinnerung fällt ihm schwer, das sehe ich, und doch wirkt er irgendwie erleichtert, erleichtert, einmal angefangen zu haben. Ich frage mich, worauf er hinaus will, obwohl, interessant ist es, ich hatte von Karls Geschichte keine Ahnung.

«Das sind doch olle Kamellen», sage ich.

«Nein», Karl schüttelt den Kopf. «Das heißt, eine Zeitlang habe ich auch geglaubt, ich könnte alles vergessen. Aber das geht nicht, manche Dinge kann man nicht vergessen, sie kommen wieder, immer wieder. Und jetzt ist dieser Wilhelm da und schnüffelt herum, will die Vergangenheit ausgraben, und ich habe Angst, ich halte das alles nicht mehr aus. Ja, ich komme schon zum Punkt. Aber ich will, daß du verstehst, warum ich das alles mitgemacht habe, warum ich ihm geholfen habe, auch nachdem ich gesehen hatte, was für ein Mensch er war. Ich konnte nicht anders. Wenn man den ersten Schritt gemacht hat, gibt es kein Zurück.»

«Ich versteh kein Wort», sage ich.

«Als dein Vater starb», fährt er fort, «habe ich ihm keine Träne nachgeweint, das kannst du mir glauben, er hatte den Tod verdient. Ich bin auch nur ein Mensch, und ich kann nicht sein Richter sein, versteh mich nicht falsch, das ist Gottes Sache allein. Aber was deinen Vater angeht, für ihn war der Tod nicht genug, nein, es gibt keine Strafe für das, was er in seinem Leben getan hat. Und ich habe mich mit ihm schuldig gemacht, von dem Augenblick an, als er mich zu sich genommen hat. Ich habe mit angesehen, was für Versuche sie im Lager mit den Menschen machten, aber auch später in dem Krankenhaus, das er geleitet hat, davon will ich jetzt nicht sprechen. Dir muß ich etwas anderes erzählen, deshalb bin ich hier, aber ich bin durcheinander, so viele Erinnerungen holen mich ein. So geht es mir die ganzen letzten Jahre, Moritz, eins nach dem anderen kommt wieder. Ich bin ein Sünder, ein schlechter Mensch, aber ich habe keine Furcht vor dem Jüngsten Gericht. Mir wird kein Priester die Beichte abnehmen, und wenn ich doch zittere, dann vor mir selbst, vor den Gedanken, die kommen, wenn es dunkel wird.»

Ich stehe auf, das wird mir zu bunt.

«Warte.» Karl legt mir die Hand auf den Arm. «Hör mir noch einen Moment zu. Es geht um dich.»

Ich schüttle seine Hand ab und setze mich wieder. Jetzt muß er sich aber beeilen, sonst bin ich wirklich weg.

«Ich habe deinem Vater nach dem Krieg geholfen, seine Vergangenheit reinzuwaschen. Du kannst dir vorstellen, was passiert wäre, wenn die Alliierten herausbekommen hätten, was er während der Kriegsjahre in Polen gemacht hat, sie hätten ihn aufgehängt, ohne Zweifel. Er hat das Krankenhaus in Brand gesteckt, als die Russen kamen, und ich habe ihm geholfen, die Leichen zu verscharren. Damals ist ein Teil von mir gestorben.»

«Vielleicht solltest du ein Buch darüber schreiben», sage ich. Doch er läßt sich nicht mehr aus der Ruhe bringen.

«Hör mir zu. Du weißt, wie es ihm nach dem Krieg erging, er mußte fliehen und sich verstecken, doch mit Hilfe alter Kontakte bekam er Arbeit bei den Engländern, in verschiedenen Krankenhäusern, und machte schließlich Karriere. Und ich war immer dabei. Wie hätte ich auch von ihm loskommen können, bei allem, was ich wußte? Er war mein Fluch, vielleicht verstehst du, wie ich das meine. Ich habe mir oft den Tod gewünscht. Dann lernte er Annie kennen, sie war Schwester in dem Krankenhaus, in dem er seine zweite Stelle als Chefarzt bekam. Er brauchte eine Frau, das war alles, er wollte Kinder, für seine Pläne, ich aber habe sie vom ersten Tag an geliebt. Es wird dich erstaunen, das zu hören, doch so ist es. Ich hätte mein Leben für sie gegeben. Und Annie merkte schnell, daß das Leben an der Seite des großen Professors kalt war, ohne jede Wärme, und einsam. Ich war oft mit den beiden zusammen, oft mit Annie allein, und ich sah, wie sie litt, wie sie traurig wurde und verfiel. Sie suchte Trost, und ich versuchte ihr zu helfen, gab ihr, was sie brauchte, und irgendwann liebte sie mich, so wie ich sie liebte.»

«Moment», sage ich. «Annie und du? Das ist nicht dein Ernst.»

«Doch.» Er nickt. «Dein Vater merkte gar nicht, wie unsere Beziehung begann, sie war ihm gleichgültig, und eine Zeitlang waren wir glücklich, doch sie wollte von ihm weg, ein neues Leben beginnen. Sie flehte mich an, mit ihr fortzugehen, sie fortzubringen, und ich wollte es auch, nichts wollte ich lieber, aber ich konnte nicht, die Vergangenheit hielt mich, verstehst du. Ich hätte ihr nie davon erzählen können. Eines Tages ging sie dann fort, verließ uns beide, und sie war voller Verachtung, als sie das letzte Mal mit mir sprach, das war fast ein Jahr vor deiner Geburt. Sie schrieb mir ein paarmal, und ich erfuhr, wo sie lebte, aber es war längst zu spät. Dein Vater schickte mich hierher, ich lernte Wilma kennen, und Tommi kam zur Welt. Wir haben ihn in unserer ersten Nacht gezeugt, als ich noch nicht einmal ihren Nachnamen kannte, und wir haben geheiratet, sobald wir wußten, daß sie schwanger war. Das erste Mal, daß ich Annie wiedersah, war am Grab deines Vaters.»

«Ist ja 'ne starke Geschichte», sage ich, auch wenn es mir ein bißchen viel auf einmal ist. «Aber warum erzählst du mir das alles?»

Er sieht mich an.

«Ich wollte, daß du es verstehst. Es geht um dich, und es geht um deinen Vater, ohne ihn wäre nichts so, wie es ist. Du denkst, er ist nicht dein Vater, aber das ist ein Irrtum. Er ist dein Vater, er hat dich zu dem gemacht, der du bist, du mußt gar nicht den Kopf schütteln, es ist, wie ich sage. Du wirst es verstehen.»

«Gut», sage ich. «Aber jetzt zur Sache.»

Denn langsam ist meine Geduld am Ende, sein Gequatsche hat mich müde gemacht. Ich bin es nicht gewohnt, so lange zuzuhören, ich kann meine Aufmerksamkeit schlecht so lange auf eine Sache richten. Karl senkt den Blick.

«Erinnerst du dich an die Frau, die deinen Vater eines Tages aufgesucht hat?»

«Ja. Aber das ist bestimmt zehn Jahre her.»

«Zehn Jahre und vier Monate.» Er verharrt einen Augenblick in Gedanken, und ich werde unruhig.

«Was ist mit ihr?» frage ich, und auf einmal habe ich das Gefühl, längst zu wissen, was er mir sagen will. Er sieht mich an und nickt.

«Sie war deine Mutter.»

Ich starre ihn an, und auf einmal wird mir klar, daß es eine Beichte ist, die ich höre, denn Karl ist noch nicht zu Ende. Er fährt fort, und ich weiß nicht, ob ich überhaupt alles hören will.

Als er fertig ist, bin ich sprachlos, im wahrsten Sinne, ich bekomme kein Wort heraus. Karl hat mich die ganze Zeit über nicht einmal angesehen, er sieht mich auch jetzt nicht an, er erwartet keine Reaktion von mir, wie könnte er auch. Er hat mir ein paar Dinge erzählt, und es hat mich umgehauen, ich kann es nicht in Worte fassen. Ich hatte nicht mehr damit gerechnet, jemals die Wahrheit zu erfahren.

Ich stehe auf, äußerlich bin ich vollkommen ruhig, frage mich keiner, wie es drinnen aussieht. So viele Lügen, ein Leben lang, das kann einem alle Kraft rauben.

«Es tut mir leid», sagt Karl, der mich jetzt ansieht, er steht ebenfalls auf und bleibt vor mir stehen. Er legt nicht den Arm um mich oder so. «Was wirst du tun?»

Ich will etwas sagen, aber ich kann die Worte nicht finden, ich sehe ihn einfach an. Er senkt den Blick, und ich fühle seine Angst. Wovor, frage ich mich und verspüre den Drang zu lachen. Ich schlucke das Ganze doch eigentlich recht gut, immerhin stehe ich noch, und so wild ist es dann auch nicht, ich verkrafte eine ganze Menge. Aber ich sehe, wie kaputt er innen ist.

«Was hast du jetzt vor?»

«Ich weiß nicht», sage ich. In mir reift ein Entschluß, aber er ist noch nicht fest, noch nicht greifbar.

«Wieviel Geld hast du bei dir?» frage ich.

Mechanisch holt Karl sein Portemonnaie hervor.

«Hier.» Er zählt vor meinen Augen die Scheine durch, es sind über zweihundert Mark.

«Gib her.»

Er gibt mir das Geld, ich rolle die Scheine zu einem Bündel und stecke sie ein.

«Und jetzt hau ab», sage ich.

Er sieht mich an. Er geht ohne ein Wort.

12

Es ist kurz nach vier, ich stehe in der Küche und koche Kaffee. Meine Mutter und Wilhelm sind vor ein paar Minuten zurückgekommen, ich mache den Kaffee für sie, vor mir einen Haufen Tabletten, ich muß etwas tun, das ist mir klargeworden. Die Tabletten sind der erste Schritt. Ich zerstoße sie mit einem Glas, damit sie sich besser lösen, und schütte das Pulver in die Kanne. Wasser habe ich aus dem Badezimmer holen müssen, der Hahn in der Küche ist noch nicht erneuert, wie auch, meine Mutter wollte Karl Bescheid sagen, damit er sich drum kümmert, aber ich tippe, da kann sie lange drauf warten. Und mal ehrlich, wer interessiert sich im Moment für Wasserhähne?

Ich warte, bis der Kaffee durchgelaufen ist, dann schnappe ich mir Kanne und Tassen und gehe ins Wohnzimmer.

Sie sitzen einander in den Sesseln gegenüber, Wilhelm raucht, sie lachen. Sie sind gut gelaunt.

«Der Kaffee», sage ich.

«Fabelhaft.» Wilhelm sieht auf. «Setz dich zu uns.»

«Milch oder Zucker?» frage ich.

«Beides, bitte.»

Meine Mutter will aufstehen, ihr ist es nicht ganz geheuer, daß ich alles mache, so kennt sie mich nicht.

«Laß», sage ich. Ich gehe in die Küche, hole Milch und Zucker und stelle beides auf den Tisch. Wilhelm nimmt sowohl Milch als auch reichlich Zucker, meine

Mutter bloß Zucker, prima, denke ich, immerhin. Ich habe ein bißchen Angst, daß sie etwas merken.

«Ich fürchte, er ist mir 'n bißchen schwarz geworden», sage ich. Dann setze ich mich aufs Sofa und warte.

Draußen an den Klippen sind die Bullen nach wie vor bei der Arbeit, sie drehen wirklich jeden Grashalm um. Immerhin sind sie nicht wieder zum Haus gekommen, das ist schon was, Bullen wären das letzte, was ich jetzt gebrauchen könnte.

«Das ist ja 'ne Sache», sagt meine Mutter. «Das Mädchen, das sie da draußen gefunden haben. Wie's aussieht, läuft hier in der Gegend irgendwo ein Mörder frei herum.»

«Emma hat schon Angst», sage ich.

«So was wird immer übertrieben.» Wilhelm nippt an seinem Kaffee, verzieht das Gesicht und nimmt noch einen Löffel Zucker. «Der ist wirklich schwarz.»

«Die Polizei wird mächtig unter Druck stehen, den Kerl zu fangen. Die werden alles dransetzen.» Meine Mutter stellt ihre Tasse ab. «Ich hoffe, sie kriegen ihn bald.»

Ich lehne mich zurück und verschränke die Arme hinter dem Kopf, der ganze Scheiß geht mir auf die Nerven. Redet keiner mehr von was anderem? Wilhelm sieht mich an.

«Zigarette?» fragt er.

«Ja, wieso nicht.»

Die Nervosität legt sich etwas, als ich meine Lungen voll Rauch pumpe.

«Ich kann Tommi immer noch nicht verstehen.» Meine Mutter schüttelt den Kopf. «Ihr wart doch immer Freunde.»

«Na ja», sage ich. «Das war doch halb so wild.»

«Aber er ist auf dich losgegangen!»

«Mein Gott», ich sauge mir was aus den Fingern. «Er hat's nicht leicht. Er hat Ärger mit seinen Eltern, wegen der Schule.»

«Und findest du das normal, unter Freunden, sich so zu schlagen?»

«Ach Quatsch», sage ich. «Das hat doch nichts zu sagen. Ich hab 'ne blöde Bemerkung gemacht. War doch nichts dabei.»

Mir egal, was sie denkt, ich will bloß, daß sie ihren Kaffee trinkt, solange kann sie sagen, was sie will. Sie macht ein nachdenkliches Gesicht. «Für mich sah das schon ziemlich ernst aus.»

«Blödsinn», sage ich. «Das war gar nichts.»

Wilhelm schaltet sich ein, weiß der also auch schon Bescheid, ist ja super.

«So was gehört manchmal dazu», sagt er. «Unter Jungen.»

Na, er muß es ja wissen. Langsam legt mir das Gelaber der beiden das Gehirn trocken.

«Noch Kaffee?» frage ich. Sie nicken. Ich schenke ein, beobachte sie. Es wird Zeit, daß die Tabletten Wirkung zeigen. O ja, langsam werde ich unruhig.

Mir paßt nicht, wie alles gekommen ist, da muß ich kein Hehl draus machen, aber ich habe keine Wahl. Man muß die Dinge nehmen, wie sie sind, auch wenn man manchmal kotzen möchte deswegen.

Nachdem ich Karl fortgeschickt habe, sind mir einige Dinge klargeworden, ich habe mir ein paar Gedanken gemacht, doch jetzt versuche ich erst einmal, alles wegzudrängen, nicht daran denken. Ich muß das Beste aus der Situation machen. Die Tabletten, die ich in den Kaffee gemischt habe, stammen noch aus der Zeit, da ich selbst in Behandlung war, als sie mich ruhigstellen wollten, ich habe damals längst nicht alles geschluckt. Es sind ein paar Hämmer dabei, das kann ich aus eigener Erfahrung sagen, es gibt welche, die hauen einen richtig aus den Latschen, und obwohl mir das Zeug zeitweise geholfen hat, habe ich immer alles drangesetzt, davon wegzukommen, ich wollte immer aus der Behandlung raus. Jetzt habe ich alle, die ich damals gesammelt habe, zusammengekippt, und ich kann nicht sagen, wie sie wirken werden, ob es reichen wird. Ist auch egal. Auf jeden Fall werden die Tabletten sie für einige Zeit außer Gefecht setzen.

Meiner Mutter sehe ich zuerst etwas an, wenigstens bilde ich es mir ein, sie schwankt, als sie die Tasse zum Mund führt. Ich beiße mir auf die Lippen.

«Uups», sagt sie, als ihr ein Schluck Kaffee auf die Bluse schwappt. «'tschuldigung.»

Sie stellt die Tasse ab, ohne den Rest zu verschütten, und lächelt verlegen.

«Ach», sagt sie dann und sieht mich an. «Die Katze der kleinen Sonja ist überfahren worden, auf der Landstraße.» Sonja ist die Tochter von Hellermann, dem Bäcker, als könnte mich das interessieren.

«Wir haben sie eben getroffen, an der Kreuzung, sie hatte die Katze gerade gefunden. Sie war ihr vor zwei Tagen weggelaufen.»

«Das arme Mädchen», Wilhelm lehnt sich zurück, seufzt leise, dann streckt er sich.

«Es war 'ne Menge los in der Stadt», sagt er. «Ist immer ganz schön anstrengend.»

Seine Stimme kommt mir schon träge vor, schwer, aber wahrscheinlich ist es nur Einbildung. Meine Mutter nickt stumm, und für einen Augenblick sackt ihr der

Kopf auf die Brust. Ich springe auf. Das halte ich nicht aus, wenn ich das noch eine Minute mit ansehe, drehe ich durch. Ich haue ab in mein Zimmer, lege eine CD ein. Ich kann nicht dabei zusehen, wie sie umkippen.

Ich lasse eine halbe Stunde verstreichen, ehe ich mich wieder blicken lasse, es ist ruhig im Haus, ich bin auf alles gefaßt. Die Tür zum Wohnzimmer ist angelehnt, war ich das? Ich kann es nicht sagen. Vorsichtig stoße ich sie auf, trete ins Zimmer, dann atme ich auf. Sie schlafen.

Wenigstens sieht es so aus, meine Mutter ist in sich zusammengesunken, sie hängt seitlich im Sessel, den Kopf auf die Schulter gelegt, sie atmet ruhig. Gut, denke ich, tot ist sie nicht, also eins nach dem anderen. Es macht keinen Unterschied.

Wilhelm ist aus seinem Sessel gerutscht, er hängt mit den Beinen unterm Tisch, den Kopf hat er nach hinten gelegt, auf die Sitzfläche. Sieht aus, als hätte er sich's gemütlich gemacht, ich kann nur gratulieren, eine prima Idee, es wird das letzte Mal gewesen sein. Er hat den Mund halb geöffnet und atmet unruhig, aber auch er ist noch am Leben. Als ich an den Tisch trete, legt er den Kopf zur Seite und stöhnt leise. Ich bleibe stehen, verharre wie festgefroren, bis ich sicher bin, daß er wirklich schläft. Er hat genug Kaffee getrunken, daß es für ihn reichen müßte. Das bestimmt.

Ich sehe mich um und überlege, ob es im Wohnzimmer gut ist, aber es ist hier so gut wie überall sonst. Vielleicht wäre es oben besser, aber ich kann sie nicht durchs ganze Haus schleppen, nicht die Treppe hoch, danach könnte ich mich direkt neben sie legen. Also im Wohnzimmer, es ändert doch nichts.

Ich fange mit Wilhelm an, er sitzt schon gut, ich ziehe

ihm vorsichtig den Sessel weg, so daß er ganz auf dem Boden zu liegen kommt. Er schnauft ein paarmal, etwas wie ein Zucken durchfährt ihn, und ich gebe acht, daß er nicht zu ruckartig auf dem Boden landet. Als er liegt, atme ich auf, er schläft, ich möchte bloß wissen, was er träumt. Ich nehme mir ein Kissen vom Sofa, bücke mich über ihn und drücke ihm das Kissen ins Gesicht. Er rührt sich kaum, sein Körper versteift sich kurz, aber die Tabletten lähmen ihn weit genug, daß er den Tod nicht spürt. Ich sage mir das nicht zum Trost, es ist einfach so, und Trost brauche ich nicht, ich habe keine Skrupel. Ich habe einfach keine Wahl. Denn eins ist klar, ich will sicher sein, daß sie nicht doch wieder aufwachen, diese Chance habe ich nur einmal. Und so wie bisher kann es nicht weiterlaufen, niemals, so kann ich nicht mal mehr atmen. Ich bin nicht der Typ, der, wenn er die Wahl hat, selbst über die Klinge springt.

Ich warte eine Ewigkeit, drücke ihm das Kissen ins Gesicht, er rührt sich schon längst nicht mehr. Dann sehe ich ihn mir an, nehme das Kissen weg, das feucht ist von seinem Speichel. Seine Augen sind aufgerissen, aber stumpf, ohne Leben. Wie bei einer Puppe, denke ich, kein Zweifel, ich muß nicht erst nach seinem Puls fühlen. Ich stehe auf, packe ihn unter den Armen und schleife ihn um den Tisch herum. Sie sollen nebeneinander auf dem Sofa sitzen, so wenigstens habe ich es mir gedacht. Aber es ist nicht leicht, seinen schlaffen Körper dort hoch zu bekommen. Mann, denke ich, als er endlich sitzt, der Kerl wiegt mehr als ein Sack Zement. Ihm fällt der Kopf zur Seite, ich stütze ihn mit dem Kissen.

Meine Mutter schlägt die Augen auf, als ich ihren Sessel nach hinten wegziehe, so daß sie vorne herunterrutscht. Ich glaube nicht, daß sie wach ist, sie sieht mich nicht, und die Augen fallen von selbst wieder zu, trotzdem macht es mich nervös. Wieder schnappe ich mir ein Kissen und will mich über sie hocken, als ich Schritte höre, die sich dem Haus nähern. Ich erstarre, meine Nackenhaare sträuben sich, es klopft. Ich lasse das Kissen fallen, mache einen Schritt von meiner Mutter weg, es klopft wieder. Die Schritte entfernen sich von der Tür, umrunden das Haus, und ich danke Gott, daß meine Mutter daran gedacht hat, die Vorhänge zuzuziehen. Ich schleiche mich ans Fenster und spähe vorsichtig hinter einem der Vorhänge hervor, es ist Emma, die jetzt wieder zur Tür zurückgeht, natürlich, die alte Nervensäge. Ich hätte es wissen können, Emma benutzt nie die Klingel, ich weiß nicht, warum. Sie klopft ein drittes Mal, es gibt wirklich Leute, die haben ein Talent, zur falschen Zeit am falschen Ort zu sein. Ich höre ein Rascheln hinter mir und fahre herum, meine Mutter hat die Augen geöffnet und starrt mich an.

«Moritz», lallt sie schwach. «Die Haustür. Da is jemand … du mußt … an der Tür.»

Sie versucht sich aufzurichten, sinkt zurück und ist schon wieder halb im Schlaf. Ach du Scheiße, denke ich, doch nicht gerade jetzt. Ich werfe einen schnellen Blick nach draußen, sehe, wie Emma fragend zu den Autos schaut, dann klopft sie wieder.

«Hallo», ruft sie.

Jetzt bleibt mir keine Zeit mehr für Faxen. Ich greife mir das Kissen und laufe zu meiner Mutter.

«Moritz», sagt sie und hat Mühe, die Augen offenzuhalten. «Was …?»

Ich beiße die Zähne zusammen, es geht ja nicht anders, ich stoße sie zurück, setze mich auf sie und drücke ihr das Kissen ins Gesicht. Sie hebt den Arm, faßt mir an die Schulter, ich stoße ihre Hand weg. Was soll das, denke ich, stirb lieber. Sie versucht, den Kopf unter dem Kissen wegzuziehen, und ich drücke fester, halte ihr Mund und Nase zu. Ich setze mich mit meiner ganzen Kraft aufs Kissen, sie zappelt noch einmal, dann ist sie ruhig, rührt sich nicht mehr. Draußen entfernen sich die Schritte, Emma hat aufgegeben.

Ich lasse mich zurücksinken, lege mich auf den Boden und starre an die Decke, meine Anspannung fällt in sich zusammen wie ein leerer Sack. Ich kann kaum glauben, daß ich gerade zwei Menschen getötet habe, aber ich kenne das Gefühl. Es ist schwer faßbar.

Ich mache einen Rundgang durchs Haus, vergewissere mich, daß Fenster und Türen geschlossen sind. Ich habe meine Mutter neben Wilhelm aufs Sofa verfrachtet, dort sitzen sie aneinandergelehnt wie ein glückliches Paar, ein schönes Bild. Ich mache ein Foto mit der Polaroid, als Andenken, aber dann verbrenne ich es, ich kann es doch nicht gebrauchen. Wilhelms Position benötigt ein paar Korrekturen, und ich rücke ihn zurecht, bis ich zufrieden bin. Schließlich schalte ich den Fernseher ein und stecke mir eine Zigarette an, ich muß mich eine Sekunde ausruhen. Als draußen ein Wagen vorfährt, stehe ich auf, ich bin vollkommen ruhig. Das sind meine Prüfungen, denke ich, da muß ich durch. Es klingelt, ich gehe hin, Wachtmeister Tilli steht vor der Tür.

«Hallo, Moritz.»

Er ist im Hemd, unter den Armen hat er dunkle Schweißflecken. Ich sehe an ihm vorbei, im Streifenwagen ist niemand.

«Was gibt's?»

«Ich würde gern mit deiner Mutter sprechen.»

Er wischt sich den Schweiß von der Stirn, nicht nur ihm ist heute heiß.

«Tut mir leid», sage ich. «Sie hat sich gerade hingelegt.»

«Oh.» Er sieht auf die Uhr. «Du hast sicher auch schon von dem Mädchen gehört, das wir gefunden haben.»

«Klar», sage ich. «War's denn Mord?»

Er runzelt die Stirn.

«Wir können noch nicht viel sagen. Deshalb wollte ich auch gern einmal mit dem Herrn aus der Stadt sprechen, deine Mutter sagte mir, er habe in den letzten Tagen draußen im Institut gearbeitet. Vielleicht hat er ja etwas gesehen. Also, wenn es dir nichts ausmacht, kannst du sie vielleicht wecken, ich habe nicht so viel Zeit. Sie wird das verstehen.»

«Oh, tut mir leid», sage ich. «Das habe ich ganz vergessen, sie hat sich gar nicht hingelegt, sie ist spazieren, mit ihrem Besuch. Draußen am Meer.»

Tilli sieht mich mit leichtem Befremden an, und ich denke, was erzählst du da für einen Mist, er muß ja Verdacht schöpfen. Eine Sekunde bin ich versucht, ihm alles zu sagen, doch das geht vorbei.

«Tut mir echt leid», sage ich.

«Jaja, schon gut.»

Er spielt mit seinem Schlüsselbund, er zögert. Ich schätze, er hat irgendwie ein blödes Gefühl bei der Sache, das haben die meisten, die mit mir reden.

«Wie ist das mit der Leiche?» frage ich. «Bei solchen Temperaturen. Ist die nicht längst hinüber?»

Er zieht eine Augenbraue hoch und sieht mich an.

«Ich weiß nicht. Kann ich dir nicht sagen.»

«Na, jetzt kommt sie in die Kühltruhe.»

«Du machst dir ja richtig Gedanken.» Er sieht auf die Uhr, streicht sich die Haare zurück.

«Ich geb dir einen Tip», sagt er dann. «Kümmere

dich nicht zuviel um diese Sache, okay? Ich hab den Eindruck, das bekommt dir nicht.»

«Ach nee», sage ich.

«Du bist 'n komischer Typ. Denk dran, was ich gesagt habe.»

Auf halbem Weg zum Wagen dreht er sich noch einmal um. «Bestell deiner Mutter 'n schönen Gruß von mir. Ich komme dann später noch mal wieder.»

«Sie wird bestimmt da sein», rufe ich.

Er steigt in den Wagen, und ich möchte wetten, daß er's nicht gern tut. In dem Ding sind es locker über vierzig Grad.

Als er abfährt, schrecken zwei Krähen aus den Büschen am Straßenrand hoch. Sie steigen hektisch auf, und ich folge ihrem Flug, bis sie über dem Haus verschwinden. Ich stehe im Schatten und sehe dem Streifenwagen nach, er hält ein Stück weit die Straße hinauf. Zwei andere Wagen stehen noch dort, die Zuschauer haben sich längst verlaufen.

Dann erfaßt mich neues Leben, ich mache einen Schritt vor die Tür, es ist Zeit, denke ich, Zeit, daß ich aus dem Haus komme. Die Sonne blendet mich, zwingt mich, die Augen zu schließen, es gibt Tage, da kann ich sie nicht ertragen, heute aber ist sie mein Freund. Ich hebe den Blick, ich habe noch mehr zu tun, und ich spüre, wie die Sonne mir Kraft gibt, Kraft und Mut. Ich zwinge mich und starre ins Zentrum ihres hellen Strahlenkranzes, bis ich halb blind bin. Ich kann es fühlen, ihre Strahlen brennen mir die Zweifel aus der Seele.

Ich habe einen Kanister Benzin bei mir, als ich später den Weg zum alten Sanatorium nehme, es mag sechs Uhr sein, ich weiß es nicht. Die Bullen haben sich verzogen, ich nehme an, um die Fundstelle herum haben sie inzwischen jeden Kiesel umgedreht, das herabgefallene Laub numeriert und alle verdächtigen Bäume verhaftet. Es ist wirklich albern. Vielleicht kommen sie morgen wieder, die Absperrungen jedenfalls stehen weiterhin da, und höchstwahrscheinlich hockt einer von ihnen irgendwo in den Büschen und überwacht das abgesperrte Gebiet. Die Straße runter steht ein Streifenwagen, es paßt alles gut zusammen, aber mir soll es egal sein. Ich bin nicht über die Straße, sondern von der Spitze der Halbinsel und durch die Bäume gekommen. Von ihrem Platz aus können sie mich nicht gesehen haben.

Die Schlüssel zum Institut habe ich aus Wilhelms Tasche, es ist ein komisches Gefühl, als ich die Tür aufsperre. Jahre sind vergangen, seit ich das letzte Mal einen Blick in die Räume geworfen habe. Ich schließe die Tür, stelle den Kanister ab und schalte Licht ein, die Neonröhren flackern auf und tauchen die Labors in das typische kalte Licht, so wie ich es in Erinnerung habe. Ich fühle mich nicht wohl, ich bin nie gern hier gewesen.

Seit dem Tod meines Vaters hat sich nicht viel verändert, aber es ist deutlich zu sehen, daß in den Räumen während der letzten Tage gearbeitet wurde. Die Schränke sind geöffnet, auf den Tischen stapeln sich Papiere, die Laboreinrichtung ist zusammengestellt und sortiert. Der erste Raum ist kein echter Arbeitsraum, mehr Abstellkammer und Garderobe. Zwei Kisten mit Akten stehen neben der Tür, fürs erste beachte ich sie nicht weiter.

Der zweite Raum ist größer, an beiden Wänden schmale Tische über die gesamte Länge des Zimmers, darüber hohe Regale, auf denen Flaschen, Instrumente und allerlei Krempel stehen. Für mich sieht es aus wie aus einer anderen Zeit. Auf den Tischen hat Wilhelm die Laboreinrichtung aufgereiht. Ich sehe mich kurz um, auch hier stapeln sich Papiere, ein Kittel liegt über einem Stuhl, die große Tafel, die neben der nächsten Tür hängt, ist leer. Früher hat mein Vater dort seine Versuchsreihen protokolliert, ich erinnere mich. Auf der anderen Seite neben der Tür steht ein gewaltiger Gefrierschrank, er surrt leise, ich fasse es nicht. Karl hat ihn die ganzen Jahre laufen lassen. Ich öffne die Tür, kalte Luft kommt mir entgegen. Drinnen stapeln sich auf mehreren Fächern Paletten, in denen dicht an dicht verschlossene Reagenzgläser stehen, und für einen Moment erschrecke ich. Auf den Paletten kleben die gleichen Aufkleber wie auf den Kartons meiner Sammlung, und genau wie ich hat mein Vater die Beschriftung auf seiner alten Schreibmaschine getippt. Ich kann nicht sagen, was mich daran stört, aber irgendwie paßt es mir nicht, fast fühle ich mich ein bißchen ertappt. Doch es ist albern, und es dauert auch nur ein paar Sekunden, dann wende ich mich ab. Karl ist verrückt, denke ich, warum hat er hier nicht ausgemistet. Wirklich, das Ganze gefällt mir nicht besonders. Es ist beinahe, als wäre mein Vater noch am Leben.

Der dritte Raum ist dunkler als die ersten beiden, eine der Neonlampen ist kaputt. In der Mitte steht die Behandlungsliege, auf der ich oft gesessen und gelegen habe, sie kommt mir viel kleiner vor als in meiner Erinnerung. Links davon ein mächtiger Schreibtisch, rechts Waschbecken, Abzugshaube, Arbeitsflächen. Der Boden hier ist gekachelt, in einer Wand ist eine Dusche, daneben stehen größere Geräte, die ich nicht einordnen kann. Eine Zentrifuge erkenne ich, daneben einen Riesenkasten, Teil des Röntgenapparats. Neben dem Waschbecken stehen drei große Gasflaschen, sie sind nicht angeschlossen, davor lehnt die schwarze Tasche meines Vaters, und bei ihrem Anblick läuft es mir kalt den Rücken runter. Es ist wahrscheinlich besser, wenn ich mich nicht zu genau umsehe. Es hat ja doch keinen Sinn mehr.

Auf der Behandlungsliege hat Wilhelm Akten gestapelt, der Platz scheint mir gut, und ich mache mich daran, die Papiere aus den anderen Räumen ebenfalls nach hinten zu schaffen. Ich kümmere mich nicht darum, was es ist, werfe keinen Blick hinein, ich muß nicht wissen, was hinter all den Zahlen und Buchstaben steckt. Was ich weiß, reicht mir. Als auf der Liege kein Platz mehr ist, werfe ich das Zeug auf den Boden, ich gebe einen Scheiß auf die Ordnung, nach mir wird niemand den ganzen Müll mehr durchsehen können. Als ich mit dem Papier fertig bin, greife ich mir alles, was sonst noch herumliegt, und werfe es in den letzten Raum. Ich gehe an den Gefrierschrank, hole die Reagenzgläser und anderen Gefäße heraus, etliche enthalten eine dunkelrote, gefrorene Flüssigkeit, ich schmeiße alles auf den Boden. Als ich fertig bin, hole ich den Kanister, schütte das Benzin über den Haufen, sorgfältig, damit ich alles erwische. Am Ende schleudere ich den Kanister gegen die Wand. Ich zittere, als ich ein Streichholz anreiße, es geht wie im Film. Das Benzin entzündet sich mit einer Stichflamme, die mir den Atem raubt und meine Augenbrauen versengt. Ich starre eine Sekunde in die Flammen, dann gehe ich, schließe die Tür und werfe den Schlüssel in die Büsche. Ich bin ruhig, ich habe meinen Entschluß gefaßt. Man muß wissen, was man tut, und seinen Entschlüssen treu bleiben, dann ist man unschlagbar.

Ich hole ein paar Sachen, halte mich aber nicht lange auf, werfe keinen Blick mehr ins Wohnzimmer, ich schnappe mir nur, was ich brauche, worauf ich nicht verzichten will. Ich ziehe meine Kampfstiefel an, eine Jeans, ein Hemd, lege meine Jacke heraus, mein Messer und ein Paar Handschuhe. Geld habe ich eingesteckt, ich muß mir Zigaretten kaufen und ein Feuerzeug, meins habe ich verloren. Ich raffe alles zusammen, es ist ja nicht viel, dann zögere ich, sehe zu dem Regal über meinem Bett. Ich überlege eine Sekunde, bevor ich die Taucherflasche herunternehme, die doch nicht so sehr der Mondrakete ähnelt, wie ich mir immer eingeredet habe. Ich klemme sie mir unter den Arm und haue ab.

Erst jetzt, wo ich ein paar Stunden daran zu knabbern hatte, wird mir so richtig bewußt, wie Karls Beichte mich aus den Latschen gehauen hat. Ich hätte nicht gedacht, daß mich etwas so aus der Bahn werfen könnte, aber das wird schon wieder, da mache ich mir keine Gedanken. Es war viel los in den letzten Tagen, ich glaube, wenn alles erst einmal vorbei ist, werde ich es lockerer sehen. Ich bin nicht der Typ, der sich lange mit irgendwas verrückt macht. Trotzdem, ich dachte immer, mir wäre schon alles passiert, und ich habe mir immer bei dem Gedanken gefallen, daß ich einen Scheiß auf meine Herkunft gebe, auf die Wahrheit. Aber so ist das, manchmal kommt es anders, manchmal wundert man sich über sich selbst. Ich sehe mein Leben jetzt aus einem veränderten Blickwinkel, nur daß ich nicht weiß, was ich damit anfangen werde. Daß ich erst einmal weg muß, ist das einzige, was ich sicher sagen kann, und mit dem Geld, das ich bei mir habe, werde ich schon ein Stück weit kommen. Doch bevor ich verschwinde, will ich noch einmal sehen, ob Tommi zu Hause ist, ich möchte mich gern von ihm verabschieden, trotz allem, was zwischen uns gelaufen ist. Ich glaube nicht, daß ich ihm etwas erzählen werde, aber ich möchte ihn noch einmal sehen. Wer weiß schon, was kommen wird.

Tankstelle will ich es versuchen, bis dahin sind es keine fünf Kilometer mehr. Es tut gut zu laufen.

Das Fest muß also ohne mich steigen, ich habe nicht einen Gedanken daran verschwendet. Bald werden sie das Feuerwerk starten, ich denke, ich bin noch nah genug dran, daß ich die Raketen sehen kann. Es ärgert mich, daß ich keine Uhr bei mir habe, ich möchte wirklich wissen, wie spät es ist.

Daß ich keine Gelegenheit hatte, Tommi auf Wiedersehen zu sagen, tut mir leid, aber ich konnte nicht mehr lange herumsuchen, ich hätte das nicht ausgehalten. Ich mußte weg. Wer weiß, wie lange es dauert, bis sie Wilhelm und meine Mutter finden, ich will jedenfalls nicht in der Nähe sein, wenn es soweit ist.

Zwei schwere Einsatzwagen der Feuerwehr mit Blaulicht sind mir entgegengekommen, vielleicht haben sie das Feuer entdeckt, vielleicht hat es auch mit dem Knall zu tun, den ich gehört habe, oder irgendwo ist ein Unfall passiert, die Welt ist voll schrecklicher Dinge. Ich hoffe, das Feuer im Institut löscht alle Spuren, aber selbst wenn nicht, ich glaube kaum, daß sich jetzt, wo Wilhelm tot ist, noch jemand für die Arbeit meines Vaters interessiert. Alles wird in Vergessenheit versinken, das ist, was ich möchte. Ich werde frei sein.

Ein Auto rauscht an mir vorbei, ich muß achtgeben, daß mich keiner über den Haufen fährt. Ich frage mich, ob sie mich suchen werden. Vielleicht haben sie die beiden schon entdeckt, und wer weiß, welche Schlüsse sie ziehen, wer weiß, was für Beweise sie bei dem Mädchen gefunden haben. Vielleicht werde ich morgen bereits wegen Mordes gesucht, ich muß mich vorsehen, denn ich habe keine Lust, bei den Bullen zu landen. Es war höchste Zeit für mich abzuhauen, in jeder Hinsicht.

Verrückt genug, sich so lange herumzutreiben.

Es dauert nicht lange, und die Tankstelle kommt in Sicht, eine Oase aus Neonlicht, ich muß an ein Raumschiff denken. Ich nehme die Taucherflasche wieder auf den anderen Arm, das Ding ist verdammt schwer, ich frage mich, warum ich es überhaupt mit mir herumschleppe. Ich weiß nicht, was ich damit anfangen soll, aber ich konnte sie auch nicht einfach zurücklassen. Langsam tun mir vom Tragen die Arme weh.

Von der Tankstelle aus dürfte es kein Problem sein, bis in die Stadt zu kommen. Vor mir fahren zwei LKW auf den Parkplatz, vielleicht sollte ich mich zur Autobahn mitnehmen lassen, dort finde ich bestimmt einen, der mich in den Süden bringt, irgendwohin, nur weg von hier. Ich höre ein fernes Prasseln und sehe mich um, am Himmel, jetzt schon ein ganzes Stück entfernt, breiten sich bunte Sterne aus. Das Feuerwerk hat begonnen.

Sie überrumpeln mich.

Ich setze gerade meinen Fuß in den Lichtkreis der Tankstelle, ich bin etwas erschöpft vom Laufen und achte nicht auf den Wagen, den ich hinter mir kommen höre. Sie müssen mich schon von weitem gesehen haben. Ich weiß nicht, wie mir geschieht, als der Streifenwagen auf die Tankstelle fährt, sie halten keine zwei Schritte neben mir, die Türen fliegen auf, und ich bin zu überrascht, um noch irgendwie zu reagieren.

«Wir haben ihn», höre ich einen der Männer rufen. Emma steigt aus dem Streifenwagen. Ich verstehe nichts mehr, aber das ist jetzt auch egal. Es ist vorbei. Emma kommt auf mich zu.

«Mein armer Junge», ruft sie. «Es ist schrecklich.» Sie will einen Arm um mich legen, aber ich weiche zurück und starre sie an. Was ist los, denke ich, was wollen die von mir? Aber keiner macht Anstalten, mir irgend-

gendwie keinen richtigen Draht mehr zu ihm, ich hätte längst nicht mehr sagen können, was in ihm vorging. Mag sein, daß es für ihn die beste Lösung war.

Vor seinem Tod muß er noch einmal in meinem Versteck gewesen sein, denn in seinem Zimmer fand man Sachen aus meiner Sammlung. Ich war von den Socken, als mir das zu Ohren kam. Er hatte sich die verschiedensten Dinge herausgesucht und mitgenommen. Er muß auch bei mir zu Hause gewesen sein, keine Ahnung, ob er meine Mutter und Wilhelm im Wohnzimmer hat sitzen sehen oder ob es vorher war, ich glaube, es muß vorher gewesen sein, in jedem Fall fand man bei ihm unter anderem die Jacke und die Kette des Mädchens. All das brachte die Polizei dazu, ihn als Hauptverdächtigen zu betrachten, es ist unglaublich, aber sie haben Tommi offiziell zum Mörder des bei den Klippen aufgefundenen Mädchens erklärt, und damit lagen sie ja nicht einmal falsch. Das Wesentliche blieb natürlich im dunkeln und jeder Versuch, die Tat zu erklären, höchst unbefriedigend, aber das muß ihnen egal gewesen sein. Ich weiß nicht, ob Tommi es nicht sogar darauf angelegt hat. Sie haben auch mich dazu befragt, und ich habe gesagt, ich könne mir das absolut nicht vorstellen, nicht Tommi, nein, niemals. Ich hätte ihnen wer weiß was für Lügen erzählen können, sie hätten mir alles abgenommen, aber ich fand es so besser, geändert hat es ohnehin nichts. Und dort, wo Tommi jetzt ist, falls er überhaupt irgendwo ist, wird es ihn nicht stören, daß er hier als Mörder gilt. Ich kann mir nicht vorstellen, daß nach dem Tod etwas kommt, ein neues Leben, eine andere Welt, aber für Tommi will ich es hoffen, hier war für ihn einfach alles zu schnell vorbei. Das kann es nicht gewesen sein.

Was mit Tommis Freundin ist, weiß ich nicht, ich

habe nichts von ihr gehört. Karl ist übrigens seit seinem Gespräch mit mir verschwunden. Ein paar Jungs wollen ihn am Meer gesehen haben, aber sicher sind sie sich nicht. Wilma ist seit ihrem Zusammenbruch in einer Entziehungsklinik, wäre schön für sie, wenn sie es schafft. Gerti hat man in einem Heim für geistig Behinderte untergebracht.

In meinem Zimmer ist es düster, aber ich brauche kein Licht. Ich blicke mich um, es ist ordentlich wie immer, ich weiß, daß Emma das ganze Haus aufgeräumt hat. Für wen, frage ich mich. Ich werde nicht zurückkehren.

Ich hole ein paar Klamotten aus dem Schrank, viel will ich nicht mitnehmen, das wenige packe ich zusammen und werfe es aufs Bett. Um meine CDs tut es mir leid, mitnehmen kann ich sie nicht, und ich habe niemanden, dem ich sie schenken könnte, jetzt, wo Tommi nicht mehr lebt. Es erstaunt mich, wie wenig Dinge mir wirklich etwas bedeuten, gerade hier, in dem Zimmer, in dem ich fünfzehn Jahre gelebt habe. Um nichts, was ich zurücklasse, tut es mir leid, nicht um die Poster an den Wänden, nicht um den Blick aus dem Fenster, nicht um den Krempel, der sich in meinen Schubladen angesammelt hat. Ich könnte ebensogut Feuer hinter mir legen, ich würde nichts vermissen. Das ist ein komisches Gefühl.

Ich setze mich aufs Bett, starre auf die Tür, die Stille im Haus ist anders als sonst. Ich drehe mein Radio auf, der Sender ist verstellt, ich muß die Antenne richten. Neben dem Bett liegt die Polaroid, die ich aus dem Bungalow gestohlen habe, ich werfe sie zu den Sachen, die ich mitnehmen will. Ich glaube nicht, daß ich sie im Heim lange behalten werde, aber warum soll ich sie hier lassen. Vielleicht kann ich unterwegs ein oder zwei Fotos machen.

Es erstaunt mich selbst, wie leicht ich Abschied nehme, wie leicht es mir fällt, hier zu verschwinden. Eine Zeitlang habe ich geglaubt, ich könnte im Leben nicht woanders wohnen, nicht für längere Zeit, ich fand es immer toll hier draußen, unser Haus, die Landschaft, die Einsamkeit. In den letzten Tagen aber muß sich etwas verändert haben, denn es kommt mir vor, als sähe ich die Gegend hier draußen auf einmal anders, nüchterner, ich sehe alles so, wie es ist. Hier ist nicht viel los, die meiste Zeit ist es ziemlich öde, ja, verdammt, es ist wirklich der Arsch der Welt, und ich spüre, wenn ich jetzt fortgehe, ist es für immer. Nicht bloß ein weiterer Heimaufenthalt, einer mehr in der langen Liste, die ich schon hinter mich gebracht habe, nein, diesmal ist es anders, und das Erstaunliche: ich empfinde nichts dabei. Da habe ich die Hälfte meines Lebens darauf gehofft, daß meine Mutter verschwindet, nur damit ich mein Leben allein führen kann, in meinem Haus, und jetzt, da sie unter der Erde ist, hält mich nichts. Ich werde in ein Jugendprojekt in der Stadt ziehen, ich weiß noch nicht, wie es aussehen wird, aber soweit ich informiert bin, werde ich mit sechs oder sieben Jungen in meinem Alter zusammenleben. Ein Betreuer ist immer anwesend, aber wir müssen uns selbst versorgen. Arbeit gibt es in einer Werkstatt, mal sehen, wie mir das Ganze schmeckt. Komischerweise lockt mich plötzlich die Vorstellung, in die Stadt zu ziehen, Veränderung in mein Leben zu bringen, Leute kennenzulernen, all sowas. Ich mache mir keine Gedanken darüber, was ist, wenn ich nicht klarkomme, aus dem Projekt kann ich abhauen, es wäre nicht das erste Mal. Ich bin alt genug, allein über die Runden zu kommen.

Ein anderer Gedanke, der mich fröhlich stimmt, ist, daß ich Chris wieder näher sein werde, sie wohnt in der Stadt und geht dort zur Schule. Während der letzten Woche soll sie versucht haben, mich zu erreichen, im Heim hat sie mir eine Nachricht hinterlegen lassen. Sie muß von dem, was hier passiert ist, gehört haben, ich finde es schon toll, daß sie mich gefunden hat. Ich weiß nicht, wie sie das angestellt hat, jedenfalls ließ sie ausrichten, daß ich mich doch einmal melden solle. Ich bin bis jetzt nicht dazu gekommen, aber ich werde sie anrufen, sobald ich in der Stadt bin. Ich freue mich darauf, mit ihr zu sprechen, und ich will ihr sagen, was ich über alles, was passiert ist, denke. Ich will ihr sagen, was ich fühle, nämlich, daß es ein Anfang ist, ein Neubeginn für mich, denn es gibt immer ein Nachher, alles ändert sich, es ist nie endgültig vorbei. Für Tommi vielleicht, aber auch da bin ich mir nicht sicher. Ich muß ihr das von Tommi erzählen, aber vielleicht weiß sie es auch schon.

Es ist komisch, ich hatte dieses Bedürfnis noch nie, mit jemandem zu sprechen so wie jetzt, das ist neu. Morgen sollen wir fahren, der Betreuer, der mit mir hier draußen ist, wird mich auch in die Stadt begleiten, er heißt Julian, und er ist ganz in Ordnung. Wenn ich sie anrufe, will ich hoffen, daß nicht ihr Vater am Telefon ist.

Ich habe noch nicht alles erzählt, was Karl mir offenbart hat, ich wußte zuerst selbst nicht, was ich mit alldem anfangen sollte, ich mußte erst einmal ein bißchen meine Gedanken ordnen. Es hat mich aus der Bahn geworfen, Karl hat mich sozusagen auf dem falschen Bein erwischt, und ich hatte daran zu arbeiten, aber inzwischen ist über eine Woche vergangen, alles ist in die Ferne gerückt, und ich denke, ich kann jetzt besser drüber reden. Ich war noch nie der Typ, der die Dinge allzu ernst nimmt. Und niemand kann wirklich aus seiner Haut. Ich habe mir überlegen müssen, was mein neues Wissen für mich bedeutet, was es ändert, es ist immerhin die Wahrheit über meine Herkunft, die ich von Karl erfahren habe. Doch ein so großer Knüller ist es gar nicht, das heißt eigentlich schon, nur für mich irgendwie nicht, denn das Wissen um meine Mutter bringt mich nicht viel weiter. Was weiß ich schon mehr als vorher? Daß ich mal eine Mutter gehabt haben muß, war ja wohl klar, was macht es da schon für einen Unterschied, zu wissen, daß ich ihr einmal begegnet bin, ich habe ihr nicht länger als ein paar Sekunden in die Augen gesehen. Was ich über meinen Vater erfahren habe, war dagegen nicht so leicht zu schlucken.

Das Erfrischende an der ganzen Sache war einfach, endlich die Wahrheit zu hören, man hat mir so viele Lügen erzählt, Himmel, mir kommt's hoch, wenn ich nur daran denke. Aber ist die Wahrheit an sich schon ein Wert, lohnt sie sich, nur um ihrer selbst willen? Ich schätze, darauf gibt es keine Antwort. Ich kann nur für mich sprechen, und da sieht es so aus, daß die Wahrheit nichts ist, was mich zufriedenstellt, wer das glaubt, liegt daneben. Aber dennoch, die ganze Geschichte ist nicht einfach so an mir vorbeigegangen, ich habe mich verändert, obwohl ich den ganzen Scheiß am liebsten vergessen würde. Aber das geht auch nicht.

Mein Vater war von dem Gedanken besessen, das Geheimnis der menschlichen Erbanlagen zu entschlüsseln. Es hatte im Krieg angefangen, mit den Menschen, die damals Untermenschen waren und ihr Blut und Leben für seine Versuche lassen mußten. Wahrscheinlich hat sich sein Wahn in dieser Zeit gefestigt, sich in sein Hirn gegraben und ihn nicht mehr losgelassen. Es ging ihm um Kontrolle, um die Möglichkeiten, die ein solches Wissen bedeutet hätte. Damals muß es eine Menge Verrückte gegeben haben.

Auch später hielt er an dieser Idee fest, ließ nicht davon ab, auch wenn er unter anderen Vorzeichen an die Sache heranging. Karl hat mir erzählt, wie bereitwillig das Wissen, das er sich im Krieg angeeignet hatte, von der noch in den Anfängen steckenden Genforschung aufgenommen wurde. Mein Vater brauchte nicht lange, um sich in der Wissenschaft einen Namen zu machen, die Spuren aus den Kriegsjahren hatte er gründlich verwischt, geblieben waren die alten Verbindungen, Verbindungen zu mächtigen Leuten, zu Leuten, die seine Ideen unterstützten, ihm Geld und Forschungsaufträge beschafften und die wie er von dem Gedanken an die Kontrolle des Erbguts und damit der Zukunft der Menschheit getrieben waren. Natürlich ist es Wahnsinn, und ich gebe Karl recht, wenn er sagt, daß mein Vater verrückt war. Für mich ist die ganze Idee krank, hochgradig krank.

In seinem Institut arbeitete er damals an der Früherkennung genetischer Defekte, er wollte der Menschheit helfen, sie vom Leid der Erbkrankheiten befreien, o ja, ich wette, er wollte nur Gutes, ein edler Mensch, wie alle Wissenschaftler. Und in der Diagnostik machte er gute Erfolge. Den Menschen, an deren Erbgut Defekte festgestellt wurden oder in deren Familien Erbkrankheiten bekannt waren, wurde geraten, auf Kinder zu verzichten, und Frauen, an deren Embryos er genetische Defekte nachweisen konnte, ließen zumeist abtreiben. Die genetische Beratung zielte schließlich darauf, die Kette der Weitergabe kranker Gene zu unterbrechen, die Krankheiten, soweit es ging, aussterben zu

Vielleicht sollte ich versuchen zu erklären, warum ich sie getötet habe, warum ich auch Wilhelm töten mußte, obwohl es keine wirkliche Erklärung gibt, die gibt es nie, soviel habe ich inzwischen kapiert. Tatsache ist, daß ich neben Karl jetzt der einzige bin, der von meiner Herkunft weiß, sämtliche Unterlagen sind bei der Explosion vernichtet worden, und wenn Wilhelm oder meine Mutter etwas gewußt haben, so haben sie es mit ins Grab genommen. Der Gedanke, daß sie alles aufgedeckt hätten, hat mich eine kurze Zeit verrückt gemacht, nicht der Sache wegen, so blöd bin ich noch nicht. Aber es hätte ein Aufsehen gegeben, und was, wenn sich jemand gemeldet hätte, Verwandte vielleicht, Leute, die meine Mutter kannten. Nee danke, so etwas hätte mir gerade noch gefehlt.

Karl, der einzige, der außer mir Bescheid weiß, ist verschwunden, ihn muß das Wissen in all den Jahren innerlich aufgefressen haben. Ich glaube nicht, daß er je wieder auftaucht, ich glaube, er hat es gemacht wie Tommi, nur im stillen, ist ins Meer gegangen oder hat sich aufgeknüpft, in irgendeinem Versteck. So wie es also aussieht, bin ich der einzige, der mein Geheimnis kennt, es muß mich nicht länger etwas angehen. Ich will alles vergessen.

Natürlich ist es Wahnsinn, die ganze Geschichte, aber ich finde, es ist ein gut zugänglicher, für unsere Zeit irgendwie typischer Wahnsinn. Jeden macht irgend etwas krank, und nicht selten sind es andere Menschen.

Moritz?»

Julian steht in der Tür meines Zimmers.

«Wo bleibst du?» sagt er. «Wir müssen langsam los. Hast du deine Sachen gepackt?»

Ich zeige auf den Haufen neben mir und nicke stumm.

«Ist nicht viel, was?» Er sieht mich an.

«Ich brauch nur noch 'ne Tasche», sage ich.

Auf meinem Schrank habe ich eine alte Sporttasche, da stopfe ich die Klamotten rein. Ich gehe ins Bad, schnappe mir mein Rasierzeug und werfe es dazu, dann nehme ich die Tasche in die eine und meine Jacke in die andere Hand.

«Ich bin fertig», sage ich.

Ich weiß nicht, wie meine Mutter die Wahrheit herausbekommen hat, wie sie entdeckte, daß sie getäuscht worden war, daß ihr Kind lebte, und wie sie uns hier draußen fand. Karl wußte es nicht, er sagte, mein Vater sei davon ausgegangen, daß es ihr einfach irgendwann gelingen würde, eins und eins zusammenzuzählen. Er hatte darauf spekuliert, daß sie, wenn sie es irgendwann herausbekommen sollte, kein Interesse haben würde, ihn oder ihr Kind aufzusuchen, sie war eine drogensüchtige Schlampe, wieso hätte sie sich darum kümmern sollen. Doch da hatte er sich getäuscht.

An jenem Tag vor über zehn Jahren stand sie auf einmal vor unserer Tür, sie war mit dem Bus herausgekommen und den Weg zu unserem Haus gelaufen, und wie Karl sagte, hat mein Vater sie nicht sofort erkannt, aber als sie den Mund aufmachte, wußte er, wen er vor sich hatte. Sie sagte: «Ich will mein Kind sehen.»

Er versuchte, die Situation zu retten, und bat sie ins Haus, ließ sie im Wohnzimmer Platz nehmen, sie muß sehr erregt gewesen sein. Sie fragte ihn nach dem Schicksal des Kindes, und als er ihr nichts sagen wollte, ging sie auf ihn los. Ich weiß nicht, ob ihr das Ausmaß klar war, in dem er sie benutzt hatte, oder ob sie sich einfach um ihr Kind betrogen fühlte, sei es nun krank oder nicht. Ich hörte sie damals brüllen, als ich aus meinem Zimmer kam, um meine Rakete zu holen, und ich erinnere mich, wie sie verstummte, als sie mich erblickte. Dieser eine Blick war die einzige Begegnung mit meiner Mutter, und wenn sie einen nachhaltigen Eindruck bei mir hinterlassen hat, dann eher deswegen, weil mein Vater im selben Augenblick auf mich losging und mir eine Ohrfeige verpaßte, die es in sich hatte, bevor er mich auf mein Zimmer jagte. Das Bild, das ich von meiner Mutter selbst habe, ist eher blaß und verschwommen, ich erinnere mich an ihren Blick, an den fragenden Ausdruck auf ihrem Gesicht, aber ich könnte zum Beispiel nicht sagen, welche Haarfarbe sie hatte.

Ich weiß noch, daß mein Vater ihr in den Weg trat und daß ihr Geschrei wieder losging, dann stellte er das Radio an, so laut, daß ich sie nicht mehr hören konnte. Karl sagte, sie hätte ihm gedroht, alles an die Öffentlichkeit zu bringen, ihn vor Gericht zu zerren und anzuklagen. Sie sagte, sie hätte einen neuen Freund, der Reporter sei, und er werde alles in seiner Zeitung drukken. Mein Vater war nicht der Typ, sich ein solches Geschrei anzuhören. Vor dem Fernseher stand die Taucherflasche, die ich zur Rakete umgebastelt hatte, er hob sie auf und schlug ihr damit den Schädel ein. Dann rief er bei Karl an, der keine fünf Minuten später ins Haus kam, inzwischen hatte er das Radio leise gestellt, aber daran kann ich mich nicht mehr erinnern.

Karl schickte Wilma mit Tommi und mir in die Stadt, dann half er meinem Vater, die Leiche verschwinden zu lassen, die Taucherflasche warf er in den Müll, wo ich sie später fand. Hätte ich geahnt, daß die Delle an ihrer Spitze vom Kopf meiner Mutter herrührte, ich hätte sie anders behandelt, ehrfürchtiger vielleicht, sie hätte sich gut in meine Sammlung gefügt, als Zeugnis für den ersten Mord, der in diesem Haus begangen wurde, noch bevor ich soweit war. Ich wollte die Flasche mitnehmen, als ich fortlief, ich weiß nicht weshalb, vielleicht weil sie der einzige Bezugspunkt zu meiner Mutter war, den ich noch sehen konnte. Natürlich war das Blödsinn, und es hat mir nichts ausgemacht, sie an der Tankstelle wegzuwerfen.

Mein Vater und Karl schleppten die Leiche meiner Mutter hinters Haus, wo sie sie in Stücke hackten, damals waren noch nicht so viele Leute hier, sie mußten sich wohl kaum so vorsehen wie Tommi und ich. Sie schleppten die Stücke zu Karls Hof, wo dieser sie durch seinen Häcksler drehte, was dabei herauskam, verstreuten sie auf der Wiese hinterm Haus. So blieb von meiner Mutter nichts übrig, ich jedenfalls habe nie ein Stück gefunden.

Ich schließe die Tür und werfe den Schlüssel in den Briefkasten, ich brauche ihn nicht mehr. Emma wird sich hier um alles kümmern, viel ändern wird sich nicht. Vielleicht werden sie das Haus verkaufen, vielleicht wird es einfach verfallen, was macht das schon. Mich wird niemand vermissen, es ist keiner mehr übrig. Andersen wird ohne mich klarkommen, und wenn nicht, kann er einen anderen Jungen einstellen.

Ich frage mich, ob ich etwas fühlen müßte bei dem Gedanken daran, daß meine Mutter, meine leibliche Mutter, hier in diesem Haus von der Hand meines Vaters umgekommen ist. Immerhin habe ich aus dieser Richtung nichts zu befürchten, muß nicht die Sorge haben, daß sie auf einmal auftaucht, jetzt wo ich frei bin. Wenigstens das. Ihr Tod ist nie auch nur bekannt geworden, anscheinend hat niemand meine Mutter vermißt, so etwas soll vorkommen. Karl hörte sich in der Zeit nach dem Mord in der Stadt um, aber niemand suchte nach ihr, es war nie jemand hier draußen. Und wenn, was hätte er finden können? Der Gedanke, wie Karl und mein Vater sich mit der Leiche abgeplagt haben, belustigt mich, ich muß an Tommi denken, an unser Problem, schon jetzt kommt es mir vor, als wäre das eine Ewigkeit her. Unsere Alten hatten bessere Ideen, scheint mir, und weniger Skrupel. Sie hatten keine Probleme, die Frau in Stücke zu schlagen.

Aber Tommi ist tot, und die Erinnerung ist nichts. Er ist tot wie mein Vater, wie Annie, wie Wilhelm und wie Karl, schätze ich. Wie meine Mutter, von der ich nicht einmal weiß, wie sie hieß. Von der ich nie ein Stück gefunden habe, weil ich nicht wußte, daß ich vielleicht eins hätte finden können, wenn ich gesucht hätte. Die niemand vermißt hat. Ihr Freund, der Reporter, muß ein Bluff gewesen sein.

Julian fährt den Dienstwagen des Heims, einen dunkelroten Passat, ich gehe rüber, aber auf halber Strecke bleibe ich stehen. Ich sehe mich um, das Haus steht düster und verlassen mit seinen alten Mauern und den kleinen Fenstern. Zwei Krähen flattern irgendwo auf, kreisen einmal über dem Haus und landen auf dem Dach. Ich wende mich ab und lasse meinen Blick ein letztes Mal über die Landschaft schweifen. Das Meer kann ich nicht sehen, aber der Himmel darüber hängt nach wie vor voller Wolken, im Laufe des Tages wird es regnen, das ist offensichtlich, der Sommer geht zu Ende. Die Bäume versperren den Blick auf die Ruine des Sanatoriums, und es ist komisch, das Dach des Gebäudes nicht mehr über die Wipfel ragen zu sehen.

Als ich die Tasche ins Auto werfe, muß ich noch einmal an Chris denken, ich freue mich darauf, sie wiederzusehen. Und auf einmal muß ich lachen, denn ein Gefühl von Freiheit packt mich. Ich habe keine Ahnung, was ich tun werde, keine Vorstellung von dem Leben, das ich führen will, und ich kann mir kein besseres Gefühl denken.

Julian steigt ein, ich blicke über die Dünen, jetzt würde ich bloß gern noch einmal über den Strand laufen, aber das ist Quatsch, ich schiebe den Gedanken beiseite, es gibt nichts, was mich hält.

Er sieht mich aus dem Wagen heraus an.

«Was ist?»

«Nichts», sage ich und steige ein.

Der Kies knirscht, als er den Wagen auf die Straße lenkt, ein Geräusch, das ich mehr als tausendmal gehört habe. Als wir die Halbinsel verlassen, zerplatzen die ersten Regentropfen auf der Windschutzscheibe.